LETTRES

CABALISTIQUES,

TOME TROISIEME.

LETTRES CABALISTIQUES,

OU CORRESPONDANCE

PHILOSOPHIQUE,

HISTORIQUE & CRITIQUE,

Entre deux Cabalistes, divers Esprits Elementaires, & le Seigneur Astaroth.

NOUVELLE EDITION, AUGMENTÉE de LXXX. Nouvelles Lettres, de Quantité de Remarques, & de plusieurs Figures.

TOME TROISIEME,

DEPUIS LA LXVI. JUSQU'À LA CV.

Lettre   LVII.

J. v. Schley f. 1740.

A LA HAYE,

Chez PIERRE PAUPIE,

M. DCC. XLI.

AU
GNOME
SALMANKAR.

'AUROIS dû naturellement, ri-
che & puiſſant Gnome, vous dé-
dier un Volume de LETTRES
CABALISTIQUES, avant
d'en offrir un autre au Seigneur ASTA-
ROTH. Je ſais que vous tenez un rang
parmi les Intelligences terreſtres, plus diſtin-
gue que celui d'un Diable aſſez ſubalterne.
D'ailleurs, vous poſſedez de grandes richeſſes, & dans ce Monde-ci, ainſi que dans
le Séjour ſouterrain que vous habitez, dès
qu'on eſt riche, on a toutes les qualités

Tome III.   *   les

les plus essentielles pour mériter les loüan-
ges, & sur-tout les loüanges des Auteurs.
Ces Messieurs sont fort accoutumés à ne pro-
diguer leurs éloges qu'à des gens qui les peu-
vent bien païer, & rarement s'en trou-
ve-t-il quelques-uns qui aient assez de gé-
nérosité pour vouloir loüer uniquement le mé-
rite. Mais je vous avoüerai que je con-
damne fortement une conduite aussi lâche ;
ainsi, croiant avoir plus d'obligation au Sei-
gneur ASTAROTH *qu'à Votre Grandeur,*
je n'ai pas balancé à lui donner le pas sur
vous, quoiqu'il ne soit qu'un pauvre Dia-
ble, & que vous soiez un très considérable
Gnome.

PARDONNEZ-*moi donc, puissant* SAL-
MANKAR, *& faites voir qu'il n'est pas*
impossible que chez les Maltotiers, Gens d'Af-
faires, Fermiers-généraux, &c. il puisse s'y
rencontrer encore quelques sentimens de gé-
nérosité & de grandeur d'ame. Le carac-
tère des gens auxquels vous présidez, est
furieusement décrié ; si vous pouviez venir
à bout d'en rétablir tant soit peu la ré-
putation dans le Public, vous feriez un
Miracle, plus grand que tous ceux que les

Jan-

Janséniftes ont voulu faire opérer à Monfieur St. Pâris. Je fuis affûré qu'il ne faut pas moins de puiffance pour donner quelque couleur de probité aux actions criminelles ·des Partifans , que pour faire tous les beaux- & magnifiques prodiges dont le fage & fenfé Monfieur de Montgeron a écrit l'Hiftoire avec tant d'impartialité. Le Livre de ce Magiftrat fera une preuve éternelle des vaftes connoiffances , de la pénétration , & du jugement exquis des perfonnes, entre les mains de qui le fort des biens & de la vie des hommes eft remis. Heureufe Nation , chez laquelle les Juges font infpirés , & qui au nombre immenfe des Livres qu'ont produits les gens de Robe pour obfcurcir les Loix les plus claires , & pour fournir des armes à la chicane , en joignent d'autres pour autorifer les plus vifibles folies , & pour rendre fanatiques les trois quarts du Roïaume !

JE fens , puiffant Gnome , que l'eftime que j'ai pour Monfieur de Montgeron, m'emporte trop loin , & me fait oublier que je dois vous affûrer que je fuis avec autant de vérité, qu'il y a de folie chez les Janséniftes,

ou

AU GNOME SALMANKAR.

ou d'imposture & de mauvaise foi chez les Jé-
suites,

PUISSANT SALMANKAR,

Votre très humble & très obéis-
sant Serviteur,

Le Traducteur des

LETTRES CÀBALISTIQUES.

PRE-

PREFACE.

DEPUIS long-tems j'ai tâché de repondre par mes soins & par mon application, à l'accueil favorable que mes Ouvrages ont trouvé auprès du Public. Je n'ai rien oublié de tout ce que j'ai cru capable de me procurer son approbation, & j'ôſe preſque me flatter que les peines que j'ai priſes, n'ont point été inutiles. Si le prompt débit d'un Livre eſt une marque qu'il eſt digne de quelque eſtime, les *Lettres Cabaliſtiques* doivent avoir trouvé grace chez bien des Lecteurs. Dès que les Volumes ont été achevés, ils ont été vendus; & plus leur nombre a augmenté, plus le débit s'en eſt accrû. C'eſt cet heureux ſuccès qui m'a engagé à pouſſer ces *Lettres* beaucoup plus loin que je n'euſſe cru. Lorſque je les commençai, mon intention étoit de les finir au deuxième Volume.

PEUT-être eût-il été à ſouhaiter pour ma tranquillité qu'elles euſſent eu moins de cours; une foule de Barbouilleurs de papier, un tas d'Hypocrites & de Moines ne m'auroient point importuné par leurs impertinens murmures, ou par leurs injures groſſières. Quelque grand que ſoit le mépris dont le Public accable ces *Avortons Littéraires*, ils ne ſe laſſent point

de

de l'ennuier de leurs réflexions & de leurs grossières impostures. Il n'en est aucune à laquelle ils n'aient recours pour parvenir à leur but ; je me contenterai d'en citer un seul exemple.

Les *Journalistes de Trévoux*, ne trouvant point apparemment assez d'occasions pour m'injurier en parlant de mes Ouvrages, m'en attribuent de tems en tems quelques-uns, auxquels je n'ai non plus de part qu'au crime qui fit prendre le Jésuite Guignard. Pour avoir la satisfaction de dire que je n'avois *ni Mœurs, ni Religion,* ils ont prétendu que j'étois l'Auteur de *l'Histoire des Révolutions de l'Isle de Corse.* Or, il n'y a pas, j'ôse dire, une seule personne en Hollande qui ignore que je ne suis point l'Auteur de ce Livre. On sera peut-être curieux de savoir comment ces Réverends Peres, à propos d'un Ouvrage purement historique, & dont l'Auteur ne m'est pas inconnu, ont pris occasion, en me l'attribuant, de me reprocher de n'avoir *ni Mœurs, ni Religion.* Je n'ai qu'un mot à dire à cela ; ils m'ont apostrophé aussi à propos, comme ils loüent ordinairement les Ecrivains de leur Société. S'ils font mention de Mahomet, ils feront l'éloge de Sanchès ; & s'ils parlent de Virgile, ils trouveront le moïen de dire un mot à la loüange d'Escobar. C'est un des plus rares talens de ces Réverends Peres.

Au

PREFACE.

Au reste, après qu'il m'ont dit les invectives les plus violentes, ils assûrent que *l'amour propre bien entendu les force de ne pas paroître sensibles à mes reproches.* En vérité je ne doute pas qu'ils ne connoissent beaucoup plus les effets, les mouvemens & les suites de l'amour propre, que de l'amour de Dieu. L'Univers entier en est convaincu, & les personnes les plus simples savent que jamais ces bons Peres ne se sont piqués d'établir l'opinion qui rend l'amour de Dieu nécessaire au Salut. Ils n'étudient pas davantage les matières qui peuvent y avoir quelque rapport, qu'ils s'appliquent à devenir humbles & honnêtes gens. Qu'ils me permettent cependant de leur dire, dûssai-je mortifier cet *amour propre* qui leur est si cher, qu'ils m'ont une grande obligation. En critiquant quelquefois leur maussade *Journal*, je fais ressouvenir bien des gens qu'il existe encore. Sans moi, peut-être ignoreroit-on dans les trois quarts de l'Europe qu'il est trois Jésuites qui déchirent tous les mois les personnes les plus respectables & les plus estimées dans la République des Lettres.

Ce que je dis paroîtra sans doute outré à ces Réverends Peres; *l'amour propre* leur persuadera que je cherche malignement à diminuer leur réputation. Il m'est aisé de leur donner des preuves évidentes du contraire. Quand je les assûre que

leur

leur *Journal* eſt non ſeulement mépriſé,
mais encore inconnu à tonte l'Europe,
j'atteſte cette Europe, & je l'appelle à
témoin pour certifier la vérité du fait
que j'avance. Dans l'Allemagne, la Suiſſe, l'Angleterre & la Hollande je ne
crois pas que les Libraires vendent vingt
exemplaires de cet infortuné *Journal*.
On réimprime à Amſterdam la plûpart
des Romans, Avantures, & autres ſotti-
ſes qui paroiſſent à Paris, à Londres, à
Genève, &c. & aucun Libraire n'ôſeroit
ſe charger de ſix *Journaux* de *Trévoux*.

VOILÀ des choſes qui mortifieroient
d'autres Ecrivains que des Journaliſtes Jéſuites ; mais *l'amour propre bien entendu les
force* d'éloigner ces idées diſgracieuſes, &
les fait juger de la bonté de leurs Ouvrages & de l'eſtime qu'on leur accorde en
Europe, par le débit qui s'en fait chez
les très humbles eſclaves de la Société,
imbécilles adorateurs des impertinences
Loïoliſtiques.

LETTRES CABALISTIQUES,

OU

CORRESPONDANCE

PHILOSOPHIQUE,

HISTORIQUE & CRITIQUE,

Entre deux Cabaliſtes, divers Eſprits Elementaires , & le Seigneur Aſtaroth.

LETTRE SOIXANTE-SIXIEME.

Ben Kiber , *au ſage Cabaliſte* Abukibak.

JE ſuis ſouvent mortifié, ſage & ſavant Abukibak, & je déplore les malheurs & les infortunes de l'humanité, lorſque je refléchis aux excès où ſe ſont portés quelques hommes, nés pour le

Tome III. A mal-

malheur des autres. Il eſt tel Prince, ou tel miniſtre, qui lui ſeul a plus fait de mal au genre humain, que toutes les bêtes n'ont pû lui en faire depuis la Création du Monde.

Tous les tygres, tous les lions & tous les ours de l'Univers n'ont pas fait périr la centième partie des hommes que Néron fit mourir. Dis-moi, ſage & ſavant Abukibak, un lion s'aviſa-t-il jamais, preſſé par la faim, de ſauter ſur un autre lion, & de le dévorer pour ſe raſſaſier? On voit tous les jours des hommes immoler d'autres hommes à leur ambition, à leur vanité, à leur avarice; & ils font pour contenter leurs paſſions, ce que les bêtes n'ôſent faire pour conſerver leur vie.

Ce n'eſt pas ſeulement ſous des tyrans que l'on a vû des Nations entières plongées dans les plus grandes infortunes, bien des Princes, auxquels la poſtérité a donné de grandes loüanges, ont fait quelquefois autant de maux que les plus cruels. Néron brula Rome pour contenter ſon humeur barbare, Jules Céſar remplit de ſang & de carnage tout l'Empire Romain pour ſatisfaire ſon ambition. Qu'importe-t-il aux hommes qui périſſent, que leur perte ſoit cauſée par un principe, ou par un autre? Tout ce qui tend à les detruire leur paroît avec raiſon également odieux.

Une province, ruinée & ſaccagée

par

par un ambitieux Conquérant, ne pourra-t-elle pas le placer parmi ces monſtres d'inhumanité qui naiſſent pour le malheur du genre humain? Un homme eſt-il en droit d'en faire périr un million d'autres pour montrer ſon pouvoir? Dans quel principe du Droit naturel trouve-t-on que pluſieurs perſonnes doivent être immolées à l'ambition, ou plûtôt à la folie d'une ſeule? Tous ces prétendus Héros, à qui l'aveuglement des foibles mortels a donné le nom de *Grand* & de *Conquerant*, ne paroiſſent guères plus reſpectables aux yeux d'un Philoſophe, que les Nérons & les Caligulas. La difference qu'il y a entre eux, c'eſt que ces deux Empereurs Romains ne faiſoient périr que leurs ſujets, & que les autres ont détruit les leurs & ceux des Princes leurs voiſins.

U n Monarque qui fait la guerre pour défendre ſes Etats, pour ſoutenir les droits & les privilèges de ſes peuples, eſt un ſage pere de famille qui garantit ſa famille, qui la protege, qui la met à couvert de la haine de ſes ennemis. Un Roi qui ne cherche qu'à ſatisfaire ſon ambition, qui fuit la paix uniquement pour le plaiſir de faire la guerre, eſt un fleau plus cruel que la peſte & la famine. On peut ſe garantir de la difette, en cherchant du bled dans les autres païs; on évite les maladies contagieuſes, en fuiant les lieux où elles ſont: mais un

A 3   Prin-

Prince ambitieux eſt un torrent que rien ne peut arrêter, & qui ſubmerge tout ce qu'il trouve dans ſa courſe. Alexandre alloit perſécuter les hommes juſqu'au bout du Monde ; Charles XII. imitoit aſſez ce Roi Macédonien. Si le Ciel n'eût pas eu pitié des Moſcovites, peut-être eût-il été juſques dans le fond de la Sibérie, pour avoir le plaiſir d'y maſſacrer des hommes. Plus il en eût immolé, & plus les imbécilles peuples lui euſſent donné des titres auguſtes.

Il ſemble que les hommes aient attaché le nom de *Grand* aux Monarques qui font perir deux millions d'hommes. Ceux, qui ne détruiſent pas le genre humain, n'obtiennent que le nom de *Juſte*; funeſte & bizarre coutume ! ſuite fatale des préjugés ! Les Souverains qui ſont véritablement grands, ne paſſent qu'après ceux qui n'ont d'autre vertu que celle de ſervir utilement la vengeance céleſte, & de ſuppléer au défaut de la peſte & de la famine.

L'AMBITION des Conquérans n'eſt pas le ſeul défaut des Souverains qui tende directement à la ruine des ſociétés & à la deſtruction du genre humain, l'avarice fait quelquefois d'auſſi grands maux que la guerre la plus cruelle. Il vaudroit même beaucoup mieux que certains Princes fiſſent périr la moitié de leurs ſujets dans une bataille, ou dans un ſiége, que de les forcer à mourir d'i-
na-

nanition. La mort d'un foldat a quelque
chofe de doux : il n'en fent ni les apprêts,
ni les rigueurs. *Les plus mortes morts*, dit
Montagne, *font les meilleures* *. Celle d'un
païfan qui languit fous le poids d'un travail penible , qui tâche inutilement de
pouvoir gagner fa vie à la fueur de fon
front ; qui, après avoir forcé la terre par fés foins & par fes peines à produire des récoltes abondantes, voit ces
récoltes devenir le butin d'un Souverain avide, fans qu'il lui foit permis
d'en conferver affez pour prolonger fes
jours ; la mort , dis-je , de ce païfan
eft cent fois plus cruelle que celle du
foldat.

Si le Conquérant , fage & favant A-
bukibak, ne paroît aux yeux d'un Philofophe que comme un lion furieux, affamé de carnage , le Souverain avare ,
avide du bien de fes fujets , rempliffant
fes coffres des dépouilles de cent mille
familles ruinées, s'y préfente fous la figure d'une harpie qui fond fur les fruits
& fur les viandes des Troïens. Ils cherchent en vain à fe mettre à l'abri de l'a-
vidité de ce monftre , elle les pourfuit
dans la caverne où ils fe retirent †. Vai-
ne-

___

* Montagne , Effais , *Livr. II. Chap. IX.*
pag. 157.

† *At fubitæ borrifico lapfu de montibus adfunt*
Harpiæ, & magnis quatiunt clangoribus alas,

Diri-

nement auffi les pauvres fujets efperent-
ils de conferver quelque chofe, ils ne
fauroient rien mettre à l'abri de l'avarice de leur Souverain. Les gardes, les
archers, les maltotiers, les partifans,
les fermiers parcourent fans ceffe toutes
les villes & les villages, & ces cruelles
fangfues fucent jufqu'à la dernière goute
le fang du pauvre peuple.

Il y a encore plufieurs autres infortunes qui découlent toutes de l'avarice
du Prince, comme d'une fource auffi
abondante en maux que la Boëte de Pan-
dore. Ces travaux durs & penibles,
auxquels on condamne fouvent affez legérement tant de malheureux deftinés à
chercher l'or & l'argent dans les entrailles de la terre, ont été condamnés même par les Païens. Plutarque trouve
qu'il eft honteux aux hommes de faire
travailler à des mines, parce que ceux
qu'on y emploie, après avoir fouffert
des peines infinies & qui excédent l'humanité, finiffent ordinairement par une
mort affreufe, étant très fouvent enterrés

Diripiuntque dapes, tactuque omnia fœdant
Immundo. Tum mox tetrum dira inter odorem
Rurfum in feceffu longo, fub rupe cavatâ
Inftruimus menfas, arifque reponimus ignem.
Rurfum ex diverfo cæli cæfifque latebris,
Turba fonans prædam pedibus circumvolat uncis,
Polluit ore dapes.

Virg. Æneid. *Lib. III.*

rés & écrasés par la chute des terres *.
Avidité de l'or, à quoi ne forces-tu point
les hommes †!

LA magnificence, la somptuosité, la
splendeur des Princes, enfin toutes ces
qualités qui tendent à la profusion, &
qu'on a qualifiées de tant de titres honorables, sont aussi préjudiciables aux peuples
que l'avarice. La seule différence qu'ils
y trouvent, c'est qu'on les ruine par des
motifs différens. Le Souverain avare
pille ses sujets pour en garder l'argent
dans ses coffres, & le magnifique les
charge d'impôts pour subvenir aux dé-
penses excessives qu'il est obligé de faire.
Voilà les mêmes façons de voler; mais la
destination du vol est différente. Celui
qu'on réduit à l'aumône, ne s'embarrasse
guères des motifs de celui qui l'y conduit.

UN Roi prodigue est un insensé, qui
croit acquérir l'amitié de tout le monde,
en maltraitant, battant, ruinant la plus
grande partie des hommes, & en flattant
& caressant quelques particuliers. Une
centaine de courtisans reçoivent de lui
ce

---

* Plutarq. Vies des grands Hommes, *Tome V.*
pag. 161. *de l'Edit. d'Amsterd.*

† - - - *Quid non mortalia Pectora cogis,*
Auri Sacra Fames!
Virgil. Æneid. *Lib. III.*

A 4

ce qu'il arrache à huit ou dix millions de perſonnes. Entre l'avarice & la prodigalité, il eſt un juſte & ſage milieu : le Prince qui s'y tient attaché, eſt véritablement équitable, & ſon peuple réellement heureux.

ALEXANDRE détruiſoit des provinces, ruinoit tous les habitans d'un Roïaume, & après cela, donnoit à un particulier ces Etats dévaſtés. Voilà une plaiſante généroſité! N'eût-il pas mieux valu qu'il eût laiſſé à chacun ce qui lui appartenoit légitimement? Donner ſon bien, c'eſt être généreux ; mais céder celui qu'on a volé, c'eſt une eſpèce de reſtitution.

LE zèle outré des Princes pour l'avancement de leur Religion n'eſt pas moins contraire que leurs autres défauts, à la tranquillité des hommes, & n'a pas moins ſervi à la deſtruction du genre humain. Combien de miſérables ont été immolés à la ſuperſtition & à la haine des Prêtres, à la fureur des Théologiens, & à l'ambition des Eccléſiaſtiques? Les Souverains qui ſe livrent aux dévots, ſont auſſi dangereux que des courſiers violens & indomptés, conduits par des fanatiques. Quel frein peut arrêter la fougue impétueuſe d'un Roi qui croit ſervir Dieu & la Religion, en détruiſant des gens qu'il ſe figure avoir raiſon de haïr, & qu'on lui perſuade être ennemis de ſa perſonne & de ſon Etat?

LES

LEs défenseurs de l'intolérance, pour excuser l'horreur de leur regne & de leur conduite, pensent dire quelque chose de bien fort, lorsqu'ils crient sans cesse: *Soumettez-vous. On ne cherche qu'à vous instruire. C'est pour votre bien qu'on vous persécute. Vous êtes des Brebis égarées, que nous voulons contraindre d'entrer dans le Bercail.* ,, Cruels Pasteurs! peut-on leur ,, répondre, plus dangereux cent fois ,, que les loups, ignorez-vous que l'es- ,, prit & le cœur ne peuvent être con- ,, vaincus par la violence? Voulez-vous ,, des preuves évidentes que malgré ,, les supplices & les tourmens, on ,, ne peut croire ce qui nous en af- ,, franchiroit, écoutez un sage Philoso- ,, phe, plus honnête homme que vous ,, tous. *Quand les Sociniens*, dit-il*, *reçurent* ,, *ordre de sortir de la Pologne, ils avoient* ,, *le choix d'y demeurer, en se faisant Catho-* ,, *liques. Cependant ils aimerent mieux pres-* ,, *que tous s'exposer aux incommodités de l'e-* ,, *xil, que d'abandonner leur Religion. N'é-* ,, *toit-il pas de leur intérêt en toutes manières* ,, *de croire que l'Eglise Romaine étoit la véri-* ,, *table? Ne l'est-il pas quelquefois aux Ca-* ,, *tholiques-Romains de se persuader que le Pro-* ,, *testantisme est la vraie Religion? D'où* ,, *vient donc qu'il y en a si peu qui changent?*
,, Il

* Bayle, Comment. Philosoph. *Tome II.* Part. IV. Chap. XIV. pag. 291. & suiv.

,, Il faut reconnoître en cela, non pas une ma-
,, lice de cœur qui empêche de demander à Dieu
,, humblement son assistance pour être instruit
,, de la vérité; mais une pleine confiance qu'on
,, a déjà trouvé la vérité. Car, dès qu'on
,, est dans cette pleine persuasion, l'ordre na-
,, turel demande qu'on croie faux tout ce qui
,, nous est contraire, & qu'on regarde comme
,, des suggestions de l'Esprit malin, ou de la
,, Nature corrompue, tout ce qui tend à nous
,, tirer de cette persuasion. Or, qu'on me
,, dise en conscience, si c'est avoir le cœur gâ-
,, té, oblique, méchant, & si au contraire ce
,, n'est pas une marque infaillible qu'on aime
,, la vérité. Mais que dirons-nous des Juifs,
,, qui sont depuis tant de siécles la baliûre &
,, la raclure du Monde, sans dominer en au-
,, cun coin de la terre, sans y exercer des
,, charges, souvent chassés & persécutés, le
,, gibier ordinaire de l'Inquisition, & obli-
,, gés, jusques dans les lieux où on leur per-
,, met d'allonger un peu leurs phylactères, à
,, être humbles, & à souffrir mille rebuffa-
,, des? L'ambition, la volupté, l'humeur vin-
,, dicative trouvent-elles là leur compte?
,, Ignorent-ils que selon le monde, il leur vau-
,, droit mieux être Chrétien, ou Mahometan,
,, selon la diversité des lieux, que Juifs? Ce-
,, pendant rien n'est plus rare que la conver-
,, sion d'un Juif? D'où vient cela, que de la
,, forte persuasion où ils sont qu'ils offense-
,, roient Dieu, & qu'ils se damneroient éter-
,, nellement, s'ils abandonnoient la Religion de
,, leurs Peres? Mais cette forte persuasion d'où
,, vient-

,, vient-elle , généralement parlant , que de
,, l'éducation ? Car le même Juif qui eſt ſi
,, opiniâtre dans ſes erreurs, ſeroit un Chré-
,, tien à brûler , ſi à l'âge de deux ans on
,, l'eût ôté à ſon pere , pour le faire élever
,, par de bons & zélés Chrétiens. Or, qui
,, oſeroit dire que la malice de ſon cœur a été
,, cauſe qu'il a été élevé , non pas par un
,, Chrétien, mais par ſon pere Juif? Et je
,, m'en vais faire voir que s'il eſt devenu
,, Juif lui-même par éducation , cela ne
,, prouve point que ſon ame fut mauvaiſe. ,,

PUISQU'IL ne dépend point des
hommes de ſurmonter les préjugés de
leur éducation, & que les tourmens n'effacent point les impreſſions de la Religion, pourquoi perſécuter des malheureux qui ne font aucun mal à la Société,
qui ſervent la Divinité ſelon les lumières
de leur eſprit & les mouvemens de leur
conſcience? Impitoiables Convertiſſeurs,
il n'eſt entre vous & Néron aucune différence. Il vouloit faire des Païens par
le fer & par le feu , & vous emploiez
les mêmes moïens pour faire des Catholiques. Les Chretiens Apoſtats n'étoient
point perſuadés des dogmes & des opinions qu'ils n'embraſſoient que pour éviter la mort. Les Proteſtans, les Juifs,
les Sociniens, les Luthériens, forcés par
les perſécutions de changer de Religion,
abhorrent dans le fond de leur cœur celle qu'ils profeſſent extérieurement. Les
cachots, les roües, les gibets ne ſervent
donc

donc qu'à contraindre les hommes a feindre de croire ce qu'ils ne croient point. Quelle contrainte, juſte Dieu, que celle qui n'a d'autre but que d'établir le parjure, la feinte, & le menſonge! Oſez-vous, barbares & ignorans Théologiens, ſoutenir qu'elle a été ordonnée par la Divinité? Non contens de commettre les crimes les plus affreux, vous voulez rendre l'Etre ſuprême complice de tous vos forfaits.

Je ſens, ſage & ſavant Abukibak, qu'en te parlant des pernicieuſes maximes des Convertiſſeurs, mon eſprit malgré moi ſe livre à des mouvemens de colère. Je ſors de cette tranquillité qui fait le partage des Philoſophes. Mais quel eſt l'homme, qui, penſant aux maux qu'ont cauſés la ſuperſtition, le fanatiſme, & le faux zèle d'aggrandir la Religion par toutes ſortes de voïes, n'entre dans une juſte fureur, & ne fremiſſe de voir quel a été le ſort de tant d'honnêtes gens?

Je vais tâcher d'éloigner des idées auſſi triſtes, en finiſſant ma Lettre, & en te ſaluant de bon cœur.

LETTRE SOIXANTE-SEPTIEME.

Le Cabalifte Abukibak , *au ftudieux* ben Kiber.

LEs fages réflexions , mon cher ben Kiber , dont tes Lettres font remplies, me font efperer que tu parviendras un jour à quelque chofe de grand. Dès qu'on a autant de mérite que toi, il n'eft rien qu'on ne doive fe flatter de pouvoir obtenir. Ce n'eft pas toujours la naiffance qui mene & conduit aux honneurs ; il ne me feroit pas difficile de prouver que parmi les Héros qui fe font élevés au-deffus des autres hommes , foit dans l'Antiquité , foit dans ces derniers tems , il y en a eu autant qui font nés dans un état bas & abject, que dans un haut rang & une famille diftinguée.

ALLONS d'abord chez les Grecs , nous trouverons parmi les Athéniens Ificratès, fils d'un favetier , qui devint un excellent Général, & réfifta à Epaminondas. Ce vaillant & fameux Commandant Thébain trouva dans lui un adverfaire redoutable. Artaxerxès , Roi de Perfe , ne crut pouvoir mieux confier fon armée

mée qu'à ce même Iſicratès, lorſqu'il voulut faire la guerre aux Egyptiens.

Parmi les fameux Généraux qui ſe formerent ſous Alexandre le Grand, & qui après ſa mort devinrent de puiſſans Monarques, deux des principaux ſortirent d'une famille très obſcure. Ptolomée, qui eut en partage l'Egypte & la Sirie, qui illuſtra ſi fort ſon nom, que ſes ſucceſſeurs ſe firent une gloire & un devoir de le porter, étoit fils d'un écuïer nommé Lac, qui n'eut jamais d'autre qualité & d'autre emploi dans l'armée d'Alexandre. Eumenès, le plus excellent Capitaine qu'eût ce Roi de Macédoine, & celui qui lui fut le plus utile, ſoit par ſon courage, ſoit par ſa prudence & ſes vaſtes connoiſſances, étoit fils d'un charetier.

Quittons les Grecs, & venons aux Romains. Deux de leurs plus grands Rois étoient d'une race très médiocre. Le premier Tarquin fut le fils d'un ſimple marchand de Corinthe. Servius-Tullius naquit d'une ſervante, quelques-uns diſent d'une eſclave. Cependant ces deux Monarques augmenterent beaucoup leur Empire: le premier, auſſi grand guerrier que bon politique, accrut le nombre des Sénateurs & des Chevaliers, & inſtitua de nouveaux Prêtres pour le ſervice des Dieux; le ſecond remporta pluſieurs grandes victoires, triompha de tous ſes en-

ennemis, & fut le fecond fondateur de Rome.

MARIU;S, ce fameux guerrier, qui fut fept fois Conful, & qui eut deux fois les honneurs du Triomphe, étoit né dans le village d'Arpin, d'une famille très obfcure. Cicéron, dont l'éloquence fauva Rome des fureurs de Catilina, s'éleva au Confulat par fon feul mérite. Ventidius, un des plus vaillans Capitaines qu'aient eu les Romains, aiant été muletier pendant fes premières années, fe fit enfuite foldat; & s'étant diftingué par plufieurs belles actions, trouva le moïen d'être connu de Céfar fous lequel il avoit fervi. Cet Empereur l'éleva d'emploi en emploi jufqu'à ceux de Conful & de Pontife. Il eut le commandement d'une Armée contre les Parthes, & fut le premier qui remporta contre eux une victoire complette.

AVANT de defcendre aux Héros qui ne dûrent fous l'Empire leur fortune qu'à eux-mêmes, parcourons quelques Nations étrangères, que les Grecs & les Romains appelloient barbares. La naiffance d'Arface, Roi des Parthes, fut fi baffe & fi vile, qu'on n'a jamais pû connoître fes parens. Il fut cependant le fondateur de l'Empire des Parthes, & fes belles actions le rendirent fi refpectable, que tous fes fucceffeurs furent appellés Arfacides, en mémoire du nom qu'il qu'il avoit porté, & qu'il avoit rendu si illuſtre.

AGATOCLES, Roi de Sicile, qui fit long-tems la guerre aux Carthaginois, étoit le fils d'un potier. La dignité de Roi ne l'enorgueillit jamais, il n'oublia point ſur le Trône ce qu'il étoit avant d'y parvenir; & pour s'en reſſouvenir tous les jours, & s'exciter davantage à la vertu, il ordonna que lorſqu'on lui donneroit à manger, on mît quelque vaſe & quelque plat de terre parmi ceux d'or & d'argent.

LE courageux Viriat, ſi vanté par les Hiſtoriens, & qui tant de fois défit & battit les Romains, eut pour pere un pauvre berger. Il garda quelque tems les troupeaux avec lui; mais enfin ennuié d'une vie auſſi tranquille, il s'adonna à la chaſſe, & paſſa quelques années à pourſuivre des bêtes féroces dans les forêts. Les Romains, aiant porté la guerre en Eſpagne, il aſſembla quelques-uns de ſes compagnons; & s'étant mis à leur tête, il attaqua pluſieurs fois des Partis Romains, les battit, & les mit en fuite. Sa réputation s'accrut peu-à-peu, & vint enfin ſi haut dans peu de tems, qu'il trouva le moïen d'aſſembler une armée nombreuſe, & de faire la guerre pendant quatorze ans pour la défenſe de ſon païs, contre les mêmes Romains, qu'il vainquit très ſouvent. Peut-être les cût-

eût-il entiérement chaffés de l'Efpagne,
s'il n'eût point péri par une infigne tra-
hifon.

REVENONS actuellement aux Empereurs d'Occident & d'Orient. Perti-
naux, quoique fils d'un artifan, parvint
à l'Empire à caufe de fa valeur & de fes
rares vertus. Il tint une conduite auffi
fage que le Roi de Sicile dont nous venons de parler. Les grandeurs ne l'eny-
vrerent point, il fut en faire un bon ufage. Pour élever le courage de tous les
particuliers, & les exciter à fe rendre
dignes de parvenir aux grandeurs, il fit
revêtir de marbre la boutique de fon pere, & voulut que ce fût un monument
éternel de ce que pouvoit faire la vertu
en faveur de ceux qui l'aimoient, & qui
la pratiquoient.

L'EMPEREUR Dioclétien, qui remporta tant de victoires, eut pour pere
un Libraire. Valentinien fut fils d'un
cordier; l'Empereur Probus, d'un jardinier, & l'Empereur Maximien, d'un fer-
rurier. Les parens d'Aurélien étoient fi
pauvres, qu'on ne les connoît point. Le
mérite perfonnel, la valeur, & la prudence furent les feules chofes qui éle-
verent ces Princes fur le Trône.

ALLONS plus avant, mon cher ben
Kiber, & des Empereurs paffons aux
Rois des Lombards qui leur fuccéderent
en Italie. Le troifième de ces Souve-

rains naquit d'une femme publique, qui,
l'aiant mis au Monde, accompagné de
deux autres freres dont elle accoucha
dans le même tems, & se trouvant em-
barrassée pour nourrir ses trois enfans,
les jetta dans un fossé où il y avoit quelque peu d'eau. Le Roi Algemond, pas-
sant auprès, vit ces trois enfans, dont
deux étoient déjà morts; il toucha le
troisième avec le bout de sa lance, soup-
çonnant qu'il étoit encore en vie. Dès
que cet enfant sentit la lance, il la prit
avec sa main. Le Roi ordonna qu'on le
retirât de l'eau, & qu'on eût soin de
l'élever. Il le fit nommer Lamusie, à
cause que le lieu où il avoit été trouvé,
s'appelloit Lama. Dans la suite cet enfant, abandonné dès sa naissance, trouva
la fortune si favorable, & sut si bien s'attirer l'amitié des peuples & des soldats,
qu'il fut Roi des Lombards. Je conviens,
sage & savant Abukibak, que ce sont-là
de ces coups du destin, auxquels on ne
doit pas s'attendre; mais je soutiens que
sans la vertu & le mérite, il eût été i-
nutile que le sort eût voulu favoriser
Lamusie.

PRIMISLAS est peut-être le seul
Roi qui n'ait dû totalement sa couronne
qu'au hazard. Il étoit fils d'un païsan, &
s'occupoit à labourer la terre lorsque les
Bohémiens, ne pouvant s'accorder entre
eux pour l'élection d'un Roi, convinrent

de

de lâcher dans la campagne un cheval
fans bride & fans frein, & que celui devant qui il s'arrêteroit, feroit reconnu
Roi. Le cheval étant venu devant Pri-
miflas qui labouroit tranquillement fes
champs, s'arrêta auprès de lui. Il fut
très furpris qu'on l'environnât dans l'inftant, qu'on l'ôtât de fa charrue, & qu'on
le reconnût pour Roi de Boheme. Ce
qu'il y a de plus fingulier, c'eft que ce
Monarque laboureur fut un excellent
Souverain, qui inftitua plufieurs loix très
fages & très fenfées; c'eft lui qui fit en-
tourer de murailles la ville de Prague.
Que l'on dife après cela, que la feule
naiffance infpire des fentimens dignes de
commander aux hommes. Combien de
Rois, defcendus d'une fuite nombreufe
de Princes, ont été inférieurs à un pauvre païfan dans l'art de gouverner les
peuples, & qui plus eft, dans l'art de les
rendre heureux?

TAMERLAN, dont les vaftes con-
quêtes furent plus étendues que celles
d'Alexandre, qui vainquit dans Bajazet
un ennemi auffi redoutable que Porus,
naquit fimple berger. Cromwel, qui
détrôna des Rois & les conduifit fur l'é-
chafaut, étoit un fimple bourgeois de
Londres. Ce fameux Thamas Kouli-
kan, dont la fageffe & la valeur font aujourd'hui l'étonnement de l'Europe, eft
auffi inconnu par fes parens, qu'il eft cé-

lèbre

lèbre par ses actions ; on ignore même
dans quel païs il a pris naissance.

LE vaillant & vertueux Capitaine, qui
fut le pere de François Sforce , dont les
enfans furent pendant long-tems Ducs
de Milan, étoit natif d'un village nommé
Coutignol, & fils d'un pauvre laboureur.
Des soldats , qui passoient auprès des
champs qu'il cultivoit , le menerent a-
vec eux. Il se distingua par tant de belles actions, qu'il parvint jusqu'au grade
de Général. Le Maréchal Faber eut
pour pere un serrurier.

LE Maréchal de Catinat sortoit d'une
famille bourgeoise. Le Général Lauba-
nie, qui défendit Landau si vaillamment,
étoit le fils d'un barbier.

PASSONS de l'état des Laïques à celui des Ecclésiastiques, nous trouverons
un nombre considérable de simples particuliers que le seul mérite a conduits au
souverain Pontificat. Le Pape Jean XXII.
eut pour pere un cordonnier ; le Pape
Nicolas V. un vendeur d'œufs & de pou-
les ; le Pape Sixte IV. un matelot. Tout
le monde sait que le premier métier de
Sixte-Quint fut de garder les cochons.
Combien n'y a-t-il pas d'Evêques & de
Cardinaux qui ne doivent leur rang qu'à
leurs éminentes qualités ? Mazarin étoit
le fils d'un pauvre bourgeois Romain ;
Albéroni l'est d'un jardinier.

QUANT aux Écrivains & aux Auteurs

teurs célèbres, les plus diftingués d'entre eux ont prefque tous eu des parens pauvres, & de baffe condition. Nous avons vû que Cicéron ne fortoit point d'une famille illuftre. Le pere de Démofthene étoit forgeron ; celui de Virgile, potier ; celui d'Horace, affranchi ; celui de Théophrafte, fripier ; celui du Philofophe Medene, menuifier ; celui du fameux Amiot, corroïeur ; celui de la Motte, chapelier ; celui de Rouffeau, cordonnier ; celui de l'éloquent Pere Maffillon, aujourd'hui Evèque de Clermont, tanneur.

J'ai pris plaifir, ftudieux ben Kiber, à mettre fous tes yeux une partie des grands hommes qui n'ont dû leur fortune & leur réputation qu'à eux-mêmes, afin de t'encourager à fuivre leurs exemples. Laiffes les Grands fe vanter follement que la fortune n'eft occupée que d'eux feuls, & confidéres fans ceffe qu'elle a fouvent fait pour les plus petits particuliers vertueux ce qu'elle n'a jamais exécuté pour les plus grands Seigneurs. Forces-la donc par ton mérite à réparer l'injuftice qu'elle t'a faite, en ne te donnant pas un état qui répondît à tes fentimens & à ton mérite. Songes fans ceffe à ceux, qui, nés dans un rang bien plus vil & plus abjeét que le tien, fe font élevés au faîte des grandeurs. Rien n'eft plus propre à encourager que les grands exem-

ples ;

ples ; auffi voudrois-je qu'on préfentât fans ceffe aux yeux des peuples les actions des hommes, qui par leur mérite extraordinaire fe font diftingués des autres , & ont fù fe faire un deftin bien plus beau que celui qu'il fembloit que le Ciel leur eût marqué. De pareilles inftructions feroient infiniment utiles au bien public & à l'encouragement des particuliers. Le foldat fentiroit fon ardeur fe ranimer; le Magiftrat s'appliqueroit davantage à fon métier ; l'Eccléfiaftique s'attacheroit plus fortement à l'étude; le Courtifan changeroit fes vertus platrées contre des qualités effentielles & réelles; le Gentilhomme fuiroit l'oifiveté ; enfin le Savant emploieroit tous fes foins à perfectionner fes talens.

JE te falue , mon cher ben Kiber, & te fouhaite une parfaite-fanté.

LETTRE SOIXANTE-HUITIEME.

Ben Kiber, *au Cabaliste* Abukibak.

TU feras peut-être furpris, fage & favant Abukibak, de ce que je vais t'apprendre. J'ai réfolu de fixer ma demeure dans une aimable folitude, au pied d'une montagne voifine des Alpes. Là, retiré du monde, loin du tumulte & des embarras, mes jours couleront, tiffus d'or & de foie. La lecture des bons Livres fera ma principale occupation, & la chaffe & l'agriculture me ferviront tour à tour d'amufement. Je renonce pour jamais à tout ce qui pourroit troubler mon repos; la gloire, de quelque efpèce qu'elle foit, ne fauroit me tenter. Je me moque de la folie d'un homme, qui, pour parvenir à quelque grade diftingué dans les armées, va fe faire couper un bras, ou fracaffer une jambe, comme s'il en avoit trop de deux, & que la moitié de fes membres lui fuffent à charge.

LORSQUE je confidére dans les appartemens de Verfailles plufieurs Officiers-Généraux mutilés, je crois voir un hôpital, où l'on a renfermé des fous qui

ont

ont troqué contre un morceau de par-
chemin les jambes ou les bras qui leur
manquent. Eſt-il rien de ſi comique pour
un Philoſophe que d'examiner ſans préjugé la conduite de certains hommes, qui,
pour avoir le droit de porter un ruban
rouge ou bleu, vont ſe faire eſtropier par
quelque Allemand, ou par quelque Hollandois? Si les rubans ſont ſi néceſſaires
pour relever le mérite d'un homme, ne
peut-on les obtenir ſans faire le métier
d'un fou ou d'un enragé? Cela étant,
bienheureux ſont ceux qui ſe moquent
d'un pareil mérite, & qui, comme moi,
dans une retraite paiſible rient du guerrier & de ſa récompenſe!

LES charges & les emplois de la Robe
ne me tentent pas davantage que les honneurs militaires. Je regarde comme un
eſclave, un homme deſtiné à donner tous
ſes ſoins & tous ſes momens aux affaires
de tous les particuliers. Le Public, ſelon moi, eſt un maître auſſi dur, auſſi
barbare, auſſi difficile à ſervir & à contenter que le plus cruel pirate Algérien.
Un Juge eſt un veritable captif, dont les
fers, pour être dorés, n'en ſont pas moins
peſans.

QUELLE eſt la vie d'un Magiſtrat
qui veut remplir dignement ſes fonctions? Je n'en connois pas de plus pénible. Depuis le matin juſqu'au ſoir, il eſt
ſans ceſſe occupé à éclaircir des affaires
que l'affreuſe chicane a travaillé à obſ-
cur-

curcir pendant trente ans. Entouré de
facs de papiers, il paffe fes jours dans la
poudre d'un cabinet, dont il ne fort que
pour aller au Palais entendre heurler les
Procureurs, mentir les Avocats, & ge-
mir les Plaideurs. Son fort feroit encore
moins malheureux, fi fes peines étoient
fuivies de quelques fruits : mais fouvent,
& même prefque toujours, elles ne fervent à rien ; les formalités étouffent &
rendent inutile le bon droit. Combien
de fois n'arrive-t-il pas dans un mois,
qu'un Confeiller au Parlement a la douleur de voir que malgré les foins qu'il fe
donne, il ne peut venir à bout de faire
condamner un fripon qui a trouvé le fecret de rendre fon affaire imperdable par
quelque défaut de formalité, dans lequel
il a fait tomber l'honnête homme contre
lequel il plaide ?

Q u o i, fage & favant Abukibak ! pour
avoir le droit de porter une robe rouge,
de m'affeoir fur des bancs couverts d'une
tapifferie fleurdelifée, je facrifierois le repos de toute ma vie ! Encore s'il m'é-
toit permis de m'endormir fur ces bancs,
& que je puffe faire légitimement ce que
tant de Magiftrats font mal-à-propos
contre la bienféance & l'équité, je trouverois mon fort moins à plaindre, & je
ronflerois auffi fort que les Avocats crieroient ; mais lorfqu'on veut faire un métier auffi délicat que celui d'un Juge,

peut-

peut-on apporter trop de précaution à
en remplir dignement les fonctions? Un
Magiſtrat qui fait ſon emploi en homme
intègre, eſt l'eſclave du Public; mais celui qui le néglige, eſt regardé comme
une perſonne infame & indigne du rang
où elle eſt. Quelque penible que ſoit la
charge d'un Juge, il lui eſt donc cent
fois plus avantageux de ſacrifier ſon repos que de ſonger à ſes plaiſirs & à ſes
commodités, puiſqu'en ſuivant la première maxime, il ne perd que ſa tranquillité, & qu'il ſe deshonore en adoptant
la ſeconde. Ne faut-il pas être fou pour
envier un état où l'on n'a à choiſir qu'entre les maux, lorſqu'on peut en trouver
qui n'offrent que des biens?

. L'Eccleſiastique, quelque ri-
che qu'il ſoit, ne me paroît pas plus heureux que le Magiſtrat (Je ſuppoſe un
Eccléſiaſtique galant homme, & qui n'a
point perdu toute honte). Quel ména-
gement n'eſt-il pas obligé de garder!
Quelle contrainte ne faut-il pas qu'il
s'impoſe! Son petit colet, ſon manteau
& ſa ſoutane ſont trois furies qui ſuivent ſes pas, & qui le tourmentent ſans
ceſſe. *J'aime la Muſique*, dira un Prêtre.
*Je voudrois bien aller à l'Opéra; mais ma
maudite ſoutane m'en empêche. Jamais ſoutane ne fut vûe dans une loge, ou dans un
amphithéatre. La quitterai-je? Que penſera-
t-on de voir un Curé en manteau court, au
mi-*

milieu de ses paroiss'ens? Allons , sacrifions le plaifir d'aller à l'Opéra à l'avantage d'avoir trois mille livres de rente.

,, NE pourrois-je point, dit un jeune
,, Abbé, aller dans une affemblée d'ai-
,, mables femmes qu'il y a chez la Com-
,, teffe ? On y foupera ce foir, & l'on
,, y danfera enfuite. Je n'ôferois me
,, trouver chez cette Dame, que penfe-
,, roit-on de voir au Bal un homme en
,, manteau court & en petit colet? Ah!
,, que tu me coutes cher, Abbaïe, que
,, tu me coutes cher! Si tu me donnes
,, de quoi faire bonne-chere , tu me
,, prives de la moitié des plaifirs de la
,, vie. ,,

A quoi fervent les biens , fage & favant Abukibak, qui ôtent une partie de
la liberté? Un homme fenfé ne préfe-
rera-t-il pas plûtôt d'être libre avec un
bien médiocre, que d'être efclave avec
des revenus fuperflus ? L'homme n'eft
jamais heureux dès qu'il eft géné : toute contrainte, de quelque èfpèce qu'elle
foit, l'afflige, le révolte ; & pour qu'il
fouhaite une chofe, & la regarde comme un grand bien , il fuffit qu'elle lui
foit défendue. Tel Eccléfiaftique , qui
fe foucieroit fort peu de certains plaifirs s'il étoit Laïque, donneroit la moitié de fes revenus pour pouvoir les gouter. J'ai connu un fort honnête Prêtre à
Paris, qui foupiroit amérement toutes
les fois qu'il paffoit devant la porte de
l'O-

l'Opéra. *Eſt-il poſſible*, me diſoit-il, *que je ne pourrai jamais voir danſer cette Camargo dont on parle tant?* Il entroit dans une eſpèce d'enthouſiaſme lorſqu'il entendoit vanter cette Danſeuſe. S'il n'eût pas été auſſi attentif qu'il l'étoit à garder les bienſéances, je ne doute pas qu'il ne ſe fût déguiſé en femme, comme ce Chanoine de Notre-Dame, fameux Janſéniſte, qu'on reconnut dans cet équipage à l'Opéra, il y a quelques années. Que ne fait pas la contrainte, puiſqu'elle force un bon ſerviteur de St. Paris à endoſſer la jupe & le cotillon? Qui ſait ſi elle n'a jamais fait prendre la cornete & la fontange à quelque diſciple d'Ignace, échappé à la pétulance des Mouſquetaires, qui furent la cauſe de la découverte & de la confuſion du Chanoine Janſéniſte?

Le ſort des perſonnes, qu'on regarde communément dans le monde comme les plus heureuſes, me paroiſſant bien plus à plaindre qu'à envier, n'ai-je pas raiſon, ſage & ſavant Abukibak, de chercher une aimable ſolitude, dans laquelle uniquement occupé du ſoin de conſerver ma ſanté & de cultiver mon eſprit, je donnerai à l'étude d'une ſage & utile Philoſophie tous les momens de ma vie? Que je regrette ceux que j'ai perdus, & qui ſe ſont écoulés dans une molle & honteuſe oiſiveté! J'ai trente-trois ans, & de tant d'années à peine

en

en ai-je vécu trois ou quatre ; car enfin eſt-ce vivre que de n'être uniquement occupé que de folies & de bagatelles , & que de ſuivre aveuglément tous les mouvemens & toutes les impreſſions d'une jeuneſſe étourdie ? C'eſt extravaguer , c'eſt ignorer entiérement la cauſe pour laquelle on a été créé , c'eſt enfin reſſembler aux animaux les plus vils & les plus abjects , qui ſe livrent ſans remords & ſans connoiſſance à tout ce qui peut flatter leurs ſens.

Je vais tâcher, ſage & ſavant Abukibak , de réparer le mauvais uſage que j'ai fait du tems. J'apprécierai chaque moment de celui qui m'eſt réſervé , il n'y en aura aucun qui ne ſoit emploié, ou à perfectionner le plus qu'il me ſera poſſible mes foibles connoiſſances , ou à me rendre plus ſage, plus vertueux, & plus digne de l'eſtime des honnêtes gens. Depuis près de trois ans, j'ai fait un *Noviciat de Philoſophie* aſſez pénible. La fortune a voulu me faire paſſer par bien des épreuves fâcheuſes pour m'affermir davantage dans le mépris des grandeurs humaines , & dans l'amour du bon & du vrai ; elle a réparé depuis quelques mois une partie des maux utiles qu'elle m'avoit faits. Je puis dans une retraite tranquille gouter toutes les véritables douceurs de la vie, ſans être à charge à mes amis , & ſans avoir rien à craindre ni à redouter de l'impuiſſante haine de

mes

mes ennemis. Ne faudroit-il pas que
je fuſſe auſſi peu ſenſé que le Petit-maître le plus étourdi, ſi, aiant des biens
auſſi réels, je regrettois un ſeul inſtant
les faux brillans dont les gens du monde
ſont éblouïs? Je vais donc me rendre
dans mon aimable ſolitude, & déjà j'en
ai pris la route. Lorſque je ſerai établi
dans ma nouvelle demeure, je te communiquerai quelquefois les réflexions que
j'y ferai, & je te prierai de m'apprendre
tes ſentimens. Tu continueras à me donner de tes nouvelles comme *Cabaliſte*,
& je continuerai à te faire part de mes
réflexions comme *Solitaire*. La méditation ne fournit pas moins de matière à
un Auteur, que les voïages & la cabale.

MAIS alors il faudra que tu ne ren-
des mes Lettres publiques qu'autant que
tu ſeras réſolu à vouloir prendre ma défenſe contre cette foule d'Auteurs ſubalternes, qui, ſemblables à ces vieux chiens
inquiets, jappent ſans ceſſe contre tout
ce qu'ils apperçoivent. Quelque vains
que ſoient leurs abboïemens, ils ennuient
un galant homme, lorſqu'il eſt forcé,
pour les faire ceſſer, de ſe détourner de
ſes occupations. L'Auteur des *Lettres
Juives* me diſoit un jour : *Je ſuis dans le
cas d'un homme, après lequel ſept ou huit
roquets & tournebroches, ſales & ga-
leux, abboïent dans les rues. Quelque ré-
ſolution qu'il forme de continuer ſon che-*
min

min *fans s'arrêter , ennuié du bruit de ces maudits chiens , il fe retourne , leve fa canne , & toute la meute de cuifine prend la fuite. A peine a-t-il fait trente pas , qu'il entend le même tapage , & que les roquets reviennent à la charge. Que faire dans cet embarras ? Il perd patience,& s'arrête encore ; & avant qu'il foit loin de la rue , il a été obligé de faire vingt fois le même manege. Je me promets tous les jours ,* continuoit cet Auteur , *de ne point perdre mon tems à illuftrer une troupe de roquets Littéraires ; mais malgré ma réfolution , ennuié de leurs fades critiques , je prends la plume , je les couvre de confufion , & je les expofe à la rifée du Public , qui fe divertit de leurs fottifes & de leurs impertinences. Je crois les avoir forcés à garder le filence , point du tout. La maudite meute recommence , & il faut que je me réfolve , ou à perdre des momens précieux , ou à la laiffer japper tout fon fou.*

J'ESPERE , fage & favant Abukibak , que dans la continuation de nos *Lettres* , étant plus à portée que moi de voir ce qui fe paffe , tu voudras bien partager avec moi le penible emploi de répondre aux barbouilleurs de papier qui nous attaqueroient. A ce prix , tu peus compter fur moi.

JE te falue , & t'embraffe de tout mon cœur.

LETTRE SOIXANTE-NEUVIEME.

Ben Kiber , *au sage Cabaliste* Abukibak.

IL y a quelques jours , sage & savant
Abukibak, que l'esprit rempli de réflexions Philosophiques sur la foiblesse de
l'esprit humain, je crus qu'il seroit aisé
de prouver qu'il n'y a aucune extravagance pour laquelle on ait enfermé des
fous dans l'hôpital, qui n'ait été adoptée
& crue, comme une chose évidente, claire & certaine, par quelque peuple. Frappé d'une idée aussi particulière, je voulus connoître par l'expérience si elle a-
voit quelque réalité. Je fus visiter les
insensés , j'examinai avec beaucoup de
curiosité quels étoient les différens genres de leur folie. Juges, sage & savant
Abukibak, de mon étonnement, lorsque je
fus parfaitement convaincu qu'il n'y a-
voit aucun fou dans les Petites-maisons
de Paris , qui n'eût pû passer pour très
sage chez quelque Nation. Tu seras d'a-
bord surpris de ce que je te dis, & tu
croiras que je pousse les choses à l'extrême; mais je ne te rapporte rien qui ne
soit

foit conforme à la plus exacte vérité, & tel est le malheur & la foibleffe de l'esprit humain, qu'il n'est aucune extravagance, aucune chimère qu'il ne foit capable d'adopter comme une chofe très excellente & conforme à la raifon. Souffres, pour t'en convaincre, que j'expofe à tes yeux les differentes folies des infenfés que je vis, & que je te rappelle les peuples & les Nations chez qui ces gens que nous regardons comme des extravagans, pafferoient pour des perfonnes très fenfées.

LE premier fou que j'examinai, avoit été enfermé, parce qu'il fe figuroit qu'il devoit bien-tôt devenir cheval de pofte, pour avoir defobéï aux ordres de St. François d'Affife, qui lui avoit ordonné en fonge de faire certaines prières tous les jours. *Je vais mourir,* difoit-il. *Dès que je ferai mort, mon ame fera obligée d'être pendant quatorze ans en pénitence dans le corps d'un cheval alefan. Je ne ferai délivré de cette peine que par les prières d'un bon Pere Capucin, qui fléchira la colère de fon Séraphique Pere St. François.* Ce fou étoit fi fortement perfuadé de ce qu'il difoit, qu'avant d'être renfermé, dès qu'il entendoit claquer un foüet, il frémiffoit ; & s'il appercevoit un charretier battant fes chevaux : *Arrétes !* s'écrioit-il, *impitoiable foüetteur ! Tu bats d'honnêtes gens qui valent cent fois mieux que toi.* On a enfermé à Paris, fage & favant Abuki-

Tome III. C bak,

bak, un homme, qu'on auroit regardé à
Peckin comme un des plus fages mortels. Mettons quelque Divinité Chinoife
à la place de Saint François; fubftituons
un Bonze à celle du Capucin, & voilà raifonnable, pieux & prévoiant,
le même homme qui étoit fanatique,
infenfé, vifionnaire, & digne des Petites-
maifons.

Le fecond fou que je vis, s'imaginoit
d'être perfécuté par le Diable, & de l'a-
voir très fouvent à fes côtés. *Monfieur
Lucifer*, lui difoit-il, *aiez pitié de moi, je
vous prie. Je vous donne tout ce que vous
me demandez, je vous offre des préfens, je
bois toujours le premier coup à votre fanté,
pourquoi venez-vous me tourmenter ?* Alors
il fe mettoit à genoux, baifoit la terre,
& faifoit mille autres extravagances.
Transportons cet homme, fage & favant
Abukibak, chez les peuples qui ne facrifient qu'au Diable, parce qu'ils difent
qu'ils en font cruellement tourmentés, &
qu'il eft inutile qu'ils prient la bonne Divinité qui ne leur fait jamais du mal, il
trouvera fes nouveaux concitoïens prêts
à adopter comme des vérités évidentes
les mêmes opinions qui le font renfermer
à Paris ; & s'il y a des hôpitaux pour
les infenfés dans les Indes, ceux qui voudront l'y condamner, fubiront la même
peine qu'on lui a impofée.

Le troifième fou qu'on me montra,
l'étoit devenu par l'amour & le refpect
qu'il

qu'il avoit pour les médailles des Saints ,
& les *Agnus.* Il en portoit toujours deux
ou trois cens fur lui ; il en avoit de pen-
dues au cou, aux bras, aux poings : plus
de trente ornoient fon eftomac ; & dès
qu'il égaroit quelqu'un de ces colifichets,
il fe croioit perdu. La pefte, la famine, la guerre, tout lui paroiffoit peu à
craindre avec ces prétendus Talifmans ;
fans eux, une feuille, agitée par le vent,
l'épouvantoit. Il ruinoit fes enfans & fa
famille pour acheter des *Béatilles fpiri-*
tuelles, il avoit donné à un Pélerin qui
venoit de Rome , cent louïs d'une Reli-
que. Conduifons cet homme en Efpagne, fage & favant Abukibak , avec fes
médailles, fes *Agnus*, & fes Chapelets :
à peine fera-t-il arrivé aux Pirénées ,
qu'il fera auffi refpectable qu'il l'étoit peu
auparavant. On fera bruler ceux qui di-
ront qu'il faut l'enfermer , l'Inquifition le
prendra , lui & fes médailles , fous fa
puiffante protection ; il vivra honoré de
tous fes voifins , & il fera canonifé après
fa mort.

JE confidérai avec peine & avec quelque étonnement un quatrième fou , qui
fe donnoit des coups, fe heurtoit la tête
contre la muraille , & qui, malgré la chaî-
ne qui le lioit, faifoit des efforts infinis
pour venir jufqu'à moi. *Quelle eft donc la folie*
de cet homme ? demandai-je à celui qui
m'avoit conduit à fa loge. ,, C'eft d'ex-
,, pier les péchés de tout le monde : il fe

C 2   ,, bat

,, bat sans cesse pour implorer la miséri-
,, corde de Dieu , & les coups qu'il
,, vient de se donner , sont pour obte-
,, nir le pardon de vos fautes. ,, A peine cet homme eut-il cessé de parler ,
que le fou commença à crier : *Convertis-*
sez-vous , misérables ! Voiez ce que je fais
pour effacer vos crimes. Je crus, sage &
savant Abukibak, oüir un de ces Bonzes
Chinois, qui trainent après eux de longues chaînes de trente pieds, & qui, la-
mentant & gémissant , disent d'un ton
lugubre : *C'est ainsi que nous expions vos pé-*
chés. Ils se frappent ensuite la tête contre un gros caillou, & se meurtrissent
tout le visage. Voilà , sage & savant
Abukibak , un Saint Indien regardé comme un fou à Paris ; cependant sa folie
est si excusable, qu'elle eût bien dû trouver grace. Il ne faut pas aller à la Chine pour la justifier ; sans sortir de la
France , combien n'y a-t-il pas de gens
attaqués de la même phrénesie ? Il est vrai
qu'ils ne se meurtrissent que les fesses &
les épaules, & que l'infortuné captif se
maltraitoit le visage ; mais la différence
d'un homme qui se foüette , à un autre
qui se soufflette , est-elle assez grande
pour que l'un doive être regardé comme un homme très sensé, & l'autre comme un extravagant à lier ? En bonne jus-
tice, il faut remettre ce fou en liberté , ou renfermer tous ces fanatiques
qui croient qu'entre leurs fesses & la
Di-

Divinité il eſt quelque liaiſon ſympathique.

LE cinquième fou que je vis, me parut plus divertiſſant que les autres. Il s'étoit perſuadé qu'il étoit Prophéte, & qu'il annonçoit l'avenir. Sa façon de prédire étoit tout-à-fait comique : il avoit une piéce de cuivre qu'il jettoit en l'air, en prononçant le nom de Saint Antoine, qui préſide aux choſes perdues. Si la piéce tomboit par terre du côté qu'il prétendoit marquer le bonheur, il annonçoit les choſes les plus gracieuſes ; mais ſi c'étoit du côté qui préſageoit les malheurs, il n'y avoit aucune infortune qu'il ne prédît. On ne l'eût point enfermé pour une folie qui n'avoit rien que d'amuſant, s'il s'en fût tenu-là ; mais comme on lui païoit ſes prédictions ſuivant qu'elles étoient plus ou moins gracieuſes, lorſque la médaille venoit trop ſouvent du mauvais côté, il s'en prenoit à St. Antoine, & le traitoit fort cavaliérement. *Tu ne vaus pas le Diable,* lui diſoit-il quelquefois ; *& tu es plus malicieux que lui. Tu tournes la Médaille pour me faire mourir de faim ; mais je t'attrapperai ; car pour te punir, je ne jeûnerai point la veille de ta Fête.* Ces extravagances aiant paru indécentes aux gens d'Egliſe, ils ont fait mettre le Prophéte aux Petites-maiſons. C'eſt un malheur pour lui de n'être pas né Chinois, il lui eût été permis de prédire

l'a-

l'avenir , & d'injurier autant qu'il eût
voulu, le St. Antoine de Peckin. ,, Rien
,, n'est plus singulier , dit un Auteur
,, moderne en parlant des Astrologues
,, de la Chine, que leurs manières de
,, consulter leurs Idoles domestiques. Ils
,, prennent deux petits bâtons plats d'un
,, côté , & ronds de l'autre : ils les at-
,, tachent l'un contre l'autre avec un fil ;
,, après quoi , ils prient affectueusement
,, l'Idole , & se persuadent fortement
,, qu'ils doivent en être exaucés. Ils
,, jettent les bâtons devant elle : si le
,, hazard veut qu'ils tombent sur le cô-
,, té plat, c'est alors qu'ils passent des
,, prières aux injures. Néanmoins ils
,, réitérent le sort ; & s'ils ne réüssissent
,, pas mieux, les coups suivent les in-
,, jures. Cependant ils ne se découra-
,, gent pas , & ils recommencent si
,, souvent le sort, qu'enfin il leur est fa-
,, vorable *. ,,

EN quittant la loge de ce cinquième
fou, j'entrai dans celle d'une femme qui
étoit devenue insensée , non pas pour
s'être mêlée de faire des prédictions ;
mais pour avoir cru trop aveuglément
à celles qu'on lui avoit faites. Son enfant avoit été la première victime de
sa folie. Trois semaines après avoir ac-
cou-

---

* Cérémonies & Coutumes Religieuses des
Peuples Idolatres, *Tome II. pag.* 248.

couché, elle avoit confulté fur fon fort un Difeur de bonne-avanture, qui lui annonça qu'il feroit très malheureux. Frappée de ce funefte pronoftique, & emportée par fon fanatifme, elle donna la mort à fon fils, & fe vanta de fon crime, comme d'une action remplie de piété & de tendreffe. Les Juges, aiant appris cet infanticide, firent arrêter cette femme, & inftruifirent fon procès dans toute la rigueur des loix ; mais aïant reconnu évidemment qu'elle étoit folle, ils la condamnerent à être renfer‑‑mée pour toujours. Si elle fût née chez les Banians, elle eût paffé pour très fage & très prudente. Chez ces peuples, auffi-tôt qu'un enfant vient au Monde, on confulte un Aftrologue fur fa deftinée : fi les aftres ne lui font point favorables, on lui donne la mort, com‑me la plus grande faveur qu'il puiffe ef‑perer de fes parens.

J e vis une feconde folle, dont les difcours me divertirent beaucoup. *Mon-fieur*, me dit-elle, *vous voiez une fille que le Ciel a comblée d'honneur. St. Paris, ce grand Saint, au tombeau duquel s'opérent tant de Miracles, a bien voulu quitter le Ciel pour venir me faire un enfant. Je fuis enceinte actuellement de fes œuvres, & je dois accoucher d'un grand perfonnage, qui anéantira les Jéfuites, réduira en poudre tous les Héretiques, détruira l'Empire des*

C 4   *Turcs,*

Turcs , & réformera le luxe de la Cour de Rome. ,, Cette fille eſt-elle enceinte ? ,, demandai-je à l'homme qui me condui- ,, ſoit. ,, *Oui , Monſieur,* me dit-il, *elle l'eſt : véritablement l'on ignore de qui , & l'on croit que la crainte qu'elle a eue qu'on ne connût ſa foibleſſe , l'a fait devenir folle.* Chez les Péruviens , ſage & ſavant Abukibak , la prétendue concubine de St. Paris eût trouvé dans tous les eſprits une aveugle croiance ; on n'eût point regardé comme une choſe extraordinaire que le bon Diacre eût quitté pour quelque tems le céleſte ſéjour , pour venir prendre ſes ébats ſur la terre. Ces peuples ont des filles, ou des Religieuſes , conſacrées au ſervice du Soleil. Si elles deviennent enceintes, elles doivent être brulées par les loix , mais dès qu'elles aſſûrent que c'eſt le Soleil qui les a connues , leur groſſeſſe devient reſpectable *. A coup ſûr, dans un païs où l'on croit que le

So-

---

* *In Peruvii Regni finibus receptum , Solem colere : quod Ingæ Reges pro Firmamento aut Inſigni Dominationis inſtituerunt , cum eſſent Dii antea diverſi. Illorum ſolemne , Templa ubique Soli erigere , ampla , magnifica , auro laqueata aut ſtrata. In iis caſtæ aliquot Virgines , quarum pudicitia devota : nec fas polluere , niſi ut luerent morte. Excuſatur ſi qua juravit compreſſam ſe & ex eo uterum ferre.* Lipſii Monit. & Exempl. Politica, Cap. III. pag. 27.

Soleil interrompt fa courfe pour venir coucher avec une fille, on ne regarderoit pas comme une extravagance de prétendre qu'un Saint Janféniſte puiſſe faire des bâtards.

La folie de la troiſième femme qu'on me montra, étoit encore plus ſingulière que celle de la feconde. Sa fantaiſie étoit de baifer le bouton de la culotte de tous les Réverends Peres Jéfuites qu'elle rencontroit. En eût-elle trouvé un chez le Pape, au lieu de courir à la pantoufle du St. Pere, elle eût été fe proſterner devant la culotte de l'Ignacien. Elle fe figuroit qu'il y avoit autant de vertu dans toutes celles de ces Réverends Peres, que dans les Reliques les plus opérantes. Si cette Dévote fût née dans le Roïaume de Golconde, ou dans celui de Bifnagar, il lui eût été permis de baifer non feulement le bouton de la culotte, mais encore bien d'autres piéces. Les Faquirs, ou Jéfuites Golcondois font fort accoutumés à recevoir de ces baifers fi extravagans en Europe. Les Auteurs nous apprennent *qu'on voit des Dévotes venir baifer à ces Faquirs les parties du corps les plus cachées, fans que pour cela ils détournent tant foit peu les yeux.* Je ne voudrois pas jurer que fi cette mode s'établiſſoit en Europe, les Moines y euſſent autant de gravité. Plus d'un Cordelier lorgneroit tendrement

la

la dévote Baiseuse, & malheur à celles
qui auroient des lunettes ; car on verroit bien souvent arriver le cas dont
l'ingénieux la Fontaine a fait le sujet
d'un de ses Contes, & qui causa la perte de Besicles de la vieille Abbesse.

LAISSONS la plaisanterie, sage &
savant Abukibak, & plaignons les hommes, en considérant la foiblesse de leurs
esprits. Que devient cette raison, cette lumière naturelle dont certains Philosophes parlent tant ? N'a-t-elle été
accordée qu'à de certains peuples ? L'a-
me des autres n'est donc ni de la même
nature, ni de la même espèce que la
leur. A-t-elle été donnée également
à tous les hommes? D'où vient agissent-
ils si diversement? Qui sont les sages ?
Qui sont les fous? Chacun veut connoître le vrai, où trouver des juges sans
préjugés, qui puissent décider cette dis-
pute?

JE te salue, sage & savant Abukibak.

❀❀❀❀❀❀❀❀:❀❀❀❀❀❀❀❀

LETTRE SOIXANTE-DIXIEME.

Le Cabalifte Abukibak, *au ftudieux* ben Kiber.

LE parallèle que tu fais, ftudieux ben kiber, dans ta dernière Lettre en-tre les extravagances de plufieurs infen-fés Européens & les ufages de certains peuples Afiatiques, Afriquains, &c. m'a fait refléchir aux mœurs des Nations an-ciennes. Je crois pouvoir établir, après un mûr examen dans lequel j'ai taché d'é-loigner le plus qu'il m'a été poffible, tous les préjugés, qu'il en a été dans tous les tems, ainfi que dans les nôtres, & que plufieurs peuples ont toujours eu des cou-tumes directement oppofées à celles des autres; de forte qu'un homme qui paffoit pour très fage parmi les premiers, au-roit été regardé comme un extravagant chez les autres. Je vais encore plus loin, & je foutiens que foit chez les Moder-nes, foit chez les Anciens, toutes les Nations, même les plus civilifées, avoient & ont encore plufieurs ufages directe-ment oppofes à la raifon. Un Philofo-phe qui les confidére avec quelque at-tention, en connoît d'abord le ridicule.

Je te communiquerai, ftudieux ben Ki-ber,

ber, les réflexions que j'ai faites, en lifant Hérodote & Diodore de Sicile, fur
les mœurs & les loix des principaux peuples anciens. Je rapporterai d'abord purement & fimplement ce qu'en difent ces
Auteurs, enfuite je remarquerai les chofes abfurdes, ridicules, puériles, dont
ils étoient zélés obfervateurs. Les Lettres que je t'écrirai fur ce fujet, pourroient fervir à l'hiftoire des égaremens
de l'efprit humain.

COMMENÇONS par les Egyptiens. „ Comme ils ont, dit Hérodote *, un air &
„ une rivière, dont la nature eft différen-
„ te de celle des autres, ils fe font auffi
„ établi des loix & des ordonnances,
„ pour la plûpart différentes de celles
„ qu'on obferve aux autres païs. Les
„ femmes conduifent parmi eux tout le
„ commerce, elles tiennent taverne, &
„ demeurent aux boutiques, tandis que
„ les hommes filent dans la maifon. Les
„ autres Nations font leurs tiffures en
„ montant, & les Egyptiens en abaif-
„ fant; les hommes y portent les far-
„ deaux fur leurs têtes, & les femmes
„ fur leurs épaules; les femmes piffent
„ debout, & les hommes s'abaiffent pour
„ cela. Il ne leur eft pas permis de vui-
„ der

* Herod. *Liv. II. pag.* 227. Je me fers dans
cette Lettre, ainfi que dans les autres, de la
Traduction de du Ryer.

„ der leur ventre hors de la maifon;
„ mais ils mangent dehors & dans les
„ rues, & difant pour raifon que les cho-
„ fes deshonnêtes, mais néceffaires, doi-
„ vent fe faire en fecret; & que celles
„ qui ne font pas deshonnêtes, fe doivent
„ faire publiquement. La femme n'y
„ fauroit être la Prêtreffe d'aucun Dieu,
„ ni d'aucune Déeffe; mais les hommes
„ font les Prêtres de tous les Dieux &
„ des Déeffes. Les enfans mâles ne peu-
„ vent être contraints de nourrir malgré
„ eux leur pere & leur mere; mais les
„ filles y font contraintes, encore qu'el-
„ les ne le vouluffent pas. Aux au-
„ tres païs les Prêtres portent de grands
„ cheveux; mais ils font rafés en Égyp-
„ te. Aux autres païs on a de coutume
„ de fe faire rafer aux funerailles d'un
„ parent; au contraire les Egyptiens fe
„ laiffent croître les cheveux, mais ils
„ fe font couper la barbe. Aux autres
„ païs on a fon vivre, féparé de celui des
„ bêtes; mais les Egyptiens mangent
„ avec les bêtes. Les autres peuples vi-
„ vent d'orge & de froment, & c'eft
„ une honte aux Egyptiens de vivre des
„ chofes qui en font faites; ils font leur
„ pain d'une efpèce de grain, qui eft en-
„ tre l'orge & le froment. Ils petriffent
„ & remuent la farine détrempée en eau,
„ avec les pieds, & manient la fange &
„ la boüe avec les mains. Les autres
„ laiffent les parties naturelles comme la
„ Na-

,, Nature les a données, excepté ceux
,, qui ont été inftruits par les Egyptiens;
,, mais les Egyptiens fe font circonci-
,, re . . . . . Les Prêtres fe rafent tout le
,, corps de trois en trois jours, afin que
,, quelque vermine ou quelque autre
,, forte d'ordure ne s'engendrent point
,, en des hommes qui préfident au culte
,, des Dieux. . . . Ils ne font aucune dé-
,, penfe des biens qui leur appartiennent;
,, mais chacun d'eux a chaque jour fa
,, portion des viandes facrées, qu'on leur
,, donne toutes cuites, & plus même
,, qu'il ne leur faut, de chair de bœuf
,, & d'oye. On leur donne auffi du
,, vin, fans qu'ils fe mettent en pei-
,, ne de rien chercher; mais il ne leur
,, eft pas permis de manger du poif-
,, fon. Les Egyptiens ne fement point
,, de feves, & ne les mangent ni
,, crues, ni cuites, & les Prêtres ne
,, peuvent feulement les regarder, s'ima-
,, ginant que cette forte de legume eft
,, immonde. ,,

Examinons, ftudieux ben Kiber,
combien d'impertinences & de folies il y
a dans les coutumes bizarres du plus ancien des peuples, ou du moins de celui
chez lequel nous découvrons les premières traces des Sciences & des Arts. Ne
nous arrêtons pas aux hommes, *filant
dans l'intérieur des maifons*, & aux femmes, *vendant le vin dans les tavernes*. Ac-
cordons encore aux deux fexes la liberté

berté de piffer comme ils le jugeront à propos, laiffons-les fupporter les coliques les plus violentes plûtôt que d'ôfer *vuider leur ventre hors de leur maifon*, permettons *qu'ils mangent, expofés aux injures de l'air*, fans pouvoir dîner ou fouper dans leurs appartemens ; mais en leur donnant autant de permiffion, ne foions pas auffi indulgens fur la loi qui *difpenfe les enfans mâles de nourrir leurs parens*. Eft-ce que les garçons ont moins d'obligation que les filles à leur pere & à leur mere? Sont-ils d'une efpèce différente de celle de leurs parens. Ne leur appartiennent-ils qu'en partie ? Quel bizarre & criminel ufage! Il faut être privé non feulement de la raifon, mais de tous fentimens humains, pour ne pas en être révolté. Que dirons-nous de la coutume *de manger avec les bêtes*, n'eft-elle pas bien fingulière, fur-tout dans des gens qui en d'autres occafions étoient efclaves de la propreté, & fe lavoient avec tant de foin? Celle *de détremper la farine avec les pieds, & de manier la fange & la boûe avec les mains*, n'eft pas moins craffeufe & moins particulière. Quant aux ufages des Prêtres, quelque ridicules qu'ils foient, trois mille ans n'ont pû les détruire, & ils font encore en vogue aujourd'hui chez la moitié des Européens, où une foule de fainéans, vêtus d'une manière comique, *fans faire aucune dépen-*

fe

se de leur bien , consumant celui des gens
du Monde , *mangent la portion des viandes*
quêtées , qu'on leur donne toutes cuites. On
leur apporte aussi du vin ; mais il est défendu
à plusieurs de manger du bœuf & du mou-
ton ; ils ne peuvent vivre qu'avec du
poisson. La seule différence qu'il y a
entre les folies des Egyptiens & des Européens est bien petite ; car il est aussi
ridicule de se figurer que la Divinité
soit fort honorée parce qu'on ne mange
pas du poisson, que parce qu'on s'abstient
au contraire de la viande. Il faut être
bien extravagant pour se figurer qu'un
brochet dans l'estomac d'un Prêtre of-
fense mortellement le Ciel ; mais il faut
ne l'être pas moins pour penser qu'une
perdrix, mangée par un Chartreux, met
le Moine au fond des Enfers. Quelle folie d'ériger Dieu en Intendant , ou en
Maître-d'hôtel , qui régle la table de
quelques particuliers ! L'horreur que les
Egyptiens avoient pour les feves, & la
crainte que les Prêtres avoient que leur
vûe ne souillât la pureté de leur ministère , est le comble de l'extravagance.
Qu'est-ce qu'une feve, sinon un morceau
de terre inanimé, ainsi que l'est un autre légume. Est-ce le suc qu'elle contient,
qui peut corrompre l'ame ? C'étoit assez
de s'en interdire l'usage ; mais pour s'en
défendre la vûe, il falloit qu'il s'en dé-
tachât certaines particules bien subtiles

&

& bien venimeufes. Aujourd'hui le bon fens & la raifon ont fait évanoüir ce poifon dangereux, on mange des feves comme des pois. Le venin de ce premier legume paffe fur la viande pendant un certain tems de l'année; peut-être que dans quatre ou cinq cens ans le Carême & les Vigiles auront le même fort que les réveries Egyptiennes. .Paffons des Egyptiens aux Éthiopiens.

,, Les Ethiopiens, * dit Diodore de
,, Sicile, ont plufieurs loix fort diffé-
,, rentes de celles des autres peuples,
,, fur-tout pour ce qui regarde l'élection
,, des Rois. Les Prêtres choififfent les
,, plus honnêtes gens de leur Corps; &
,, les enfermant comme dans un cercle,
,, celui de ces derniers que prend au ha-
,, zard un des Prêtres qui entre dans le
,, cercle, en marchant & en fautant com-
,, me un Ægyppan ou un Satyre, eft dé-
,, claré Roi fur le champ, & tout le peu-
,, ple l'adore comme un homme, char-
,, gé du gouvernement par la Providen-
,, ce divine. Le nouvel Elu commence
,, à vivre de la manière qui lui eft pref-
,, crite par les loix. En toutes chofes il
,, fuit la coutume du païs, ne puniffant
,, & ne récompenfant que felon les rè-
,, gles,

* Diodore, *Liv. III. pag.* 266. Je me fers de la Traduction de l'Abbé Teraffon.

,, gles, établies dès l'origine de la Na-
,, tion. Il eſt défendu au Roi de faire
,, mourir aucun de ſes ſujets, quand mê-
,, me il auroit été déclaré en jugement
,, digne du dernier ſupplice; mais il en-
,, voie un Officier qui lui apporte le ſi-
,, gnal de la mort; & auſſitôt le crimi-
,, nel s'enferme dans ſa maiſon, & ſe
,, fait juſtice lui-même. Il ne lui eſt
,, point permis de s'enfuir en des Roïau-
,, mes voiſins, & de changer ainſi la pei-
,, ne de mort en un banniſſement, com-
,, me font les Grecs. On raconte à ce
,, ſujet qu'un certain homme, aiant vû
,, cet ordre de mort qui lui étoit envoié
,, de la part du Roi, & ſongeant à s'en-
,, fuir hors de l'Ethiopie, ſa mere qui
,, s'en doutoit, lui paſſa ſa ceinture au-
,, tour du col ſans qu'il ôſât ſe défendre,
,, & l'étrangla ainſi, de peur, diſoit-el-
,, le, que ſon fils ne procurât par ſa fui-
,, te une plus grande honte à ſa famil-
,, le. Il y avoit quelque choſe encore
,, de plus extraordinaire dans ce qui re-
,, gardoit la mort des Rois. Les Prêtres
,, qui ſervent à Méroé, y ont acquis un
,, très grand pouvoir. Ceux-ci, quand
,, il leur en prenoit fantaiſie, dépêchoient
,, un courier au Roi pour lui ordonner
,, de mourir. Ils lui faiſoient dire que
,, les Dieux l'avoient ainſi réglé, & que
,, ce ſeroit un crime de violer un ordre
,, qui venoit de leur part. Ils ajoutoient
,, plu-

,, plufieurs autres raifons qui furpre-
,, noient aifément des hommes fimples,
,, prévenus d'une ancienne coutume, &
,, qui n'avoient pas affez de force d'ef-
,, prit pour réfifter à ces commande-
,, mens injuftes. En effet, les premiers
,, Rois fe font foumis à ces cruelles or-
,, donnances fans aucune autre contrain-
,, te que celle de leur propre fuperfti-
,, tion. Ergamenès, qui regnoit du tems
,, de Ptolomée fecond, & qui étoit inf-
,, truit de la Philofophie des Grecs, fut
,, le premier qui ôfa fecoüer ce joug
,, ridicule. Aiant pris une réfolution
,, vraiment digne d'un Roi, il s'en vint
,, avec fon armée attaquer la forterefle
,, où étoit autrefois le Temple d'or des
,, Ethiopiens. Il fit égorger tous les Prê-
,, tres, & inftitua lui-méme un culte
,, nouveau. Les amis du Prince fe font
,, fait une loi qui fublifte encore, quel-
,, que fingulière qu'elle foit. Lorfque
,, leur maître a perdu l'ufage de quel-
,, qu'une des parties de fon corps par
,, maladie, ou par quelque accident,
,, ils fe donnent la même infirmité,
,, croiant que c'eft une chofe honteu-
,, fe, par exemple, de marcher droit
,, à la fuite d'un Roi boiteux, & il leur
,, paroît abfurde de ne pas partager a-
,, vec lui les incommodités corporelles,
,, puifque la fimple amitié nous oblige
,, à prendre part à tous les biens & à

D 2   ,, tous

,, tous les maux qui arrivent à nos amis.
,, Il eſt même fort commun de les voir
,, mourir avec leurs Rois, & ils pen-
,, ſent qu'il leur eſt glorieux de don-
,, ner ce témoignage d'une fidélité conſ-
,, tante. De là vient que chez les E-
,, thiopiens, il eſt difficile de former au-
,, cune entrepriſe contre le Roi, par
,, l'attention que tous ſes amis appor-
,, tent à leur conſervation commune.
,, Ce ſont-là les loix & les coutu-
,, mes des Ethiopiens qui demeurent
,, dans la capitale, & qui habitent l'iſ-
,, le de Méroé, & cette partie de l'E-
,, thiopie qui touche à l'Egypte. ,,

DANS ma première Lettre je te communiquerai mes réflexions ſur tant d'u-
ſages ſinguliers.

PORTE-toi bien, ſtudieux ben Kiber.

LETTRE SOIXANTE-ET-ONZIEME.

Abukibak, *au ſtudieux* ben Kiber.

SI les Souverains Ethiopiens étoient forcés de ſe conformer aux loix du païs, & ſi par un réglement auſſi ſage qu'inviolable, ils ne pouvoient les enfreindre ſous quelque prétexte que ce fût, en revanche la manière dont ils étoient élus, étoit bien folle & bien ridicule. Y a-t-il rien de ſi abſurde que d'enfermer dans un cercle un nombre de perſonnes qui ſautent & cabriolent, & de choiſir pour Roi celui de ces ſaltinbanques qu'on ſaiſit au hazard? J'aimerois autant qu'on prît un Monarque ſur le tombeau de St. Paris, & qu'on érigeât en Souverain quelque fameux convulſionnaire.

La ſoumiſſion *aveugle que les Ethiopiens avoient pour les ordres de leurs Souverains*, n'en eſt pas moins condamnable, quoiqu'elle ſoit encore établie aujourd'hui chez les Turcs, & peut-être chez d'autres peuples beaucoup plus policés. N'eſt-il pas naturel qu'un homme cherche à conſerver ſa vie, & le fanatiſme qui lui

D 3
en

en ôte le pouvoir, ne doit-il pas être
bien fort? Un Ethiopien qui négligeoit
les moïens de fuir la mort qu'on lui des-
tinoit, étoit un fou; un Turc qui agit de
même n'eſt pas plus ſage, & toutes les
coutumes qui ſont fondées ſur des principes oppoſés à ceux de la Nature, ne
prennent leur ſource que dans le fanatiſme, & ne ſont ſoutenues que par la
force des préjugés. Dès que les hommes viennent à ouvrir les yeux, dès
qu'ils font uſage de la raiſon, ils s'apperçoivent de leur erreur, & comprennent
combien il leur eſt important de les a-
bandonner entiérement. L'exemple d'Ergamenès qui s'affranchit du joug ſous lequel avoient gemi ſes prédéceſſeurs, en
eſt une preuve évidente. La connoiſſance de la Philoſophie des Grecs, c'eſt-à-
dire la liberté de penſer, de refléchir &
de raiſonner lui fit voir les malheurs des
Rois auxquels il avoit ſuccédé; il comprit qu'il devoit s'affranchir de la tyrannie des Prêtres qui en avoient fait perir pluſieurs. Il falloit que les Souverains qui avoient regné avant lui, fuſſent
bien ſtupides pour ſe réſoudre à mourir
tranquillement, lorſque les Prêtres de
Méroé jugeoient à propos de leur ordonner de partir de ce Monde. Si les
Eccléſiaſtiques étoient les maîtres aujour-
d'hui de donner des ordres à leurs Princes pour faire un pareil voïage, il ſeroit
plus

plus dangereux d'être Souverain que Mineur, ou Grenadier. On verroit tous les jours des Lettres de cachet expédiées aux Rois qui ne laisseroient pas gouverner les Eccléfiastiques, & le moindre impôt qu'on mettroit sur le Clergé, feroit donner un ordre au Souverain de se rendre en diligence en Paradis, si tant est qu'on ne l'exilât pas en Purgatoire, & qui pis est, en Enfer. Les Prêtres modernes sans doute ne se feroient pas un plus grand scrupule que les anciens, de faire entrer le Ciel dans leur dessein. Nous pouvons en juger par les manœuvres réciproques des Janséniftes & des Moliniftes, qui ne manquent jamais d'autorifer par la Religion tous les crimes qu'ils commettent, & tous les maux qu'ils se font mutuellement.

Venons à préfent, ftudieux ben Kiber, à la folie de ces courtifans qui se faifoient eftropier ou mutiler, pour imiter les défauts corporels de leurs Princes, & qui penfoient que *c'étoit une chofe honteufe de marcher droit à la fuite d'un Roi boiteux.* Si l'on obtenoit aujourd'hui des charges & des emplois en faifant des extravagances auffi grandes, je ne doute pas qu'on ne vît dans la Cour d'un Roi borgne plufieurs courtifans qui se creveroient un œil; dans celle d'un boiteux, plufieurs autres qui s'eftropieroient une jambe. C'eft l'indifférence des Princes

D 4 fur

fur une pareille démence qui fait la différence des ufages des courtifans anciens
& modernes. N'imitent-ils pas autant
qu'ils peuvent dans ce tems, les défauts
de l'ame du Prince, parce que cette imi-
tation les conduit aux honneurs? Ne
font-ils pas yvrognes auprès d'un Roi qui
aime le vin; débauchés, impudiques,
s'il a du goût pour les femmes; fans Religion, s'il eft Athée? Hé quoi! Eft-il
plus honteux & plus infenfé de défigu-
rer l'ame que le corps? c'eft elle qui
nous éleve au-deffus des bêtes. Un courtifan Ethiopien qui fe caffoit une jambe,
ne fe ravaloit pas jufqu'à fe ranger au
rang des animaux les plus immondes;
un Seigneur Européen qui fe foule pour
imiter fon Souverain, & qui fe plonge
dans la crapule la plus honteufe, fe met
à niveau d'un cochon qui fe veautre
dans fon auge, & qui fe gorge de nourriture.

Je penfe, ftudieux ben Kiber, que les
ufages & les coutumes des Ethiopiens
étoient beaucoup plus excufables que
celles des courtifans modernes; car ils
avoient pour leurs Princes un véritable
amour, puifqu'ils mouroient librement &
volontairement avec eux. Il entroit donc
dans leur folie autant de zèle mal entendu que d'ambition; mais chez les Européens, on imite fouvent le même Prince
qu'on hait mortellement. On fe garde
bien

bien de defcendre dans le tombeau a-
vec lui; à peine au contraire y eft-il,
qu'on infulte à fa mémoire; on prend
les mœurs & les manières de celui qui
lui fuccéde, on agit d'une manière toute oppofée à celle dont on fe condui-
foit trois jours auparavant. Quel fujet à
réflexions que les manœuvres des courtifans au commencement d'un nouveau
regne! Convenons, ftudieux ben Kiber,
que dans tous les tems les hommes ont
extravagué; mais avoüons auffi que dans
le nôtre ils ont uni la folie & la mauvaife foi. Revenons aux Ethiopiens, &
confultons encore Diodore de Sicile.

,, Il y a * plufieurs autres Nations E-
,, thiopiennes, dont les unes cultivent
,, les deux côtés du Nil avec les ifles
,, qui font au milieu, les autres habi-
,, tent les provinces voifines de l'Ara-
,, bie, d'autres font plus enfoncées dans
,, l'Afrique. Prefque tous, & entre au-
,, tres ceux qui font nés le long du fleu-
,, ve, ont la peau noire, le nez camus
,, & les cheveux crepus. Ils paroiffent
,, très fauvages & très féroces, & le
,, font pourtant beaucoup moins par
,, tempérament que par volonté & par
,, affectation. Ils font fort fecs & fort
,, brulés, leurs ongles font toujours longs
,, comme ceux des animaux. Ils ne con-
,, noif-

* Diod. *Liv. III. pag.* 268. 269.

D 5

,, noiſſent point l'humanité, ils ne pouſ-
,, ſent qu'un ſon de voix aigu. Ne s'é-
,, tudiant point, comme nous, à rendre
,, la vie plus douce & plus agréable,
,, ils n'ont rien des mœurs ordinaires.
,, Quand ils vont au combat, les uns s'y
,, arment de leurs boucliers, faits de
,, cuir de bœuf, & ont en main de pe-
,, tites lances; les autres portent des
,, traits recourbés; d'autres ſe ſervent
,, d'arcs, dont le bois eſt de la longueur
,, de quatre coudées, & qu'ils bandent
,, avec le pied : quand ceux-ci n'ont
,, plus de traits, ils combattent avec des
,, maſſues. Ils menent leurs femmes à
,, la guerre, & les obligent de ſervir dès
,, qu'elles ont un certain âge. Elles por-
,, tent ordinairement un anneau de cui-
,, vre pendu à leurs levres. Quelques-
,, uns de ces peuples paſſent leur vie
,, ſans s'habiller, ſe couvrent ſeulement
,, de ce qu'ils trouvent pour ſe mettre
,, à l'abri du ſoleil. Les uns coupent
,, une queuë de brebis, & ſe la paſſent
,, entre les cuiſſes pour cacher leur nu-
,, dité; d'autres prennent des peaux de
,, leurs beſtiaux. Il y en a qui s'entou-
,, rent la moitié du corps avec des eſpè-
,, ces de ceintures faites de cheveux, la
,, nature du païs ne permettant pas aux
,, brebis d'avoir de la laine. A l'égard
,, de la nourriture, les uns vivent d'un
,, certain fruit qui croît ſans culture
,, dans

„ dans les étangs & les lieux maréca-
„ geux; d'autres mangent les plus ten-
„ dres rejettons des arbres, dont l'om-
„ brage les garantit de la chaleur du
„ Midi; quelques-uns fement du *Sefame*
„ & du *Lotos*; il y en a qui ne vivent
„ que de racines de rofeaux. La plûpart
„ d'entre eux s'exercent à tirer aux oi-
„ feaux : & comme ils manient l'arc fort
„ adroitement, cette chaffe remplit a-
„ bondamment leurs befoins; mais la plus
„ grande partie de ces peuples foutien-
„ nent leur vie avec le lard & la chair
„ de leurs troupeaux. Ces Ethiopiens
„ qui habitent au-deffus de Méroé, font
„ des diftinctions remarquables entre les
„ Dieux. Ils difent que les uns font d'u-
„ ne nature éternelle & incorruptible,
„ comme le Soleil, la Lune, & l'Univers
„ entier; que les autres, étant nés par-
„ mi les hommes, fe font acquis les hon-
„ neurs divins par leurs vertus, & par
„ les biens qu'ils ont faits au Monde.
„ Ils réverent *Ifis*, *Pan*, & fur-tout *Ju-*
„ *piter* & *Hercule*, dont ils prétendent
„ que le genre humain a reçu le plus
„ de bienfaits. Quelques Ethiopiens ce-
„ pendant croient qu'il n'y a point de
„ Dieux ; & quand le Soleil fe leve, ils
„ s'enfuient dans leurs marais, en blaf-
„ phemant contre lui, comme contre
„ leur plus cruel ennemi. Les Ethio-
„ piens différent encore des autres Na-
„ tions

„ tions dans les honneurs qu'ils ren-
„ dent à leurs morts. Les uns jettent
„ leurs corps dans le fleuve, penfant
„ que c'eft la plus honorable fepulture
„ qu'on puiffe leur donner; les autres
„ les gardent dans leurs maifons, enfer-
„ més dans des niches de verre, croiant
„ qu'il fied bien à des enfans d'avoir tou-
„ jours devant les yeux le vifage de
„ leurs parens, & à ceux qui furvien-
„ nent, de conferver la mémoire de
„ leurs prédéceffeurs; d'autres enfer-
„ ment les corps morts dans des cer-
„ cueils de terre cuite, & les enterrent
„ aux environs des Temples. Ils regar-
„ dent comme le plus inviolable des fer-
„ mens, celui qui fe fait fur les morts.
„ En certaines contrées les Ethiopiens
„ donnent la Roïauté à celui d'entre eux
„ qui eft le mieux fait, difant que les
„ deux plus grands dons de la fortune
„ font la Monarchie & la belle taille.
„ Ailleurs, ils la déferent au pafteur le
„ plus vigilant, comme à celui qui aura
„ le plus de foin de fes fujets. D'autres
„ choififfent le plus riche, dans la pen-
„ fée qu'il fera plus en état de fecourir
„ les peuples. Il y en a d'autres, qui
„ prennent pour Rois, ceux qui font les
„ plus forts, eftimant dignes de la pre-
„ mière place ceux qui font les plus
„ capables de les défendre dans les com-
„ bats. „

CE

' Ce nouveau paſſage , ſtudieux ben Kiber , va nous fournir bien de ſérieuſes
réflexions. Elles demandent une plus
longue étendue que celle que nous donnons ordinairement à nos Lettres , nous
les réſerverons pour la première que je
t'écrirai.

Porte-toi bien,

***

Lettre Soixante-douzieme.

Le Cabaliſte Abukibak , *au ſtudieux* ben
Kiber.

Parcourons, ſtudieux ben Kiber,
les coutumes & les uſages bizarres
de ces Ethiopiens, ſi différens des premiers dont nous avons parlé. L'envie
qu'ils avoient de paroître *très ſauvages
& très féroces, quoiqu'ils le fuſſent pourtant
beaucoup moins par tempérament que par volonté & par affectation,* marque bien juſqu'où peut aller l'égarement de l'eſprit
humain. N'eſt-il pas étonnant que des
hommes qui avoient en eux-mêmes les
principes de l'humanité, qui la connoiſ-
ſoient, qui en ſentoient tout le bon, tout
le vrai, tout l'utile, cherchaſſent à s'ap-
procher des bêtes le plus qu'il leur étoit
poſſible, & fiſſent conſiſter leur plus gran-

de

de gloire à les imiter dans leur férocité?
Que ceux qui prétendent que l'homme
par sa nature ne cherche qu'à être instruit, & suit les conseils qu'on lui donne, dès qu'il les croit utiles à son bonheur, répondent quelque chose à un exemple aussi frappant que l'est celui de ces
peuples. Ils cherchoient à s'éloigner de
tout ce qui pouvoit leur procurer les
commodités des autres Nations; la vie
animale avoit pour eux plus de charmes
que celle des habitans de la ville la
mieux policée.

·La coutume qu'ils avoient *de conduire
leurs femmes à la guerre*, quoique ridicule,
ne me surprend pas; elle dure encore
chez les Allemands, & le plus petit Sous-
Lieutenant d'Infanterie mene avec lui
Madame la Sous-Lieutenante. Lorsqu'une
armée Impériale est en marche, il y a
toujours une colonne, composée de femmes & de leurs équipages. Juges, studieux ben Kiber, s'il convient à des gens
qui ne doivent songer qu'à se battre,
d'être occupés du soin de leur ménage.
Que des peuples barbares aient pû conserver la coutume de mener à la guerre
leurs femmes, cela n'a rien de bien extraordinaire; mais qu'aujourd'hui en Allemagne, & dans bien d'autres païs on
n'ait pas ordonné aux Officiers de ne
point conduire les leurs à l'armée, c'est
une chose que je ne comprends point.
Il faut qu'on pense en Allemagne que les
prières

prières des femmes valent pour le gain d'une bataille celles de Moïse; je ne sais pourtant pas si elles tiennent les mains levées au Ciel, tandis que leurs maris combattent.

La Religion des Ethiopiens qui habitoient au-dessus de Méroé, n'avoit rien qui doive paroître aujourd'hui extraordinaire aux trois quarts de l'Europe: ils divisoient leurs Dieux en deux classes; *les uns étoient d'une nature éternelle & incorruptible; les autres, étant nés parmi les hommes, s'étoient acquis les honneurs divins par leurs vertus, & par les biens qu'ils ont faits au Monde.* On dira qu'il est absurde de vouloir qu'une chose créée puisse jamais acquerir les perfections du Créateur, que l'ordre naturel & absolu des choses demande nécessairement qu'il y ait toujours une différence entre le pouvoir de celui qui produit, & la puissance de la chose produite; on prouvera que la nature divine ne peut être communiquée à de simples mortels; on conclura ensuite qu'il étoit donc ridicule de placer des hommes morts au rang des Divinités éternelles. On raisonnera très bien, en parlant de cette manière; mais la même personne qui fera ces objections, ne s'appercevra pas qu'elle agit aussi ridiculement que ces Ethiopiens qu'elle condamne. Elle admet, ainsi qu'eux, une Divinité d'une nature éternelle & incorruptible, & un nombre infini de demi-

mi-Dieux, qui, avant de joüir des honneurs divins, ont vécu plufieurs années
parmi les hommes. L'Europe eft remplie des Temples, dédiés à St. François, à St. Anfelme, à St. Ignace, &c.
l'encens fume perpétuellement fur leurs
Autels, on leur adreffe les vœux les
plus ardens, on implore leur fecours,
on leur offre des préfens ; que faifoient
de plus les Ethiopiens pour leurs Dieux
fubalternes ? On dira peut-être que tout
ce qu'on obtient de ces demi-Dieux modernes, n'eft que par leur interceffion
auprès de la Divinité *éternelle & incorrup-*
tible. Les Ethiopiens & tous les Païens
pourroient répondre la même chofe ; car
quoiqu'ils priaffent les Dieux fubalternes,
ils n'ignoroient pas que ces Dieux ne
pouvoient rien fans la volonté de *Jupi-*
ter. Lorfque Troïe fut détruite, *Venus*
voulut en vain la fecourir *, *Jupiter* avoit
réfolu fa deftruction ; les Dieux *Penates*
ne

---

* *Ipfe pater Danais animos virefque fecundas*
  Sufficit : ipfe Deos in Dardana fufcitat arma.
  Eripe, Nate, fugam, finemque impone labori,
  Nufquam abero, & tutum patrio te limine
  fiftam.
  Dixerat, & fpiffis noctis fe condidit umbris.
  Apparent diræ facies, inimicaque Trojæ
  Numina magna Deûm.
  Tum vero omne mihi vifum confidere in ignes
  Ilium & ex imo verti Neptunia Troja.
    Virgil. Æneid. Lib. 2.

ne purent point la fervir. Saint Auguftin
dans fa *Cité de Dieu* plaifante vivement *
fur les Divinités en qui les Troïens a-
voient la plus grande confiance. Il demande comment eft-ce que *Minerve* auroit pû les défendre contre les Grecs,
puifqu'elle n'eut pas le pouvoir de garentir fes Gardiens, lorfqu'on vint enlever
fon fimulacre fur fon Autel. Il fe moque
des Romains d'avoir cru † que les Dieux
Pena-

---

* *Nec ideo Troja periit, quia Minervam per-
didit. Quid enim prius ipfa Minerva perdiderat,
ut periret? An forte cuftodes fuos? Hoc fane verum eft: illis quippe interemptis potuit auferri, neque enim homines à fimulacro, fed fimulacrum ab
hominibus fervabatur. Quomodo ergo colebatur ut
patriam cuftodiret & cives, quæ fuos non valuit
cuftodire cuftodes?* Auguft. *de Civit. Dei, Lib.* 1.
Cap. 2. pag. 4. Tom. 7. Edit. Paris.

† *Apud hunc ergo Virgilium nempe Juno indu-
citur infefta Trojanis, Æolo ventorum regi adverfus eos irritando dicere.*

Gens inimica mihi Tyrrhenum navigat æquor
Ilium in Italiam portans, victofque Penates.

*Itane iftis Penatibus victis, Romam, ne vince-
retur prudentes commendare debuerunt? Sed hoc Juno dicebat velut irata mulier, quid loqueretur ignorans. Quid Æneas ipfe pius totiens appellatus?
Nonne ita narrat?*

Tome III. E Pan-

Penates des Troïens, vaincus & chaſſés,
les avoient rendu invincibles. Qu'auroit
repondu ce Pere de l'Egliſe? ſi les Païens
lui avoient dit : *Vous nous faites un repro-*
che que nous ſommes en droit de vous faire.
Les Saints, auxquels vous accordez pour le
moins autant de pouvoir que nous aux demi-
Dieux, ne ſont-ils pas vaincus quelquefois?
Lorſque St. Paul prie pour un peuple, & St.
Pierre pour un autre, il faut que la perte ou
le gain de la bataille décide du pouvoir de l'in-
terceſſeur. Si vous prétendez qu'il n'y a ja-
mais qu'un Saint qui intercede, & que lorſ-
qu'il demande une choſe, les autres y conſen-
tent, je vous ſoutiendrai que vos demi-Dieux
ſont moins parfaits que les nôtres, puiſqu'ils
vous

Panthus Otriades arcis Phoebique Sacerdos,
Sacra manu, victoſque Deos, parvumque ne-
    potem
Ipſe trahit, curſuque amens ad limina tendet.

Nonne Deos ipſos, quos victos non dubitat dice-
re, ſibi potius quam ſe illis perhibet commendatos,
cum ei dicitur.

Sacra ſuoſque tibi commendat Troja Penates.

Si igitur Virgilius tales Deos & victos dicit, &
ut vel victi quoquo modo evaderent homini com-
mendatos, quæ dementia eſt exiſtimare his tu-
toribus Romam ſapienter fuiſſe commiſſam, & ni-
ſi eos amiſiſſet, non potuiſſe vaſtari. Id. ibid.

vous abandonnent, & qui pis eſt, après avoir reçu vos préſens ; c'eſt-là une noire ingratitude. Si vous prétendez qu'ils ſe conforment dans leur demande aux volontés de la Divinité ſuprème, je vous repondrai que nos demi-Dieux font de même, & qu'ainſi les Dieux Penates *des Troiens furent vaincus dans la Phrygie, parce que* Jupiter *l'ordonnoit ainſi, & vainquirent dans l'Italie par la même raiſon.*

CONVENONS, ſtudieux ben Kiber, que le ſentiment qui admet des Avocats & des Procureurs pour plaider la cauſe des hommes devant la Divinité, eſt auſſi ridicule que faux. Les Ethiopiens ſont tombés à ce ſujet dans une erreur groſſière ; les Européens imitent leur égarement. La Divinité qui voit, qui connoit le paſſé, le préſent, le futur, qui règle par ſa volonté ſeule & par ſa ſageſſe tous les évenemens, n'a pas beſoin comme un juge, dont les connoiſſances ſont bornées, d'un ſolliciteur qui l'inſtruiſe des cauſes qu'ils doit juger. Les ſeuls mémoires ſur leſquels elle ſe détermine, ſont la vertu, la juſtice & la piété de ceux qui méritent d'être récompenſés, & les vices de ceux que ſa juſtice l'oblige de punir.

LES Ethiopiens qui croioient qu'il n'y avoit point de Dieux, & qui quand le *Soleil ſe levoit, s'enfuioient dans leurs marais en blaſphemant contre lui, comme contre leur plus cruel ennemi,* nous doivent rendre

E 2   dre

dre plus attentifs à ne pas suppoſer pour
des preuves évidentes de l'exiſtence de
Dieu, celles qui ſont très douteuſes,
pour ne pas dire fauſſes, tandis qu'on en
a un grand nombre d'invincibles. Locke, & bien d'autres grands Philoſophes
ont agi prudemment, en n'emploiant
pour la défenſe de la première des vérités que des argumens, exempts de toute
rétorſion & de tout doute. Comment
veut-on apporter pour preuve de l'exiſtence de Dieu le conſentement univer-
ſel de tous les peuples, puiſqu'il eſt conſ-
tant que dans tous les tems il y a eu des
hommes aſſez aveugles & aſſez ignorans
pour ne pas comprendre la néceſſité abſolue de l'exiſtence d'une Divinité? De
nos jours on a découvert des Nations entières, auſſi peu éclairées que les anciens
Ethiopiens. Un Hiſtorien eſtimé, & qui
ne ſauroit être ſoupçonné de vouloir fa-
voriſer l'impiété, nous apprend * qu'il a
vû & connu des peuples qui n'avoient
aucune idée de l'exiſtence de Dieu. Ainſi, convenons de bonne foi que l'homme,
livré à lui-même & privé des ſecours
qui conduiſent ſa raiſon, peut meconnoî-
tre

* Il n'a pas paru juſqu'à préſent qu'ils aient
aucune connoiſſance de la Divinité, ni qu'ils
adorent les images. *Hiſtoire des Iſles Marianes*
pag. 406.

tre la chofe la plus vifible ; trifte & mortifiant aveu pour la vanité humaine, mais qui n'en eft pas moins véritable !

LES raifons qui obligeoient les Ethiopiens à choifir un Roi, me paroiffent à peu près les mêmes que celles qui déterminent aujourd'hui certains Européens à l'élection d'un Monarque. Très fouvent à Conftantinople un Prince a été élevé fur le Trône, au préjudice de fes aînés, parce qu'il étoit mieux fait qu'eux. Les Turcs, fur-tout les Janiffaires, aiment beaucoup que leur Souverain foit beau & bien fait.

LES peuples qui élifent un Roi, ou un Magiftrat abfolu, fe déterminent ordinairement par les autres caufes qui faifoient agir les Ethiopiens. Il me femble cependant que les Anciens avoient un avantage confidérable fur les Polonois ; car l'intérêt particulier chez ces derniers décide ordinairement de leur voix : ils la vendent au plus offrant ; la patrie a peu de part dans leur détermination. Je penfe que les Hollandois dans le choix d'un Stadthouder, les Vénitiens dans celui d'un Doge, fongent au bien de l'Etat & imitent les Ethiopiens ; mais je ne faurois accorder la même fageffe & la même vertu aux Polonois. Je fuis même perfuadé qu'on auroit peine à trouver dans l'antiquité un peuple, qui eût auffi mal profité du grand avantage d'élire fon Souve-

E 3   rain.

rain. Ce qui devroit faire le bonheur de
la Pologne, cauſe ordinairement ſes plus
grands maux; preſque toutes les révolutions qui ſont arrivées dans ces derniers
tems à ce Roïaume, n'ont eu d'autre ſource que le choix du Souverain. Il ſeroit
heureux pour un peuple qui profite ſi
mal du droit de ſe choiſir un Prince, de
laiſſer à la naiſſance à décider de la poſ-
ſeſſion du Trône.

Je te ſalue, ſtudieux ben Kiber, & te
félicite de n'être point né dans un Etat,
où chaque changement de regne met le
peuple dans l'incertitude d'une guerre
civile.

❀❀❀❀❀❀❀❀❀❀❀❀❀❀❀❀❀❀❀❀

LETTRE SOIXANTE-TREIZIEME.

Le Cabaliſte Abukibak, *au ſtudieux* ben Kiber.

Je paſſerai, ſtudieux ben Kiber, aux
Lybiens Nomades. Ils s'étoient impo-
ſé la coutume, ou plûtôt la loi de ne
manger point de vaches & de cochons;
les Juifs s'abſtenoient de la viande de
pluſieurs animaux. Moïſe avoit cru qu'il
devoit pour le bien de leur ſanté la leur
interdire, & ce ſage Légiſlateur craignoit
ſans

fans doute que la mauvaife nourriture n'augmentât les maladies des Ifraélites. La même raifon peut avoir été la caufe que les Lybiens ne mangeoient point de cochon, la chair de cet animal, quoique délicate, étant fort contraire à la fanté, & pernicieufe à ceux qui ont quelque difpofition à la lepre ; maladie très commune parmi les anciens Egyptiens, Lybiens, Ifraélites, &c. Mais fi l'ufage de s'abftenir de manger de certaines viandes peut être excufé, celui de n'ôfer frapper une vache eft bien infenfé, fur-tout lorfqu'on ne refpeéte cette vache que par la reffemblance qu'on penfe qu'elle a avec la Divinité. Peut-on pouffer la folie plus loin, que de croire que l'Etre fuprême réfide principalement dans un vil animal? La multiplicité des Dieux des Anciens, quelque criminelle & abfurde qu'elle foit, me paroît beaucoup plus fupportable que les différentes métamorphofes qu'on en racontoit. Que les Philofophes qui vantent fi fort cette lumière naturelle, & cette raifon, accordée à tous les hommes, me difent fi les Lybiens qui n'ôfoient battre une vache, de crainte d'offenfer les Dieux, en étoient pourvûs abondamment. Cette crainte, quelque folle qu'elle foit, fubfifte cependant encore aujourd'hui dans l'efprit de plufieurs peuples, & c'eft-là une preuve bien évidente que dans tous les tems les hommes ont été également

ex-

extravagans. Il y avoit quelques Nations un peu plus éclairées & un peu plus sages que les autres chez les Anciens. En général chez les Modernes, les Européens font moins aveugles que les habitans des autres parties du Monde; mais au fond ces Nations étoient toutes folles.

La coutume que certains Lybiens Nomades avoient de bruler avec de la laine les veines du haut de la tête, ou celles des temples, afin que les enfans ne fuffent point fujets aux fluxions tout le refte de leur vie, me paroît avoir été copiée par les Anglois dans leur *infertion de la petite verole*. Les Lybiens prévenoient par un mal réel une maladie qu'on n'auroit peut-être jamais eue ; plus fages pourtant que les Anglois, qui tuent un grand nombre de jeunes enfans, de peur qu'ils ne foient dangereufement malades lorfqu'ils feront plus âgés. Malgré la belle Lettre que Monfieur de Voltaire a faite fur *l'inoculation de la petite verole*, je doute qu'il prenne envie à beaucoup de peuples de vouloir imiter les Anglois ; encore moins les Circaffiens, dont ils ont emprunté ce beau & falutaire ufage. Je ne penfe pas non plus que la maxime des Lybiens foit jamais fuivie, & qu'on traite jamais en Europe les jeunes gens comme les chevaux lunatiques, à qui l'on fait bruler les veines du front, & celles qui font à côté des yeux.

Examinons de nouvelles folies. Les

anciens Européens nous en fourniront
en grand nombre : nous les comparerons
toujours avec celles des modernes ; commençons par les Gaulois.

,, Ils font *, dit Diodore de Sicile, d'u-
,, ne grande taille, ils ont la peau fraî-
,, che & extrêmement blanche. Leurs
,, cheveux font naturellement roux, &
,, ils ufent encore d'artifice pour forti-
,, fier cette couleur. Ils les lavent fré-
,, quemment avec de l'eau de chaux, &
,, ils les rendent auffi plus luifans, en les
,, retirant fur le fommet de la tête &
,, fur les temples ; de forte qu'ils ont vrai-
,, ment l'air de Satyres & d'Ægipans. En-
,, fin leurs cheveux s'épaiffiffent telle-
,, ment, qu'ils reffemblent aux crins des
,, chevaux. Quelques-uns fe rafent la
,, barbe, & d'autres la portent médio-
,, crement longue ; mais les Nobles fe
,, rafent les joües, & portent néanmoins
,, des mouftaches qui leur couvrent toute
,, la bouche. Auffi il leur arrive fouvent
,, que lorfqu'ils mangent, leur viande
,, s'embarraffe dans leurs mouftaches, &
,, lorfqu'ils boivent, elles leur fervent
,, comme de tamis pour philtrer leur
,, boiffon. Ils ne prennent point leurs
,, repas, affis fur des chaifes ; mais ils fe
                                    ,, cou-

---

* Diod. *Liv. V. pag.* 180. Je me fers toujours de la Traduction de l'Abbé Terraffon.

,, couchent par terre fur des couvertures
,, de peaux de loups & de chiens, & ils
,, font fervis par leurs enfans de l'un &
,, de l'autre fexe, qui font encore dans la
,, première jeuneffe. A côté d'eux font
,, de grands feux garnis de chaudières &
,, de broches, où ils font cuire de gros
,, quartiers de viande. On a coutume
,, d'en offrir les meilleurs morceaux à
,, ceux qui fe font diftingués par leur
,, bravoure; c'eft ainfi que chez Homere
,, les Héros de l'armée Grecque récom-
,, penferent Ajax, qui, s'étant battu feul
,, contre Hector, l'avoit vaincu. Ils in-
,, vitent les étrangers à leurs feftins, &
,, à la fin du repas, ils les interrogent fur
,, ce qu'ils font, & fur ce qu'ils viennent
,, faire. Souvent leurs propos de table
,, font naître des fujets de querelle, & le
,, mépris qu'ils ont pour la vie, eft cau-
,, fe qu'ils ne fe font point une affaire de
,, s'appeller en duel; car ils ont fait pré-
,, valoir chez eux l'opinion de Pythago-
,, re, qui veut que les ames des hommes
,, foient immortelles, & qu'après un
,, certain nombre d'années, elles revien-
,, nent d'animer d'autres corps. C'eft
,, pourquoi, lorfqu'ils brulent leurs morts,
,, ils adreffent à leurs amis & à leurs pa-
,, rens défunts des Lettres qu'ils jettent
,, dans le bucher, comme s'ils devoient
,, les recevoir & les lire. Dans les voïa-
,, ges & dans les batailles ils fe fervent
,, de

,, de chariots à deux chevaux, où mon-
,, te un cocher pour les conduire, outre
,, l'homme qui doit combattre. Ils s'a-
,, dreffent ordinairement aux gens de
,, cheval, en les attaquant avec ces traits
,, qu'ils appellent *Saunies*, & defcendent
,, enfuite pour fe battre avec l'épée.
,, Quelques-uns d'entre eux bravent la
,, mort, jufques au point de fe jetter dans
,, la mêlée, n'aiant qu'une ceinture autour
,, du corps, & étant du refte entiérement
,, nuds. Ils menent avec eux à la guer-
,, re des ferviteurs de condition libre;
,, mais pauvres, qui dans les batailles
,, conduifent leurs chariots & leur fer-
,, vent de gardes. Les Gaulois ont cou-
,, tume, avant que de livrer bataille, de
,, courir à la rencontre de l'armée enne-
,, mie, dont ils défient les plus apparens
,, à un combat fingulier, en branlant
,, leurs armes, & en tâchant de leur inf-
,, pirer de la fraïeur. Si quelqu'un ac-
,, cepte le défi, alors ils commencent à
,, vanter la gloire de leurs ancêtres, &
,, leurs propres vertus: au contraire, ils
,, abaiffent tant qu'ils peuvent, celle de
,, leurs adverfaires, & ils trouvent ef-
,, fectivement le moïen d'affoiblir le cou-
,, rage de leurs ennemis. Ils pendent au
,, col de leurs chevaux les têtes des fol-
,, dats qu'ils ont tués à la guerre; leurs
,, ferviteurs portent devant eux les dé-
,, pouilles, encore toutes couvertes du
,, fang

,, fang des ennemis qu'ils ont défaits, &
,, ils les fuivent, en chantant des chants
,, de joie & de triomphe. Ils attachent
,, ces trophées aux portes de leurs mai-
,, fons, comme ils le font à l'égard des
,, bêtes féroces qu'ils ont prifes à la
,, chaffe; mais pour les têtes des plus fa-
,, meux Capitaines qu'ils ont tués à la
,, guerre, ils les frottent d'huile de ce-
,, dre, & les confervent foigneufement
,, dans des caiffes. Ils fe glorifient aux
,, yeux des étrangers à qui ils les mon-
,, trent avec oftentation, de ce que ni
,, éux, ni aucun de leurs ancêtres, n'ont
,, voulu changer contre des tréfors ces
,, monumens de leurs victoires. On dit
,, qu'il y en a eu quelques-uns, qui par
,, une obftination barbare ont refufé de
,, les rendre à ceux-mêmes qui leur en
,, offroient le poids en or; mais fi d'un
,, côté une ame généreufe ne met point
,, à prix d'argent les marques de fa gloi-
,, re, de l'autre il eft contre l'humanité
,, de faire la guerre à des ennemis morts.
,, Les Gaulois portent des habits très fin-
,, guliers, comme des tuniques peintes
,, de toutes fortes de couleurs, & des
,, hauts-de-chauffes, qu'ils appellent *Brac-*
,, *ques.* Par-deffus leur tunique, ils met-
,, tent une cafaque d'une étoffe raïée,
,, ou divifée en petits carreaux, épaiffe
,, en hyver, & legère en été, & ils l'at-
,, tachent avec des agraffes. Leurs armes
,, font

„ font des boucliers auffi hauts qu'un
„ homme, & qui ont tous leur forme
„ particulière. Comme ils en font non
„ feulement une defenfe, mais encore un
„ ornement, on y voit des figures d'ai-
„ rain en boffe, qui repréfentent quel-
„ ques animaux, & qui font travaillées
„ avec beaucoup d'art. Leurs cafques,
„ faits du même metail, font furmontés
„ par de grands pennaches, afin d'en
„ impofer davantage à ceux qui les re-
„ gardent. Les uns font mettre fur ces
„ cafques de vraies cornes d'animaux,
„ & d'autres des têtes d'oifeaux, ou de
„ bêtes à quatre pieds. Ils fe fervent de
„ trompettes qui rendent un fon barba-
„ re & fingulier, mais convenable à la
„ guerre. La plûpart d'entre eux ont
„ des cuiraffes compofées de chaînes de
„ fer; mais quelques-uns, contens des
„ feuls avantages qu'ils ont reçus de la
„ Nature, combattent tout-à-fait nuds.
„ Ils portent de longues épées, qui leur
„ pendent fur la cuiffe droite par des
„ chaînes de fer où d'airain; quelques-
„ uns ont cependant des baudriers d'or
„ ou d'argent. Ils fe fervent auffi de cer-
„ taines piques, qu'ils appellent *Lances*,
„ dont le fer a une coudée ou plus de
„ longueur & deux palmes de largeur.
„ Leurs faunies ne font guères moins
„ grandes que nos épées; mais elles font
„ bien plus pointues. Entre ces faunies,
„ les

„ les unes font droites , & les autres
„ ont différens contours, de telle forte
„ que dans le même coup, non feule-
„ ment elles coupent les chairs , mais
„ auffi les hachent, & enfin on ne les re-
„ tire du corps qu'en augmentant con-
„ fidérablement la plaïe. „

DÈS le commencement de l'examen
des coutumes des anciens Gaulois , j'en
découvre plufieurs qui fubfiftent aujour-
d'hui chez les François. Ils cherchent
dans de vains & ridicules ornemens une
beauté qui n'eft que dans leur imagination, troublée par la fureur de la mode.
Ils imitent les Gaulois leurs ancêtres ;
comme eux , ils ufent d'artifice pour
fortifier la couleur de leurs cheveux.
Les Gaulois cherchoient à les rougir ,
les François les blanchiffent, ou les noir-
ciffent ; la folie eft égale. Vouloir corriger la Nature, & emprunter des fecours étrangers pour peindre une chofe
auffi indifférente que la barbe & les ongles, c'eft faire dépendre la beauté des
hommes de ce qui fait celle des chevaux, qu'on prife felon le poil dont ils
font.

LA coëffure des Gaulois reffembloit
parfaitement à celle de nos Petits-maîtres ; à l'aide d'une eau de chaux , ils
retiroient leurs cheveux fur le fommet
de la tête & fur les temples ; les modernes ont fubftitué de la graiffe de cochon

à

à l'eau de chaux, mais ils ont confervé le goût & l'arrangement de la chevelure. Le toupet abattu, les temples découvertes, &c. tout cela eft fort à la mode; c'eft dommage en vérité que les Gaulois n'aient pas eu la coutume de porter un grand fac, pendu derrière la tête. Cependant la bourfe n'empêche point qu'on ne puiffe dire des Petits-maîtres, qu'en voiant leurs temples & leurs oreilles découvertes, on les prendroit pour des Satyres & des Ægypans. Lorfqu'ils portent une grande & longue queuë poftiche, on trouveroit encore la reffemblance plus parfaite.

Je te falue, mon cher ben Kiber, porte-toi bien, & ne cherches jamais à orner la Nature par des fadaifes & des colifichets.

✿✿✿✿✿✿✿✿✿✿✿✿✿✿✿✿✿✿✿✿✿✿✿✿

LETTRE SOIXANTE-QUATORZIEME.

Le Cabaliste Abukibak, *au studieux* ben Kiber.

LEs anciens Perses, studieux ben Kiber, offrent un vaste champ à nos réflexions. Leurs mœurs & leurs coutumes étoient, ainsi que celles des autres peuples, mêlées de bon & de mauvais. A un usage sage ils en joignoient un ridicule, & vérifioient la maxime que j'ai souvent établie dans les Lettres que je t'ai écrites, & dont tu ne parois pas moins persuadé que moi; c'est qu'il n'est aucun peuple chez les Anciens & chez les Modernes, qui ne donne des marques visibles de la foiblesse de l'esprit humain, & qui ne montre évidemment que la véritable raison n'est le partage que d'un petit nombre de Philosophes répandus sur la terre, parmi lesquels encore elle souffre quelquefois des éclipses bien fâcheuses, & qui prêtent des armes dangereuses aux Pyrrhoniens. Revenons aux Perses, & voyons ce qu'en dit Hérodote; il les connoissoit parfaitement.

„ LES

„ L E s Perfes * font curieux des cou-
„ tumes des étrangers, plus que tous les
„ peuples du Monde. Ils portent une
„ vefte à la façon des Medes, & s'ima-
„ ginent qu'elle eft plus belle, & qu'el-
„ le les pare mieux que la leur; & dans
„ la guerre, & dans les combats ils s'ar-
„ ment comme les Egyptiens. Ils ont
„ de la paffion de goûter tous les plaifirs
„ dont ils entendent parler: ils ont ap-
„ pris des Grecs l'amour des garçons;
„ ils époufent plufieurs filles, mais ils ont
„ beaucoup plus de concubines. Après
„ le courage & la vertu militaire, ils
„ n'eftiment rien davantage que d'avoir
„ beaucoup d'enfans, & celui qui en a
„ mis plufieurs au Monde, en reçoit tous
„ les ans des dons & des récompenfes
„ de la main du Roi! Depuis cinq ans
„ jufques à vingt, ils n'inftruifent leurs
„ enfans qu'à trois chofes; à monter à
„ cheval, à tirer de l'arc, & à dire la
„ vérité. Avant que d'avoir atteint l'â-
„ ge de cinq ans, un enfant ne fe pré-
„ fente point devant fon pere; mais il
„ eft toujours nourri par des femmes, a-
„ fin que fi l'enfant meurt dans cette
„ première nourriture, le pere qui ne
„ l'a point vû, n'en conçoive point de
„ douleur. Certes je loüe cette coutu-
„ me, & cette autre loi qu'ils obfervent,
„ par

* Hérodot. *Liv. I. pag.* 124. *& fuiv.*

,, par laquelle il n'eſt pas permis au Roi
,, même de faire mourir un homme pour
,, un crime ſeul, ni à pas un des Perſes
,, de traiter rigoureuſement ſes gens pour
,, une ſeule faute. Il eſt ordonné à cha-
,, cun de conſidérer ſi les fautes que ſon
,, domeſtique a commiſes, ſont plus gran-
,, des que les ſervices qu'il a rendus, &
,, alors il lui eſt permis de contenter ſa
,, colère, & de faire punir un ſerviteur.
,, Ils ſoutiennent que perſonne n'a jamais
,, tué ſon pere ou ſa mere ; mais que ſi
,, cela eſt quelquefois arrivé, on a recon-
,, nu enſuite après avoir bien examiné la
,, choſe, que ceux qu'on croioit parrici-
,, des, étoient des bâtards ou des enfans
,, ſuppoſés, parce qu'ils croient aſſûré-
,, ment qu'il n'eſt pas vraiſemblable qu'un
,, pere puiſſe être tué par ſon enfant. Il
,, n'eſt pas permis chez les Perſes de di-
. ,, re ce qu'il n'eſt pas permis de faire.
,, C'eſt parmi eux une choſe honteuſe &
,, infame que de mentir, & de devoir
,, de l'argent, parce qu'outre les autres
,, raiſons, c'eſt comme une néceſſité que
,, celui qui doit, ſoit toujours ſujet à
,, mentir. Si quelqu'un d'entre eux eſt
,, infeſté de la lepre, ou de maux ſem-
,, blables, il ne lui eſt pas permis d'en-
,, trer dans la ville, & d'avoir quelque
,, habitude avec les autres Perſes, par-
,, ce qu'ils diſent que ces maladies ſont
,, des marques qu'on a péché contre le
,, So-

„ Soleil. Mais ils chaſſent de leur païs
„ l'étranger qui en eſt atteint, & pour
„ la même raiſon ils n'y veulent point
„ ſouffrir des pigeons blancs. Ils ne piſ-
„ ſent, ni ne crachent point dans les ri-
„ vières, ils n'y lavent point leurs mains,
„ & enſin ils n'y font rien de ſembla-
„ ble; mais ils les ont en une particu-
„ lière véneration. „

PARMI les loix & les coutumes que
nous avons déjà parcourues, ſtudieux ben
Kiber, nous n'en avons guères vû de plus
belles & de plus ridicules. Les uſages
des anciens Perſans renfermoient les deux
extrémités: ils étoient très ſenſés là où ils
penſoient bien, & extravaguoient dans
les choſes où ils manquoient; il n'y avoit
chez eux aucune médiocrité pour le bien
& pour le mal. Les François leur
reſſemblent parfaitement: il n'eſt point
de Nation moderne chez laquelle on trouve des ſentimens plus grands, plus nobles, plus charitables; il n'en eſt aucune
auſſi où l'on découvre plus de legéreté,
plus de petiteſſe & plus de folie. En parcourant les vertus & les vices des Perſans, nous examinerons la conformité
qu'ils ont avec les uſages des François.

LES Perſes étoient curieux des modes
étrangères, ils portoient une veſte à la
façon des Medes, parce qu'ils trouvoient
qu'elle étoit plus belle, & qu'elle les paroit mieux que la leur; voilà l'amour ou-

tre

tré des François pour la parure. Non contens de s'appliquer toute leur vie à inventer quelque mode nouvelle, ils fai-fiffent avec avidité celle des étrangers. On voit aux culottes Angloifes fuccéder les mantilles Efpagnoles; les petits cha-peaux des Anglois ont été remplacés par les larges feutres des Allemands. Qu'un homme entre à Paris dans une affem-blée, ce n'eft pas fon génie qu'on exa-mine; on n'eft point occupé des bonnes chofes qu'il dit, l'on prend garde d'a-bord fi fon habit eft dans le goût nou-veau, s'il eft mis comme les gens du bon air. Parlât-il ainfi que Ciceron, fût-il auffi favant que Bayle, auffi aimable que la Vifclede, une manche trop longue ou trop courte d'un doigt, un plis de moins ou de plus à fon panier, préviennent contre lui les trois quarts de l'affemblée, qui lui donnent liberalement le titre de Provincial, & peut-être celui de grof-fier.

LES Perfes ne fe contentoient pas de foumettre à l'empire de la mode les ha-billemens deftinés pour la ville, ceux qui devoient fervir pour la guerre, étoient encore de fon reffort; ils s'armoient dans les combats, comme les Egyptiens. On a cru en France qu'il étoit néceffaire d'habiller toute l'Infanterie à la manière Pruffienne, ou à fupprimer les manches & les plis de tous les habits. Quelques

vieux

vieux Officiers ont vainement repréſenté que le juſte-au-corps d'un ſoldat lui ſervant pour ſe couvrir la nuit dans ſa tente, on ne devoit pas lui en retrancher une grande partie ; mais malgré cela l'Infanterie dût-elle mourir de froid, il faut qu'elle ſoit ſoumiſe à la mode ; & qu'elle ſouffre ſes maux en patience, juſqu'à ce qu'il plaiſe à quelque Prince Allemand de mettre ſes troupes en veſtes longues, doublées de fourrures : peut-être alors les ſoldats François auront autant de chaud pendant l'été qu'ils ont eu de froid durant l'hyver. Les folies, ſtudieux ben Kiber, changent de forme & de figure de tems en tems ; mais dans le fond elles ſont toujours les mêmes.

Si *les Perſes avoient appris des Grecs l'amour des garçons*, les Italiens ont été dans cet art des maîtres trop inſtructifs pour les François. Je ne m'arrêterai pas long-tems ſur cet article, il eſt des choſes que la vertu & la bienſéance ne peuvent ſe réſoudre d'approfondir. Je me contenterai de te dire qu'on brula avec du Chaufour les procédures qu'on avoit faites contre lui. Les mauvais plaiſans diſent qu'il en avoit ſanctifié toutes les pages par bien de noms illuſtres ; les gens de probité gemiſſent du grand nombre de complices qu'avoit ce fameux débauché.

Le ſentiment des Perſes ſur l'impoſſibi-

lité

lité qu'un fils affaffine jamais fon pere,
marque le refpect qu'ils avoient pour
ceux qui leur avoient donné la vie. Ce
refpect fi beau, fi loüable, fi néceffaire au
bien des familles particulières & à celui
de l'Etat, n'eft guères bien établi en
France. Il eft vrai que fi l'on y voit bien
des fils defobéiffans, l'on y trouve auffi
bien de mauvais peres. Le tems rend
les hommes plus mechans, au lieu de les
rendre meilleurs.

La loi de *pardonner la première faute d'un
fujet & d'un domeftique, & d'examiner avant
de le punir, fi les fervices qu'il a rendus font
plus grands que le crime qu'il a commis*, eft la
plus belle qu'on ait peut-être jamais faite parmi les hommes. Il s'en faut bien
qu'elle foit établie dans aucun païs de
l'Europe, & fur-tout dans les Etats Mo-
narchiques, où le feul malheur d'avoir
déplu au Prince, expofe aux maux les
plus cruels.

Dans les Cours il n'eft pas néceffaire
pour être perdu, de devenir coupable ; il
ne faut que ceffer de plaire au Souverain, au miniftre, ou à la maitreffe de
l'un ou de l'autre. Un Monarque Perfan
imitoit dans fes jugémens la fageffe de
la Divinité, il avoit égard en puniffant
les fautes, aux foibleffes de l'humanité.
Quel eft l'homme qui puiffe ne pas donner une fois en fa vie dans quelques travers? Il faut pour cela qu'il s'éleve au-
deffus

deſſus de l'humanité, & qu'il ait reçu du Ciel une eſſence plus parfaite que celle des autres mortels.

L'OBLIGATION, dans laquelle tous les particuliers étoient de compenſer les ſervices de leurs domeſtiques avec leurs défauts, me paroît une règle auſſi belle, auſſi équitable, & auſſi digne d'un Philoſophe, que la loi qui determinoit & régloit la clémence du Prince. N'eſt-il pas honteux pour des Chrétiens, que des Païens aient pratiqué des maximes plus vertueuſes qu'eux? Quel eſt le Prince, le Marquis, le Comte qui ont ſongé avant de châtier un domeſtique, aux obligations qu'il pouvoit lui avoir, & aux ſervices qu'il en avoit reçus? Les Perſans eurent plus d'égard pour leurs eſclaves, que les trois quarts des Européens n'en ont pour des hommes libres.

Nous nous ſommes aſſez arrêtés ſur les vertus des Perſes, voions extravaguer ces mêmes gens qui nous paroiſſoient ſi ſenſés il n'y a qu'un inſtant. Ils ne connoiſſent plus les droits de l'hoſpitalité, ils banniſſent les étrangers dès qu'ils ſont attaqués de la lepre, c'eſt-à-dire lorſqu'ils ont le plus beſoin de ſecours. Ils manquent à leurs concitoiens pour la même raiſon, & ils agiſſent inhumainement par le prétexte le plus frivole & le plus ridicule du monde. Quelle folie de croire que la lepre étoit une marque

F 5   qu'on

qu'on avoit péché contre le Soleil! Est-
il besoin pour être sujets aux maladies
qui font le partage de l'humanité, d'a-
voir offensé le Ciel? La Nature soumet
les plus vertueux comme les plus criminels, à toutes les incommodités de la
vie. D'ailleurs, n'est-il pas visible que
la plûpart des maladies, & sur-tout celles du genre de la lepre, font communiquées aux enfans par leurs peres? Les
Anciens ne l'ignoroient pas, & Hipo-
crate assûre * que les enfans, nés d'un
pere lepreux, ont dans leur sang les
principes de la lepre. Comment le Soleil étoit-il offensé par un enfant qui
venoit au Monde? Il falloit être aussi
fou pour croire une pareille absurdité,
que pour se figurer que cet astre eût
une antipathie pour les pigeons blancs.

Le respect que les Persans avoient pour
les rivières, me paroît encore bien singulier : ils n'y pissoient, ni n'y cra-
choient ; ils n'ôsoient y laver leurs mains.
Peut-être appréhendoient-ils que le Soleil ne fût fâché qu'on salît des eaux qui
réfléchissoient ses raions ; mais ils auroient dû prendre garde que tous les autres hommes qui respectoient peu les
fleu-

---

* *Qui ex elephantico parente nati sunt, ele-*
phantici fiunt, quia in semine impuro vitia paren-
tum remanent, quæ transferuntur in filios. Hipo-
crat. *Lib. I. de Mort.*

fleuves & les rivières, n'étoient ni plus
fujets aux inondations, ni plus maltrai-
tés du Soleil. En vérité, ftudieux ben
Kiber, jufqu'où ne vont pas les folies des
hommes! Voions-en quelques-unes des
anciens Lybiens, & continuons à parcourir les mœurs & les coutumes des
principaux peuples de l'Antiquité.

,, E N * allant, vers le Midi dans le con-
,, tinent de la Lybie, on ne trouve
,, plus qu'un païs défert qui eft fans
,, eau, fans bétes fauvages, fans pluïe,
,, fans bois & fans aucune humidité, de-
,, puis l'Egypte jufqu'au Palus Tritoni-
,, de. Les Lybiens Nomades mangent de
,, la chair, & boivent du lait. Tou-
,, tefois comme les Egyptiens, ils ne
,, mangent point de vaches,& ne nour-
,, riffent point de pourceaux; & même
,, les femmes de Cyrene s'imaginent que
,, c'eft un crime que de frapper une va-
,, che, & lui portent ce refpect à caufe
,, d'Ifis qui eft en Egypte, & font des
,, jeûnes & des fêtes en l'honneur de cet-
,, te Déeffe. Mais les femmes des Bar-
,, céens ne mangent jamais de chair, ou
,, de vache,ou de porc. Du coté du Cou-
,, chant du Palus Tritonide, les Lybiens
,, ne s'occupent point à nourrir du bê-
,, tail, n'obfervent pas les mêmes cou-
,, tu-

* Hérodot. *Liv. IV. pag.* 138.

„ tumes, & ne font pas à leurs enfans
„ les mêmes chofes que les Lybiens No-
„ mades ont accoutumé de faire ; car
„ les Lybiens nourriciers de troupeaux,
„ font ce que je vais dire, fans toure-
„ fois que je veuille affûrer qu'ils faffent
„ tous la même chofe. Quand leurs en-
„ fans ont atteint l'âge de quatre ans,
„ ils leur brulent avec de la haleine
„ qui a encore fon fuif, les veines du
„ haut de la tête, quelques-uns cel-
„ les des temples, afin qu'ils ne foient
„ point fujets aux défluxions tout le
„ refte de leur vie, & difent que ce-
„ la eft caufe qu'ils fe portent toujours
„ bien. „

PORTE-toi bien, mon cher ben Kiber.

LETTRE SOIXANTE-QUINZIEME.

Le Cabaliste Abukibak, *au studieux* ben Kiber.

POURSUIVONS, studieux ben Kiber, l'examen des mœurs des anciens Gaulois. Ils invitoient les étrangers à leurs festins, les interrogeoient à la fin du repas sur ce *qu'ils faisoient, & sur ce qu'ils venoient faire, & souvent leurs propos de table faisoient naître des sujets de querelle; ils s'appelloient fort ordinairement en duel.* Voilà l'original de la plûpart des fêtes & des festins des Petits-maîtres. Rarement boiton beaucoup, sans qu'on ne porte la peine de son yvrognerie. Les trois quarts des affaires naissent dans le vin & dans la bonne chère; il semble que la Nature veuille se venger de ce qu'on cherche à la détruire par des excès pernicieux, & que la raison qu'on outrage, nous abandonne entiérement. Les bêtes nous donnent plusieurs exemples très utiles. La quantité de nourriture qu'elles prennent, ne les fait jamais sortir de leur état naturel; on n'a jamais vû deux chiens aller s'étrangler pour avoir trop mangé & trop bû.

bû. Cette dangereuſe phréneſie , cauſée
par le plus indigne des vices, étoit ré-
ſervée aux hommes , & ſur-tout aux
François, imitateurs malheureux des mau-
vaiſes qualités de leurs ancêtres. Comme
eux, ils s'enyvrent, ſouvent comme eux,
ils ſe battent très aiſément, & comme
eux, les politeſſes qu'ils font aux étrangers, ſont accompagnées de beaucoup
de curioſité ; ils les leur font acheter par
le nombre des queſtions importunes qu'ils
leur font, & après avoir appris ce qu'ils
veulent ſavoir, ils l'oublient dans un
moment, & n'en font aucun uſage.

Je paſſerois aux François la curioſité
qu'ils ont de connoître les coutumes, les
loix, les mœurs, les inclinations des autres peuples, s'ils mettoient à profit les
éclairciſſemens qu'on leur donne ; mais
prévenus uniquement en faveur de leur
façon de penſer, ils ne veulent ſavoir celle des autres que par pure curioſité ou que
pour eſtimer la leur davantage. C'eſt agir
auſſi follement qu'un homme, qui, voulant
connoître la pureté de pluſieurs lingots
d'or, éprouveroit toujours le même, ſe
contenteroit de conſidérer les autres, &
de juger par un ſeul coup d'œil qu'ils ne
doivent pas être au même taux que celui en faveur duquel il eſt prévenu.

Les mouſtaches des Gaulois, *dans leſ-*
quelles les viandes s'embarraſſoient lorſqu'ils
mangeoient & qui leur ſervoient comme de ta-
mis

mis pour philtrer leur boiffon,, ont été pendant long-tems à la mode, non feulement chez les Efpagnols, mais encore chez les François. Il y a cent cinquante ans que nos peres faifoient confifter une partie du mérite d'un homme dans la grandeur & l'épaiffeur de fa mouftache; on avoit pour lors autant de foin de peigner, de cirer un morceau de poil fous le nez, qu'on en a aujourd'hui à éviter qu'il n'en paroiffe aucune marque. Il y a eu de Petits-maîtres à mouftache, il y en a même eu à barbe & à mouftache; l'efprit humain s'accommode à toutes les chofes, & les fait fervir aux foibleffes dont il eft fufceptible.

Nous n'adreffons pas aujourd'hui *à nos amis & à nos parens défunts des lettres que nous leur envoions par d'autres morts*; mais nous leur parlons comme s'ils devoient nous entendre. Nous leur adreffons des prières, nous les chargeons de nos demandes auprès de la Divinité, & notre folie me paroît pour le moins auffi grande que celle des anciens Gaulois. N'eft-il pas ridicule de mettre entre le Créateur & la créature un folliciteur de procès, qui parle en faveur de cette dernière? Eft-ce que l'Etre fuprême, qui lit dans le fond de tous les cœurs, a befoin qu'on l'inftruife des néceffités des hommes, & femblable aux Souverains dont la fierté & la vanité font les principaux

paux

paux attributs, faut-il pour être touché, qu'un des courtifans de fa Cour lui parle èn faveur de ceux qui prétendent à fes graces? La folie d'envoier des lettres aux morts, je le repete, me paroît beaucoup moins grande que celle de ravaler la Divinité, jufqu'à lui imputer les plus grandes foibleffes humaines.

LES coutumes que les anciens Gaulois obfervoient dans les combats, reffemblent beaucoup aux ufages des François, du moins on y découvre le même efprit & le même génie, beaucoup d'ardeur & de vivacité dans le commencement, une bonne opinion de leur valeur, de leurs forces & de leur connoiffance dans l'art militaire, une oftentation à vanter leurs victoires, & une affectation outrée à montrer tout ce qui peut en rappeller la mémoire.

EST-il poffible qu'il y ait des hommes affez infenfés pour fe vanter de poffeder l'art de favoir détruire leurs femblables? De tous les égaremens de l'efprit humain, celui qui porte les peuples à s'égorger mutuellement, eft le plus infenfé & le plus funefte. On en connoît encore mieux tout le monftrueux, lorfqu'on fait la moindre attention aux fujets ordinaires des guerres. Un Prince a quelque démêlé particulier avec un autre Souverain, auffitôt il envoie une armée dans fon païs, il fait tuer dans deux ou

trois

trois ans quinze ou vingt mille hommes.
Pendant ce tems-là il boit & mange co-
pieufement, dort fort en fûreté au milieu
de fon Roïaume, & à deux cens lieuës
de fon armée. Enfin, lorfque fa mauvaife humeur eft diminuée, il fait la paix,
devient ami du Prince dont il vouloit fe
venger, & fe ligue avec lui pour en aller attaquer quelque autre, fans en avoir
plus de fujet. Cependant les hommes pé-
riffent; la pefte, la famine, la guerre les
accablent tout à la fois, & le Souverain
dort, boit & mange toujours de même.
Les mauvais fuccès de fes armées font
mis fur le compte des Généraux : fes
courtifans l'aident à fe tromper ; il ne fe
defabufe de fes erreurs que lorfqu'il a
fait périr des millions d'hommes, & qu'il
voit le refte de fes peuples prêt à mourir de faim. Heureux, ftudieux ben Kiber,
les païs qui font gouvernés par des Rois
fages, prudens & pacifiques, qui ne font
la guerre que lorfqu'il eft néceffaire pour
le bien de leurs fujets! Une paix dura-
ble vaut mieux que cent victoires com-
plettes. Combien de batailles n'a pas
gagnees Louis XIII. par les confeils
du Cardinal de Richelieu? Le Roïaume
à fa mort étoit bien moins floriffant
qu'il ne le fera à celle du Cardinal de
Fleury.

VOIONS encore quelque coutume des
anciens Gaulois.

„ En général, dit Diodore de Sicile *, ils
„ font terribles à voir ; ils ont la voix
„ groffe & rude, ils parlent peu dans les
„ compagnies & toujours fort obfcuré-
„ ment, affectant de laiffer à deviner une
„ partie des chofes qu'ils veulent dire.
„ L'hyperbole eft la figure qu'ils em-
„ ploient le plus fouvent, foit pour s'ex-
„ alter eux-mêmes, foit pour rabaiffer
„ leurs adverfaires. Leur fon de voix eft
„ menaçant & fier, & ils aiment dans
„ leurs difcours l'enflure & l'exagéra-
„ tion, qui va jufqu'au tragique ; ils font
„ cependant fpirituels , & capables de
„ toute érudition. Leurs Poëtes, qu'ils
„ appellent *Bardes*, s'occupent à compo-
„ fer des Poëmes propres à leur mufique ;
„ & ce font eux-mêmes qui chantent
„ fur des inftrumens prefque femblables
„ à nos Lyres, des loüanges pour les uns,
„ & des invectives contre les autres. Ils
„ ont auffi chez eux des Philofophes &
„ des Théologiens, appellés *Saronides*, pour
„ lefquels ils font remplis de véneration.
„ Ils eftiment fort ceux qui découvrent
„ l'avenir, foit par le vol des oifeaux,
„ foit par l'infpection des entrailles des
„ victimes, & tout le peuple leur obéit
„ aveuglément. La manière dont ils prédi-
„ fent les grands évenemens, eft étrange
„ &

* Diod. *Liv. V. pag.* 186.

„ & incroiable. Ils immolent un homme,
„ à qui ils donnent un grand coup d'é-
„ pée au-deſſus du diaphragme; ils ob-
„ ſervent enſuite la poſture dans laquel-
„ le cet homme tombe, ſes différentes
„ convulſions, & la manière dont le ſang
„ coule hors de ſon corps, en ſuivant
„ ſur toutes ces circonſtances les règles
„ que leurs ancêtres leur en ont laiſſées.
„ C'eſt une coutume établie parmi eux,
„ que perſonne ne ſacrifie ſans un Phi-
„ loſophe; car perſuadés que ces ſortes
„ d'hommes connoiſſent parfaitement la
„ nature divine, & qu'ils entrent, pour
„ ainſi dire, en communication de ſes
„ ſecrets, ils penſent que c'eſt par leur
„ miniſtère qu'ils doivent rendre leurs
„ actions de graces aux Dieux, & leur
„ demander le bien qu'ils deſirent. Ces
„ Philoſophes, de même que les Poëtes,
„ ont un grand crédit parmi les Gau-
„ lois dans les affaires de la paix &
„ dans celles de la guerre, & ils ſont é-
„ galement eſtimés des Nations alliées &
„ des Nations ennemies. Il arrive ſou-
„ vent que lorſque deux armées ſont prê-
„ tes d'en venir aux mains, ces Philoſo-
„ phes ſe jettant tout-à-coup au milieu
„ des piques & des épées nues, les com-
„ battans appaiſent auſſitôt leur fureur
„ comme par enchantement, & mettent
„ les armes bas. C'eſt ainſi que même
„ parmi les peuples les plus barbares, la

„ ſageſſe

,, fageffe l'emporte fur la colère, & les
,, Mufes fur le Dieu Mars. ,,

Dans ce dernier portrait je trouve
beaucoup de traits qui reffemblent fort
à ceux d'un Gafcon. Si *l'hyperbole étoit la figure que les Gaulois emploioient le plus fouvent, foit pour s'exalter eux-mêmes, foit pour
rabaiffer leurs adverfaires*, les Gafcons ufent
pour le moins auffi volontiers que leurs
ancêtres, de cette figure de Rhétorique.
Je ne fais même fi elle étoit pouffée auffi loin autrefois qu'elle l'eft actuellement;
ce qu'on peut affûrer, c'eft que de tout
tems les hommes ont été également prévenus en leur faveur. Ils ont fait peu
de réflexions fur leurs défauts, & fe font
eux-mêmes donné les premiers l'encens
qu'ils exigeoient des autres. Avec tant de
défauts devroit-on avoir tant d'amour
propre? La feule chofe qui peut rendre
les hommes moins infenfés, feroit de refléchir fur leur conduite; c'eft ce que
bien peu d'entre eux auront la force de
faire. On ne doit pas donc efperer que
nos neveux éviteront les fautes que nous
avons commifes.

Si malgré la bonne opinion qu'ils a-
voient d'eux-mêmes, les Gaulois étoient
cependant *fpirituels & capables de toute érudition*, les Gafcons font dans le même cas.
Ils ont eu parmi eux des génies du premier ordre, & n'euffent-ils fourni à la
république des Lettres que Montagne &
Bayle,

Bayle, ils feroient en droit de le difputer aux provinces qui fe vantent le plus des grands hommes qu'elles ont produits. Au refte, c'eft-là une marque qu'il n'eft pas impoffible que du fein de l'amour propre & de la préfomption il ne puiffe naître des Philofophes, & qui plus eft, des Philofophes fceptiques ; c'eft-à-dire des Savans modeftes & retenus dans leurs décifions.

L'ESTIME que les Gaulois avoient *pour les Saronides qui leur découvroient l'avenir, foit par le vol des oifeaux, foit par l'infpection des entrailles des victimes,* étoit une folie qui s'eft perpétuée chez les François. On n'eft pas moins infatué aujourd'hui des prédictions qu'on l'étoit autrefois. Les gens fenfés parmi les Anciens fe moquoient de l'imbécillité de ceux qui ajoutoient foi aux Devins ; les perfonnes qui font ufage de leur raifon, plaifantent actuellement de la crédulité de ceux qui font la dupe des Aftrologues & des Difeurs de bonne avanture. Aux entrailles des victimes on a fait fuccéder des miroirs, des verres remplis d'eau, &c. & au vol des oifeaux on a fubftitué des dez & des cartes, &c. La folie de connoître l'avenir a changé de méthode ; mais elle eft également forte.

IL falloit être bien imbécille pour fe figurer que la Divinité écrivoit dans les boïaux d'un bœuf, ou d'une geniffe les

G 3 éve-

évenemens futurs, & que la manière dont un oiseau dirigeoit son vol, décidoit du sort de tout un peuple. Mais ne faut-il pas l'être autant pour croire que dans le cul d'un vase, une vieille sorcière ôte le voile qui cache le sombre avenir? La police devroit emploier la sévérité la plus forte pour détruire une erreur aussi pernicieuse & aussi absurde; mais nous ne ressemblons pas seulement aux Anciens par leurs folies, nous les imitons dans leur négligence. On bannissoit à Rome * très souvent les Astrologues, & ils y restoient cependant. Les Magistrats crient à Paris contre les Devins, ils disent qu'il est nécessaire de les chasser; ils se contentent de parler, & n'agissent point.

Porte- toi bien.

* *Genus hominum potentibus infidum, sperantibus fallax, quod in civitate nostra & vetabitur semper, & retinebitur.* Tacit. *Hist. Lib. I.*

Let-

✳✱✳✱✳✱✳✱✳✱✳ ✿ ✳✱✳✱✳✱✳✱✳✱✳

LETTRE SOIXANTE-SEIZIEME.

Le Cabaliste Abukibak, *au studieux* ben Kiber.

LA véneration que les anciens Gaulois avoient pour leurs Théologiens, n'est point diminuée chez les François. Si c'étoit une coutume établie autrefois que *personne ne sacrifioit sans un Philosophe, parce que ces sortes d'hommes connoissoient parfaitement la nature divine, & qu'ils entroient, pour ainsi dire, en communication ;* si l'on croioit que c'étoit par leur ministère *qu'on devoit rendre des actions de graces aux Dieux, & leur demander les biens qu'on desire,* on pense aujourd'hui de la même manière, & l'on est très persuadé que sans un Prêtre, aucun pacte, aucune convention ne peut être faite entre la Divinité & les foibles mortels. Les loix civiles ont été changées peu à peu en des mystères de Religion. Faut-il choisir une épouse, un mariage n'est valable qu'autant qu'il est approuvé par un Prêtre ; c'est lui qui a le droit d'unir pour jamais deux personnes que l'autorité du Magistrat ne sauroit entiérement séparer. Faut-il ren-

dre

dre des actions de graces pour le gain
d'une victoire, faut-il demander au Ciel
la conservation des fruits de la terre,
faut-il en obtenir quelque autre faveur,
les Prêtres seuls ont ce droit tout puissant. Le reste des hommes ne peut que
joindre ses prières aux leurs; mais si elles étoient seules, elles ne produiroient
aucun effet, ou du moins seroit-il bien
foible.

ON est étonné de la puissance sans
bornes que les Laïques ont accordée aux
Prêtres & aux Ecclésiastiques, lorsqu'on
considére sans prévention jusqu'où ils ont
étendu leurs droits; il n'est aucune matière qu'ils n'aient voulu rendre du res-
sort de la Religion. Si le Concile de
Trente eût été reçu en France pour la
discipline, un Prêtre auroit plus eu de
pouvoir lui seul qu'un premier Ministre.
Car enfin ce dernier, quelque crédit qu'il
ait, ne sauroit violer les loix fondamentales du Roïaume; mais l'autre, de son
autorité privée eût pû souftraire un fils
de famille au pouvoir paternel, le dis-
penser de l'obéïssance que la Nature &
les loix civiles l'obligent d'observer. En
Espagne, en Italie, en Portugal, & dans
les autres païs où le Concile de Trente
est reçu sans restriction, les peres ne sont
pas les maîtres du sort de leurs enfans,
même dans l'âge le plus tendre. Dès
qu'ils sont nubiles, ils peuvent impunément

ment fe marier ; un Prêtre les unit pour
toujours avec la première fille qui les a
féduits. Lorfque je confidére les abus
qui proviennent d'une coutume auffi pernicieufe au bien public, je ne faurois
affez approuver la fageffe des Chiamois,
qui, bien loin de croire que le mariage
foit une cérémonie qui ne puiffe s'ac-
complir que par le fecours d'un Prêtre,
défendent aux Talopins de s'y trouver,
fous quelque prétexte que ce foit. Je crois
que la chofe la plus utile qu'on peut faire
en Europe, feroit d'y établir un ufage auffi
fenfé ; celui de fe paffer du miniftère des
Eccléfiaftiques dans bien d'autres actions
purement civiles, ne feroit pas moins
néceffaire. Je ne veux point cependant
établir le Quakrifme, & quoique je veuille borner le pouvoir & les droits des
Prêtres, je fuis bien éloigné de prétendre qu'il ne faille point qu'il y ait des
perfonnes deftinées au fervice divin, plus
particuliérement que ne le font tous les
hommes en général ; mais je foutiens
qu'il faut réduire leurs droits & leurs privilèges , & les limiter à des bornes très
étroites : fans cela, l'ambition fe couvre
du voile de la Religion, & ramene au
culte divin les chofes qui en font les
plus éloignées. Alors , quoiqu'on condamne l'ufage outré des Quakers, on ne
peut s'empêcher d'avoüer qu'ils n'ont
pas tort de dire, quand on leur demande

s'ils

s'ils n'ont point de Prêtres, *Non, mon ami, & nous nous en trouvons bien* *.

Au reste, si les Ecclésiastiques modernes ressemblent aux Prêtres des anciens Gaulois par le crédit qu'ils ont sur l'esprit des peuples, il s'en faut bien qu'ils en profitent aussi sagement. Loin qu'il arrive souvent que *lorsque deux armées sont prêtes d'en venir aux mains, & se jettent tout à coup au milieu des piques pour arrêter la fureur des combattans & leur faire mettre les armes bas*, on a vû souvent dans les tristes & misérables guerres de Religion les Prêtres exciter au carnage les soldats qui défendoient leurs opinions, & qui étoient assez fous & assez frénetiques de se faire égorger pour des dogmes qu'ils n'entendoient point, & dont bien souvent ils n'avoient qu'une notion très imparfaite.

LA plus grande preuve que la folie des hommes augmente tous les jours, c'est la manière dont ils se sont entretués dans ces derniers tems. Les Anciens n'ont jamais connu les guerres de Religion. On ne vit point chez les Egyptiens, chez les Grecs, chez les Romains les peuples se partager entre eux pour savoir si l'on mangeroit du mouton dans le mois de Mars, ou des œufs & de la morue; chez ces Nations le fils n'é-

* Voltaire, *Lettres sur les Anglois*, *Lettre I.*

n'égorgea jamais fon pere pour un pareil fujet. Un Auteur moderne a raifon de dire que * *ces crimes & ces abominations étoient réfervées à de dévots prêcheurs de patience & d'humilité.* Quelle dévotion, jufte Dieu! que celle que produifit la journée de St. Barthelemi, & qui fit périr Henri IV.! Pourfuivons, ftudieux ben Kiber, l'exécution du projet que nous avons entrepris, & examinons encore les mœurs & les coutumes de quelques anciens peuples.

,, LE s Celtes & les Ibériens fe firent
,, long-tems la guerre au fujet de leur
,, habitation ; mais ces peuples, s'étant
,, enfin accordés, ils habiterent en com-
,, mun le même païs, & s'alliant les uns
,, aux autres par des mariages, ils pri-
,, rent le nom des Celtibériens, compo-
,, fé des deux autres. L'alliance de deux
,, Nations fi belliqueufes, & la bonté du
,, terroir qu'ils cultivoient, contribuerent
,, beaucoup à rendre les Celtibériens fa-
,, meux, & ce n'a été qu'après plufieurs
,, combats, & au bout d'un très long
,, tems qu'ils ont été vaincus par les Ro-
,, mains. On convient non feulement
,, que leur Cavalerie eft excellente, mais
,, encore que leur Infanterie eft des plus
,, fortes & des plus aguerries. Les Cel-
,, tibériens s'habillent tous d'un faïon noir
,, &

* Voltaire, *Lettres fur les Anglois, Lettre IX.*

„ & velu, dont la laine reſſemble fort
„ au poil de chèvre. Quelques-uns por-
„ tent de legers boucliers à la Gauloiſe,
„ & les autres des boucliers creux &
„ arrondis comme les nôtres. Ils ont
„ tous des eſpèces de bottes, faites de
„ poil, & des caſques de fer, ornés de
„ pennaches de couleur de pourpre.
„ Leurs épées ſont tranchantes de deux
„ côtés, & d'une trempe admirable. Ils
„ ſe ſervent encore dans la mêlée de poi-
„ gnards qui n'ont qu'un pied de long.
„ La manière dont ils travaillent leurs
„ armes, eſt fort particulière ; ils cachent
„ ſous terre des lames de fer, & ils les
„ y laiſſent juſqu'à ce que la rouille aiant
„ rongé les plus foibles parties de ce me-
„ tal, il n'en reſte que les plus dures &
„ les plus fermes. C'eſt de ce fer, ainſi
„ épuré, qu'ils fabriquent leurs excellen-
„ tes épées & tous leurs autres inſtru-
„ mens de guerre. Ces armes ſont ſi
„ fortes, qu'elles entament tout ce qu'el-
„ les rencontrent, & qu'il n'eſt ni bou-
„ clier, ni caſque, ni à plus forte raiſon
„ aucun os du corps humain qui puiſſe
„ réſiſter à leur tranchant. Dès que la
„ Cavalerie des Celtibériens a rompu
„ les ennemis, elle met pied à terre, &
„ devenue Infanterie, elle fait des pro-
„ diges de valeur. Ils obſervent une
„ coutume étrange : quoiqu'ils ſoient
„ très propres dans leurs feſtins, ils ne
„ laiſſent pas d'être dans ceci d'une mal-
„ pro-

„ propreté extrème; ils fe lavent tout
„ le corps d'urine, ils s'en frottent mê-
„ me les dents, eftimant que cette eau
„ ne contribue pas peu à la netteté du
„ corps. Par rapport aux mœurs, ils font
„ très cruels à l'égard des malfaiteurs &
„ de leurs ennemis; mais ils font pleins
„ d'humanité pour leurs hôtes. Ils ac-
„ cordent non feulement avec plaifir
„ l'hofpitalité aux étrangers qui voïa-
„ gent dans leur païs; mais ils fouhai-
„ tent qu'ils defcendent chez eux. Ils fe
„ battent à qui les aura, & ils regardent
„ ceux à qui ils demeurent, comme des
„ gens favorifés des Dieux. Ils fe nour-
„ riffent de différentes fortes de viandes
„ fucculentes, & leur boiffon eft du miel,
„ détrempé dans du vin; car leur païs
„ leur fournit du miel en abondance,
„ mais le vin leur eft apporté d'ailleurs
„ par des marchands étrangers. Les plus
„ policés des peuples voifins font les Vac-
„ céens. Ces peuples partagent entre eux
„ chaque année le païs qu'ils habitent.
„ Chacun aiant cultivé le morceau de
„ terre qui lui eft échu, rapporte en
„ commun les fruits qu'il a recueillis.
„ Ils en font une diftribution égale, &
„ l'on punit de mort ceux qui en détour-
„ nent la moindre chofe *. „

Les

---

* Diod. *Liv. V. p.* 190. Je me fers toujours
de la Traduction de l'Abbé Teraffon.

LES Espagnols ressemblent beaucoup, dans ce qui regarde les armes, à leurs ancêtres les Celtibériens. *Leur Cavalerie est excellente*, ainsi que l'étoit la leur, & jusqu'à la bataille de Rocroy, *leur Infanterie fut des plus fortes & des plus excellentes*. Malgré l'échec terrible qu'elle reçut dans ce combat, elle est devenue très bonne, & depuis le regne de Philippe V. elle a toujours bien fait.

QUANT à l'habillement, les Nobles Espagnols & les bons bourgeois imitent assez les usages des Celtibériens, & ils les suivoient encore plus exactement, avant qu'un Prince de la Maison de France eût monté sur le Trône; sans Philippe II. & ses successeurs, les bottes étroites & serrées des Celtibériens faisoient une des parties essentielles de l'habillement Espagnol. St. Ignace se fit recasser une jambe qu'on lui avoit mal raccommodée, pour que sa bottine ne fît aucun mauvais plis. Quant à l'usage du poignard dans les combats, il est encore très usité en Espagne, & il n'est aucun maître d'armes qui n'en donne des leçons publiques.

LA propreté que les Celtibériens conservoient dans leurs festins, est dans le goût de celle qu'y observent les Espagnols. Les premiers se *lavoient le corps d'urine*, les seconds rotent à chaque instant. Les mêmes raisons fondoient ces usages, c'étoit *la santé du corps*. Il reste

à

à favoir fi chez les peuples étrangers, la coutume de fe laver avec de l'urine eft plus choquante que celle de roter au nez des conviés. Pour moi, ftudieux ben Kiber, je penfe que ces deux coutumes doivent également paroître extraordinaires, & plûtôt dignes des bêtes que des hommes.

UNE différence très confidérable que je trouve entre les mœurs des Celtibériens & ceux des Efpagnols modernes, c'eft l'humanité des premiers envers les étrangers qui voïageoient dans leurs païs. Il s'en faut bien qu'aujourd'hui *un homme trouve en Efpagne des gens qui fe battent à qui l'aura, & qui regardent ceux à qui il demeurera, comme favorifés du Ciel* ; à peine rencontre-t-il la plûpart du tems quelque miférable *ventas,* * dans lequel il n'y a qu'un miférable chalit. S'il veut boire, manger, il faut qu'il coure lui-même dans tout le bourg pour acheter ce dont il a befoin, & dans les grandes villes où il peut loger aux auberges, la feule qualité d'étranger l'expofe à y être tyrannifé & écorché impunément par un hôte, auffi avide que mauvais cuifinier.

LES Efpagnols reffemblent donc parfaitement aux Celtibériens par les défauts, & non point par les vertus ; ils ont, ainfi que les autres peuples modernes, confervé la plûpart des mauvais ufa-

* Mauvais cabaret.

uſages & des coutumes inſenſées de ceux qui les ont précédés ; mais ils ont aboli celles qui étoient fondées ſur la piété & la raiſon. Voilà, ſtudieux ben Kiber, des marques évidentes que plus le Monde vieillit, & plus les hommes deviennent fous & mechans. Aux preuves que je t'en ai données dans les Lettres que je t'ai déjà écrites ſur les mœurs des peuples anciens & des modernes, j'en joindrai ici deux nouvelles, que je puiſe dans la comparaiſon des Eſpagnols & des Celtibériens. Ces premiers, comme je viens de le montrer, ne conſervent point l'hoſpitalité des autres pour les étrangers ; mais ils en ont la cruauté envers leurs ennemis. Toutes les hiſtoires modernes nous apprennent qu'il n'eſt aucune Nation plus ſoumiſe dans l'adverſité que l'Eſpagnole, & plus dure, plus ſanguinaire lorſqu'elle eſt la maitreſſe. Quelle cruauté n'a-t-elle pas commiſe en Flandre, & quelles actions monſtrueuſes & épouvantables n'a-t-elle pas faites dans la conquête du nouveau Monde ?

Au reſte, les Celtibériens cultivoient la terre en commun, & en partageoient les fruits de même ; chacun étoit content, pourvû qu'il eût ce dont il avoit beſoin. Les Eſpagnols ont abandonné leur ancienne demeure, ont dépeuplé leur patrie pour aller chercher au-délà des mers des tréſors, bien moins précieux que ceux que la Nature leur prodiguoit

chez

chez eux en abondance. Que ne fait pas faire la folie d'amaſſer de l'or! Et par malheur pour le genre humain, jamais les hommes n'ont été auſſi tourmentés de cette frénéſie, qu'ils le ſont aujourd'hui.

Je te ſalue, ſtudieux ben Kiber, & te recommande toujours l'étude de la ſageſſe & le mépris des vaines richeſſes.

LETTRE SOIXANTE - DIX - SEPTIEME.

Abukibak, *au ſtudieux* ben Kiber.

LEs mœurs des Luſitaniens, ſtudieux ben Kiber, n'ont rien de commun avec ceux des Portugais, & jamais des deſcendans ne reſſemblerent moins à leurs ancêtres que les peuples qui habitent en Portugal, & ceux qui y furent autrefois.

,, La plus courageuſe Nation des Cimbres, dit Diodore de Sicile, eſt celle des ,, Luſitaniens *. Ceux-ci portent à la ,, guerre de très petits boucliers faits de ,, cordes de boyau, aſſez ſerrées pour ,, garentir parfaitement le corps. Ils s'en ,, fer-

* Les Portugais.

Tome III. H

„ fervent adroitement dans les batailles
„ pour parer de tous côtés les traits
„ qu'on leur lance. Leurs faunies font
„ toutes de fer, & faites en forme d'ha-
„ meçon ; mais leurs cafques & leurs é-
„ pées font femblables à celles des Cel-
„ tibériens. Ils lancent leurs traits avec
„ une grande jufteffe ; & quoiqu'ils foient
„ fort éloignés de leurs ennemis, les
„ bleffures qu'ils leur font, font toujours
„ confidérables. De plus, ils font très
„ legers à la courfe, foit qu'il s'agiffe
„ d'éviter, ou d'atteindre leurs adver-
„ faires ; mais ces mêmes hommes font
„ paroître dans les adverfités moins de
„ courage que les Celtibériens. En tems
„ de paix ils s'exercent à une efpèce de
„ danfe fort legère, & qui demande une
„ grande foupleffe dans les jarrets. Quand
„ ils vont à la guerre, ils obfervent tou-
„ jours la cadence dans leur marche, &
„ ils chantent ordinairement des hymnes
„ dans le moment de l'attaque. Les Ibé-
„ riens, & fur-tout les Lufitaniens, ont
„ une coutume affez fingulière. Ceux
„ d'entre eux qui font à la fleur de leur
„ âge ; mais plus particuliérement ceux,
„ qui, fe voiant dénués des biens de la
„ fortune, fe trouvent de la force & du
„ courage, ceux-là, dis-je, ne prenant
„ avec eux que leurs armes feules, s'af-
„ femblent fur des montagnes efcarpées.
„ Formant enfuite de nombreux corps
„ de troupes, ils parcourent toute l'Ibé-
„ rie,

„ rie, & s'enrichiſſent par leurs vols &
„ par leurs rapines. Ils ſe croient mê-
„ me à l'abri des dangers dans cette ex-
„ pédition ; car étant armés à la legère,
„ & d'ailleurs extrêmement agiles, il eſt
„ très difficile de les ſurprendre ; d'au-
„ tant plus, qu'ils ſe retirent fréquem-
„ ment dans les creux de leurs rochers,
„ qui ſont pour eux des lieux de ſûre-
„ té, & où l'on ne ſauroit conduire des
„ troupes réglées. C'eſt pourquoi, les
„ Romains qui les ont ſouvent attaqués,
„ ont bien réprimé leur audace ; mais
„ ils n'ont jamais pû faire entiérement
„ ceſſer leurs brigandages *.

ON n'apperçoit certainement dans cette deſcription rien qui puiſſe convenir
aux Portugais. Il n'y a pas de plus mauvais ſoldats qu'eux en Europe. Loin *de
danſer lorſqu'ils vont à la guerre, & de chanter dans le moment de l'attaque*, ils marchent
mal, lentement, & marmotent entre
leurs dents quelques Antiennes & quelques *Oremus* ; il faut convenir cependant
que l'uſage des Portugais paroîtra moins
ridicule à un Philoſophe que celui des Luſitaniens. Lorſqu'on va détruire ſon ſemblable, égorger un homme qui ne nous
a rien fait, qui preſque toujours nous eſt
inconnu, la triſteſſe convient mieux que
la gaïeté. J'aime encore mieux une perſonne

* Dio l. *Liv. I*. ſ. 192.

sonne qui commet un crime avec regret, qu'une autre qui se réjoüit du mal qu'elle va faire. Au reste, la folie de tuer les gens en dansant, n'a pas regné seulement parmi les Lusitaniens ; d'autres peuples en ont été susceptibles. Il est vrai que les soldats cabrioleurs ont païé cher quelquefois leur balet. *Les Cardiens*, dit un Auteur *, *dressoient leurs chevaux à danser au son de la flute. Ce bizarre exercice leur couta cher un jour de bataille, par le stratagéme du Général de l'armée ennemie, instruit de leur coutume pour avoir long-tems séjourné parmi eux. Ce Général, sur le point d'en venir aux mains, s'avisa de placer aux premiers rangs un corps de joüeurs de flute, dont les airs mirent les chevaux Cardiens en humeur de commencer leur danse ordinaire. Le cheval, fait au manège musical, ne manqua pas de caracoler aussi-tôt en cadence ; le cavalier obéit malgré lui aux mouvemens du cheval, & l'on devine bien par où se termina un tel balet.*

La manière de vivre des Lusitaniens ressembloit beaucoup à celle des Arabes. N'est-il pas étonnant qu'il y ait des Nations entières, chez qui *le vol ait été, & soit encore regardé comme très innocent ?* Qu'un particulier manque aux principes fondamen-

* Hist. des Ouvrages des Savans, *de l'année* 1701. *mois d'Octobre*, pag. 345.

mentaux du Droit naturel, cela n'eſt pas
étonnant; mais qu'une Nation entière ſuive
des maximes qui y ſont entiérement op-
poſées, on ne peut y penſer ſans déplo-
rer les foibleſſes & les égaremens de l'efprit humain. Cependant, comment peut-
on s'étonner de ce qu'une Nation entière
approuve le vol, lorſqu'on en voit pluſieurs manger des hommes avec autant
de tranquillité & de goût, qu'un Européen mange un poulet ou une perdrix?
Il n'eſt aucun crime, aucune action monf-
trueuſe qui n'ait été regardée comme u-
ne choſe très innocente parmi quelques
peuples: c'eſt-là de quoi confondre tous
les vains argumens des Philoſophes qui
ont admis les idées innées; il falloit qu'ils
n'euſſent guères de connoiſſance des
mœurs des peuples pour ſoutenir une
opinion, démentie auſſi formellement.

LES règles de la bienſéance & de la
pudeur n'ont pas moins été inconnues à
pluſieurs Nations que celles de la charité
& de la pitié. Les anciens habitans des
Iſles Baléares avoient des uſages bien ſales & bien impudiques.

,, L'AMOUR & l'eſtime qu'ils ont pour
,, le ſexe, dit Diodore de Sicile, va ſi
,, loin, que ſi les corſaires leur enlevent
,, une femme, ils ne font aucun ſcrupu-
,, le de donner pour ſa rançon trois ou
,, quatre hommes. Leurs habitations ſont
,, ſouterraines, & ils ne les placent que

H 3　　　　,, dans

„ dans les lieux efcarpés; ainfi le même
„ expédient les met à l'abri des injures
„ de l'air & des incurfions des pirates.
„ L'or & l'argent ne font point en ufage
„ chez eux , & ils ne permettent pas
„ qu'on en faffe entrer dans leur ifle. La
„ raifon qu'ils en apportent, eft qu'Her-
„ cule ne déclara autrefois la guerre à
„ Geryon , fils de Chryfaon , que parce
„ qu'il poffedoit des tréfors immenfes
„ d'or & d'argent. Pour mettre donc
„ leurs poffeffions à couvert de l'envie,
„ ils interdifent chez eux le commerce
„ de ces metaux. Ce fut même pour
„ conferver cette coutume, que s'étant
„ mis autrefois à la folde des Carthagi-
„ nois , ils ne voulurent point rapporter
„ leur païe dans leur patrie; mais ils
„ l'emploierent toute entière à acheter
„ des femmes & du vin qu'ils amenerent
„ avec eux. Ils ont une étrange prati-
„ que dans leurs mariages. Après le fef-
„ tin des nôces, les parens & les amis
„ vont trouver chacun à leur tour la ma-
„ riée. L'âge décide de ceux qui doi-
„ vent paffer les premiers; mais le mari
„ eft toujours le dernier qui reçoive
„ cet honneur. La céremonie qu'ils ob-
„ fervent quand il s'agit d'enterrer leurs
„ morts, n'eft guères moins particuliè-
„ re. Aiant brifé d'abord à coups de bâ-
„ ton tous les membres du cadavre, ils
„ le font entrer dans une urne, & le
„ cou-

„ couvrent enfuite d'un grand tas de „ pierres *. „

Il n'eft pas furprenant que des peuples barbares qui vivoient dans des habitations fouterraines, & dont les mœurs reffembloient beaucoup à ceux de certains animaux, fuffent affez abandonnés à la débauche & à l'amour des femmes, *pour en troquer contre trois hommes.* De quoi la luxure ne rend-t-elle pas capables les peuples qui s'y abandonnent ? Ne voionsnous pas aujourd'hui que les Nations les plus civilifées donnent au fujet des femmes, dans les excès les plus criminels & les plus infenfés ? Combien de Seigneurs ne vendent pas deux & trois terres pour acheter les dangereufes faveurs de quelque *Laïs* moderne ? Il eft peu d'années où le théatre de l'Opera ne foit fatal à plufieurs perfonnes, qui s'eftimeroient bien heureufes fi elles avoient pû obtenir leurs maitreffes *par la perte de trois ou quatre efclaves* ? Si les anciens habitans des ifles Baléares étoient fous, quelle eft donc la frénefie des François, des Anglois, des Allemands, que l'amour outré des femmes réduit fouvent à l'hôpital ? nouvelle & évidente preuve que chaque fiécle accroît l'aveuglement & la folie des hommes.

QUANT

* *Hiftoire Univerfelle de* Diodore de Sicile, *Tom. II. pag.* 168.

QUANT à l'ufage que les anciens Majorquins avoient de proftituer le jour de leurs nôces leurs femmes à tous les conviés, il a été établi chez plufieurs peuples.

„ LES Nafomenes, peuple de la Lybie,
„ * dit Hérodote, ont ordinairement
„ plufieurs femmes, & font connoiffance
„ devant tout le monde, prefque de la
„ même façon que les Mafagetes, après
„ avoir auparavant fiché devant eux un
„ bâton dans la terre. Leur coutume eft
„ que quand ils fe marient, la première
„ nuit des nôces la mariée va trouver
„ tous ceux du feftin pour coucher avec
„ eux, & quand chacun l'a vûe, il lui
„ donne le préfent qu'il a apporté avec
„ lui de fa maifon. Ils jurent par les
„ hommes qui ont été eftimés chez eux
„ les plus juftes & les plus gens de bien,
„ en mettant la main fur leur tom-
„ beau. „

FAIS attention, ftudieux ben Kiber, que ces Nations qui penfoient d'une manière fi bizarre fur les loix de la pudeur, connoiffoient cependant celles de la probité & de la gloire. Les unes *méprifoient les richeffes, ne faifoient aucun cas de l'or & de l'argent;* les autres refpectoient *la mémoire des grands hommes:* elle leur étoit fi chere, qu'elle fervoit à la for-

* Herod. *Liv. IV. pag.* 310.

formule de leurs sermens. Voilà des fin-
gularités incompréhensibles; & si les Philosophes ne savoient pas par expérience de combien de bizarreries l'esprit humain est capable, ils se figureroient que
les Historiens ont écrit des choses qui
étoient directement opposées à la vérité.

QUOIQUE la folie des anciens Majorquins, &. des Nasomenes paroisse n'avoir
point été égalée par les modernes, il est
certain qu'elle l'a été. N'est-il pas aussi
ridicule de rendre sa femme commune
à ses amis après le mariage, qu'auparavant? Les habitans des isles Baléares faisoient d'abord ce que les François ne font
que quelques mois après. Un courtisan
se croiroit deshonoré, s'il ôsoit prendre
des précautions pour mettre l'honneur de
sa femme à couvert contre les attaques
de mille suborneurs, auxquels on donne
le nom d'hommes à bonne fortune. Les
Nobles des provinces ont adopté la façon de penser des Seigneurs de la Cour,
les bourgeois ont aussi voulu se mettre
à la mode; & grace aux usages établis
aujourd'hui en France, un homme ne
peut trouver mauvais d'être cocu sans
être traité de jaloux, de rêveur, de vieux
fou, & qui pis est, de bourgeois. Si les
François vouloient agir conséquemment
à leurs principes, je leur conseillerois d'a-
dopter la coutume des Auses, & dans une
assemblée publique ils légitimeroient toutes les années leurs enfans.

„ LES

„ Les Aufes, dit Hérodote, * n'ont
„ point de femmes particulières; mais ils
„ les voient toutes indifféremment à la
„ manière des bêtes. Les hommes y ont
„ coutume de s'affembler tous les trois
„ mois, & quand les enfans font devenus
„ affez forts auprès de leurs meres pour
„ marcher tous feuls, on les mene dans
„ cette affemblée, & celui à qui il s'a-
„ dreffe le premier, eft réputé leur
„ pere. „

Puisque la première coutume des Aufes eft fi ufitée en France, pourquoi fe
faire un fcrupule d'admettre la feconde?
Cette légitimation y feroit très néceffaire, du moins faudroit-il l'établir à la
Cour. Cela pourroit même fervir à y
ramener l'union & à en bannir la brigue, le menfonge & la calomnie; tous
les jeunes courtifans fe regarderoient
comme freres, & confidéreroient les
vieux comme leurs peres. Je finis ma
Lettre, ftudieux ben Kiber; c'eft affez a-
voir été occupé des folies & des fottifes des hommes. Je crois t'avoir prouvé fuffifamment que nous fommes beaucoup plus infenfés que ne le furent nos
ancêtres.

Porte-toi bien, & donnes-moi de tes
nouvelles.

* Hérod. *Liv. IV. pag.* 313.

✳✳✳✳✳✳✳✳✳✳✳✳✳✳✳✳✳✳✳✳✳✳✳✳✳✳✳✳✳

LETTRE SOIXANTE-DIX-HUITIEME.

Ben Kiber, *au fage Cabalifte* Abu-kibak.

POUR devenir fage & vertueux, je crois, favant Abukibak, que le meilleur moïen, c'eft de refléchir fouvent aux folies & aux caprices des hommes. Il eft impoffible, en confidérant attentivement les bizarreries de l'efprit humain, de ne pas être fur fes gardes, pour ne point tomber foi-même dans les mêmes défauts qu'on condamne dans les autres.

COMBIEN n'y a-t-il pas de gens, qui, faute d'examiner les mœurs & les coutumes de leurs concitoïens, fe laiffent emporter au torrent, & fe conforment aux ufages les plus ridicules, fans s'appercevoir, & même fans avoir le moindre foupçon de leur égarement? S'ils avoient une fois ôfé porter un œil critique fur la conduite différente de tous les hommes, & qu'ils n'euffent voulu adopter aucune maxime, aucune mode, aucune coutume que celles qui auroient pû foutenir l'examen de la raifon, ils fe feroient garentis de l'erreur; la folie des autres leur eût fait connoître la leur.

LE

Le Monde est une grande école, ouverte à tous ceux qui veulent s'instruire ; on n'a qu'à considérer les différens évenemens qui arrivent, & les usages opposés qui y sont établis, & l'on aura tous les secours qu'on peut souhaiter pour devenir un parfait Philosophe.

Il faut, pour faire quelque progrès dans l'étude de la sagesse, s'ériger en spectateur, & non point en acteur, des comédies qu'on joüe sur la terre. Descartes, ce fameux Philosophe moderne, qui renouvella la face de toutes les Sciences, nous apprend qu'il mit en pratique cette maxime, & que pendant neuf ans il voïagea dans le dessein de profiter des différentes scènes dont il seroit le simple témoin *. Il dut sans doute trouver une ample matière à réflexion. Que ne devoit-il pas penser lorsqu'il considéroit un Italien, qui, muni de deux ou trois Chapelets & de trente ou quarante *Agnus Dei*, assassinoit fort tranquillement un homme vis-à-vis la porte de l'Eglise où il venoit de dire ses Chapelets, & de baiser respectueusement deux ou trois cens fois ses *Agnus ?*

* *Nec per . . . . novem annos aliud egi, quam ut huc illuc orbem terrarum perambulando, spectatorem potius, quam actorem comœdiarum, quæ in eo quotidie exhibentur, me præberem.* Cartesius *de Methodo, pag.* 18.

Agnus ? Ses réflexions augmentoient sans doute , en voiant cet affaſſin ſe moquer des pourſuites de la Juſtice à l'abri de l'immunité de l'Egliſe , & trouver des protecteurs dans tous les Eccléſiaſtiques de l'Italie. Il étoit encore plus ſurpris de la hardieſſe que ce meurtrier avoit d'aller remercier la figure de St. François de Paule, ou celle de St. Antoine , d'avoir bien voulu permettre qu'il pût ſe réfugier dans leur Temple avant de pouvoir être arrêté. Quel ſpectacle pour un Philoſophe de voir un brigand préſenter un cierge à quelque Chapelle privilégiée , de la même main dont il vient de poignarder ſon ennemi !

DESCARTES trouvoit encore chez les Eſpagnols des ſujets de réflexions bien plus ſinguliers que chez les Italiens. Il contemploit ſans doute avec étonnement une Nation entière dans la plus ridicule ſuperſtition, baiſant avec reſpect les liens dont elle eſt garrotée , & pouſſant plus loin la croiance ridicule aux prodiges , que les Grecs & les Egyptiens. Chez les Anciens , il y avoit un certain nombre de gens qui ſe moquoient des ruſes des Prêtres impoſteurs de Delphes, & des fables qu'ils débitoient. Chez les Eſpagnols , tout homme, couvert d'un froc & d'un capuchon , eſt regardé généralement comme un perſonnage ſacré , ſur qui la Divinité a répandu ſes dons les plus précieux. Non
ſeule-

feulement au-delà des Pirénées, on eft regardé comme un monftre, dès qu'on n'eft pas efclave des Moines & des Eccléfiaftiques; mais l'on eft puni auffi rigoureufement que fi l'on avoit commis les plus grands crimes. Déplaire à un Inquifiteur, c'eft être plus coupable en Efpagne, qu'un Incendiaire ne l'eft en Hollande ou en Angleterre. *Peuple aveugle*, devoit dire Defcartes, *auras-tu toujours des yeux pour ne point voir? N'arracheras-tu jamais le bandeau que t'a mis la fuperftition? Trembleras-tu fans ceffe au nom d'un Dominicain ou d'un Francifcain? Quel crime as-tu donc commis pour avoir mérité que le Ciel répandît fur toi l'efprit de fanatifme? Sans doute ta foumiffion aveugle à d'indignes mortels, qui par leurs vices deshonorent l'humanité, eft la punition des cruautés que tu as commifes, & des excès où tu t'es porté. Il eft jufte que ceux qui ont rempli de fang & de carnage la moitié de l'Univers, & qui ont impofé à des Nations qui ne les avoient jamais offenfés, le joug le plus infupportable, effuient eux-mêmes un fort auffi trifte.*

Je croirois affez volontiers, fage & favant Abukibak, que les maux que la fuperftition caufe aux Efpagnols, peuvent avoir été occafionnés par les crimes qu'ils ont commis dans la conquête du nouveau Monde. Ce qui me confirme dans ce fentiment, c'eft que depuis ce tems la grandeur de l'Efpagne a toujours diminué. Loin que les tréfors du Perou eufeuſſent enrichi cette Monarchie, elle étoit ſi pauvre & ſi ruinée ſous les regnes de Philippe IV. & de Charles II. qu'à peine les pourvoïeurs de la table de ces Princes avoient-ils de quoi ſubvenir aux fraix qu'ils étoient obligés de faire. Les Hiſtoriens aſſûrent que la Cour n'avoit pû quitter Madrid pendant deux années de ſuite, parce que Charles II. n'avoit poinr. aſſez d'argent dans ſes coffres pour entreprendre de faire un voïage hors de cette capitale.

CHARLES-QUINT fut le premier Prince Eſpagnol, maître des Indes ; à peine le fut-il, qu'il eut toujours en Europe la fortune contraire. Son fils Philippe II. perdit les Païs-Bas, Philippe III. eut la douleur de céder deux provinces magnifiques aux François, Philippe IV. & Charles II. ſervirent l'un après l'autre aux triomphes de Louïs XIV. qui démembra la Flandre, le Hainaut, & la Franche-Comté, de la Monarchie d'Eſpagne.

REVENONS, ſage & ſavant Abukibak, aux réflexions que les mœurs & les inclinations des différens peuples pouvoient faire faire à Deſcartes. Les Anglois lui offroient mille vertus éclatantes, balancées par bien des défauts eſſentiels. Ce mêlange du bien & du mal devoit ſans doute lui faire connoître que le ſort des hommes eſt ſi malheureux, que tout ce qu'ils peuvent faire, c'eſt d'excuſer leurs foi-

foibleſſes par quelques bonnes qualités.
En général, il ſemble qu'il leur eſt impoſſible de ſe rendre véritablement ſages & entiérement vertueux : c'eſt-là le
partage de quelques Philoſophes qui ſe
ſont élevés au-deſſus de l'humanité. Quant
au commun des hommes, parmi eux le
plus ſenſé & le meilleur eſt celui qui eſt
le moins fou & le moins mauvais. La généroſité, la grandeur de courage, l'intrépidité d'un Anglois ſont ternies par
ſon arrogance, ſa fierté, ſon amour propre, & la bonne opinion qu'il a de lui-
même.

DANS tous les païs un Philoſophe trouve une ample matière de plaindre les
hommes, & de les mépriſer. Un voïa-
geur en Italie court riſque d'être la victime de la jalouſie ; en Eſpagne, de la ſuperſtition ; en Angleterre, de la vanité
& de la hauteur de ceux avec qui il vit.
J'aimerois preſque autant tomber entre
les mains d'un Inquiſiteur, d'un Anglois
qui me fait ſentir ſans ceſſe combien il
s'eſtime plus que moi, & qui ne daigne
me parler que pour injurier ma Nation,
& pour m'ennuier du récit des grandes
qualités de la ſienne.

SI un étranger eſt à Londres la victime de la vanité, il l'eſt à Paris de la folie & de l'impertinence. On l'aſſomme
de complimens ; on le ruine par l'inven-
tion des nouvelles modes; on l'accable
de

de difcours fades & puérils ; & pour le récompenfer de tant de peines, on veut lui perfuader qu'il reffemble aux gens qu'il fréquente , & qu'il eft auffi fat qu'eux. De toutes les manies des François, celle qui me paroît la plus infupportable , fage & favant Abukibak , c'eft celle de vouloir ériger en François tous les gens qui vivent parmi eux. Un homme dit-il quelque chofe qui leur plait , il parle comme un François ; a-t-il des manières polies & engageantes , il a celles d'un François ; eft-il d'une figure brillante & aimable, il a l'air d'un François. Je ne trouve rien de fi fat que cette façon de penfer , elle eft auffi infultante pour toutes les Nations étrangères , que la hauteur infupportable des Anglois. Ces derniers difent naturellement qu'il n'y a qu'eux qui foient eftimables. Les François ne s'expliquent pas fi crûment ; mais ils font entendre qu'on ne vaut quelque chofe qu'autant qu'on leur reffemble. Dans le fond ces deux manières de penfer font les mèmes ; l'une eft auffi fauffe & auffi extravagante que l'autre.

E N parcourant tous les peuples, fage & favant Abukibak , nous découvririons également des défauts directement oppofés au bon fens & à la raifon. Les Allemands nous fourniroient leur chimérique & ridicule amour pour les vieux titres & les anciens contracts, & leur peu d'attention pour tout ce qui n'eft pas

Duc, *Comte*, *Marquis*, ou *Baron*. Nous verrions avec furprife combien ils font peu de cas des plus rares vertus & des plus grands talens, eu égard aux honneurs que les Anglois rendent au vrai mérite. Le mépris, ou pour le moins l'indifférence que les Hanovriens affecterent pour la mémoire de Leibnitz, eft une preuve évidente de cette vérité. Cet illuftre Philofophe étant mort, Mr. Eccard, fon éleve, fon compagnon, fon ami intime, qui avoit vécu près de dix-neuf ans avec lui, fe chargea de faire à ce grand homme un convoi funèbre qui fût digne de fon mérite. Il invita toute la Cour à fes funérailles, & perfonne n'y parut; au lieu qu'on auroit été en foule à l'enterrement d'un fat, décoré de titres pompeux. Ceux de *Philofophe célèbre*, de *favant Mathématicien*, de *Métaphyficien fublime* ne trouverent aucune grace auprès de Meffeigneurs les Allemands. Les Anglois au contraire ont rendu à la mémoire de Newton les mêmes honneurs qu'à celle d'un Roi qui auroit conquis trois Roïaumes, ou qui auroit fait par fa fage conduite dans la paix le bonheur de tous fes fujets. ,, Ce qui en-,, courage le plus les Arts en Angleter-,, re, dit un Auteur moderne très efti-,, mé *, c'eft la confidération où ils font.
,, Le

* Voltaire, Lettres fur les Anglois, *Lettre XXVI. pag.* 198.

„ Le portrait du premier Ministre se trou-
„ ve sur la cheminée de son cabinet. J'ai
„ vû celui de Mr. Pope dans vingt mai-
„ sons. Mr. Newton étoit honoré de son
„ vivant, & l'a été après sa mort com-
„ me il devoit l'être; les principaux de la
„ Nation se sont disputé l'honneur de por-
„ ter le poële à son convoi. Entrez à West-
„ minster, ce ne sont pas les tombeaux
„ des Rois qu'on y admire, ce sont les
„ monumens que la reconnoissance de la
„ Nation a érigés aux grands hommes qui
„ ont contribué à sa gloire. Vous y voiez
„ leurs statues, comme on voit dans A-
„ thenes celles des Sophocles & des Pla-
„ tons. „

Il seroit à souhaiter que tous les peuples imitassent les Anglois dans la vénération qu'ils ont pour les grands hommes
que la Nature forme chez eux. Je suis
assûré que l'Angleterre est redevable de
tous les génies célèbres qui l'ont illustrée
depuis plusieurs années, à l'encouragement qu'on y donne aux gens de Lettres;
mais on ne peut guères esperer de voir
un goût & un usage aussi loüable devenir
général par toute l'Europe.

Revenons donc, sage & savant Abukibak, à notre premier sujet, & convenons qu'il n'est point de meilleur moïen
pour éviter de faire des fautes, & pour
connoître celles que l'on a faites, que
d'examiner avec soin les actions des autres. Comme on juge toujours plus sé-

vére-

vérement des défauts d'autrui que des
liens propres, on découvre qu'on s'étoit
pardonné souvent, comme une chose indifférente, ce que l'on ne peut s'empêcher de condamner dès qu'on l'apperçoit
dans les autres. Il est tel Allemand, qui
a ignoré pendant vingt ans que la fierté
fût un vice ; il a fallu qu'il vît un Anglois
pour s'en convaincre.

JE te falue, fage & favant Abukibak.

LETTRE SOIXANTE-DIX-NEUVIEME.

Le Cabaliste Abukibak, *au studieux* ben
Kiber.

TA dernière Lettre, studieux ben
Kiber, m'a fait un plaisir infini. Je
vois que tu penses solidement, & d'une
manière bien différente de celle des personnes de ton âge. L'étude de la fagesse,
& la recherche des moïens pour y réüssir
font tes principales occupations ; on ne
sauroit prendre des mesures plus justes,
& des précautions plus fensées pour distinguer le faux du vrai, que le font celles que tu mets en usage. Les défauts
que nous appercevons dans les autres
hommes, font des instructions perpétuel-
les ; & l'on peut dire avec beaucoup de
rai-

raifon qu'étudier la fageffe, c'eft faire attention aux foibleffes humaines. Les fottifes d'un étourdi, les impertinences d'un fat, les bêtifes d'un ignorant, valent les leçons d'un Philofophe pour quelqu'un qui a du génie, & qui veut s'en fervir. Dans tous les tems les véritables fages ne le font devenus que par le mépris & l'averfion que leur infpiroient les hommes en général. Les fottifes & les folies des Grecs furent la caufe des ris de Démocrite & des pleurs d'Héraclite. *

Si les Philofophes modernes trouvent, en parcourant les Nations d'aujourd'hui, un vafte champ à leurs réflexions, les anciens avoient bien le même avantage. Il n'eft aucun peuple moderne, dont on ne reconnoiffe aifément l'original dans l'antiquité : on y voit de fourbes & de rufés Italiens, de fuperftitieux Efpagnols, des Anglois orgueilleux & vains, & des François étourdis & Petits-maîtres ; on retrouve tous ces gens-là, il y a deux mille cinq cens ans. Il eft vrai qu'ils ont

un

* La conduite ridicule & infenfée des hommes affligea fi fort Héraclite, qu'il réfolut de les fuir pour toujours ; il aima mieux ne manger que des herbes & des racines, que de vivre avec eux. *Tandem hominum odio feceffit, vitamque in montibus ducebat olera ac berbas comedens.* Diog. Laert. *de Vita Philofoph. Lib. IV. in Vit. Heracl.* pag. 362.

un autre nom; mais pour les caractères, ils font parfaitement reffemblans.

Les Grecs aimoient les Arts & les Sciences, ils excelloient dans la peinture & dans la fculpture; mais ils étoient fins, fouples, déliés, trompeurs, vindicatifs, idolatres des fpectacles, paffionnés pour la Mufique, adonnés aux femmes, & enclins au vice affreux, auquel on a donné le nom d'amour Socratique. Ce portrait n'eft-il pas très reffemblant à celui d'un Italien, & peut-on demander plus d'égalité entre les mœurs & les ufages de deux peuples?

Les Egyptiens font les Efpagnols de l'antiquité. Ils étoient entêtés de l'étude de leur Théologie myftique, ils regardoient avec une profonde vénération tout ce qui venoit de leurs Prêtres, ils les confidéroient comme les Miniftres & les Interprêtes infaillibles de la Divinité. Ils dédaignoient les autres Nations, fans les connoître & fans voïager jamais chez elles; ils étoient fainéans, pareffeux, mangeoient fort médiocrement, ajoutoient beaucoup de foi aux fortilèges, aux maléfices, aux Enchanteurs, aux Magiciens, aux Aftrologues & aux Difeurs de bonne avanture. Deux goutes d'eau font-elles plus femblables qu'un ancien Egyptien & un Efpagnol moderne?

Je pourrois, fi je voulois, pouffer encore plus loin le parallèle, je trouverois en Eſpagne la parfaite copie de toutes les extravagances & de toutes les ſuperſtitions qui furent autrefois en Egypte. L'antiquité n'a eu aucune Nation qui ait égalé les Egyptiens dans le ridicule de la Religion : non ſeulement ils adoroient des hommes, mais leurs Temples étoient remplis de figures d'animaux. Les chiens, les éperviers, les ibis, les crocodiles y occupoient des places diſtinguées *. Les Eſpagnols ne ſe contentent pas d'élever dans leurs Egliſes des Autels à St. Roch, ils y placent auſſi ſon chien ; il eſt auprès de lui, & figure dans le même tableau que ſon Maître. St. François eſt accompagné de ſa brebis, St. Paul de ſon corbeau, & St. Antoine de ſon cochon. Homme & bête, tout eſt également encenſé par un Prêtre avare & impoſteur, qui ſe moque de la crédulité du peuple & de l'Idole qu'il deſſert.

ALLONS encore plus loin, ſtudieux ben Kiber,

---

* *Exempla libet dare & ridere, ac primum Ægyptiorum, quos omnes gentes credo equidem una & ſtulta ſuperſtitione anteiviſſe: neque enim ad homines, aut ad mortuos modo, Deorum cultum, Iſim, Serapim, Anubim; ſed ad beſtias, easque viliſſimas, tranſtulerunt, canes, ichneumones, feles, accipitres, ibides, lupos, crocodilos, & tales plures.* Lipſii Monita & Exempla Politica, Cap. III. *pag.* 22.

Kiber , & donnons plus d'étendue à cette comparaifon. Les Egyptiens laiffoient en mourant des fonds confidérables pour l'entretien de leurs Divinités. L'Etat leur affignoit des fonds qui leur rapportoient un revenu annuel, on mettoit leur portrait fur les drapeaux & fur les étendarts, on célebroit leurs funérailles, avec de grandes marques de douleur & avec beaucoup de magnificence *. Tout cela fe pratique en Efpagne au pied de la lettre , & peut-être plus communément qu'autrefois en Egypte. Il n'eft aucun Efpagnol qui ôfât fortir de ce Monde, fans laiffer de quoi orner l'Autel de quelque Saint, ou fans donner quelque chofe aux Prêtres qui ont foin de la Chapelle. Des provinces entières font très fouvent de pieufes fondations ; fa feule ville de Valence a peut-être plus donné aux Moines que celle de Memphis aux Prêtres d'Epaphus. Les portraits de St. Jaques, de St. Philippe, de St. George, &c. font fur dix ou douze mille bannières. On célebre, non feulement les anniverfaires de leur naiffance , mais auffi de leur mort. Les Hymnes qu'on chante devant leurs Idoles,

---

* *Iis* (Diis animalibus) *cibos dare per obfequium pietatis foliti. His agros & vectigalia e publico affignare. Horum infignis imagines præferre. Iis denique defunctis cum planctu funus & fumptu monumenta facere.* Lipfius, *ibid.*

les , font plus longues de la moitié les jours où l'on fait leur commémoration. Il eft telle fête, dont la célébration coute des fommes très confidérables , & les Moines ont la portion *double* , auffi bien que le Saint fon Office.

JE fuis affûré , ftudieux ben Kiber , que tu avoüeras qu'au langage près, fi un ancien Egyptien revenoit au Monde , & qu'il fût tranfporté en Efpagne , il croiroit être dans fa première patrie. La figure & l'air de fes nouveaux compatriotes le confirmeroient dans cette opinion , il verroit de grands hommes , maigres , fecs , & bafanés , ainfi que le font tous les Egyptiens; il eft vrai qu'il trouveroit qu'ils font plus craffeux qu'ils ne l'étoient autrefois. Etabliffons donc comme une vérité conftante qu'excepté la propreté, un Efpagnol moderne eft la parfaite copie d'un ancien Egyptien.

LEś François reffemblent beaucoup aux anciens Perfans, ils aiment, ainfi qu'eux, le fafte, l'oftentation & les équipages. Ils font attachés à leur Roi, & ont pour fes volontés une entière foumiffion. Ils font affables, polis, inconftans, préfomptueux, & plus occupés de leur fortune particulière , que de la gloire de leur patrie : dès que le fort leur eft favorable, ils tentent les plus grandes entreprifes. Xerxès penfa réduire la Grece entière fous fon obéïffance , Louis XIV. conduifit fon armée victorieufe jufqu'aux portes d'Amf-

ter-

terdam, & fut pendant long-tems l'arbitre de l'Europe. Quand la fortune leur est contraire, ils ne savent point se roidir contre les disgraces ; la perte d'une première bataille est ordinairement chez eux l'avant-coureur d'une autre défaite. Dire que les François ont été battus la première campagne, c'est annoncer qu'ils le seront pendant toute la guerre. Vainqueurs de leurs ennemis jusqu'à Hochstet, combien d'échecs n'essuierent-ils pas depuis la perte de cette bataille, Oudenarde, Ramillies, l'affaire de Turin, les siéges de Lille, de Tournai, de Mons, de Doüai, de Bouchain, du Quénoi ? Les dernières années de la guerre, Milord Marlborough & le Prince Eugene joüoient parfaitement le rolle d'Alexandre ; & Louis XIV. ne représentoit que trop bien celui de Darius, Prince illustre, mais malheureux. Les Persans, il est vrai, aimoient moins les nouvelles modes que les François, quoiqu'ils ne fussent pas moins partisans qu'eux des vêtemens superbes ; mais cette différence est-elle si grande, qu'on ne puisse regarder comme très juste le paralèle de ces deux peuples ?

Les Anglois me paroissent avoir presque tous les défauts & toutes les vertus des Romains. Ils méprisent les autres peuples, & haïssent leurs voisins ; ils sont fiers, hautains & arrogans : ils aiment les spectacles & les combats de Gladiateurs ; les fêtes & les jeux publics n'ont

póur

pour eux aucun appas, fi le fang des hommes, ou des animaux n'y eft répandu. Ils
font adonnés aux courtifannes ; il y a autant de femmes publiques à Londres,
qu'il y en eut jamais à Rome. Voilà les
défauts, voici les vertus. Ils aiment les
Sciences, & refpectent les grands génies.
Pope & Newton ont été auffi chéris &
auffi honorés en Angleterre, que Térence
& Cicéron le furent en Italie. Les Romains n'étoient pas plus jaloux de leur
liberté, que les Anglois le font de la leur;
ils ne verferent pas plus de fang pour la
conferver. L'intrépidité, la conftance dans
l'adverfité, le mépris des richeffes, l'a-
mour de la patrie furent le partage des
premiers ; les mêmes vertus entrent dans
le caractère des derniers. Le courage des
Anglois eft connu de toute l'Europe,
leurs plus grands ennemis ne leur refu-
fent point la bravoure. Quant à leur fermeté dans les malheurs & dans les infortunes, pour connoître jufqu'où elle va, il
ne faut que jetter les yeux fur cette foule d'Anglois qui ont été forcés d'abandonner leurs biens & leur païs par la ruine du parti qu'ils avoient embraffé. Ils
bravent les plus rudes coups de la fortune ; auffi fiers au milieu des étrangers
que s'ils étoient parmi leurs compatriotes, rien ne fauroit les réfoudre à fléchir
devant le vainqueur. Combien y a-t-il
d'Anglois qui meurent de faim en France, en Efpagne & en Italie, qui pour
être

être riches dans leur païs, n'avoient qu'à le vouloir, c'eſt-à-dire, n'avoient qu'à changer de ſentiment & à ſe ranger du parti que favoriſoit la fortune ? Ils ont mépriſé de devenir heureux à ce prix, leur exil & leur pauvreté leur ont paru plus ſupportables que la douleur & la honte d'être obligés de feindre. Il eſt bien flatteur pour les Anglois qu'on puiſſe appliquer à plus de deux mille de leurs compatriotes la faſtueuſe loüange, que Lucain a donnée au plus vertueux & au plus ſévère des Romains :

Victrix cauſa Diis placuit, ſed victa Catoni.

On a vanté avec raiſon le deſintéreſſement de ce ſage Dictateur, qu'on ôta de la charrue pour mettre à la tête de l'armée de la République, & qui, après avoir battu les ennemis, retourna dans ſa maiſon de campagne labourer ſes champs & reprendre ſes premières occupations. Je conviens que c'eſt-là un exemple d'un parfait mépris des grandeurs, & d'un véritable amour pour ſa patrie ; mais il eſt commun en Angleterre de voir des particuliers ſacrifier leurs intérêts, leurs grandeurs & leur rang au bien de l'Etat. On a vû des Seigneurs aller porter eux-mêmes au Prince la démiſſion de leurs emplois, qui valoient deux cens mille livres de revenu, monnoie de France, parce qu'il exigeoit d'eux qu'ils fiſſent certaines

taines démarches contraires au bien & à la liberté du Roïaume; ils aimoient mieux aller vivre dans une terre en fimples Gentilshommes de campagne que de refter attachés à la Cour, en manquant à eux-mêmes & à leur concitoïens. Des actions auffi généreufes ne fe font plus aujourd'hui qu'en Angleterre; auffi faut-il chercher des hommes dans ce païs, pour pouvoir en trouver qu'on puiffe égaler aux Romains.

Si nous examinons, ftudieux ben Kiber, tous les autres peuples de l'Europe, nous en rencontrerions aifément plufieurs autres dans l'antiquité, auxquels nous pourrions les comparer avec autant de raifon que les Italiens aux Grecs, les François aux anciens Perfans, les Efpagnols aux Egyptiens, & les Anglois aux Romains. Peut-être quelque jour t'écrirai-je encore fur ce même fujet.

Adieu, mon cher ben Kiber; perfectionnes toujours tes connoiffances, & furtout gardes-toi d'être la dupe de tes préjugés.

LETTRE QUATRE-VINGTIEME.

Ben Kiber, *au sage Cabaliste* Abukibak.

JE t'écrivis, il y a quelque tems, sage &
savant Abukibak, quels étoient mes
sentimens sur le Pyrrhonisme raisonnable. J'entends par le Pyrrhonisme raisonnable, une sage défiance des choses
dans lesquelles nous croions appercevoir
quelquefois le plus d'évidence. Je t'ai
déjà montré * que les plus grands Philosophes ont témoigné beaucoup d'incertitude, il me seroit aisé de te prouver que
la plûpart des Peres de l'Eglise ont pensé de même qu'eux. Les Auteurs divins &
inspirés ont même regardé comme une
folie, l'envie qu'ont les hommes de pénétrer des secrets qui leur sont cachés.
J'ai tâché, dit Salomon, *de devenir savant*
pour connoître les phénomènes & les accidens
qui arrivent dans ce Monde. Il y a tel homme
qui s'applique la nuit & le jour, & qui sacri-
fie le sommeil & le repos dans l'esperance d'ac-
quérir de vaines connoissances. J'ai compris
que les hommes ne pourront jamais donner au-
cune

* *Lettre XXXII. du II. Volume.*

cune raifon plaufible, ni aucune démonftration évidente de la nature des ouvrages de Dieu qui font fous le Soleil. Plus les foibles humains fe tourmentent pour connoître la caufe des chofes, & moins ils la peuvent trouver; & lorfqu'un Sage fe flatte d'avoir dévoilé les myftères de la Nature, il fe trompe, & eft la dupe de fa vanité *.

VOILÀ, fage & favant Abukibak, le Pyrrhonifme Phyfique, établi fortement par le plus fage des hommes. Il regardoit l'envie de favoir, comme une des plus grandes infortunes attachées à la foibleffe humaine. J'ai vû, dit-il †, l'affliction que Dieu a donnée aux hommes pour les exercer. Il n'a rien fait que de bon & de fage, & il a établi toutes les chofes telles qu'elles devoient être, &
dans

---

* *Appofui cor meum ut fcirem Scientiam, & intelligerem diftenfionem quæ verfatur in terra. Eft homo, qui diebus & noctibus fomnum non capit oculis. Et intellexi quod omnium operum Dei nullam poffit homo invenire rationem eorum quæ fiunt fub Sole; & quanto plus laboraverit ad quærendum, tanto minus inveniat. Etiamfi dixerit Sapiens fe noffe, non poterit reperire.* Salomon, Ecclefiaft. Cap. VIII. vf. 16. & 17.

† *Vide afflictionem quam dedit Deus filiis hominum, ut diftendantur in ea. Cuncta fecit bona in tempore fuo, & Mundum tradidit difputationi eorum, ut non inveniat homo opus, quod operatus eft Deus ab initio ufque ad finem.* Eccl. Cap. III. verf. 10. & 11.

dans leur tems. Il a abandonné cet Univers aux foibles mortels, comme un vaste champ à leurs méditations & à leurs disputes; mais il a voulu que les ouvrages qu'il avoit faits, leur fussent inconnus depuis le commencement jusqu'à la fin. Prens bien garde à ces derniers mots, sage & savant Abukibak. Salomon déclare précisément que tous les efforts des hommes sont inutiles, & qu'ils auront aussi peu de certitude dans tous les siécles à venir, qu'ils en ont eue dans ceux qui se sont déjà écoulés; triste & fatale décision pour ces demi-Savans, qui, prévenus en faveur de leurs opinions, pensent que la vérité de l'essence des choses dépend de leurs préjugés, ou de leurs visions chimériques.

PASSONS de Salomon à Saint Paul, que Dieu choisit pour faire connoître aux Païens la seule & véritable Philosophie. Il condamne la passion que les Grecs avoient de pénétrer dans les secrets de la Nature, les ouvrages du Tout-Puissant étant au-dessus des connoissances humaines, & la créature ne pouvant s'élever jusqu'au Créateur. *Il est écrit*, dit cet Apôtre: *Je perdrai la sagesse des Sages & la prudence des Prudens. Où est le Sage, où est le Docteur de la Loi, où est l'homme qui connoisse les choses de ce siécle? Dieu n'a-t-il pas changé en folie la sagesse de ce Monde? Car parce que dans la sagesse de Dieu, le Monde n'a pas connu Dieu par la sagesse, il*

lui

lui a plû de ſauver les Fidèles par la folie de la Prédication *.

SAINT Paul, regardant avec tant de mépris la ſcience & les connoiſſances des plus grands Philoſophes, il ne faut point s'étonner s'il exhortoit ſi fort les Coloſſiens à mépriſer la Philoſophie comme une étude trompeuſe, captieuſe, illuſoire, & qui n'avoit d'autre fondement que l'orgueil des hommes. *Prenez garde, dit cet Apôtre, que perſonne ne vous trompe par des raiſonnemens de la Philoſophie, & de cette vaine tromperie, conforme aux Traditions des hommes & aux Elemens du Monde* †.

LES Peres de l'Egliſe, qui ſuccéderent aux Apôtres, écrivirent également contre ceux qui prétendoient que les hommes pouvoient connoître la vérité par le ſecours de la raiſon & de la lumière naturelle. *L'homme*, dit Arnobe, *eſt*

---

* *Scriptum eſt : Perdam ſapientiam Sapientium, & prudentiam Prudentium reprobabo. Ubi Sapiens? Ubi Scriba? Ubi Conquiſitor hujus ſeculi? Nonne Deus ſtultam fecit ſapientiam hujus Mundi? Nam quia in Dei ſapientia non cognovit Mundus per ſapientiam Deum ?* S. Paul. I. Corinth. *Cap. I. Verſ.* 19. *& ſeqq.*

† *Videte ne quis vos decipiat per Philoſophiam & inanem fallaciam, ſecundum Traditiones hominum, ſecundum Elementa Mundi, & non ſecundum Chriſtum.* S. Paul. Coloſſ. *Cap. XI. Verſ.* 8.

eſt un animal aveugle, & qui n'a aucune connoiſſance de lui-même, & qui ne ſauroit connoître par aucune raiſon ce qu'il doit faire,
en quel tems, & de quelle manière *.

· LACTANCE ne frondoit pas avec
moins de force l'orgueil des Savans † pré-
ſomptueux. Il établit encore plus fortement le ſage Pyrrhoniſme qu'Arnobe. Il
ſe moquoit de ceux qui ſe regardoient
comme des ſcrutateurs des myſtères de la
Nature. Il emploia plus d'une fois ſon
éloquente plume à prouver que la vérité
eſt

---

* Eſſe animal cæcum, & ipſum ſe neſciens, nul-
lis poſſit rationibus conſequi quid oporteat fieri, quan-
do, vel quo genere.

Arnob. *Lib.* I.

† Aujourd'hui le plus petit Régent de Collège prétend expliquer clairement quelle eſt la
nature de l'ame, & ſavoir le lieu où elle fait ſa
demeure. Lactance ſe moque avec raiſon des
Philoſophes qui avoient vécu avant lui, & de
ceux qui vivoient dans ſon tems, & qui avoient
prétendu approfondir un myſtère impénétrable. Il
avoüe ſincérement qu'il ne donne que pour des
conjectures tout ce qu'il dit ſur ce ſujet. *Mentis
quoque rationem incomprehenſibilem eſſe quis neſciat,
niſi qui omnino illam non habet, cum ipſa mens quo
loco ſit, aut cujusmodi, neſciatur? Varia ergo a
Philoſophis de natura ejus ac loco diſputata ſunt;
at ego non diſſimulabo quid ipſe ſentiam, non quia
ſic eſſe adfirmem; (quod eſt inſipientis in re dubia
facere) ſed ut expoſita rei difficultate, intelligas
quanta ſit divinorum operum magnitudo.* Lactant.
de Officio Dei ad demetrianum, *Cap. XVI.*

eſt inconnue aux hommes, & que la Philoſophie ne peut donner aucune certitude réelle. *Les Livres ſaints,* dit-il, *nous apprennent que toutes les penſées des Philoſophes ſont des folies. On ne ſauroit trop conſtater cette vérité par les effets & par les raiſons, dans la crainte que quelqu'un, trompé & ſéduit par le nom brillant de la ſageſſe, & égaré par l'éclat d'une éloquence flatteuſe, ne préfere les opinions qu'on appuie ſur l'autorité de la raiſon & de la lumière naturelle à celles qui n'ont d'autre fondement que la Révelation* *.

ST. Thomas adopte l'opinion de Lactance. Il étoit perſuadé que la raiſon humaine eſt très défectueuſe, & qu'on ne peut trouver aucune certitude parfaite dans les choſes qu'on ne connoît que par le ſeul ſecours de la lumière naturelle. *Il eſt néceſſaire,* dit-il, † *que les hommes re-*

---

* *Cum ſit nobis divinis Litteris traditum cogitationes Philoſophorum ſtultas eſſe, id ipſum re & argumentis docendum eſt; ne quis honeſto ſapientiæ nomine inductus, aut inanes eloquentiæ ſplendore deceptus, humanis malit quam divinis credere.* Lactant. Inſtitut. *Lib. I. Cap. I.*

† *Neceſſarium eſt homini accipere per modum fidei, non ſolum ea quæ ſunt ſupra rationem, ſed etiam ea quæ per rationem cognoſci poſſunt propter certitudinem. Ratio enim humana in rebus divinis eſt multa deficiens; cujus ſignum eſt, quia Philoſophi de rebus humanis naturali inveſtigatione perſcrutantes, in multis erraverunt & ſibi ipſis contraria ſenſerunt. Ut ergo eſſet indubitata & certa cognitio*

apud

reçoivent par l'autorité de la foi non seule-
ment les choses qui sont au-dessus de la rai-
son; mais même celles que la raison peut con-
noître à cause de la certitude. Car la raison
humaine est fort défectueuse dans les choses
divines ; aussi voit-on que les Philosophes sont
tombés dans plusieurs erreurs, en voulant ap-
profondir la nature & l'essence des choses hu-
maines , & se sont contredits mutuellement,
l'un soutenant un sentiment qu'un autre con-
damnoit. Afin donc que les hommes connussent
d'une manière certaine & indubitable l'existence
de Dieu, il a été nécessaire que la foi leur en-
seignât les choses divines , comme aiant été
enseignées de Dieu même, qui ne peut mentir.

S I les hommes considéroient attentivement , sage & savant Abukibak,
combien ce qu'ils appellent raison est
une chose arbitraire , & sujette à recevoir les différentes impressions des préjugés, de l'amour propre, de l'orgueil, de
la vanité , enfin de toutes les passions,
ils feroient beaucoup moins de fonds sur
cette prétendue lumière naturelle qu'ils
regardent comme un guide certain. Car
enfin, si elle est quelque chose de véritablement réel, & de véritablement fixe &
déterminé, il faut qu'elle soit la même dans
tous

apud homines de Deo , oportuit quod divina eis per
modum fidei traderentur, quasi a Deo dicta , qui
mentiri non potest. St. Thom. *II.* 2. *Quæst.* 2.
& 4.

tous les hommes, qu'elle produife dans eux les mèmes opérations, & qu'elle leur faffe voir également les chofes. Or, d'où vient donc cette diverfité de fentimens ? Par quelle raifon tout un peuple regarde-t-il comme une vérité évidente une chofe, de la fauffeté de laquelle un autre eft pleinement convaincu ? Pourquoi ce qui eft vertu en Afie devient-il crime en Europe ? Quelle eft la véritable raifon ? Eft-ce l'Européenne, ou l'Afiatique ? Si les Européens font fondés dans leurs fentimens, que devient la lumière naturelle des habitans de la plus grande partie du Monde ? Il faut alors avoüer que ce prétendu flambeau qui aura été donné pour les conduire, ne leur eft guères plus utile que les ténèbres les plus épaiffes. Mais pourquoi croions-nous que ce foit la raifon Afiatique qui foit de faux aloi ? D'où vient eft-ce que ce ne fera pas l'Européenne ? Comment eft-ce qu'on peut décider une queftion auffi épineufe ? Ne vaut-il pas mieux adopter le fentiment de St. Auguftin, & croire que la pefanteur de notre corps eft la caufe du peu de connoiffance & du peu de perception de notre efprit ? *L'entendement humain,* dit ce Pere de l'Eglife, *eft obfcurci par l'habitude des ténèbres dont il eft enveloppé dans la nuit du péché. Il ne peut envifager fixement la clarté, l'évidence lui manque. C'a été un bonheur pour lui, que*

d'être

d'être conduit vers la vérité par la voix de l'autorité *.

CONSIDERES, fage & favant Abukibak, qu'il femble que Saint Auguftin fût perfuadé que l'homme n'étoit jamais capable de connoître le vrai par lui-même, & qu'il falloit pour cela qu'il fût conduit & déterminé par une caufe fupérieure. Cela étant, quel fondement peut-on faire fur cette raifon, fi vantée par les Philofophes, fi exaltée par la plûpart des Savans? Doit-on donner le nom de lumière naturelle à une chofe qui n'a pas la faculté de pouvoir nous éclairer? Et quel effet peut produire la Philofophie, qui ne s'appuie que fur l'autorité d'une raifon trompeufe & illufoire, qui nous nuit auffi fouvent qu'elle nous fert?

CICERON n'a pas prétendu fans fondement que les hommes feroient peut-être plus heureux, s'ils n'en avoient point été doüés. Il la compare au vin, qui peut bien être quelquefois utile aux malades, mais qui leur nuit ordinairement †. En effet,

---

* Quia caligantes hominum mentes confuetudine tenebrarum, quibus in noɛe peccatorum vitiorumque velantur, perfpicuitati fanɛitatique rationis afpeɛum idoneum intendere nequeunt, faluberrime comparatum eſt, ut in lucem veritatis aciem titubantem, & veluti ramis humanitatis opacatam inducat autoritas. Auguftinus, de Moribus Ecclef. Cath. Cap. I I.

† Ut vinum ægrotis, quia prodeſt raro, nocet fapiſ-

effet, quelles extravagances & quelles folies n'excuse-t-on pas par la raison? Un homme, qui, sans avoir reçu d'un autre la moindre injure, fait deux ou trois cens lieuës uniquement pour aller s'égorger avec lui au pied d'un Baſtion, ou d'un Chemin-couvert, fonde ſon extravagance ſur la raiſon; un Jéſuite, qui bouleverſe la Société civile, qui lui ſeul fait plus de mal que la peſte & la famine, défend ſes crimes par la raiſon. Le Pere la Chaiſe apportoit des prétextes, qui dans le fonds paroiſſoient bons & raiſonnables, pour excuſer l'exil des Proteſtans. Un Janſéniſte, encore plus fou que le Jéſuite n'eſt malin, fonde ſur la raiſon la neceſſité d'introduire le fanatiſme, & d'autoriſer les convulſions; un débauché, livré à ſes plaiſirs, défend ſa conduite par la raiſon; un Théologien croit être fondé par la raiſon à paſſer ſa vie à embrouiller la Religion par de vaines diſputes; un Philoſophe autoriſe toutes ſes viſions chimériques par la raiſon; enfin,

il

---

piſſime, melius eſt non adhibere omnino, quam ſæpe dubio ſalutis in apertam perniciem incurrere: ſic haud ſcio, an melius fuerit humano generi motum iſtum celerem, cogitationis acumen, ſolertiam quam rationem vocamus, quoniam peſtifera ſint multis, admodum paucis ſalutaria, non dari omnino quam tam munifice & tam large dari. Cicero de Natura Deorum, *Lib. III.*

il n'eſt rien où les hommes ne veuillent la faire entrer. Tous croient l'avoir également en partage, & tous ſont également dans l'erreur.

Il eſt plus utile qu'on ne penſe, ſage & ſavant Abukibak, d'humilier les partiſans outrés de cette raiſon, en leur faiſant voir la foibleſſe & l'incertitude. On apprend ainſi aux Philoſophes orgueilleux à captiver leur entendement ſous l'obéïſſance de la foi, & à ne jamais diſputer ſur de certaines choſes. Combien en eſt-il parmi eux, dont on peut dire avec St. Bernard, que *dans le tems qu'ils cherchent à connoître les choſes étrangères, ils n'ont d'eux-mêmes aucunes connoiſſances** ?

---

* *Multi multa ſciunt, & ſe ipſos neſciunt, alios inſpiciunt, & ſe ipſos deſerunt. Deum quærunt per iſta exteriora, deſerentes ſua interiora, quibus interior eſt Deus.* Bernardi Meditationes devotiſſimæ ad humanæ conditionis cognitionem, *alias* Liber de Anima, *Cap. I. Num. I.*

LETTRE QUATRE - VINGT - UNIEME.

Ben Kiber, *au sage Cabaliste* Abukibak.

SI l'idée de rentrer dans le néant, fage & favant Abukibak, eft mortifiant,
celle d'un fommeil perpétuel, fuivi de fonges agréables, n'a rien de commun avec
elle. Je conviens bien que le fommeil
doit être regardé comme une efpèce de
ceffation de la vie ; mais c'eft lorfque
l'efprit & le corps font enfévelis dans un
repos léthargique. Car dès qu'un homme fait des fonges amufans, fon bonheur
eft réel ; il eft auffi heureux que celui
qui veille. Tous les plaifirs de la vie ne
font que de flatteufes chimères, la vie
elle-même n'eft qu'un fonge ; & lorfque
nous venons à mourir, l'on peut dire que
nous avons été plus ou moins heureux,
felon que nous avons révé plus ou moins
agréablement.

SUPPOSONS qu'une perfonne dorme
pendant vingt ans de fuite, qu'elle fe figure d'être un Roi puiffant, victorieux,
triomphant, qui gagne des batailles, qui

prend

prend des villes, qui triomphe de ses ennemis, n'aura-t-il pas été aussi réellement
heureux que les plus grands Monarques?
Il aura gouté tous les plaisirs, toutes les
douceurs qu'ont ressentis les Jules Cé-
sars, les Scipions, les Henri IV. & sa
joie n'aura point été troublée par les
disgraces de Pompée, de Sertorius, de
François I. & de Charles XII.? Le conquérant imaginaire & dormant aura été plus
heureux que bien de conquérans réels &
veillans.

Passons du Guerrier à l'Ecclésiastique.
Un petit Curé de village est métamorphosé par le sommeil en Cardinal. Il pense qu'il se promene dans les rues de Rome,
suivi & escorté d'un grand nombre d'es-
tafiers. Il a une table servie splendide-
ment, & une maitresse jeune & jolie.
A la place d'une servante crasseuse, qui
étoit autrefois admise dans le lit du Curé veillant, succéde une Beauté imaginaire, qu'un Aumônier, confident de son
maitre, personnage aussi peu réel que
tout le reste, conduit par un escalier dé-
robé. Je demande si ce Curé n'est pas
aussi fortuné que le Cardinal le plus galant? Je soutiens qu'il se peut faire qu'il
le soit beaucoup plus. Il ne court point
le risque de perdre par ces galanteries
imaginaires ce qu'il en couta au Cardinal du Bois pour de réelles.

Un Auteur dormant peut encore avoir
des

dés avantages considérables sur celui qui veille. Il ignorera le jugement qu'on porte sur ses Ouvrages, il pensera que le Public approuve ses fades productions. En rêvant, il goute toute la satisfaction qu'ont ressentie les Racines, les Corneilles, les la Bruïeres & les Despreaux; en veillant, il essuïeroit toutes les nazardes & toutes les sanglantes plaisanteries, dont les Cotins & les Pradons ont été accablés. Si l'Ecrivain des *Anecdotes Historiques, Galantes & Litéraires*, après avoir par ses pernicieux remèdes endormi pour toujours tant de gens, est condamné à son tour de dormir pendant dix ans, plein de la sotte vanité qui fait le partage de tous les Auteurs subalternes, il se placera auprès des plus grands hommes, il s'applaudira, il admirera ses fades productions. Aucun Journaliste incommode n'ira lui exposer aux yeux des vérités desagréables, tout lui rira, tout favorisera ses desirs. S'éveille-t-il, sa fortune, sa gloire & son mérite s'évanoüissent; tout tombe, tout finit, tout est détruit dès qu'il ouvre la paupière. *Heureux sommeil!* s'écriera-t-il. *Pourquoi ne duriez-vous pas toujours? Songes flatteurs, d'où vient vous êtes-vous dissipez? Que ne puis-je rêver toute ma vie! Et puisque tel est mon sort qu'il faut que je veuille en dépit de la raison m'ériger en Auteur, ne valoit-il pas mieux cent fois pour ma tranquillité que ce fût en imagination qu'en réalité?*

En parcourant tous les différens états de

la

la vie, nous découvrixions aifément, fage &
favant Abukibak, qu'il n'en eft aucun dont
le fommeil ne puiffe augmenter la félicité.
Si j'avois vécu du tems des Païens, j'aurois etendu jufqu'aux Dieux ce que je
borne aujourd'hui aux hommes. Le fort
de Saturne m'eût paru cent fois plus
heureux que celui de Jupiter. Tu fais
que ce dernier Dieu endormit le premier,
& ne lui laiffa d'autre avantage que de
faire fans ceffe des fonges agréables. A
quoi penfoit le bon Jupiter de ne pas ava-
ler une prife de fon opium ? Il devoit
être bien aveugle, s'il n'en connoiffoit
pas tous les avantages ? Hé quoi ! lorfque
pour joüir d'Europe, il fe métamorphofa
en bœuf ; quand il fut obligé de voir fouffrir Alcmene qu'il avoit rendue enceinte,
n'eût-il pas mieux valu pour lui qu'il
dormît comme Saturne. Eût-il dû ronfler
auffi fortement qu'un homme qui lit trois
pages des Ouvrages du Jéfuite Courjan,
n'importe ; il eût rêvé agréablement, il
n'eût reffenti aucune peine. Pour vaincre
des Beautés cruelles, il n'eût point eu befoin d'avoir recours à aucune métamor-
phofe ; il n'eût rien eu à redouter de la jaloufie de fon époufe Junon. Si un homme,
dont la femme eft pigriéche, méchante,
querelleufe, refufoit de changer fes peines réelles pour des fonges agréables,
on le traiteroit d'imbécille. Quel nom
peut-on donner à une Divinité qui tient
une conduite auffi peu penfée ?

QU'IL

Qu'il feroit heureux, fage & favant Abukibak, pour les François de connoître la drogue foporative du Maître de l'Olympe! Si quelque Médecin aujourd'hui pouvoit en trouver la recette, que de tréfors n'amafferoit-il point, & combien de dormeurs ne verroit-on pas à Paris! Que de cocus ronflans! Que de Petits-maîtres, ruinés & perfécutés par leurs créanciers, infenfibles deformais à leurs perfécutions! Que de vieilles filles, laffes de leur état, mariées en idée! Que de femmes laides, entourées d'amans imaginaires! Que de Religieufes entre les bras de Moïnes frais & gaillards! Que d'Abbés, pauvres & miférables, érigés en Prêlats bien rentés! Que d'Evêques métamorphofés en Cardinaux, & que de Cardinaux en Papes, & Papes vainqueurs du Monde, & deftructeurs des Puiffances temporelles!

Tout Paris dormiroit, fage & favant Abukibak, fi tout Paris pouvoit réver fans ceffe gracieufement. Que dis-je tout Paris? toute l'Europe, tout l'Univers. Offrir aux hommes de faire éternellement des fonges gracieux, c'eft leur préfenter un moïen de quitter les peines, les foins, les foucis & les chagrins qui font inféparablement attachés à l'humanité.

Je fuis perfuadé que les Philofophes ne feroient pas des derniers à connoître l'utilité d'un fonge agréable & perpétuel.

Plus

Plus ils auroient examiné les chofes qui nous attachent à la vie, & plus ils fe dépêcheroient de prendre le merveilleux opium. Ils font fi convaincus que dans la diftribution du plaifir & des peines, le partage eft inégal, qu'ils font affûrés qu'un homme ne peut jamais être véritablement heureux qu'en fonge. En effet, quel eft le mortel qui puiffe fe flatter de pouvoir être parfaitement tranquille & content? Quel eft celui qui ôferoit dire l'avoit été?

Dans quelque fituation qu'on fe trouve, on forme toujours quelque nouveau fouhait : or, c'eft être malheureux que fouhaiter ; dès qu'on defire quelque chofe, on n'eft point entiérement fatisfait. Ce n'eft que par le fecours du fommeil que la félicité peut être parfaite. Tel eft le fort de l'homme, il ne fauroit être heureux qu'en imagination. La réalité n'eft point faite pour lui, & lorfqu'il croit être au comble de fes vœux, il eft étonné de s'appercevoir que le trouble, la crainte, l'efperance & toutes les autres paffions naiffent en foule du foin des plaifirs qu'il regardoit comme les plus purs.

Considerons un amant auprès d'une maitreffe qui répond à fon amour. Il jure qu'il eft plus heureux que les Dieux, & que fon deftin furpaffe fes fouhaits. Il ne defire plus rien, il poffede tous les biens ; mais à peine a-t-il fait toutes ces
pom-

pompeufes déclamations, qu'il s'apperçoit qu'il eft troublé par la crainte de ne
perdre tout ce qui fait fa félicité. Ses
maux viennent de la même fource que
fon bonheur. Foibles mortels! La peine
fuit toujours le plaifir; elle, eft infépara-
ble de lui. Dormez & révez, fi vous
voulez être parfaitement fatisfaits.

Un courtifan, qui joüit de la faveur
de fon maître, par combien de chagrins
ne l'achete-t-il pas? Un Prélat, qui pof-
féde cent mille livres de rente, à quelle
contrainte ne doit-il pas fe réfoudre? Ses
revenus font bien païés par cinquante
bienféances génantes, dont il eft la victime. Un guerrier eft-il heureux? Peut-on
regarder comme tel un homme qui perd
là moitié de fes membres pour obtenir
quelques honneurs chimériques, ou une
modique penfion? Un marchand, qui ne
dort ni nuit, ni jour, qui fans ceffe dé-
voré de l'amour du gain, tremble au
nom de banqueroute, ou de naufrage, eft-
il paifible & fatisfait? Un païfan, qui gémit fous la tyrannie des partifans, qui ne
vit qu'à force de travail, eft-il fort content de fon fort? Faifons dormir tous ces
infortunés, fage & favant Abukibak : ac-
cordons-leur la faculté de faire des fonges gracieux; les voilà tous heureux. Plus
de gêne pour le Prélat, plus de perte de
membres pour le guerrier, plus d'avarice
pour le marchand, plus de travail pour

le

le païsan; tout dort. Les soins, les soucis, les chagrins sont anéantis. Ces gens, si malheureux en veillant, sont sans cesse occupés d'idées gracieuses, qui se succédent les unes aux autres.

CONVENONS donc, sage & savant Abukibak, que ceux qui ne distinguent point le sommeil de la mort, raisonnent d'une manière peu juste. Pour la plûpart des hommes réver & dormir, c'est vivre plus gracieusement que veiller. Laissons toutes les vaines subtilités des Scholastiques & des demi-Philosophes, le plus grand bien que la Nature ait accordé aux hommes, c'est le sommeil. Loin qu'il soit l'image de la mort, je serois tenté de le regarder comme celle de la félicité éternelle réservée aux Justes. Il nous donne une legère & imparfaite idée de la tranquillité dont nous joüirons, lorsque notre ame sera dégagée des liens du corps.

AU reste, sage & savant Abukibak, tu as dû t'appercevoir dès le commencement de ma Lettre qu'en parlant du bonheur & de l'avantage du sommeil, je n'ai prétendu faire mention que de celui qui nous procuroit des songes agréables. Car dès qu'il nous jette dans une entière léthargie, il peut être regardé comme un anéantissement; & s'il nous fait faire des rêves disgracieux, il a tous les desavantages de la vie, sans en avoir le gracieux & le bon. Mon sentiment se réduit à

soute-

foutenir qu'il feroit plus avantageux aux
hommes de rêver toujours agréablement,
que de joüir de toutes les félicités, attachées à l'état de ceux qui veillent, parce que ces félicités font troublées par
mille infortunes, ou par la crainte de
les perdre.

JE te falue, fage & favant Abukibak.

⁜⁜⁜⁜⁜⁜⁜

LETTRE QUATRE - VINGT - DEUXIEME.

Le Cabalifte Abukibak, *au ftudieux* ben
Kiber.

L A Lettre, que tu m'as écrite fur les
différens genres de folies qu'on peut
juftifier par les mœurs & les coutumes
de certains peuples, m'a fait refléchir,
mon cher ben Kiber, aux bizarreries de
l'efprit humain. Je ferois tenté de croire
qu'il n'y a aucun homme véritablement
fage. Quand je dis *véritablement fage*, j'entends qui n'ait quelque chofe qui tende
vifiblement à la folie. Plufieurs Savans
ont été convaincus de cette vérité ; ils
l'ont foutenue dans leurs Ecrits, & le fameux Defpréaux a prétendu que l'homme étoit le plus fot & le plus ridicule de

tous les animaux. * Il me paroît cependant que les Auteurs qui ont traité des
bizarreries & des caprices de l'esprit humain, n'ont point examiné assez philo-
sophiquement cette matière. Ils se sont
trop arrêtés aux généralités, il eût été à
souhaiter qu'ils fussent descendus dans un
détail plus circonstancié. S'ils n'avoient
pas voulu parcourir tous les différens
Etats, en considérant avec soin celui des
Savans & des Philosophes, ils auroient pû
montrer jusqu'où ne va point la foiblesse
de l'esprit, puisqu'il est sujet à tant d'imperfections, lors même qu'il est porté à
son plus haut dégré. Quand on aura découvert cinquante vicieuses inégalités &
bizarreries dans Descartes ou dans Leibnitz, on ne sera plus étonné de les retrouver dans un ignorant, ou dans un
Petit-maître. Si les personnes, qu'on regarde comme les plus parfaites, sont su-
jettes à plusieurs défauts ridicules, que
ne doit-ce pas être de celles qu'on croit
être en droit de mépriser? Je pense donc
avec raison, studieux ben Kiber, qu'en
examinant les bizarreries de l'esprit humain dans la conduite de deux ou trois
Sa-

---

* De tous les animaux qui s'élevent dans l'air,
  Qui marchent sur la terre, ou nagent dans la mer,
  De Paris au Perou, du Japon jusqu'à Rome,
  Le plus sot animal, à mon avis, c'est l'homme.
            Despreaux, Sat. VIII.

Savans diftingués, on feroit beaucoup plus de progrès dans la connoiffance des hommes, qu'en s'attachant en gros à ce nombre étonnant de folies & d'extrava-gances que les Ecrivains ont condamnées avec fondement, mais ramaffées avec peu de choix & de difcernement.

QUELQUE grand perfonnage qu'on choififfe, on trouvera toujours chez lui af-fez de défauts pour prononcer hardiment que l'efprit humain eft plus digne de pi-tié que d'admiration. Prenons deux célè-bres Philofophes, l'un ancien & l'autre moderne, & parcourons leurs principa-les actions. Commençons par celles d'A-riftote, nous viendrons enfuite à celles de Leibnitz.

LE Prince des Logiciens le fut auffi des conteurs de fables & de fornettes. Combien d'hiftoires abfurdes n'a-t-il pas recueillies dans fes Ouvrages? Combien de puérilités, également fauffes & inuti-les, n'y a-t-il pas inferées? Celui, qui fe chargea du penible foin d'apprendre à raifonner les hommes, eut mille fois be-foin du fecours qu'il offroit aux autres, & pécha groffiérement contre les règles qu'il prefcrivoit. Veut-on un exemple plus frappant de la foibleffe & de la bi-zarrerie de l'efprit humain?

POURSUIVONS l'examen du caractère d'Ariftote. Il fe difoit Philofophe, il l'é-toit réellement; cependant il n'en aimoit

pas moins les richeſſes. Un avide négo-
ciant, qui dès la pointe du jour eſt uniquement occupé du ſoin de ſon commerce, n'en eût point fait un éloge plus pompeux. Elles entroient, ſelon Ariſtote,
dans ce qui conſtituoit le ſouverain bien.
Lucien s'eſt moqué avec raiſon d'une dé-
ciſion auſſi fauſſe & d'une maxime auſſi
contraire, non ſeulement à la véritable ſageſſe, mais même au ſens commun. Il fait
reprocher par Diogene à ce Philoſophe
qu'il n'avoit parlé de la ſorte que pour a-
voir un prétexte ſpécieux de contenter ſon
avarice, & de demander à Alexandre tout
ce qu'il croiroit pouvoir en obtenir.

Si Ariſtote aima l'argent, il ne fut pas
moins attaché à la fauſſe gloire. J'appelle fauſſe gloire celle qu'on n'acquiert
point par des moïens licites & honnêtes.
Pour qu'on crût que ſes ſentimens étoient
infiniment plus raiſonnables que ceux des
autres Philoſophes, il leur en a prêté de
ſi extravagans, qu'il faudroit être auſſi fou
qu'il a été menteur, ſi l'on ſe perſuadoit
qu'ils les ont ſoutenus réellement. Quelle foibleſſe dans un homme, dont le génie étoit ſi grand & ſi élevé !

L'INGRATITUDE fut encore un des défauts eſſentiels d'Ariſtote ; lui, qui devoit
ſi bien connoître toute l'horreur de ce
vice, s'y abandonna entiérement. Il ne
perdit jamais l'occaſion de maltraiter les
Ecrits & la perſonne de Platon, à qui il
étoit

étoit redevable des connoiffances qu'il
avoit. S'étonne-t-on qu'un particulier
déclame contre fon maître, & qu'un difciple de l'Abbé Paris vende fa plume aux
Jéfuites, lorfqu'on confidére qu'Ariftote
s'eft laiffé emporter jufqu'à l'excès de dé-
chirer Platon, & de flétrir fa réputation.
A quelle extrémité ne doit-on pas s'attendre après cela, de voir aller les perfonnes ordinaires, & quel mépris ne doit-
on pas avoir pour l'efprit humain, fi vanté par les demi-Savans, & fi plaint par
ceux qui en fentent toute la foibleffe ?

Je ne refléchis jamais, ftudieux ben
Kiber, fur la conduite des plus grands
hommes, que je ne fente une efpèce
de confufion que m'infpire mon état miférable. Peu s'en faut que je ne fouhaite
celui des animaux, & que je ne defire
de pouvoir troquer ma raifon, toujours
chancelante, contre leur inftinct, perpétuellement uniforme & fagement dirigé.
Les ignorans, ou les gens d'un génie médiocre, fe félicitent fans ceffe des grands
dons qu'ils ont reçus de la Nature. Ceux,
qui ont plus de lumière, penfent comme Pafcal, & trouvent qu'il a eu raifon
de dire : ,, En voiant l'aveuglement &
,, la mifère de l'homme, & ces contra-
,, dictions étonnantes qui fe découvrent
,, dans fa Nature, & regardant tout l'U-
,, nivers muet, & l'homme fans lumiè-
,, re, abandonné à lui, & comme égaré

„ dans ce coin de l'Univers, fans favoir
„ qui l'y a mis, ce qu'il y eft venu faire,
„ ce qu'il deviendra en mourant; j'entre
„ en effroi comme un homme qu'on au-
„ roit porté endormi dans une ifle défer-
„ te & effroïable, & qui s'éveilleroit
„ fans connoître où il eft, & fans favoir
„ aucun moïen d'en fortir, & fur cela j'ad-
„ mire comme on n'entre pas en defef-
„ poir d'un fi miférable état. „ *

Voila, mon cher ben Kiber, le plus
beau & le plus fublime génie de ces derniers tems, qui ne regardoit fon état qu'a-
vec fraïeur, qui étoit frappé d'étonnement en découvrant les contrariétés, les
bizarreries & les caprices qu'il y avoit dans
fa nature; il la confidéroit comme l'amas de
toutes les mifères. Que les hommes ordinaires fe félicitent actuellement de leurs
talens, de leurs grandes qualités, de leur
raifon, & de leur lumière naturelle! Quel
cas ferons-nous de toutes ces qualités médiocres, eu égard à celles de Pafcal, lorfque
les dons dont il avoit été comblé, lui
ont paru très méprifables? Ce Savant regardoit le fort des hommes comme étant
ti malheureux, qu'il prétendoit que fi la
Providence ne leur avoit pas donné des
caufes étrangerès d'ennui, ils s'ennuie-
roient

* Penfées de Mr. Pafcal fur la Religion & fur
plufieurs autres fujets, pag. 23.

roient par le propre état de leur condition.

REVENONS, mon cher ben Kiber, aux foiblesses d'Ariftote. On prétend qu'il fut banni pour avoir fait des facrifices à une concubine, & pour avoir compofé une Hymne à fon honneur. Peut-on pouffer plus loin l'extravagance ? Le Petit-maître le plus fou fit-il rien de pareil ? Je n'ai point oüi dire qu'on ait fait à Paris aucun acte de Religion en faveur de la Hermance, ou de la Camargo ; on n'a pas même fongé à compofer aucune Hymne à leur honneur. Pour quelques couplets de chanfons lafcives, cela fe peut ; mais y a t-il entre une Hymne & un Madrigal aucune comparaifon ?

APRÈS qu'Ariftote a rendu un culte divin à fa concubine, & fait des vers Liturgiques pour elle, feroit-il furprenant que quelque Docteur de Sorbonne érigeât fa fervante en nouvelle Divinité, & compofât pour elle un Office ? On crieroit fans doute contre une femblable folie ; mais de quoi l'efprit humain n'eft-il pas capable ? A quoi ne doit-on pas s'attendre de fes caprices ? Pourquoi ce qui arriva jadis en Grece ne pourra-t-il pas être renouvellé à Paris ? Les hommes font-ils devenus plus fages ? Point du tout. Ont-ils plus d'efprit qu'Ariftote ? Encore moins. Savent-ils mieux réfifter à leurs paffions ? Ils s'y livrent également, leur

ca-

caractère n'eſt point changé , & ſi l'on
ne leur voit pas faire les mêmes folies ,
c'eſt que le hazard ne fait pas naître préciſément les mêmes ſituations. Quant au
reſte , ils ſont également fous , bizarres ,
inconſtans, emportés, avares, ambitieux ,
& quelque génie qu'ils aient , ils ne ſe
garentiſſent point de tant de défauts.
Voions-en des preuves dans le court examen du caractère de Leibnitz.

IL eut autant d'eſprit qu'Ariſtote , &
autant de vanité. Il parla de lui-même
dans les termes qui portent l'image de
l'orgueil le plus outré , & j'ôſe ajouter
le plus ridicule. „ Je n'avois pas quin-
„ ze ans, dit-il, que je me promenois des
„ jours entiers pour prendre parti entre
„ Ariſtote & Démocrite. Ce n'eſt que
„ depuis environ douze ans que je me
„ trouve ſatisfait , & que je ſuis arrivé
„ à des démonſtrations ſur des matiè-
„ res qui n'en paroiſſoient pas capables ;
„ cependant de la manière que je m'y
„ prens , ces démonſtrations peuvent ê-
„ tre ſenſibles comme celles des nom-
„ bres, quoique cela paſſe l'imagination. *

PEUT-on pouſſer plus loin la bonne
opinion ? Un Théologien eſt-il plus pré-
ſomptueux, un Petit-maître plus prévenu
en ſa faveur, un demi-Savant plus entêté
de ſon mérite ? Et pourquoi trouvera-t-
on

---

* *Miſcellanea Leibnitziana*, *Art.* 184. *pag.* 230.

on furprenant que l'Abbé des Fontaines fe
regarde comme un fecond Quintilien, que
le Chevalier Len * * foit idolâtre de fa figure, & que le fade Auteur des *Entretiens
des Ombres* fe figure d'être un grand homme ? Ces gens , nés avec un génie borné, peuvent-ils réfifter à des défauts que
n'a pû éviter un des plus grands & des
plus illuftres Philofophes de l'Europe?
S'il a été forcé par la nature de fa condition à donner dans des bizarreries ridicules; fi dans le tems qu'il blâmoit l'orgueil, il s'eft abandonné entiérement à
ce vice, par quel enchantement, des hommes ordinaires pourront-ils s'élever au-
deffus de leur fphere, & dompter leurs imperfections, attachées invinciblement à leur
effence? Il feroit abfurde de fuppofer une
chofe auffi contraire à la raifon & à l'expérience.

LES fautes d'un grand génie font donc,
non feulement propres à nous faire fentir
les imperfections des hommes; mais encore à nous montrer parfaitement toutes
les foibleffes de l'efprit humain. Quand
on veut approfondir les chofes , il faut
toujours les confidérer dans leur dégré
le plus éminent. Connoître les folies
des hommes ordinaires , c'eft favoir purement que quelques-uns d'eux ont des
défauts effentiels. Etre affûré que les plus
grands génies font fujets aux mêmes vices que les plus petits , c'eft être con-

vaincu

vaincu qu'il n'eſt aucun mortel véritablement ſage.

Je te ſalue, ſtudieux ben Kiber. Porte-
toi bien, & donnes-moi de tes nouvelles.

✱✱✱✱✱✱✱✱✱✱✱ ❀ ✱✱✱✱✱✱✱✱✱✱✱

LETTRE QUATRE - VINGT - TROISIEME.

Ben Kiber, *au ſage Cabaliſte* Abuki-bak.

LES hommes, ſage & ſavant Abukibak, ſont ſi legers & ſi changeans,
que quelque bienfait dont on les accable, on ne doit jamais ſe flatter de pouvoir conſerver long-tems leur amitié. O-
bliger le Public, c'eſt prodiguer des faveurs à un ingrat ; ceux qui ont compté
le plus ſur ſon inclination & ſur ſon eſtime, en ont été ordinairement maltrai-
tés.

Lorsqu'on plait à une ſeule perſonne
on peut eſperer de conſerver toujours ſes
bonnes graces ; mais c'eſt preſque tenter
l'impoſſible que de ſonger à ménager pendant long-tems l'amitié de tout un peuple. On a vû pluſieurs Souverains avoir
juſqu'à la mort la même tendreſſe pour
leurs

leurs favoris; il eft bien rare que les plus grands Héros qui ont vécu dans les Ré-publiques , & qui les ont fervies très uti-lement , naient pas été la victime de l'in-conftance & de la legéreté de leurs con-citoïens.

LE mérite dans les Etats, où la pluralité des voix décide de tout , nuit auffi fou-vent qu'il fert. Comme il y a par-tout plus d'hommes d'un caractère vicieux que d'un caractère vertueux, on rifque beaucoup dès que notre fort dépend du Public. Je trouve que les Républiques de nos jours font gouvernées bien plus fage-ment que les anciennes; un certain nom-bre de gens , diftingués par leur mérite & par leurs talens, font à la tête des af-faires. Le peuple eft libre , mais il n'a point le droit d'accabler comme autrefois ceux qui maintiennent fa liberté.

LES hiftoires font remplies des ingrati-tudes dont les principales Républiques ont ufé envers ceux qui les avoient par-faitement fervies. L'Oftracifme , ou le banniffement de dix ans, auquel les Athé-niens condamnoient ceux de leurs ci-toïens qui étoient trop puiffans , fut in-venté pour fatisfaire la jaloufie. Y a-t-il rien de plus ridicule que d'établir une loi , par laquelle il eft enjoint de punir ceux qui fe rendent eftimables? Jufqu'où ne va point l'aveuglement & l'envie des hom-mes ! Il étoit permis à un particulier ,

fouil-

souillé de mille vices , enclin à des défauts très effentiels, de refter paifible dans
Athenes : mais d'abord qu'une perfonne
donnoit des marques d'une vertu folide,
d'un courage héroïque qui pouvoient lui
attirer l'eftime des honnêtes gens , on la
banniffoit, on l'exiloit; les fervices qu'elle avoit rendus à fa patrie , ne fervoient
qu'à précipiter fon jugement. Il femble
que le Ciel , irrité contre un ufage auffi
barbare , permit que celui qui l'avoit in-
troduit , en fubît toute la rigueur. Clif-
tene fut le premier qui fit dans Athenes
la loi du banniffement , & il fut banni le
premier. Son exil fut fuivi par celui de
plufieurs grands hommes , & il eft peu
d'illuftres perfonnages qui aient pû éviter la haine & la jaloufie de leurs concitoïens.

SOLON , ce fage Légiflateur, à qui les
Athéniens avoient de fi grandes obligations , qui leur prefcrivit des loix fi belles & fi fenfées , qu'ils auroient toujours
été heureux s'ils ne les euffent jamais
abandonnées ; qui les rendit maîtres de
Salamine ; qui les empêcha par fes avis
de tomber fous la tyrannie de Pififtrate ,
pour récompenfe de tant de fervices fi-
gnalés , fut exilé dans fa vieilleffe , & ne
put jamais obtenir de ceux à qui il avoit
fait tant de bien, un petit coin de terre
dans l'Attique pour y finir fes jours. Il
fut obligé de fe retirer dans l'ifle de Ci-
pre

pre *, Alcibiade †, Phocion §, Socrate ‡, & plufieurs autres illuftres Athéniens,

* Il mourut dans cette ifle, & fes cendres, à
ce que difent plufieurs Auteurs, furent femées
par tout le territoire de Salamine. Le Poëte
Cratinus dans une de fes Comedies, fait dire à
Solon. *J'habite l'ifle de Salamine, fi la tradition*
eft véritable; car elle affûre que mes cendres font
femées dans tout ce territoire d'Ajax.

Ὀικέω δὲ νῆσον, ὡς μὲν ἀνθρώπων λοίθ-
Εσπαρμέν⊕ κατὰ πᾶσαν Ἀιαντ⊕ πόλιν.

Diogene Laërce rapporte cette hiftoire comme un fait certain. *Obiit autem in Cypro ætatis*
fuæ anno octuagefimo, hoc fuis mandans ut Sala-
minam offa transferrent, atque in cinerem folum per
provinciam diffeminarent; quocirca & Cratinus
in Chirone ipfum ita loquentem facit: Ego hanc,
ut aiunt homines, infulam colo, fparfus per omnem
Ajacis urbem ftrenui. Extat de illo & noftrum
epigramma, ex eo cujus jam fupra meminimus epi-
grammatum Libro, ubi & de fapientibus omnibus
& doctrina præftantibus viris omni genere metro-
rum lufimus.

Σῶμα μὲν ἦρε Σόλων⊕ ἐν ἀλλοδαπῆ Κύπριον πῦς,
Οσᾶ δ' ἔχει Ξαλαμὶς, ἂν κόνις ἀσάχυες.
Ψυχὴν δ'ἄξονες εὐξὺς ἐς ὁρανὸν ἤγαγον. τῦ γὰρ
Θῆκε νόμες αὐτοῖς ἄχθεα κεφότατα.

Cypria defunctum fubtraxit flamina Solonem.
Offa fed in cineres verfa tenet Salamis.

Mox

niens, ont été traités encore plus rigoureufement que Solon. Démofthene, qui
feul

Mox animus nitido fublatus ad æthera curru,
Quippe facras Leges pondera grata tulit.

Diogen. Laert. *de Vita Philofoph. Lib. I. pag.*
32. *Edit. Antuerp.* cIɔ. Iɔ. *LXVI.*

Plutarque, malgré la tradition & les Hiftoriens, prétend que c'eft-là un conte fabuleux.
Pour ce qu'on rapporte, dit-il, *des cendres de So-*
lon qui furent femées par toute l'ifle de Salamine,
c'eft un conte entiérement incroyable à caufe de fa
trop grande abfurdité ; cependant il eft rapporté
par plufieurs Ecrivains confidérables, & même par
Ariftote. Plutarq. *Vies des Hommes illuftres,*
Tom. I. pag. 486. Vie de Solon. Je me fers de
la Traduction de Dacier, Edit. d'Amfterdam.

† Le récit de la mort d'Alcibiade montre
parfaitement la valeur & l'intrépidité de ce Héros. Voici ce qu'en dit Plutarque : „ Ceux
„ qu'on envoia pour le tuer, n'aiant pas le cou-
„ rage d'entrer où il étoit, fe contenterent d'en-
„ vironner la maifon & d'y mettre le feu. Al-
„ cibiade fe fentant pris, ramaffe tout ce qu'il
„ peut de hardes, de tapifferies & de couvertu-
„ res, & les preffant enfemble, il les jette au
„ milieu du feu, & fon manteau entortillé, il
„ s'élance au travers des flammes & en fort fans
„ aucun dommage, les hardes qu'il y avoit jet-
„ tées, n'étant pas encore achevées de confu-
„ mer. Sa vûe étonna & écarta les barbares, pas
„ un n'ôfa l'attendre, ni en venir aux mains a-
„ vec lui ; mais tous en fuiant & en reculant,
„ l'ac-

feul par fon éloquence défendit fi long-
tems la liberté de la Grece contre Philippe

„ l'accablerent de dards & de flèches, il tomba
„ mort fur la place. Plutarq. *Tom. II. pag.* 478.
„ *dans la Vie d'Alcibiade.*

§ La mort de Phocion, quoique bien différente de celle d'Alcibiade, ne fut pas moins
glorieufe , & couvrit également de confufion
ceux qui en étoient la caufe. „ Quelqu'un des
„ amis de Phocion lui aiant demandé peu de
„ tems avant qu'il mourût, s'il avoit quelque
„ chofe à mander à fon fils, *Ouï certainement ,*
„ dit-il, *j'ai quelque chofe d'important à lui man-*
„ *der, c'eft qu'il ne cherche jamais à fe venger des*
„ *Athéniens , & qu'il perde le. fouvenir de leur*
„ *injuftice.* Et comme Nicoles, qui étoit le
„ meilleur & le pfus fidèle de fes amis, lui de-
„ mandoit en grace qu'il lui permît de boire le
„ poifon avant lui, *Hà! Nicoles,* lui repondit
„ Phocion, *tu me fais là une demande bien du-*
„ *re & bien trifte pour moi; mais puifque je ne*
„ *t'ai rien refufé pendant ma vie, je t'accorde en-*
„ *core ce dernier plaifir avant ma mort.* Quand
„ tous les autres eurent bû, il fe trouva que le
„ poifon vint à manquer, & qu'il n'y en avoit
„ plus pour Phocion. L'exécuteur dit qu'il n'en
„ broyeroit pas davantage, fi on ne lui donnoit
„ douze dragmes, qui étoient le prix que cha-
„ que dofe coutoit. Comme cela emportoit du
„ tems & caufoit quelque retardement, Pho-
„ cion appella un de fes amis, & lui dit *que*
„ *puifqu'on ne pouvoit pas mourir gratis à Athè-*
„ *nes, il le prioit de donner ce peu d'argent à*
„ l'exé-

lippe de Macédoine & contre Alexandre
fon fils , ne put fe garentir de l'exil. *
On dit qu'il y fut extrèmement fenfible,
& l'on ajoute qu'aiant rencontré en fortant d'Athenes , plufieurs de ceux qui
avoient eu part à fon banniffement , &
qui cependant touchés de fa douleur ,
l'exhorterent à le fupporter, il leur dit la
larme à l'œil : *Comment ne voulez-vous pas
que je regrette ma patrie, ce païs où les ennemis font fi eftimables , que je me croirois
fort heureux , fi je pouvois rencontrer ailleurs
des amis qui le fuffent autant ?* Jufqu'où ne va
point, fage & favant Abukibak, la générofité d'un grand cœur ! Démofthene donne
à fes plus cruels ennemis les loüanges les
plus flatteufes. Quelle force n'a point
l'a-

,, *l'exécuteur.* ,, Plutarq. *Vies des Hommes illuftres,*
Tom. VI. pag. 409.

‡ Les derniers momens de Socrate font les
plus beaux de la vie de ce fage & vertueux
Philofophe. Il les emploia à inftruire fes amis,
& à leur dire des belles chofes fur l'immortalité
de l'ame, que Platon nous a confervées : *Mox
illum (Socratem) damnant, & continuo conjectus
in vincula, poft paucos dies cicutam bibit, multa
prius de immortalitate animorum, ac præclara diffe-
rens, quæ in Phædone Plato digeffit.* Diogen Laert.
de Vit. Philof. Lib. I I. pag. 76. in Vit. So-
crat.

* Plutarq. *Vies des Hommes illuftres, &c. Tom.*
VII. pag. 238. *Vie de Démofthene.*

l'amour de la patrie ! Il fait regretter ceux qu'on devroit haïr. Voilà deux nobles paffions, qui ont agi également fur le cœur de Démofthene ; elles auroient dû produire un excellent effet pour fon bonheur, fi ceux qui le banniffoient, n'euffent été auffi meprifables qu'il étoit vertueux. Il reçut la récompenfe à laquelle on doit s'attendre lorfqu'on dépend du caprice, de la jaloufie, & de l'inconftance du peuple.

Les Athéniens n'ont point été les feuls qui aient maltraité les grands génies qu'ils ont eus parmi eux, toutes les Nations ont agi de la même manière. Par-tout où il y a des hommes, l'ingratitude triomphe, & la vertu eft tôt ou tard opprimée. On ne fauroit dire dans quelle République le peuple a paru le moins infenfé & le moins criminel. Dans toutes il a perfécuté très fouvent le mérite, & l'a rarement récompenfé. Licurgue *, ce fage Légiflateur des Lacédémoniens, comment n'en fut-il pas traité ? Ils le pourfuivirent plufieurs fois à coups de pierre, ils lui creverent un œil, ils le chafferent, & l'exilerent pour prix des bienfaits qu'ils en avoient reçus. Sa probité & fa vertu ne purent le garentir de la frénefie du peuple, qui voulut plufieurs fois mettre en piéces un homme, que l'O-

---

* Le même, *Tom. I. Vie de Licurgue.*

l'Oracle de Delphes étoit incertain s'il placeroit parmi les Dieux, ou parmi les mortels.

Les Romains ne furent ni moins ingrats, ni moins legers que les Grecs. Il y a peu eu de grands hommes chez eux, à qui ils n'aient fait effuïer quelque mauvais traitement. Camille étoit exilé lorsqu'on eut recours à lui, pour délivrer Rome des Gaulois. Il vint au fecours de ceux qui l'avoient banni peu auparavant, battit leurs ennemis, & rendit la liberté à fa patrie. Métellus, furnommé le Numidique, pour prix des victoires qu'il avoit remportées contre Jugurta Roi de Numidie, fut envoié en exil, parce qu'il n'avoit point voulu donner fon confentement à une loi que le peuple vouloit établir. Servilius Hala *, *qui garentit Rome de l'ambition de Spurius Emilius* qui vouloit fe faire Souverain, ne reçut d'autre récompenfe que celle d'être banni. Scipion Nafica, à qui les Romains ne furent pas moins redevables qu'aux autres Scipions, qui fe diftingua dans l'adminiftra-

---

* *Nam illa nimis antiqua prætereo, quod Quintus Servilius Abala Spurium Manlium novis rebus ftudentem privatus interfecit. Fuit ifta quondam in hac Republica virtus, ut viri fortes acrioribus fuppliciis civem perniciofum quam acerbiffimum hoftem coercerent.* Cicer. Orat. in Catilinam.

niftration des affaires publiques, qui dé-
livra Rome de la fujettion & de la tyrannie des Grecs, fut obligé, pour fe garentir de la haine de fes concitoïens, de
fe retirer à Pergame, où il finit fes jours.
Rutilius, aiant été exilé fans caufe, ne
voulut plus retourner dans Rome lorfqu'il y fut rappellé. *J'aime mieux*, dit
ce grand homme, *que mes concitoïens aient
la honte de m'avoir banni injuftement, que fi
par mon retour je paroiffois approuver l'arrêt
qu'ils ont rendu contre moi.*

PARMI les perfonnes qui ont été païées
d'ingratitude par le peuple, Cicéron tient
un rang diftingué. Ce fameux Orateur
fauva Rome, étant Conful, par fon éloquence, & la garentit des fureurs de Catilina. * Cependant il fut exilé & banni
de

* Ce que dit Ciceron, en parlant de la fermeté d'ame avec laquelle il fupporta fon exil,
eft magnifique. Si *vous aviez pû*, dit-il à Claudius, l'auteur de fon banniffement, *m'enlever
ma conftance & ma tranquillité; fi vous aviez
obfcurci l'éclat de mes actions; fi vous aviez pû
ternir la gloire de mes foins, de mes confeils &
de mes veilles, qui malgré vous ont confervé la
République; fi vous aviez pû enfin ôter de la mémoire des hommes ces bienfaits qui y feront éternellement, & diminuer la fermeté de mon efprit, je
conviendrois alors que vous m'auriez fait une injure fenfible.* Si mihi eripuiffes divinam animi
mei conftantiam, meas curas, vigilias, confilia

de cette même ville, qui fans lui peu de
tems auparavant eût été entiérement détruite. Il eft vrai qu'il fe trouva un affez grand nombre d'honnêtes gens qui
parurent fenfibles à l'affront que recevoit ce grand homme, & le jour de fon
départ plus de vingt mille perfonnes pri-
rent le deuil. Cela femble d'abord juftifier le Public, & témoigner fa reconnoiffance; mais cette première idée difparoît
bientôt, dès qu'on vient à fonger que
vingt mille hommes n'étoient rien, eu é-
gard à ceux qui reftoient encore dans Rome, où l'on comptoit jufqu'à deux millions de perfonnes. Il faudroit être fou
pour foutenir que parmi le peuple il ne
fe trouve point de gens vertueux ; mais
dix particuliers peuvent-ils être oppofés
à deux cens qui penfent d'une manière
entiérement différente de la leur ?

LES autres Républicains n'ont pas
montré plus d'équité que les Grecs & les
Romains. Quel fort les Carthaginois ne
firent-ils pas effuïer à plufieurs de leurs
Généraux ? Ils ne conferverent pas même les égards qu'ils devoient à Annibal,

&

quibus Refpublica te invitiffimo ftat; fi hujus
æterni beneficii immortalem memoriam delevif-
fes, multo etiam magis fi illam mentem, unde
hæc confilia manarunt, mihi eripuiffes, tum ergo accepiffe me confiterer injuriam. *Cicer.* Paradox. *IV.*

& païerent très fouvent fes fervices de la plus noire ingratitude.

Ceux qui ont examiné avec foin, fage & favant Abukibak, le caractère du peuple, penfent qu'on peut le comparer avec beaucoup de raifon à celui des coquettes. Il eft des momens où une Belle eft inflexible ; les préfens, les foupirs, les proteftations, rien ne peut la toucher : deux heures après, on vient aifément à bout de toute fa fierté ; elle s'éclipfe entiérement, & fa foibleffe eft auffi prompte, que fa réfiftance avoit été vive. De même, il eft des conjonctures & des fituations où le peuple, foit par caprice, foit par reconnoiffance, protege & récompenfe la vertu : mais un inftant après, il change de façon d'agir, fans favoir pourquoi. Il oublie ce qu'il vient de faire, & punit le même homme, qu'il avoit récompenfé peu de jours auparavant.

La fortune, fondée fur la faveur & l'amitié du peuple, eft encore plus fujette au changement que celle qu'on établit. Dans la Cour la plus orageufe, je m'étonne, fage & favant Abukibak, qu'il y ait eu tant de gens qui fe font facrifiés pour lui ; & je n'héfite pas à dire que je ne comprens pas comment dans les anciennes Républiques, où les Magiftrats pouvoient ordinairement beaucoup moins que la plus baffe & la plus vile populace

tou-

toujours prête à se mutiner, il s'est trouvé des gens vertueux qui ont voulu prendre part à un semblable gouvernement. *Le peuple*, dit un des plus anciens Auteurs *, *est un monstre aveugle, qui n'a ni raison, ni capacité. Comment pourroit-il au si savoir quelque chose, s'il n'a jamais été instruit? Il ne connoît ni la bienséance, ni la vertu; il ne connoît pas même ses propres affaires. Il fait toutes choses avec précipitation & sans ordre, & ressemble à un torrent qui marche avec impétuosité.* Ce torrent, sage & savant Abukibak, déracine également les bons & les mauvais arbres, il emporte tout par sa violence, & dans un Etat où les Magistrats sont moins les maîtres que le bas peuple, l'honnête homme a autant à craindre que le fripon, & les services les plus grands sont souvent païés par les plus criantes injustices.

Je te salue, sage & savant Abukibak.

* Hérodote, *Liv. III. pag.* 217. Je me sers de la Traduction de du Ryer.

LETTRE QUATRE - VINGT -QUATRIEME.

Ben Kiber, *au fage Cabalifte* Abukibak.

JE découvre tous les jours, fage & favant Abukibak, en lifant l'Hiftoire ancienne, de nouveaux fujets de doute; j'en
trouve même dans celle qui n'eft éloignée
de ce tems que de huit ou dix fiécles. Les
Hiftoriens modernes, qui veulent éclaircir ces difficultés, ne font que les augmenter par leurs divifions, & leurs fentimens
directement oppofés. Chaque point con-
tefté fournit matière à d'amples Volumes
de critique ; & lorfqu'on a lû tous ces
Ouvrages, & qu'on les a examinés d'un efprit defintéreffé, on eft auffi peu éclair-
ci qu'avant d'avoir jetté les yeux deffus.

COMBIEN de différens Auteurs n'y a-
t-il pas eu , qui ont écrit au fujet de la
Papeffe Jeanne ; les uns pour en foutenir
l'exiftence réelle ; les autres pour prouver qu'elle n'en avoit jamais eu aucune ?
Des Écrivains célèbres dans ces derniers
tems fe font efforcés de prouver que l'hiftoire de cette femme, élevée au Pontificat , étoit une fable des plus groffières,

Plusieurs savans Protestans se font réünis sur ce sentiment avec quelques Auteurs Catholiques ; mais un plus grand nombre de ces derniers, & sur-tout ceux qui vivoient il y a trois ou quatre cens ans, ont écrit cette histoire comme un fait authentique & connu de l'Univers entier.

Il a été pendant un tems où les gens, les plus soumis & les plus dévoüés au saint Siége, ne faisoient pas difficulté de soutenir hautement l'existence de la Papesse. Æneas Silvius, qui fut ensuite Pape sous le nom de Pie II. & qui vécut dans le XV. siécle, fut le premier qui ôsa la révoquer en doute. *Il passa même*, dit un fameux Critique*, *fort legérement là-dessus ; mais Aventin prit la négative sur un ton ferme. Depuis ce tems-là, Onufre Panvini, Bellarmin, Serrarius, George Scherer, Robert Person, Florimond de Remond, Allatius, Mr. de Launoi, le Pere Labbe, & plusieurs autres ont réfuté amplement cette vieille tradition.* A ces Savans joignons l'illustre Bayle, qui s'est efforcé de prouver la fausseté de l'histoire de la Papesse : il a emploié toute la sagacité de son génie ; & sans contredit si quelqu'un avoit pû éclaircir ce fait, ç'auroit dû être lui. J'ôse dire cependant que ses raisons ne sont point entiérement évidentes ; il a affoibli, mais non pas détruit

---

* Bayle, Diction. Hist. & Critiq. *Tom. III.* *Art.* Papesse.

truit les difficultés. Il fuppofe d'abord
que le manufcrit d'Anaftafe le Bibliothé-
caire a été corrompu, & que ce qu'on
y lit à la marge au fujet de la Papeffe,
y a été mis par une main étrangère. Je
conviens qu'il foutient ce fentiment par
d'affez bonnes raifons, & dans ce qu'il
dit, il ne manque pas de vraifemblance ;
mais pour l'évidence, felon moi, elle ne
s'y trouve point. On voit plufieurs Manufcrits d'Anaftafe où le même paffage,
qu'on prétend avoir été fauffement inféré
dans celui de la Bibliothéque du Roi, fe
rencontre. Il paroît difficile que tous les
gens qui avoient ces différens Manufcrits,
fe foient accordés à le falfifier également.
D'ailleurs, c'eft un fait reconnu aujour-
d'hui que Marianus Scotus, qui n'eft pas
éloigné de deux cens ans du Pontificat de
la Papeffe, en a parlé dans fes Ouvrages.
Et quant à ce que dit Bayle que les Manufcrits de Marianus, ainfi que ceux d'A-
naftafe, qu'on voit actuellement dans des
Bibliothéques publiques, peuvent avoir été
auparavant à des particuliers qui les a-
voient corrompus, on peut répondre à cela
que par le moïen de fuppofitions arbitrai-
res & fans preuve il n'eft rien qu'on ne vint
à bout de prouver. Pour convaincre d'u-
ne manière évidente, il faut d'autres chofes que des conjectures vrai-femblables
& des fuppofitions probables.

L'ON dit que ce conte a été inventé

par des Moines, & que peu à peu il s'en-
racina & trouva croiance dans tous les
efprits. ,, Cette fable, dit Bayle *, a été
,, crue & adoptée par des Auteurs fort
,, dévoüés à la Papauté, comme vous di-
,, riez Antonin Archevêque de Florence,
,, l'un des Savans de la Communion de
,, Rome. Une infinité d'Ecrivains l'ont
,, rapportée bonnement & fimplement, &
,, fans foupçonner qu'elle fit aucun pré-
,, judice au Saint Siége; & depuis même
,, que les Sectaires de Boheme en eurent
,, tiré un argument, on continua de la
,, débiter, & l'on n'a commencé à la
,, combattre tout de bon, qu'après que
,, les Proteftans en ont voulu faire un
,, grand plat. ,,

Je trouve, fage & favant Abukibak,
de nouvelles & de grandes difficultés dans
l'origine qu'on donne à cette hiftoire ; car
enfin, puifqu'elle a pris naiffance dans le
fein des Catholiques, & que plufieurs de
leurs Auteurs l'ont rapportée comme un
fait certain long-tems avant qu'il fût
queftion de Luther & de Calvin, je demande s'il eft aifé de fe perfuader que des
gens, fortement attachés au faint Siége,
& exceffivement jaloux de fa gloire, aient
inventé une avanture auffi flétriffante ?
Eft-il probable qu'un Ecrivain ait ôfé débiter une pareille hiftoire, fans qu'on fe
foit

---

* *A l'endroit cité ci-deffus.*

foit mis en devoir, non feulement de l'en punir, mais même de montrer qu'il mentoit groffiérement? Or, c'eft un fait conftant que depuis le dixième fiecle jufqu'au quinzième, perfonne n'a ôfé difconvenir de la vérité de cette hiftoire, & encore moins fonger à la détruire. Æneas Silvius, ainfi que je viens de le dire, fut le premier qui témoigna quelque incertitude. Mais, dit-on, les Ecrivains qui ont vécu immédiatement après la prétendue Papeffe, n'en parlent point, & l'on ne commence à connoître cette fable que dans ceux qui vécurent deux cens ans après. C'eft-là une queftion qui n'eft pas fort claire; car il faudroit prouver pour cela démonftrativement que les Manufcrits d'Anaftafe & de Marianus Scotus ont été corrompus & falfifiés. Mais comme il y a apparence qu'ils l'ont pû être, fuppofons-le de même. Cela n'ôtera point tous les fcrupules qui peuvent refter dans l'efprit.

Supposons pour un inftant qu'un Hiftorien écrive aujourd'hui que la fœur de François I. fut furprife une nuit dans un Corps-de-garde, où elle s'abandonnoit aux foldats. Que fera-t-on à un pareil Auteur? Il fera pendu, ou renfermé aux Petites-maifons. Eh quoi! deux cens ans après Léon IV. il aura été permis de dire, & d'écrire à Rome & par toute l'Europe impunément & fauffement qu'une Papeffe a accouché, en faifant une

Pro-

Proceſſion ! Il faut en vérité connoître
bien peu la haine de la Cour de Rome,
le zèle outré de ſes partiſans, & le crédit
que les Prêtres & les Moines avoient dans
le onzième & douzième ſiécle, pour ſoutenir un pareil paradoxe. Eſt-il vraiſemblable qu'on ne ſe ſoit pas mis en peine
de la publication d'une fauſſeté auſſi o-
dieuſe ; que dans un tems où il étoit très
aiſé de détruire cette fable, on ait ſouffert qu'elle ait pris racine ? On eût brûlé
dans ces ſiécles un homme qui eût oſé
douter des moindres attributs attachés à la
Papauté, eût-on pardonné à un Hiſtorien
d'inventer ſans fondement une anecdote
auſſi flétriſſante ?

MALGRÉ le génie vaſte & ſublime de
Bayle, j'avoüe qu'il ne me convainque
point entiérement de la ſuppoſition de la
Papeſſe. D'ailleurs, pendant un tems il y
a eu des uſages & des cérémonies, que
tous les Hiſtoriens ont prétendu venir de
ſon avanture. Ces uſages duroient encore
il n'y a pas deux cens ans, & des Auteurs
très bons Catholiques, ſoit Eſpagnols, ſoit
François, certifient qu'ils exiſtoient lorſqu'ils vivoient. Dans les Leçons de Pierre
de Meſſie, Gentilhomme de Sevile, tradui-
tes en François par Claude Gruget Pariſien,
& imprimées à Lyon en 1570. on trouve
pluſieurs choſes très ſingulières, non ſeulement ſur la Papeſſe, mais encore ſur
les précautions qu'on prit pour qu'il ne
pût plus y en avoir. Si ce Livre avoit

tom-

tombé par hazard fous les mains de Bayle, il auroit pû y voir plufieurs particularités fur ce fujet. Peut-être eût-il dit quelque chofe de cette chaife percée, fur laquelle il eft certain qu'on a affi les Papes pendant long-tems, lors de leur inftallation. Venons, fage & favant Abukibak, au paffage de Pierre de Meffie.

„ Elle (la Papeffe) eut la compagnie d'un
„ fien favori ferviteur, auquel elle fe
„ confioit entiérement; de forte que Ma-
„ dame la Papeffe devint enceinte. Toute-
„ fois elle cacha fa groffeffe avec telle dili-
„ gence, que nul autre que le Mignon n'en
„ favoit rien. Néanmoins, Dieu ne vou-
„ lut permettre telle méchanceté durer
„ long-tems, ni demeurer impunie. Car
„ ainfi qu'elle alloit, felon la folemnite ac-
„ coutumée, vifiter St. Jean de Latran,
„ parvenue au tems d'enfantement, elle
„ eut publique correction de fon péché
„ fecret; pour ce qu'approchant d'un
„ certain lieu qui eft entre l'Eglife de St.
„ Clément, & le Théatre, improprement
„ nommé Colifée, elle enfanta (en gran-
„ de douleur) une créature humaine, qui
„ mourut incontinent avec la Mere, par-
„ quoi tous deux furent fans aucune pom-
„ pe funèbre enfévelis & enterrés. Et
„ pour cette caufe la commune opinion
„ eft, que quand les Souverains Evêques,
„ qui depuis ont été, vont de ce côté-
„ là, lorfqu'ils en approchent, prennent
„ leur chemin par une autre rue, en dé-
„ tefta-

„ teſtation d'un délit ſi horrible. Et en-
„ core pour cette raiſon même, quand
„ on veut élire un Pape, on tient exprès
„ une chaire percée par - deſſous, afin
„ que l'on puiſſe ſecretement connoitre ſi
„ celui que l'on élit Pape, eſt mâle *. „

IL n'y a que deux partis à prendre,
ſage & ſavant Abukibak. Il faut convenir
que pendant trois ou quatre ſiécles une
des principales cérémonies du couronne-
ment du Pape conſiſtoit dans la viſite des
parties ſecretes du nouveau Pontife, ou
nier que cette chaiſe percée ait exiſté,
& ſoutenir que jamais Evêque de Rome
ne mit culotte bas pour laiſſer faire la
vérification de ſes piéces ſaintes & de
ſes Reliques cachées. Or, je trouve que
ces deux partis ſont également embar-
raſſans.

SI l'on avoüe que durant pluſieurs ſiécles une main curieuſe s'eſt aſſûrée du
ſexe de tous les Pontifes, on demandera
d'où venoit l'établiſſement de cette cérémonie, dans quel tems elle avoit commencé, pourquoi la commune opinion
l'attribuoit à l'avanture de la Papeſſe?
Voilà pour le moins des doutes, je di-
rois preſque des préjugés, en faveur de
ceux qui veulent qu'elle ait été réelle.
Car de dire, comme Platine, *que là devoit
être appareillé un Siége de la même façon que*

ceux

* Les diverſes Leçons de Pierre Meſſie, *Partie I. Chap. IX. pag.* 58.

ceux dont l'on ufe en fes néceffités communes ,
afin qu'à la poftérité celui qui feroit élu, fe fou-
vint d'être homme*, c'eft donner à l'établiffement de la chaife percée une caufe
auffi frivole que ridicule. Autant eût-il
valu toucher fa Sainteté au bout du nez
ou fur le front, qu'aux parties fecretes;
on l'eût également fait fouvenir qu'il n'é-
toit qu'un homme. On brûle aujourd'hui
un morceau d'étoupes pour témoigner
la fragilité des biens du Monde , & la
viteffe avec laquelle ils s'écoulent. Paffe
encore pour la cérémonie des étoupes ,
elle a quelque rapport à ce qu'on veut
fignifier ; mais pour celle de la chaife
percée , en vérité elle n'eft bonne qu'à
prévenir l'exaltation d'une Papeffe.

Si pour éviter de répondre à toutes
les difficultés qui naiffent de l'ufage de la
vérification des piéces Pontificales , on
veut nier que cette coutume ait jamais
exifté , on tombe dans de nouveaux inconvéniens. Il faut démentir tous les E-
crivains, & Platine lui-même, qui ne nie
pas la vérité de la cérémonie. En recou-
rant à un pareil expédient, il n'eft rien
qu'on ne vienne à bout de pouvoir nier;
& je ne ferai point forcé d'avoüer que
le Jéfuite Guignard a été pendu. Tous
les Hiftoriens certifieront inutilement le
fait ; plufieurs même en parleront en
vain,

---

* Platine, *cité par* Pierre Meffie, *au même en-*
droit cité ci-deffus.

vain, comme d'une chofe arrivée dans leurs tems. Je me débarrafferai de toutes les difficultés qu'on m'objectera, en les accufant d'avoir menti; mais où ne ferat-on pas réduit fi l'on pouffe jufqu'à un point auffi extravagant le Pyrrhonifme hiftorique, & fi l'on refufe le témoignage univerfel d'une fuite continuée d'Hiftoriens ?

Je conviens de bonne foi, fage & favant Abukibak, que quant à ce qui regarde l'avanture de la Papeffe Jeanne, il y a plus d'apparence qu'elle n'a jamais eu aucune réalité que d'être arrivée. Mais pour ce qui regarde l'ufage de la chaife percée, je ne penfe pas qu'on puiffe fenfément refufer de le croire. Or, c'eft cet ufage qui fonde une partie de mes foupçons ; & quelque chofe que les Bayles, que les Blondels, que les Bellarmins, que les Launois, & que les Labbe puiffent me dire, je ne faurois m'imaginer qu'on ait voulu fans caufe faire mettre culotte bas à tous les Papes.

Je te falue, fage & favant Abukibak.

LETTRE QUATRE - VINGT - CINQUIEME.

Ben Kiber, *au Cabaliste* Abukibak.

PLUS je m'applique , sage & savant
Abukibak, à l'étude de la Philosophie,
& plus les questions que je veux approfondir , me paroissent douteuses. Je serois tenté de croire que si l'on connoissoit la vanité des Sciences qui ont le plus
de réputation , bien des gens leur préfe-
reroient une heureuse ignorance , plus
utile à la tranquillité & au repos de la
vie.

LORSQU'ON considére les disputes con-
tinuelles des Philosophes, qu'on examine
leur contrariété , qu'on pese leurs sentimens toujours opposés, on est étonné de
se trouver plongé dans des ténèbres épais-
ses , sans qu'on puisse probablement esperer d'appercevoir aucune clarté. Les
sectateurs d'Aristote se vantent de connoître la vérité , les Cartésiens soutien-
nent le contraire , les Gassendistes condamnent les uns & les autres, les partisans de Leibnitz & ceux de Newton forment deux nouvelles Sectes. Dans ce

conflict de juridiction Philofophique, quel parti embrafferai-je ? Je ne puis adopter un fentiment que je fais desapprouvé par ceux qui foutiennent les autres ; mais ne pourroit-il pas arriver qu'ils feroient également tous dans l'erreur ? Qui m'affûrera que celui pour lequel je me détermine, a la vérité de fon côté ? Sera-ce ma raifon & ma lumière naturelle ? D'autres hommes prétendent que la leur fait defapprouver ce que la mienne me fait recevoir. Quelle fûreté ai-je qu'elle agiffe d'une manière plus conféquente & plus certaine, que celle des gens qui me condamnent ?

QUAND je refléchis fur toutes ces difficultés qui s'offrent fans ceffe à mon efprit, peu s'en faut que je ne demeure perfuadé que ni moi, ni aucun autre homme n'avons aucune faculté naturelle pour découvrir évidemment la vérité avec une entière affûrance. Car enfin, on ne peut connoître la nature des chofes que par la connoiffance de leur effence & de leur genre ; or, l'homme ne peut les appercevoir avec une parfaite & entière certitude.

QUEL eft l'homme qui ôfera fe flatter que les images qui partent des corps extérieurs, & qui fe préfentent à nous, font parfaitement reffemblans à ces mêmes corps ? D'ailleurs, ces images perdent, & font changées infiniment, avant
qu'el-

qu'elles foient arrivées jufqu'à l'inftrument de nos fenfations ; & elles varient
plus ou moins, felon la variété & le changement du milieu par où elles paffent.
Quand même il feroit vrai que ces images arrivent jufques à nous fans altéra-
tion, la fidélité de nos fens eft fi douteufe, qu'on ne peut, fans rifquer de fe tromper, leur accorder une entière croiance ;
car il eft certain que les fens dépendent de
l'inftrument des fens. Or, cet inftrument
varie & change felon fon état, fa difpofition & fa fituation ; cependant l'effence & le genre des chofes font toujours
fixes & déterminés. Nous ne pouvons.
donc point compter fur la fidélité de nos
fens, puifqu'ils nous préfentent fouvent les
mêmes chofes fous différentes formes, &
que celles qui nous paroiffoient bonnes,
nous paroiffent dégoutantes. Leur diverfité eft fi grande, que l'on ne peut
pas même y trouver de la conformité dans
la même perfonne.

„ JE fens manifeftement & diftincte-
„ ment, dit Gaffendi, que la faveur du
„ melon eft très agréable à mon goût :
„ partant il eft vrai que la faveur du me-
„ lon me paroît de la forte ; mais que
„ pour cela il foit vrai qu'elle eft telle
„ dans le melon, comment le pourrois-je
„ croire, moi, qui en ma jeuneffe & dans
„ l'état d'une fanté parfaite, en ai jugé tout
„ autrement, pour ce que je fentois alors
„ ma-

„ manifestement une autre saveur dans le
„ melon ? Je vois même encore à pré-
„ sent que plusieurs personnes en jugent
„ autrement. Je vois que plusieurs ani-
„ maux , qui ont le goût fort exquis &
„ une santé très vigoureuse, ont d'autres
„ sentimens que les miens. Est-ce donc
„ que le vrai répugne & est opposé à soi-
„ même , ou plûtôt n'est-ce pas qu'une
„ chose n'est pas vraie en soi , encore
„ qu'elle soit conçue clairement & dis-
„ tinctement ; mais qu'il est vrai seule-
„ ment qu'elle est ainsi clairement & dis-
„ tinctement conçue * ?

CONVENONS donc , sage & savant A-
bukibak , que nos sens peuvent nous tromper quelquefois, puisque le même objet extérieur , ou plûtôt l'image qui en sort,

pro-

---

* *Ego saporem peponis gratum clare distincteque
percipio : itaque verum est peponis saporem apparere
a mihi hujusce modi : At quod propterea verum
sit talem in ipso pepone esse , quomodo mihi persua-
deam, qui puer cum essem ,ac bene valerem , secus ju-
dicavi; nimirum clare distincteque alium in pepone
saporem percipiens? Video & multis hominibus secus videri. Video & multis animalibus, quæ gustu
pollent, optimeque valent. An ergo verum vero re-
pugnat : an potius , non ex eo quod aliquid clare
distincteque percipitur , id secundum se verum est,
sed verum solummodo est , quod clare distincteque
tale percipiatur.* Object. Quint. in Medit. R.
Cartesii per P. Gassendum, *in Medit. III. pag.* 11.

produit fur différentes perfonnes des fenfations fi oppofées.

CE qui doit nous faire encore plus douter de la fidélité de nos fens, c'eft que le
cerveau qu'on doit regarder comme l'endroit où fe forment les perceptions, n'eft
point d'une même ftructure dans tous les
hommes ; les uns aiant la tète ronde, les
autres longue. On en voit plufieurs autres qui l'ont ou groffe , ou petite , ou
pointue , ou platre. On affûre que cette
différente configuration emporte néceffairement une différente conformation du
cerveau, & par conféquent une diverfité
infinie entre les fens ; on prétend même
que ceux qui ont la tète longue & appla-
tie vers le haut , font fujets à devenir
fous. On dit, par exemple, que l'Auteur
des *Anecdotes Hiftoriques , Galantes & Littéraires* , a la tète de cette même forme.
Si cela eft , voilà un grand préjugé en
faveur de cette opinion; car l'on ne peut
guères être plus extravagant que lui. Je
demande, fage & favant Abukibak, à tous
les Epicuriens & aux partifans de la fidélité des fens *, s'ils penfent que ceux
de cet Ecrivain lui offrent les images &
les objets extérieurs de la même manière
que le favant Boerhave les reçoit par les
fiens ?

---

* *Qui nifi funt veri, ratio quoque falfa fit omnis.*
Lucret. de Rer. Nat. *Lib. IV. Verf.* 487.

fiens ? Ou il faut qu'ils fe réfolvent à foutenir une pareille abfurdité, ou qu'ils
avoüent que la fidélité des fens eft trompeufe, & que quoiqu'on conçoive clairement & diftinctement une chofe, il fe
peut fort bien que cette chofe foit directement oppofée à la véritable effence du
corps extérieur dont nous ne recevons
qu'une image changée & variée, foit par
le milieu par où elle paffe pour venir à
l'inftrument de notre fenfation, foit enfin
par rapport au mouvement des nerfs, par
le moïen desquels les fenfations fe forment dans le cerveau, felon fa différente
configuration, & felon qu'il en eft affecté.

Comment les hommes, fage & fa-
vant Abukibak, peuvent-ils fe figurer d'a-
voir quelque connoiffance certaine de
l'effence des chofes lorfqu'ils ignorent
entiérement quelle eft la leur, & qu'ils
n'ont aucune notion certaine de la nature humaine ? Ils la diftinguent de l'animale, uniquement parce qu'ils prétendent que l'homme feul eft doüé de la raifon ; mais comment peuvent-ils être convaincus que les bêtes en font entiérement
privées, fi elles en ont l'ufage ? Il faut
alors avoüer qu'on ne connoît ni leur effence, ni celle des hommes, ou convenir
que l'une & l'autre eft la même. Ces
deux difficultés font également infurmon-
tables. Si l'on prend le parti de foutenir
l'u-

l'uniformité de l'effence de l'ame humaine & de celle de la brute, dans quelles,
erreurs monftrueufes ne tombera-t-on
pas ? Et fi l'on prive les animaux, non
feulement de la raifon, mais même de l'a-
me, & qu'on change chimériquement en
montres & en pendules toutes les bêtes de
l'Univers, on inventera un fyftême, fingulier à la vérité, mais faux, infoutenable,
& démenti par l'expérience. ,, Si c'eft
,, juftice, dit Montagne, de rendre à
,, un chacun ce qui lui eft dû, les bêtes
,, qui fervent, aiment, & défendent leurs
,, bienfaiteurs, & qui pourfuivent & ou-
,, tragent les étrangers & ceux qui les
,, offenfent, elles repréfentent en cela
,, quelque air de notre juftice ; comme
,, aufli en confervant une égalité très
,, équitable en la difpenfation de leurs
,, biens à leurs petits. Quant à l'amitié,
,, elles l'ont fans comparaifon plus vive
,, & plus conftante que n'ont pas les
,, hommes. Hyrcanus, le chien du Roi
,, Lyfimachus, fon maître mort, demeu-
,, ra obftiné fur fon lit, fans vouloir boi-
,, re ni manger; & le jour qu'on brula le
,, corps, il prit fa courfe, & fe jetta
,, dans le feu, où il fut brulé. Comme
,, fit aufli le chien d'un nommé Cyrrhus;
,, car il ne bougea de deffus le lit de fon
,, maître depuis qu'il fut mort : & quand
,, on l'emporta, il fe laiffa enlever quant
,, & lui, & finalement fe lança dans le

N 4   ,, bu-

„ bucher où l'on brûloit le corps de son
„ maître. Il y a certaines inclinations
„ d'affection qui naissent quelquefois en
„ nous sans le conseil de la raison, qui
„ viennent d'une témérité fortuite, que
„ d'autres nomment sympathie. Les bê-
„ tes en sont capables comme nous : nous
„ voions les chevaux prendre certaine
„ accointance des uns aux autres, jus-
„ ques-à nous mettre en peine pour les
„ faire vivre, où voïager séparément.
„ On les voit appliquer leur affection à
„ certain poil de leurs compagnons, com-
„ me à certain visage, & où ils le rencon-
„ trent, s'y joindre incontinent avec fes-
„ te & démonstration de bienveillance,
„ & prendre quelque autre forme à con-
„ tre-cœur & en haine *. „

QUAND on vient à considérer, sage &
savant Abukibak, que ces Philosophes qui
se vantent tous de connoître évidemment
tant de choses, ignorent même quelle est
la nature de leur entendement, & ne
peuvent savoir s'il diffère de celui des
bêtes, on seroit tenté de leur dire qu'il
n'est rien d'évident, si ce n'est que cette
prétendue évidence dont ils parlent, est
trompeuse, puisqu'ils croient voir clairement les mêmes choses qu'un autre assûre

* Essais de Michel de Montagne, *Liv. II. Chap.
XII.*

re de voir diftinctement d'une manière très contraire. Et fans aller chercher des preuves de la fauffeté de l'évidence dans différentes perfonnes, n'en trouvons-nous pas dans une feule ? Ne voions-nous pas tous les jours qu'un homme dans fa vieilleffe reconnoît évidemment fauffe la même chofe qui lui fembloit évidemment véritable dans fa jeuneffe ?

Je te falue, fage & favant Abukibak.

✷✷✷✷✷✷✷✷✷✷✷✷✷✷✷✷✷✷✷✷✷✷✷✷✷

LETTRE QUATRE-VINGT-SIXIEME.

Ben Kiber, *au Cabalifte* Abukibak.

LORSQUE je refléchis, fage & favant Abukibak, aux raifons que je t'apportai dans ma dernière Lettre pour établir l'incertitude de nos jugemens, je me perfuade toujours davantage que rien n'eft fi fujet à l'erreur que cette prétendue lumière naturelle que les hommes regardent comme un flambeau, à la clarté duquel ils ne fauroient jamais s'égarer ; car s'il eft vrai, comme je crois de l'avoir prouvé, * *que les fens dépendent de l'inftrument des fens, qui varie & change felon fon* état,

* Dans la Lettre précédente.

état, sa disposition & sa situation, il faut
aussi nécessairement que les connoissances des hommes suivent l'état, la disposition & la situation de cet instrument. Il
se trouve que la lumière naturelle dans
un certain tems montre à un homme le
contraire de ce qu'elle lui présentoit peu
auparavant : l'essence des choses n'est
cependant jamais différente, elle ne souffre aucune alteration ; il faut donc que
la lumière naturelle, que la raison enfin,
que ce flambeau, si vanté par les Philosophes, induise à l'erreur dans un tems ou
dans un autre.

IL s'offre à mon esprit un nouveau mo-
tif pour douter de la fidélité des sens, &
pour regarder tout ce qu'ils m'offrent,
comme très incertain. Tous les hommes
ne voient point les objets extérieurs de la
même manière : les uns les apperçoivent
plus grands, les autres plus petits, sui-
vant la différente conformation de l'instrument de leurs sens ; comment donc
puis-je savoir si c'est moi qui me trompe,
ou si c'est ceux qui jugent d'une manière
opposée à la mienne ? „Il faut avoüer, dit *
avec

* *Concedendum est igitur neque sensus percipere
res externas, sed incursionem solum imaginum, sive
idolorum, quæ ab externis rebus proficiscuntur ; neque
hac impulsione extrinsecus oblata in omnibus hominibus similem esse affectione, sed pro diversitate ins-*
tru-

,, avec raifon un fage Pyrrhonien , qu'il
,, eſt impoſſible que nos ſens puiſſent ap-
,, percevoir les choſes extérieures ; mais
,, ils ſentent ſeulement l'impreſſion des
,, images qui émanent des corps exté-
,, rieurs. Cette impreſſion qui vient des
,, choſes du dehors , ne cauſe pas le mê-
,, me effet dans tous les hommes ; la di-
,, verſité des organes des ſens y apporte
,, une grande différence. On peut la com-
,, parer aux ſons que rendent les cordes ,
,, qui ſont différens ſelon la groſſeur &
,, la tenſion des cordes qui les rendent ;
,, ainſi , l'on ne ſauroit dire quelle eſt cel-
,, le des ſenſations produites en différen-
,, tes perſonnes , qui différe le plus du
,, même

trumentorum diverſam : ut pro laxitate chordarum
& craſſitudine varii eduntur ſoni, nec proinde ſciri
poſſe quænam ex illis affeƈtio accuratius conſentiat
rei extrinſecus objeƈtæ. Appoſite Satyricus :

Fallunt nos oculi, vagique ſenſus ,
Oppreſſa ratione mentiuntur ,
Nam turris prope quæ quadrata ſurgit,
Attritis procul angulis rotatur.
Hyblæum refugit ſatur liquorum ,
Et naris caſiam frequenter odit.
Hoc illo magis aut minus placere
Non poſſet , niſi lite deſtinata
Pugnarent dubio tenore ſenſus.
' Huet. de Imbecillit. mentis humanæ. *Lib. I,*
Cap. III. pag. 31.

,, même objet qui les caufe toutes égale-
,, ment. Un Poëte Satyrique a dit élegam-
,, ment : *Nos yeux nous trompent , & l'in-*
,, *certitude de nos fens féduit notre raifon. La*
,, *même tour que je vois quarrée en la regar-*
,, *dant de près , me paroiffoit ronde lorfque je*
,, *l'examinois de loin. Un homme qui n'a*
,, *point de faim, rejette le miel, & fouvent le*
,, *nez ne peut fouffrir l'odeur des parfums ; fi les*
,, *fens nétoient point contraires les uns aux au-*
,, *tres , une chofe ne nous plairoit pas plus*
,, *qu'une autre.*

Pour éviter les inconvéniens, où l'incertitude de la décifion des fens, expofe
les opinions des Philofophes dogmatiques , quelques-uns d'entre eux , voulant
à quelque prix que ce fût connoître les
chofes les plus cachées, ont prétendu que
nos idées nous venoient indépendamment
de nos fens ; ils ont foutenu que nous avions
des notions innées , & que notre ame arrivoit dans ce Monde, pourvûe d'un grand
nombre de connoiffances. Il eft malheureux pour eux & pour leur fyftème , que
l'expérience nous montre journellement
que toutes ces belles connoiffances font
des chimères qui n'ont jamais exifté que
dans les cerveaux de quelques Philofophes, qui fe font complus dans les chimères qui fe préfentoient à leur efprit. Quel
eft l'homme raifonnable, qui puiffe fe figurer
qu'il étoit dans le ventre de fa mere une
créature fort favante ; mais que malheu-
reu-

reufement en naiffant, il a perdu toutes les belles connoiffances dont il étoit pourvû, & qu'il ne peut les rappeller qu'avec bien de la peine & à l'aide des maîtres qui l'inftruifent? A quoi fervent tant de grandes idées qui s'effacent dans les mains d'une fage femme, & qui n'ont fervi que dans l'uterus ? D'où vient, s'il eft vrai qu'il y a des idées qui font innées, ne les apperçoit-on pas gravées dans l'ame des enfans? D'où vient eux-mêmes n'en ont-ils aucune connoiffance? N'eft-ce pas une opinion tout-à-fait abfurde de prétendre que quelque chofe foit imprimée dans l'ame, fans que l'ame s'en apperçoive? S'il y avoit certaines notions innées dans l'entendement des enfans, il faudroit néceffairement qu'ils s'en apperçuffent : or, il eft évident qu'ils n'en ont aucune connoiffance ; donc elles n'exiftent point. Dira-t-on qu'un enfant à la mamelle a une idée de la grandeur, de la fageffe, enfin de toutes les perfections de la Divinité? Quelle marque donne-t-il qu'il ait de femblables notions ? Bien loin d'en apporter aucune, il les ignoreroit toute fa vie, fi on ne les lui communiquoit. Plufieurs peuples n'ont point connu l'exiftence de Dieu, que devenoient chez eux les idées innées? Car celle de la connoiffance de la Divinité eft une des principales felon les Cartéfiens. Au refte, quand ces Philofophes demandent à leur tour *d'où vient*
l'idée

l'idée de Dieu & des choses incorporelles, si elle n'est pas innée? il faut leur répondre avec St. Thomas, * *que les choses incorporelles dont il n'y a point d'espèces, nous sont connues par comparaison aux corps sensibles dont il y a des espèces, comme nous connoissons la vérité par la considération des choses dans lesquelles nous spéculons la vérité.* Enfin, pour achever de desabuser les partisans des idées innées, je les renvoie à Monsieur Locke; ils trouveront dans le premier Livre de de son Essai sur l'Entendement humain de quoi se guérir de leur erreur: & s'ils ne se rendent point aux démonstrations de ce grand homme, il est impossible d'esperer de faire cesser leur prévention, & de dissiper leurs préjugés.

PUISQU'IL doit donc être constant que tout ce que nous concevons passe par nos sens, il doit l'être aussi que nous ne saurions connoître clairement la vérité, puisque nos sens nous trompent souvent, & que nous n'avons jamais aucune parfaite certitude qu'ils ne nous séduisent pas. ,, Quelque attention, † dit ,, le

____

* *Incorporea quorum non sunt phantasmata, cognosci a nobis per comparationem ad corpora sensibilia, quarum sunt phantasmata; sicut veritatem intelligimus ex consideratione rei circa quam veritatem speculamur.* Thom. Quæst. LXXXIV. Artic. 7. & 8.

† *Constet igitur* .... *nos verum liquido non posse*

,, le favant & illuftre Evêque d'Avrange,
,, que nous donnions à la recherche des
,, chofes, quelque vraifemblables, quelque
,, évidentes que nous les trouvions, nous
,, ne devons point les croire certaines,
,, mais douteufes & incertaines. Ceux qui
,, s'appliquent avec une peine extrême
,, à la recherche d'une vérité claire &
,, qui n'eft obfcurcie par aucun nuage,
,, ni fufceptible d'aucun doute, perdent
,, leurs foins & leurs travaux, cette vé-
,, rité ne pouvant être apperçue par les
,, hommes, & étant au-deffus de leur en-
,, tendement. ,,

Si les Philofophes dogmatiques refléchiffoient attentivement aux avis fenfés que leur donne un des plus fublimes & des plus vaftes génies de l'Univers, ils feroient peut-être fonner moins haut les *termes de démonftrations d'évidence, de certitude.* Ils s'appercevroient qu'on ne peut nommer évident que ce qui eft également reçu

ç̧u

poffe percipere: ac propterea quantalibet a nobis adbibeatur in rebus confiderandis diligentia & attentio, quantalibet etiam in iis a nobis deprehendatur fimilitudo veri & perfpicuitas, neutiquam tamen iis certe penitus affentiendum, fed habendas eas femper pro dubiis. Hinc quoque efficitur ludere operam quicumque verum illud liquidum atque conftans, nulla dubitatione infufcatum, quærere fe profitentur quod humanæ menti inexplicabile eft. Huet de Imbecillit. mentis humanæ. Lib. II. Cap. 3. pag. 152.

çu de tout le monde; or, il eſt de noto-
riété publique que jamais tous les hommes
n'ont regardé d'un même œil le même
objet, ni confideré de la même manière
la même opinion. *Dans aucun tems, * dit
Sophocle, deux amis, ou deux peuples alliés
ne gardent les mêmes fentimens ; car les uns
plûtôt, les autres plus tard trouvent les mêmes chofes douces ou amères.* Un autre Ancien étoit du même fentiment, lorſqu'il
a fait dire à un des Auteurs de ſes Comédies, † *Jamais un homme n'a fi bien réglé
ſa*

* ἢ πνεῦμα ταὐτὸν ὖπόθ᾽ ὄ᾽τ᾽ ἐν ἀνδράσι
φίλοις βέβηκεν ὖτε προς πόλιν πόλυ.
Τοῖς μὲν γὰρ ἤδη, τοῖς δ᾽ ἐν ὑςέρῳ χρόνῳ
Τὰ τερπνὰ πικρά, γίνεῖαι, κ᾽ αὖθις φίλα.

*Nec unquam idem animus vel inter viros
Amicos perſtitit, vel urbi erga urbem ;
Aliis enim ſtatim, aliis vero fequenti tempore
Jucunda amara fiunt, & rurſum grata*
Sophocl. Oedip. Tyran. verſ. 639.

† *Numquam ita quiſquam bene ſubduᏩa ratione
ad vitam fuit.*

*Quin res, ætas, uſus femper aliquid apportet novi
Aliquid moneat : ut illa quæ te ſcire credas,
neſcias ;
Et quæ tibi putaris prima, in experiundo re-
dies.*
Terent. Adelpb. AᏩ. V. ſcen. IV.

fa vie par la raifon, que l'état des chofes, le tems, l'ufage ne lui aient fait changer de fentiment fur quelque point, foit qu'il apprît ce qu'il ignoroit & qu'il croioit favoir, foit qu'il comprît que ce qu'il cheriffoit le plus, foit très méprifable.

La diverſité des opinions étant ſi grande parmi les hommes, ils ne laiſſent pas cependant par un abus & un aveuglement pernicieux de ſe vanter d'avoir l'évidence par-devers eux. Un Cartéſien ne parle que de démonſtrations évidentes, un Péripatéticien tient le même langage, un Newtoniſte eſt encore moins modeſte, s'il eſt poſſible de pouvoir l'être, & tous tant qu'ils font, ils ne s'apperçoivent point que perſonne ne voulant recevoir pour évident que ce qui lui paroît tel, il faut que le vrai & le faux foient également évidens, puiſqu'ils foutiennent également leurs opinions par l'autorité de l'évidence, & que ce qu'elle fait voir blanc aux uns, elle le montre noir aux autres.

Voilà une reſſource bien mauvaiſe pour connoître la vérité. Je compare les Philoſophes dogmatiques à des aveugles, qui, fachant que parmi les piéces de cuivre qu'on leur auroit diſtribuées, il s'en trouveroit une d'or, prétendroient tous également avoir cette piéce feule & unique. Loin qu'ils fuſſent certains de ce qu'ils diroient, celui même qui ne ſe, tromperoit point, n'auroit pas plus de

certitude pour appuier fon fentiment,
que les autres ; le feul hazard le favo-
riferoit : auffi eft-ce lui feul qui décide la
vérité de prefque tous les fentimens des
Philofophes.

JE te falue, fage Abukibak.

LETTRE QUATRE - VINGT - SEPTIEME.

Ben Kiber, *au fage Cabalifte* Abukibak.

JE continuerai, fage & favant Aubuki-
bak, d'examiner le peu de certitude
qu'il y a dans les opinions qui paroiffent
les plus vraifemblables. La première
raifon qui s'offre à mon efprit pour fonder la néceffité d'un Pyrrhonifme raifonnable, c'eft la diverfité des fentimens des
plus grands Philofophes ; ils foutiennent
qu'ils connoiffent évidemment la vérité
d'une opinion, que d'autres grands hommes prétendent démontrer être fauffe.
Quel fond peut-on donc faire fur le mot
d'évidence, fi fouvent emploié par les
dogmatiques, & toujours fi legérement ?
Perfonne n'a écrit avec plus de hauteur
contre les fceptiques que le Pere Mallebranche, il fe vantoit de connoître les
chofes qu'il traitoit, avec une certitude

par-

parfaite. Jamais Ariſtote ne parla des Philoſophes qui l'avoient précédé, avec autant de mépris que l'a fait Mallebranche; cependant pluſieurs Savans illuſtres
ont condamné nettement & ſans détour
les opinions dont il paroiſſoit le plus perſuadé, & il a même trouvé des adverſai-
res redoutables parmi ſes confreres & ſes
intimes amis. ,, Il ne s'accordoit nulle-
,, ment, dit un illuſtre Auteur, * avec le
,, fameux Pere Queſnel qui étoit enco-
,, re de l'Oratoire, qui avoit embra-
,, ſé les ſentimens de Mr. Arnaud. Le Pere
,, Queſnel, pour ſavoir mieux à quoi
,, s'en tenir, ſouhaita que ſon maître eût
,, connoiſſance des penſées du P. Malle-
,, branche, & lia partie entre eux chez un
,, ami commun. Le fond du ſyſtème
,, dont il s'agiſſoit, eſt que l'ame humaine
,, de J. C. eſt la cauſe occaſionnelle de
,, la diſtribution de la grace par le choix
,, qu'elle fait de certaines perſonnes pour
,, demander à Dieu qu'il la leur envoie,
,, & que comme cette ame, toute par-
,, faite qu'elle eſt, eſt finie, il ne ſe peut
,, que l'ordre de la grace n'ait ſes défec-
,, tuoſités, auſſi bien que celui de la na-
,, ture. Il n'y avoit guères d'apparence
,, que Mr. Arnaud dût recevoir avec do-
,, cilité ces nouvelles leçons : à peine le
,, P.

* *Eloges des Académiciens de l'Académie Roïa-*
les de Sciences, par Mr. de Fontenelle, *Eloge du*
P. Mallebranche, Tom. I. *pag.* 326.

„ P. Mallebranche avoit-il commencé à
„ parler, qu'on difputa, & par confé-
„ quent on ne s'entendit guères. On ne
„ convint de rien, & on fe fépara avec
„ affez de mécontentement réciproque.
„ Le feul fruit de la conference, fut que
„ le P. Mallebranche promit de mettre les
„ fentimens par écrit, & Mr. Arnaud d'y
„ repondre, ou ce qui revient à peu près
„ au même, il promit la guerre au Pere
„ Mallebranche. „

La fierté, la préfomption de Mallebranche fembloient être une fuite néceffaire de la Secte qu'il avoit embraffée. Les
Cartéfiens en général affectent de méprifer tous ceux qui ne penfent point ainfi
qu'eux; ils ont puifé ce vice dans les Ouvrages de leur chef, & je doute qu'il y
ait jamais eu un Philofophe plus préfomptueux que Defcartes. Il eft vrai que
ce François fut un des plus grands génies
qu'ait produit la Nature; mais fes lumières & fes bonnes qualités auroient été er-
core plus eftimables, s'il ne les eût obf-
curcies par l'amour outré qu'il eut pour
fes opinions. Il les défendit fouvent avec
aigreur, & même il eut recours aux invectives; & qui plus eft, il les emploia
en écrivant contre des Savans qui pour
le moins valoient bien autant que lui. Tu
pourras, fage Abukibak, voir les preuves
de cette accufation dans la *neuvième Partie
des Mémoires fecrets de la République des Lettres*; confultes l'article qui concerne Gaffendi

fendi & fes Ouvrages. Defcartes eut plufieurs difputes avec ce Philofophe Provençal, & les plus grands hommes d'aujourd'hui conviennent qu'elles n'ont guères tourné à l'avantage des Cartéfiens.
Locke & plufieurs autres fameux Méta-
phyficiens ont adopté le parti que foutenoit
Gaffendi : les idées innées, l'impoffibilité
de la communication de la penfée à la
Matière, même par le pouvoir divin, ont
été vivement attaquées dans ces derniers
tems ; marque certaine que les fyftêmes
& les opinions n'ont de certitude que celle que leur donnent la mode, la nouveauté, ou le crédit & l'autorité de ceux
qui les inventent. Qui fait fi les fentimens qui paroiffent profcrits pour toujours, ne reviendront pas en vogue? Qui
auroit cru que les qualités occultes & les
attractions paroîtroient encore fur l'hori-
fon, & jy joüeroient un rôle très brillant?
La chofe eft cependant arrivée; & quoi
qu'en difent les Newtoniftes, ce n'eft pas
fi mal à propos que le favant & l'ingénieux Monfieur de Fontenelle a dit : *
L'attraction & le vuide, bannis de la Phyfique
par Defcartes, & bannis pour jamais felon les
apparences, y reviennent ramenés par Mr.
Newton, armés d'une force toute nouvelle,
dont on ne les croioit pas capables, & feule-
ment peut-être un peu déguifés.

LORS-

* *Le même Eloge de Mr. Newton, Tom. II.*
pag. 332.

Lorsque je confidére, fage & favant Abukibak, le flux & le reflux des opinions Philofophiques, je crois n'avoir pas befoin d'autre preuve pour me démontrer la néceffité de n'adopter aucun principe comme certain & évident. Je n'en reconnois qu'un feul, c'eft celui qu'on ne peut parvenir à la certitude parfaite, & je dis avec Socrate, *Id unum fcio quod nihil fcio.* Il auroit été à fouhaiter que Defcartes eût auffi bien profité que ce Grec, de la néceffité qu'il fentoit qu'il y avoit de fonder fur le doute toute la Philofophie. Un illuftre Pyrrhonien l'a repris à ce fujet avec beaucoup de raifon : „ Defcartes *, „ dit-il, nous fournit une excellente rai-
„ fon

---

* *Sed & aliud dubitandi argumentum fubjicit nobis Cartefius, cum ait in* Meditationum *fuarum* & principiorum aditu, *nefcire nos † an non forte nos tales creare voluerit Deus, ut femper fallamur, etiam in iis quæ nobis quam notiffima apprent. Digna Philofopho dubitatio, fi expedienda hujus vias inire tentaffet. . . . At dum novum veritatis indicem fe gerit, a dubitatione Philofophiam fuam exorfus, caufisque cur dubitandum fit allatis, mox tamen, quafi monftrata de Cœlo veritatis via, ita dubitare defiit, ut ne rationes quidem quibus ad dubitandum fuerat adductus, diffolvere laborarit.* Huet. de Imbecillit. mentis humanæ. Lib. I. Cap. X. pag. 63.

† Cartes. *Medit. I. & 6. Part. I. §. 5. & 13.*

„ fon de douter , lorfqu'au commence-
„ ment de fes Méditations il établit que
„ nous ignorons s'il n'a pas plû à Dieu
„ de nous créer de manière que nous
„ nous trompions toujours , même dans
„ les chofes qui nous paroiffent les plus
„ certaines & les plus claires. Ce doute
„ étoit véritablement digne d'un Philófo-
„ phe, fi celui qui le propofoit, eût pris
„ le foin d'en profiter ; mais lorfque Def-
„ cartes prétendoit montrer un nouveau
„ chemin pour parvenir à la vérité , &
„ qu'il avoit fondé fon fyftème & toute
„ fa Philofophie fur le doute & fur les
„ raifons de douter , qu'il avoit propo-
„ fées un inftant après , comme fi le Ciel
„ lui eût découvert le chemin de la vé-
„ rité , il ceffa totalement de douter, &
„ ne prit pas feulement la peine de ré-
„ futer & de détruire les raifons qu'il a-
„ voit apportées pour établir fes doutes. „

LES Cartéliens en général ont imité
l'exemple de leur maître , ils ont négligé de repondre aux objections de leurs
adverfaires , & fe font prefque toujours
contentés de fonger beaucoup plus à établir leurs principes, qu'à examiner la vérité , ou la fauffeté de ceux des autres
Philofophes. Il s'eft trouvé cependant
quelques Cartéfiens qui n'ont point été
la dupe de leur prévention ; ils ont compris que malgré l'affertion des dogmatiques,
tous les différens fyftèmes étoient égale-

ment

ment douteux & fujets à l'erreur. S'ils en ont adopté un, ç'a été comme étant plus vraifemblable que les autres, mais non pas comme étant d'une certitude parfaite & évidente. Ils ont été fermement perfuadés qu'il n'y avoit rien de fi dangereux pour la Religion que de l'allier avec les opinions des Philofophes, les hommes ne pouvant avoir aucune notion certaine que de ce qui leur étoit révelé ; c'étoit-là la manière dont penfoit un des plus fages Cartéfiens.

„L'ELOIGNEMENT, * dit Mr. de „Fontenelle, où Mr. Regis tient la rai„fon & la foi, ne leur permet pas de „fe réunir dans des fyftêmes qui accom„modent les idées de quelque Philofo„phe dominant à la Révelation , ou „quelquefois même la Révelation à fes „idées. Il ne veut point que ni Platon, „ni Ariftote, ni Defcartes même ap„puient l'Evangile ; il paroît croire que „tous les fyftêmes Philofophiques ne „font que des modes, & il ne faut point „que des vérités éternelles s'allient a„vec des opinions paffagères , dont la „ruine leur doit être indifférente. On „doit s'en tenir à la majeftueufe fimpli„cité dès Conciles, qui décident tou„jours

* *Eloges des Académiciens de l'Académie des Sciences &c. Eloge de Mr. Regis, Tom. I. p. 104.*

„ jours le Dogme divin, fans y mêler les
„ explications humaines. „

DANS toutes les Sectes il s'eft trouvé
des gens d'auffi bonne foi , & auffi peu
prévenus que l'étoit Régis. Bernier, fameux & illuftre difciple de Gaffendi , ne
regardoit pas le fyftême de fon maître
comme étant à l'abri de l'erreur ; il lui
attribuoit feulement plus de vraifemblance qu'aux autres. On peut juger ce qu'il
en penfoit , par les doutes qu'il a mis à
la fin de l'Abrégé qu'il fit des Ouvrages de
Gaffendi. Ce Philofophe Provençal n'étoit
pas lui-même convaincu parfaitement
qu'il marchât dans le chemin de la vérité ; il propofoit plûtôt fes fentimens comme des probabilités, que comme des vérités. Il imitoit la fage modeftie de Phé-
récides : ce pere de la Philofophie * a-
voüoit naturellement que fes Écrits ne
contenoient aucune certitude , qu'il ne fe
flattoit point de connoître la vérité , &
qu'il indiquoit les chofes, plûtôt qu'il ne
les découvroit. Depuis ce fage Grec , le
génie Philofophique a bien changé de face.

---

* *Eft ibi quidem non certa rerum fides. Neque*
enim id recepi, neque quid fit verum me fcire pro-
feffus fum. Forte quædam de Theologia refervavi,
cætera intelligere oportet ; omnia quippe indico po-
tius, quam aperio. Diog. Laërt. de Vit. Philof,
Lib. I. pag. 61.

ce. Dès qu'un homme a pris le nom de Cartéfien, de Péripatéticien, de Thomifte, de Scotifte, il décide avec hauteur & fans appel les queftions les plus obfcures & les plus impénétrables, fans s'embarraffer de ce que penfent les autres hommes; il prétend connoître les fecrets les plus cachés de la Nature. Je ne m'étonne pas fi les modeftes fceptiques regardent les Philofophes dogmatiques comme des fous, ou des Sybarites, qui fe complaifent dans les idées chimériques qu'ils fe forgent.

Je te falue, fage & favant Abukibak.

Lettre Quatre - vingt - huitieme.

Ben Kiber, *au Cabalifte* Abukibak.

S'Il eft vrai, fage & favant Abukibak, que les hommes peuvent parvenir à une certitude parfaite, il faut alors foutenir *que toutes les chofes font véritables, ou qu'elles font toutes fauffes.*

Quelque ridicule que foit cette opinion, on eft cependant forcé de l'admettre, ainfi que l'a fort bien prouvé le fage Pyrrhon; car il eft impoffible, comme nous l'avons déjà vû, de trouver aucune règle pour diftinguer

guer les chofes vraies & les fauffes. Si l'on
prétend les connoître par les fens, on ne
peut fe fervir de ce moïen, puifqu'ils varient & changent fi fouvent. Si l'on veut
fe fervir de la réflexion, on n'eft pas plus
avancé, attendu la diverfité & l'oppofition qui fe trouve entre les fentimens
des hommes. Or, pour juger de la vérité,
ou de la fauffeté d'une chofe, il faut ab-
folument emploier le fecours des fens,
ou celui de l'entendement ; comment
donc peut-on parvenir à ce dégré de connoiffance, puifque les deux & uniques
moïens dont on pourroit fe fervir, font
également défectueux !. *

Pour répondre à un argument auffi preffant, les dogmatiques fe recrient fur l'incertitude dans laquelle on plonge tous les
hom-

---

* *Aut igitur vera omnia effe, aut falfa omnia
dicendum eft. Sin autem quædam vera funt, quo-
nam ea difcernemus modo ? Neque fenfu quæ fecun-
dum fenfum funt, cum omnia illi videantur æqua-
lia, neque intelligentia ob eandem caufam. His autem explofis, nulla judicandi vis reliqua cernitur.
Qui igitur, inquiunt illi, de aliqua five fenfibili,
five intelligibili re aftruit prius quæ de ea re funt
opiniones conftituere debet : alii enim ifta, alii ifta
abftulerunt. Neceffe eft autem vel fenfu vel intelligentia judicari. Ceterum, de utriufque contentio-
eft. Non igitur poffibile eft opiniones de rebus fen-
fibilibus intelligibilifque judicare.* Diogen: Laert.
de Vit. Philofoph. *Lib. IX. pag.* 397.

hommes. Ils difent que fi tout eft caché aux foibles humains , ils font réduits dans l'état le plus trifte ; qu'il eft inutile qu'ils s'appliquent à la recherche de la vérité , & que l'étude de la Philofophie eft la chofe du monde la plus inutile , puifqu'elle n'apprend qu'à douter. On peut d'abord leur répondre que c'eft avoir beaucoup appris que de favoir qu'on ne fait rien , & qu'une modefte ignorance eft préferable à une orgueilleufe préfomption & à la folie de croire favoir ce que l'on ignore. A cette excellente réponfe j'ajouterai ce que dit un fage & vertueux défenfeur du Pyrrhonifme contre cette objeƈtion des dogmatiques : ,, Cette plainte * qu'on ,; fait contre les Académiciens , eft très ,, ancienne ; elle ne regarde pas eux, ,, mais la Nature. Eft-ce la faute de ces ,, Philofophes , fi elle a fait les hommes ,, de

* *Pervulgata eſt iſta , inquit , adverſus Academicos querela , quæ ſi æqua eſſet , non tam pertineret ad Academiam quam ad Naturam ipſam. Nam quæ hæc Academiæ culpa eſt , hominem ita faƈtum eſſe a Natura , ut veritatem marte ſuo firme non poſſit attingere ? Nihilo ſane major quam volare non poſſe , quam immortalem non eſſe. Neque vero Academicos & Scepticos , vel ad comparandam doƈtrinam & ſapientiam , vel ad bene beateque vivendum , minores videmus tuliſſe fruƈtus ex ſapientiæ ſtudiis quam Dogmaticos.* Huet. de Imbecillit. mentis humanæ, Lib. II. Cap. III. pag. 136.

,, de telle forte , qu'ils ne peuvent par-
,, venir à la connoiffance certaine de la
,, vérité. Les Académiciens ne font pas
,, plus refponfables de l'ignorance de
,, l'homme, que de ce qu'il ne peut vo-
,, ler, & qu'il eft fujet à la mort. D'ail-
,, leurs, nous ne nous appercevons pas
,, que les Philofophes fceptiques profi-
,, tent moins de leur étude que les au-
,, tres, pour devenir bons & vertueux,
,, & pour fe rendre favans dans les Scien-
,, ces.,,

JE ne puis m'empêcher, fage & favant
Abukibak, de te communiquer les réflexions que me font faire les derniers mots
du paffage que je viens de citer. Les Philofophes fceptiques ont mérité en général par leur vertu & par leur conduite
réglée, l'eftime & l'amitié de tous les
honnêtes gens. Je ne fais fi l'on pourroit dire la même chofe des dogmatiques,
du moins eft-il certain que les principaux
d'entre eux n'ont pas été plus refpectés
dans le monde. Pyrrhon * força les plus
illuftres Philofophes à rendre juftice à fon
mé-

* *Dicebatque fæpe numero Epicurum converfatio-
nem inftitutumque Pyrrhonis admiratum, ipfum de
fe percontari affidue folitum. Tanto autem in ho-
nore a patria fua habebatur, ut eum Pontificem
conftituerit, atque illius gratia Philofophos publico
decreto omnes immunitate donaverit.* Diog. Laërt.
de Vita Philofoph. *Lib. IX. pag.* 388.

mérite, Epicure fit plufieurs éloges de fa
fcience & de fa vertu, & fes concitoiens
eurent une fi grande véneration pour lui,
qu'ils le firent fouverain Pontife, & ac-
corderent en fa faveur à tous les Philofophes plufieurs avantages confidérables;
ils les exempterent même de toutes les
taxes & de tous les impôts. Ce grand
homme eut plufieurs difciples célebres,
qui, comme lui, firent gloire de méprif-
fer le fort, la fortune & les chofes humaines. Il fut regardé comme un perfonnage divin, qui avoit détruit & ren-
verfé tous les vains argumens des fophif-
tes, & qui ne s'étoit point occupé de l'i-
nutile foin de pénétrer les fecrets inintelligibles de la Nature *. Je doute qu'aucun
do-

* *Complures item habuit inftituti fui, hoc eft,
rerum negligentia & contemptu æmulos, unde & illum complectitur mirifice Timon in Pythone, &
in illis quod liber evaferit omnibus perturbationibus,
fuperftitioneque & vanitate, & captione Sophiftica
ac Dei inftar, inter homines regnarit.*

Ω γέρον ὦ Πύρρων, πῶς ἢ πόθεν * ἔκλυσιν εὗρες
Λατρείας * δοξῶν τεκενοφροσύνης τε σοφιςῶν,
ἡ πάσης ἀπάτης πυθᾶς ἀπελύσαν δισμά
Οὐδὲ μέλει σοι ταῦτα μεταλλήσιν τινὸς * ἄυρας
Ἑλλάδ᾽ ἔχχσι, πόθεν δὲ, ἡ εἰς ὅτι κυρεῖ ἕκαςα.

Hoc eft.

Miror qui tandem potuifti evadere, Pyrrho,

Tur-

dogmatique ait été plus honoré. Qu'a-t-on fait de plus dans l'antiquité pour les Platons & les Aristotes ? Et dans ces derniers tems pour les Descartes & les Mallebranches ? Je conviens que les Anglois ont rendu de grands honneurs à Newton; mais ils ne surpassent point ceux qu'a reçus Pyrrhon.

J'ETABLIRAI encore une chose aussi véritable que celle que je viens de prouver ; c'est que bien loin que les Philosophes dogmatiques soient plus savans que les Pyrrhoniens, & par conséquent plus dignes de l'estime du Public, ils le sont beaucoup moins. Ils s'attachent d'abord à une Secte, & ne s'instruisent point des opinions des autres : dès qu'ils ont pris le nom de *Cartésien* ou de *Thomiste*, ils ne s'embarrassent pas de ce qu'a pensé Platon, Epicure, Zénon, Aristote, &c. Ils agissent aussi ridiculement, que s'ils supposoient que tous les hommes, excepté un seul, ont été privés du sens commun. Ne faut-il pas être bien prévenu pour tenir une conduite aussi condamnable? C'est pourtant celle de tous les Philosophes dogmatiques;

Turgentes frustra, stupidos vanosque Sophistas,
Atque impostura fallacis solvere vincla,
Nec fuerit curæ scrutari, Græcia quali
Aëre cingatur, neque ubi aut unde omnia constent.

Id. *ibid. pag.* 389.

tiques; ils font beaucoup plus occupés à chercher ce qui peut les confirmer dans leurs sentimens, qu'à examiner s'ils ne marchent point dans le chemin de l'erreur. Ils affectent de méprifer les Sciences, ils blâment l'érudition, & contens de ce qu'ils penfent, ils ne font aucun cas de ce qu'ont écrit les gens les plus refpectables.

Les Cartéfiens tombent exceffivement dans ce défaut : ils veulent imiter leur chef, qui a paru condamner l'etude de la belle Littérature, & ils ne s'apperçoivent pas qu'il les a trompés, & qu'il a feint par vanité d'ignorer ce qu'il favoit parfaitement. Ils devroient profiter de la leçon que leur a donnée un des plus grands hommes du dernier fiécle. ,, Quoique ,, Defcartes, dit-il, * eût parfaitement étu-

---

* *Cartefius ipfe, etfi veteres pervolutaverat Philofophos, ac recentiores etiam non paucos, eorum tamen infcius videri voluit, ut unus totius fuæ doctrinæ auctor & repertor crederetur. Atque hanc ejus fimulatam imperitiam plerique ejus difcipuli non fictam, fed manifeftam & conteftatam expreſſerunt. At iidem tamen affertores infcitiæ, eruditionis ofores, extinctores humanitatis, quod eorum fcripta non obfcure produnt, pervulgatam tamen adverfus Academicos occentant næniam, fummæque eos accufant infcitiæ : quippe qui, inquiunt, cum fe dicant nihil fcire, omnium hominum imperitiffimos fe agnofcant, quafi cum fe nihil fcire dicunt Academici.*

,, étudié les fentimens des Philofophes an-
,, ciens & des modernes, il vouloit qu'on
,, crût qu'il les ignoroit, pour avoir la
,, gloire d'être le feul auteur & inventeur
,, de fes opinions. Plufieurs de fes difci-
,, ples, malheureufement pour eux, ont
,, trop bien imité fa feinte ignorance;
,, car ils ont été réellement très ignorans.
,, Cependant ces adverfaires de l'érudi-
,, tion, ces partifans de l'ignorance, ce
,, qui paroît affez par leurs Ouvrages, di-
,, fent cent fois la même chofe contre
,, les Académiciens, & les accufent d'u-
,, ne profonde ignorance, parce que l'a-
,, veu qu'ils font de ne rien favoir avec
,, une certitude parfaite, ils fe reconnoif-
,, fent les plus ignorans de tous les hom-
,, mes, comme fi lorfqu'ils avoüent ne
,, rien favoir, ils convenoient que les au-
,, tres en favent plus qu'eux....... Les
,, Cartéfiens, * ajoute le même Auteur, di-
,, fent

mici, *fcire aliquid alios fateantur.* Huet. de Imbecillit. Mentis humanæ, *Lib. II. pag.* 180.

* *Addunt eos fimulatam rerum omnium, etiam
certiffimarum, dubitationem præ fe ferre; ut in-
geniofi in vulgus habeantur. Ingenioforum igitur
titulum famamque captabant ipfi Cartefiani, ac
prius quoque captaverat Cartefius, cum ad perci-
piendam veritatem anteceptis opinionibus, quas præ-
judicia vocant, liberandos effe animos pronuntia-
ret.* Id. ibid. *pag.* 190.

Tome III.   P

„ fent que les Académiciens & les fcep-
„ tiques n'affectent de douter des chofes
„ les plus claires, que pour paſſer dans
„ le public pour des gens d'un génie fu-
„ blime ; c'étoit donc par la même raifon
„ que les Cartéfiens & Defcartes leur
„ maître veulent que pour trouver la vé-
„ rité, on abandonne toutes les opinions
„ qu'on avoit reçues comme certaines,
„ qu'ils appellent des préjugés. „ Il paroît bien, fage & favant Abukibak', qu'ils
ne mettent guères en pratique les premiers préceptes qu'ils prefcrivent aux
autres. S'ils les fuivoient, il leur feroit
bientôt aifé de s'appercevoir qu'une prudente incertitude eſt le partage d'un véritable Philofophe, & que le nom de *Pyr-*
rhonien & celui d'*homme fenfé* font deux
termes fynonimes.

Je te falue, fage & favant Abukibak.

LETTRE QUATRE - VINGT - NEUVIEME.

Ben Kiber, *au Cabaliste* Abukibak.

LEs plus grands adverfaires du Pyrrhonifme, fage & favant Abukibak,
ont recours à la Géometrie pour autorifer leurs fentimens. Ils penfent que cette
Science fuffit pour prouver évidemment
que les hommes peuvent parvenir à une
certitude parfaite ; mais les zélés dogmatiques devroient refléchir que puifque les
Mathématiciens ne s'accordent point entre eux, & qu'ils foutiennent diverfes opinions qui font directement oppofées , il
faut néceffairement que la Géometrie foit
fujette aux mêmes inconvéniens que les
autres Sciences, & qu'elle ne foit pas plus
affûrée , ou du moins qu'elle ne le foit
guères plus ; auffi s'eft-il trouvé de très
grands hommes, foit parmi les Anciens,
foit parmi les Modernes, qui ont méprifé
les Mathématiques. Zénon , célèbre Philofophe Epicurien, écrivit un Livre contre
elles, Epicure lui-même les méprifa beaucoup. Il prétendoit que n'étant fondées
que fur des principes imaginaires, il étoit
impoffible qu'elles fuffent veritables ; il

regar-

regardoit comme fauſſes toutes les conſé-
quences qu'on pouvoit tirer des points
& des ſuperficies qui n'avoient aucune
exiſtence réelle.

Tous les longs & abſtraits raiſonnemens des Géometres *ſur l'infini, ſur l'in-*
fini de l'infini, ſur l'infini de l'infini de l'in-
fini peuvent bien ſurprendre & arrêter
la curioſité de certaines gens qui ont un
amour outré pour le calcul ; mais un homme , exempt de paſſion & de préjugés,
comprend qu'il eſt impoſſible de ne point
s'égarer au milieu de tous ces *infinis.*
Quoiqu'on ne s'en apperçoive pas, on ne
ſe trompe pas moins; ainſi la Géometrie
moderne eſt encore plus incertaine que
l'ancienne. Monſieur Paſcal qui y avoit
fait de ſi grands progrès , en reconnut
enfin l'abus : il la mépriſa ſur la fin, autant
qu'il l'avoit aimée au commencement ;
c'eſt-là une marque bien claire. de ſon
peu de certitude. ,, Toutes les Scien-
,, ces, dit * un des plus ſages & des plus
,, ſavans ſceptiques modernes, ont leur
,, foible ; les Mathématiques ne ſont
,, point exemptes de ce défaut. Il eſt vrai
,, que peu de gens ſont capables de les
,, bien combattre ; car pour bien réuſſir
,, dans ce combat , il faudroit être non
,, ſeu-

* Bayle, *Diction. Hiſtor. & Critiq. Tom.* IV.
pag. 548. *Art.* Zénon.

,, feulement un bon Philofophe , mais
,, un très profond Mathématicien. Ceux
,, qui ont cette dernière qualité , font fi
,, enchantés de la certitude & de l'évi-
,, dence de leurs recherches , qu'ils ne
,, fongent point à examiner s'il y a là
,, quelque illufion, ou fi le premier fon-
,, dement a été bien établi, ils s'avifent
,, rarement de foupçonner qu'il y man-
,, que quelque chofe. Ce qu'il y a de bien
,, conftant, eft qu'il regne beaucoup de dif-
,, putes entre les plus fameux Mathémati-
,, ciens : ils fe réfutent les uns les au-
,, tres ; les repliques, & les dupliques fe
,, multiplient parmi eux, tout comme par-
,, mi les autres Savans. Nous voions cela
,, parmi les Modernes, & il eft fûr que les
,, Anciens ne furent pas plus unanimes ;
,, c'eft une marque que l'on rencontre
,, dans cette route plufieurs fentiers té-
,, nébreux , & qu'on s'égare, & qu'on
,, perd la pifte de la vérité. Il faut né-
,, ceffairement que ce foit le fort des
,, uns ou des autres, puifque les uns af-
,, fûrent ce qui eft nié par les autres.
,, On dira que c'eft le défaut de l'ou-
,, vrier , & non pas celui de l'art , &
,, que toutes ces difputes viennent de ce
,, qu'il y a des Mathématiciens qui fe
,, trompent , en prenant pour une dé-
,, monftration ce qui ne l'eft pas ; mais
,, cela même témoigne qu'il fe mêle des
,, obfcurités dans cette Science. Outre

P 3   ,, qu'on

,, qu'on fe peut fervir d'une pareille rai-
,, fon quant aux difputes des autres Sa-
,, vans , on peut dire que s'ils fuivoient
,, bien les règles de la Dialectique , ils évi-
,, teroient les mauvaifes conféquences , &
,, les fauffes théfes qui les font errer. ,,

Lorsqu'on écoute les Géomètres , on
croiroit que l'évidence les fuit toujcurs ,
que leurs démonftrations ne manquent jamais d'entrainer le confentement des hommes. On change bientôt de fentiment, quand
on vient à examiner ces démonftrations, &
qu'on fent qu'elles heurtent directement
la raifon. Ils prétendent, par exemple, démontrer *qu'il y a des quantités infinies bornées
de chaque coté* ; comment ôfent-ils trouver de
l'évidence dans une femblable démonftration ? Tous leurs raifonnemens peuvent-
ils éteindre entiérement la lumière naturelle , & renverfer le fens commun qui
nous montrent que le *fini* ne fauroit jamais être égal à *l'infini* , & que *l'infini*
n'eft plus *infini* , dès qu'il peut être borné ?
Un homme ne doit-il pas fe défier d'une
Science qui fert à prouver des chofes ,
directement oppofées à la raifon ? S'il agit
fenfément, ne la regardera-t-il pas comme un art auffi pernicieux & auffi faux
que celui des Sophiftes ?

La Nature eft la pierre d'achoppe-
ment des Géomètres : tant qu'ils fe perdent dans leurs imaginations , ils penfent connoître les plus belles chofes ; mais
dès

dès qu'ils veulent appliquer à des qualités réelles leurs points & leurs superfi-
cies imaginaires , toute la réalité de leur
Art s'évanoüit. L'illustre Gassendi a re-
marqué fort à propos * que les Mathématiciens, *& sur-tout les Géométres , ont établi leur empire dans le païs des abstractions &
des idées, & qu'ils s'y promènent tout à leur
aise ; mais que s'ils veulent descendre dans le
païs des réalités , ils trouvent bientôt une ré-
sistance insurmontable.* En effet, sage & savant Abukibak, les plus grands Géomètres

---

* *Mathematici , imprimisque Geometræ , quantita-
tem abstrahentes a Materia, quoddam quasi regnum
sibi ex ea fecerunt quam liberrimum , quippe nullo
facto a Materiæ crassitie ; pertinaciaque impedimen-
to , quare & supposuere imprimis in ea sic abstracta
ejuscemodi dimensiones ut punctum , quod foret
prorsus immune partibus fluendo lineam , longitudi-
nemve latitudinis expertem crearet, &c. . . . atqui
istæ quidem suppositiones sunt , ex quibus Mathematici intra puræ , abstractæve Geometriæ cancellos ,
& quasi regnum consistentes , suas illas præclaras de-
monstrationes texunt . . . . uno igitur verbo Mathematici sunt qui in suo illo abstractionis regno ea
indivisibilia supponunt , quæ sine partibus , sine lon-
gitudine , sine latitudine sint , ac eam multitudinem ,
divisionemque partium , quæ ad finem nunquam per-
veniat ; non item vero Physici , quibus in regno Materiæ versantibus tale nihil licet. Gassend. Physic.
Sect. Lib. III. Cap. V. pag. 264. cité par Bayle
à l'endroit ci - dessus.*

P 4

tres ont été obligés d'abandonner dans
la Phyſique leurs principales démonſtrations.　Nous en voions un exemple dans
Newton: quoique la Géometrie lui mon-
trât la diviſibilité de la Matière à l'infini,
il n'a pas ôſé l'admettre comme Phyſicien; il a ſenti combien il répugnoit que
la Matière ne s'arrêtât pas dans ſa divi-
ſion à un certain point.　Il a admis les
atômes d'Epicure, & ſoutenu qu'il *étoit
impoſſible de diviſer en pluſieurs parties ce qui
a été fait originairement un, par la diſpoſi-
tion de Dieu lui-même* **.　Quelques diſciples
de Newton ont refuſé d'adopter cette
opinion de leur maître, ils ont voulu
ſoumettre la Nature entière à leurs idées
géometriques, & n'ont admis aucune fin
à la diviſibilité de la Matière.　Voilà des
Mathématiciens fameux, qui ne ſont pas
même certains des bornes qu'ils doivent
donner à leur Science : les uns veulent
qu'elle régle juſqu'à l'eſſence des premiers corps ; les autres prétendent qu'ils
en ſont indépendans.　Auxquels ajoute-
rai-je foi ?

Ce n'eſt pas ſeulement dans les choſes
qui regardent la Phyſique que les Géomètres ſont partagés, ils diſputent encore très vivement ſur des matières qui
con-

---

* *Elog. des Acad. de l'Acad. des Sciences Eloge
de Mr. Renau, Tom. II. pag. 144.*

concernent purement la Géometrie. Ils
s'accufent d'être mutuellement dans l'erreur, ils fe vantent de la certitude de
leurs *démonftrations*, ils emploient également ce terme faftueux; & après avoir
bien difputé, ils reftent convaincùs qu'ils
défendent la vérité, & que leurs adverfaires fe trompent groffierement. Ce ne
font pas de mediocres Géomètres qui font
divifés dans leurs fentimens, les plus fameux s'accufent mutuellement d'être dans
l'erreur. Ecoutons un des plus grands qu'il
y ait, qui fait le détail d'un démêlé, où
les plus renommés eurent part. ,, Mr.
,, Huygens condamna * une des propofi-
,, tions fondamentales du Livre, qui
,, eft, que fi un vaiffeau eft pouffé par
,, deux forces, dont les directions faf-
,, fent un angle droit, & qui aient cha-
,, cune une viteffe déterminée, il dé-
,, crit la diagonale du parallélogramme,
,, dont les deux côtés font comme ces
,, viteffes. Le défaut de cette propofi-
,, tion, qui paroît d'abord fort naturelle
,, & conforme à tout ce qui a été écrit
,, en Méchanique, étoit, felon Mr. Huy-
,, gens, que les côtés du parallélogram-
,, me font comme les forces, & que les
,, forces fuppofées ne font pas comme
,, les viteffes, mais comme les quarrés
,, des viteffes; car ces forces doivent ê-
,, tre égales aux réfiftances de l'eau, qui
,, font comme ces quarrés, de forte qu'il
,, en

,, en réfulte un autre Parallélogramme, &
,, une autre diagonale. Et afin que l'i-
,, dée de Mr. Renau fubfiftât, il falloit
,, que quand un corps, pouffé par deux
,, forces, décrit la diagonale d'un paral-
,, lélogramme , les deux forces fuf-
,, fent, non comme les côtés, mais com-
,, me leurs quarrés; ce qui étoit inoüi en
,, Méchanique.

,, UNE preuve que cette matière étoit
,, affez délicate, & qu'il étoit permis de
,, s'y tromper, c'eft que malgré l'autori-
,, té de Mr. Huygens qui devoit être
,, d'un poids infini, & qui plus eft, mal-
,, gré fes raifons, Mr. Renau eut fes par-
,, tifans, & entre autres le P. Mallebran-
,, che. Peut-être l'amitié en gagnoit-elle
,, quelques-uns qui ne s'en apperce-
,, voient pas ; peut-être la chaleur &
,, l'affûrance qu'il mettoit dans cette af-
,, faire, en entrainoit-elle d'autres: mais
,, enfin ils étoient tous Mathématiciens.
,, Mr. le Marquis de l'Hôpital en écri-
,, vit à Mr. Jean Bernouilli, alors Profef-
,, feur à Groningue, & lui expofa la quef-
,, tion, de manière que celui-ci qui n'a-
,, voit pas vû le Livre de Mr. Renau, fe
,, déclara pour lui; autorité d'un poids
,, égal à celle de Huygens, & qui raf-
,, fûroit bien l'Auteur de la Theorie,
,, fans compter que l'expofition favora-
,, ble de Mr. de l'Hôpital marquoit tout
,, au moins une inclination fecrette pour
,, CC

„ ce fentiment. Enfin, de quelque côté
„ que la vérité pût être, puifque le Géo-
„ mètre naiffant avoit partagé des Géo-
„ mètres fi confommés, fon honneur é-
„ toit à couvert. Ce fera un fujet de
„ fcandale, ou plûtôt de joie pour les
„ profanes, que des Géomètres fe parta-
„ gent. „

Monsieur de Fontenelle s'eft trompé,
en penfant que l'on fera fort fcandalifé
de voir difputer les Géomètres. Ces gens
fenfés, & qui connoiffent la foibleffe de
l'efprit humain, gens qu'il plait à Monfieur de Fontenelle d'appeller *profanes,*
favent qu'on ne peut acquerir dans aucune Science aucune certitude parfaite, &
ne font pas plus étonnés de voir difputer
les Géomètres que les autres hommes,
puifqu'ils font également fujets à fe tromper, malgré la bonne opinion qu'ils ont
d'eux-mêmes, & l'affûrance avec laquelle
ils donnent le nom de démonftration à
des chofes, fouvent directement oppofées au bon fens & aux notions les plus
claires & les plus communes.

Je te falue, fage Abukibak.

LETTRE QUATRE-VINGT-DIXIEME.

Le Cabaliste Abukibak, *au studieux* ben Kiber.

LES progrès que tu fais dans les Sciences, studieux ben Kiber, m'assûrent que tu dois avoir une mémoire bien heureuse, & qui te sert avantageusement.

PARMI les sentimens intérieurs de l'homme, la mémoire me paroît le plus excellent ; je la regarde comme le trésorier & le gardien de tous les autres, & comme l'argument le plus invincible de l'immortalité de l'ame. Plutarque a eu raison de l'appeller l'équivalent de la Divinité, puisqu'elle a le moïen de rappeller le tems passé, & d'en faire le présent. Elle donne une essence réelle aux choses qui n'en avoient plus, & sans elle, l'homme seroit semblable à ces animaux, qui, se veautrant dans leur auge, sont uniquement occupés du moment présent, sans avoir aucune idée de celui qui vient de s'écouler.

LA mémoire, studieux ben Kiber, est le trésor de la science : sans elle, les hommes, devenant incapables de faire ufage de leurs réflexions, ne peuvent acquérir les moindres connoiffances ; leur raifon devient fi foible, qu'elle n'eft guères préferable à l'inftinct des bêtes. La fageffe & l'expérience font les fuites de la faculté de fe reffouvenir des chofes ; auffi voions-nous que les plus grands hommes ont un foin tout particulier de cultiver cette faculté. *Je donne*, difoit Caton *, *beaucoup de tems à la lecture des Livres Grecs; & pour exercer ma mémoire, je repaffe tous les jours vers le foir, felon la méthode des Pythagoriciens, tout ce que j'ai fait, dit, ou appris dans la journée.*

LES Philofophes ont eu raifon de tâcher d'accroître le talent de la mémoire, & de recommander à leurs difciples de la cultiver avec foin. C'eft en vain qu'on nous enfeigne, fi nous oublions ce qu'on nous apprend ; il femble que le Ciel, pour encourager les hommes à profiter du don précieux qu'il leur a accordé, ait permis que plus ils en font ufage, & plus il augmente. La mémoire eft comme un champ, qui produit felon qu'il eft plus ou moins cultivé. L'on affûre que Cirus connoiffoit tous les foldats de fon armée,
&

---

* *Multum etiam Græcis litteris utor; Pythagoreorumque more exercendæ memoriæ gratia, quid quoque die dixerim, egerim, commemoro vefpere. Cicero de Senectute, Cap. XI.*

& les nommoit par leurs noms propres.
Deux jours après que Cinæas, Amballa-
deur du Roi Pyrrhus, fut arrivé à Rome, il favoit tous les noms des Sénateurs
& des Chevaliers Romains, quoique le
nombre en fût très confidérable. Mithridate, Roi du Pont, avoit appris vingt-
deux Langues; il écoutoit & repondoit
fans interprète aux différentes perfonnes
qui lui parloient. Ciceron dit que Thémiftocle avoit appris le nom de tout ce
qu'il y avoit de citoïens dans Athènes*,
& Caton nous apprend dans le même Auteur qu'il favoit non feulement ceux de
tous les habitans de Rome, mais encore
ceux de leurs peres †.

Je conviens, ftudieux ben Kiber, que
cela paroît furprenant, fur-tout lorfqu'on
fait attention au nombre immenfe d'habitans qu'il y avoit dans la ville de Rome;
mais ce qui me feroit croire qu'il n'eft
pas impoffible que la mémoire s'étende
auffi loin lorfqu'elle eft cultivée, c'eft
que je trouve un exemple qui autorife
celui que je viens de citer de Caton. Il a
même quelque chofe de plus intéreffant;
car il renferme une des plus belles & des
plus

---

* *Themiflocles omnium civium nomina perce-*
perit.

Cicero, *ibidem*, Cap. VII.

† *Equidem non modo eos novi, qui funt; fed*
eorum patres etiam & avos. Cicero, *ibidem.*

plus magnifiques réponſes que puiſſe faire un Héros qui connoît le prix de ſes actions. Scipion l'Africain, diſputant contre Appius Claudius pour obtenir la charge de Controlleur de Rome, ce dernier, voulant ſe rendre le peuple favorable, nommoit chaque Romain par ſon nom. *C'eſt ſigne*, diſoit-il, *que je vous aime tous, puiſque je vous connois tous.* Scipion au contraire, qui n'en connoiſſoit aucun, & qui ignoroit leurs noms, répondit avec beaucoup de fermeté : *Il eſt vrai, Claudius, que je n'ai point cherché à ſavoir les noms de tous les Romains; mais j'ai tâché de faire en ſorte qu'il n'y eût aucun d'eux qui ne connût le mien.*

Il y a bien des gens, ſtudieux ben Kiber, qui veulent imiter aſſez mal-à-propos l'indifférence de Scipion pour ce qui regarde la mémoire, afin de s'attribuer enſuite l'avantage d'avoir un jugement profond. Quelqu'un a dit fort à propos que tout le monde veut avoir de l'eſprit, & que peu de perſonnes ſe vantent d'avoir de la mémoire. De grands hommes donnent quelquefois eux-mêmes dans cette foibleſſe, & Montagne, dont les Ouvrages ſont remplis de traits, de citations & de paſſages qui demandoient néceſſairement une grande faculté & une exceſſive facilité de rappeller les idées, prétendoit qu'il avoit la mémoire fort malheureuſe. „Il n'eſt homme, dit-il, à qui il ſiéſe ſi
„ mal

„ mal de se mêler de parler de mémoi-
„ re ; car je n'en reconnois quasi trace en
„ moi, & ne pense qu'il y en ait au Mon-
„ de une autre si merveilleuse en défail-
„ lance. J'ai toutes mes autres parties
„ viles & communes ; mais en cette-là,
„ je pense être singulier & très rare, &
„ digne de gagner nom & réputation.
„ Outre l'inconvénient naturel que j'en
„ souffre, (car certes vû sa nécessité, Pla-
„ ton a raison de la nommer une grande
„ & puissante Déesse,) si en mon païs
„ on veut dire qu'un homme n'a point de
„ sens, ils disent qu'il n'a point de mé-
„ moire : & quand je me plains du dé-
„ faut de la mienne, ils me reprennent,
„ & mescroyent, comme si je m'accusois
„ d'être insensé. Ils ne voient point de
„ choix entre mémoire & entendement.
„ C'est bien empirer mon marché : mais
„ ils me font tort ; car il se voit par ex-
„ périence plûtôt au rebours, que les
„ mémoires excellentes se joignent vo-
„ lontiers aux jugemens débiles *. „

LAISSONS dire Montagne, studieux ben
Kiber, & soions persuadés de deux choses : la première, qu'il avoit la mémoire
beaucoup plus heureuse qu'il ne prétend,
& la seconde, qu'il est impossible qu'un
hom-

* Essais de Michel de Montagne, *Liv. I. Chap.
IX. pag. 29.*

homme d'efprit en foit totalement privé.
Il eft vrai qu'il y a deux fortes de mémoire : l'une, qui retient & qui s'attache
au fond & au principe des matières ;
l'autre , qui ne conferve que des termes
nuds, & qui ne fe rappelle, pour ainfi dire,
que la fuperficie des chofes. Ceux qui apprennent aifément par cœur de longs difcours , ne font pas fouvent auffi avanta-
gés de la mémoire, que ceux qui ne peuvent rappeller que des faits , & dont la
faculté de fe reffouvenir eft appellée communément locale. Ciceron parle de deux
grands hommes , doüés de ces différens
talens. Lucullus fe reffouvenoit de tous
les évenemens, Hortenfius retenoit avec
une facilité infinie les plaidoïers qu'il
compofoit *. Séneque rapporte un fait
bien fingulier au fujet de ce dernier Romain. Il dit qu'Hortenfius, fe trouvant
un jour dans un inventaire dont la vente
dura près de douze heures de tems , a-
près que tout fut fait , il rappella toutes
les chofes dans l'ordre qu'elles avoient
été vendues , dit les noms de ceux qui les
avoient achetées,& les différens prix qu'ils
en avoient donnés. Le même Séneque
nous apprend que dans fa jeuneffe il avoit

la

---

* *Lucullus babuit divinam quandam memoriam
rerum ; verborum majorem Hortenfius.* Cicero , A-
cad. Quæftion. *Lib. IV.*

la mémoire si excellente, que deux cens
de ses condisciples, aiant chacun récité
devant leur maître un vers, à peine les
avoient-ils achevés, que lui Séneque les
repetoit tous sans faire la moindre faute.
Que Montagne dise après cela que *les mémoi-*
res excellentes se joignent aux jugemens débiles,
il sera aisé de lui prouver le contraire par
les exemples que j'ai cités, auxquels j'en
pourrois joindre un grand nombre d'autres, tel que celui de Jules César, qui dans
le même tems dictoit quatre lettres différentes à quatre différens Secretaires. Pline nous assûre que tout à la fois il lisoit dans
un Livre, entendoit parler un Secretaire,
& dictoit à un autre. Je demande si les mémoires excellentes de Jules César & de
Pline étoient *jointes à des jugemens débiles*?

JE suis persuadé, studieux ben Kiber,
que non seulement les grands génies sont
presque toujours doüés d'une grande faculté de rappeller leurs idées; mais qu'ordinairement le manque de mémoire est accompagné de la stupidité, de l'ignorance,
& peut-être même de bien d'autres défauts
plus essentiels. L'Empereur Claudius, dont
le génie fut aussi borné que le caractère étoit
mauvais, demandoit ordinairement à voir
ceux qu'il avoit ordonné de faire mourir
le jour précédent. Ce Prince étoit surpris que sa femme Messaline, dont il s'é-
toit défait depuis quelques heures, ne
vint pas se coucher auprès de lui; il ou-
blioit

blioit le voïage que cette Princeſſe avoit fait par ſon ordre dans l'autre Monde. Bien des Pariſiens envieroient d'avoir au ſujet de leurs femmes la mémoire auſſi foible que cet Empereur. Il ne ſe rappelloit pas que la ſienne étoit morte; les autres voudroient oublier que la leur eſt en vie.

Avant de finir ma Lettre, ſtudieux ben Kiber, je crois devoir te communiquer mon opinion ſur l'eſpèce & le genre de mémoire que je trouve le plus avantageux. Les perſonnes, qui ont la faculté de retenir promptement ce qu'on leur apprend, ne ſont point ordinairement celles qui en conſervent le plus longtems le ſouvenir. Il en eſt des hommes ainſi que des vaſes qui ont une ouverture étroite : s'ils ſont difficiles à remplir, ils répandent auſſi plus difficilement la liqueur qu'ils contiennent, que ceux qu'on remplit aiſément. Les choſes, ſur leſquelles on fait impreſſion avec peine, comme ſont les metaux & les pierres, conſervent beaucoup plus cette impreſſion, que les autres ſur leſquelles on empreint tout ce que l'on veut. Je compare une mémoire tardive à une plaque d'airain, ſur laquelle on grave des caractères que la durée de pluſieurs ſiécles ne ſauroit effacer. Une mémoire prompte au contraire, eſt ſemblable à la cire; elle reçoit, comme elle, aiſément tout ce

Q 2   qu'on

qu'on marque deſſus, & le perd avec la même facilité.

Il y a encore une autre choſe bien particulière, ſtudieux ben Kiber, dans la faculté de rappeller les idées ; c'eſt que l'on ne voit preſque jamais que l'on oublie celles qui ſe ſont imprimées dans notre entendement pendant notre jeuneſſe. Pluſieurs Auteurs ont apporté diverſes raiſons pour expliquer cette ſingularité : les uns ont dit que la mémoire n'étant point encore fatiguée, les idées qu'elle recevoit, ſe gravoient plus profondément ; les autres ont prétendu que cela provenoit de ce que les enfans aiant l'eſprit plus tranquille, n'étant occupés d'aucun ſoin, les idées qu'ils recevoient, faiſoient une impreſſion plus conſidérable dans leur eſprit, que lorſqu'ils étoient devenus hommes.

Je croirois, ſtudieux ben Kiber, que comme les choſes qui paroiſſent les plus ſurprenantes, reſtent le plus dans la mémoire, la plûpart de celles qu'apperçoivent les enfans, leur étant nouvelles & leur ſemblant très merveilleuſes, elles s'impriment fortement dans leur eſprit.

Quant aux cauſes auxquelles on peut attribuer l'affoibliſſement ou le manque de la mémoire, il en eſt un aſſez grand nombre ; les maladies, les playes à la tête, les ébranlemens du cerveau, les grandes fraïeurs, les chutes, tous

tous ces accidens détruifent ou diminuent la faculté de rappeller les idees, parce qu'ils endommagent le lieu où elles fe forment, qu'ils dérangent les organes & les inftrumens qui les produifent. Tout ce qui fait une grande révolution, ou dans l'efprit, ou dans le corps, peut dans un inftant anéantir la mémoire la plus heureufe. Démofthene étant allé en ambaffade auprès du Roi Philippe, il fut fi troublé en voiant ce Monarque, qu'aiant commencé la harangue qu'il avoit compofée, il l'oublia totalement, & ne put fe fouvenir d'un feul mot.

U N Auteur Arabe a donné quelques raifons de la perte de la mémoire, qui fentent bien le génie fingulier de fa Nation ; elles figureroient parfaitement avec quelques autres qu'Ariftote rapporte de la caufe de certains phénomènes. Cet Arabe affûre comme une chofe certaine, que de manger des pommes aigres, de regarder ce qui eft fufpendu, de marcher avec un troupeau de chameaux, de jetter en terre des pous fans les tuer, & de lire des Epitaphes, cela fait perdre la mémoire *. Quelque ridicules que foient ces préceptes, il faut convenir que quelques-uns font très anciens. C'étoit une opinion, reçue communément parmi le Peuple Romain, que la lecture
des

* Semita Sap. *Cap. XII. pag.* 91.

des Epitaphes faifoit perdre la mémoires
Caton plaifante fur cette fuperftirion dans
Ciceron *. Je pafferai à l'Auteur Arabe,
d'avoir compté la lecture des Epitaphes
parmi les chofes qui font perdre la mémoire ; mais je ne puis lui paffer fa févé-
rité pour la mort des pous. Je ferois tenté de croire qu'il falloit que le bon homme en eût rencontré plufieurs fois qui
l'avoient fort incommodé , & que pour
prévenir un accident aufli fâcheux , il
menaçoit de la perte de la mémoire tous
ceux qui pourroient l'y expofer. En vérité, les plus grands hommes difent quelquefois les impertinences les plus abfurdes.

JE te falue, ftudieux ben Kiber.

PORTE-toi bien.

* *Nec fepu'cra legens vereor (quod aiunt) ne
memoriam perdam : bis enim ipfis legendis redeo in
memoriam mortuorum.*

Cicero de Senect. *Cap. VII.*

✳✳✳✳✳✳✳✳✳✳✳✳ ※ ✳✳✳✳✳✳✳✳✳✳✳✳

LETTRE QUATRE - VINGT - ONZIEME.

Le Cabaliste Abukibak, *au studieux* ben Kiber.

LEs progrès que tu fais dans les Sciences, studieux ben Kiber, me font regretter tous les jours la façon de penser des anciens Grecs & Romains, chez lesquels les gens qui se distinguoient par leurs connoissances, étoient estimés des plus grands Seigneurs, & souvent plus honorés du peuple, que les premiers de la République. Ces tems heureux ont bien changé; aujourd'hui le Savant est dans l'indigence, tandis que l'ignorant, qui n'a d'autre mérite que celui d'avoir reçu un gros héritage de ses peres, ou de l'avoir amassé aux dépens d'un nombre de malheureux, victimes infortunées de ses voleries, vit dans la splendeur, & attire autour de lui une foule de lâches flatteurs qui lui prodiguent les loüanges les plus outrées. Doit-on trouver extraordinaire après cela, que notre siécle ne forme plus de ces génies illustres qu'on vit dans les précédens ? Dès que la noble

Q 4

am-

ambition eſt éteinte dans les cœurs, que l'eſprit n'eſt point animé & excité par des récompenſes flatteuſes & honorables, les Sciences languiſſent, & peu à peu elles tombent entiérement.

Lorsque l'on donne en France huit ou neuf cens livres de penſion à un homme de Lettres, on croit lui avoir accordé beaucoup plus que ce à quoi il auroit dû s'attendre. Combien de baſſeſſes ne faut-il pas qu'il faſſe ? combien de peines, combien de ſoins ne faut-il pas qu'il eſſuïe avant d'obtenir une gratification auſſi modique ? Dans quelle crainte n'eſt-il pas qu'on la lui ôte ? Un mot un peu trop hardi, une expreſſion vive, une phraſe dans laquelle on croit appercevoir quelque trait contre un Moine, ou contre le Suiſſe d'un homme en place, la moindre choſe enfin peut le réduire à la mendicité.

Pour connoître juſqu'où va l'état miſerable de la plûpart des Savans d'aujourd'hui, il ne faut que faire réflexion aux récompenſes & aux honneurs qu'ont reçus preſque tous les anciens Ecrivains. Platon, aiant été voir Denys, Tyran de Siracuſe, ce Souverain alla au-devant de lui, & le fit mettre dans ſon char. Un grand Seigneur aujourd'hui aura ſouvent plus d'attention pour un de ſes piqueurs, que pour le premier Aſtronome, & le premier Métaphyſicien de l'Europe.

Les

Les Grecs pousserent au dernier point leur respect pour les grands génies. Alexandre, aiant ordonné de raser & de detruire la ville de Thèbes, commanda qu'on épargnât la maison du Poëte Pindare. Aujourd'hui un Maréchal de France, qui feroit ruiner une ville, épargneroit plûtôt la maison d'un Maltotier, que celle de Voltaire, ou de Crébillon.

Les Siracusains, aiant pris quelques Athéniens prisonniers de guerre, qui savoient par cœur certaines Scenes d'Euripide, après les leur avoir entendu réciter, leur donnerent la liberté pour récompense. Si un soldat prisonnier alloit s'aviser actuellement de proposer à un Général de lui déclamer cent Vers de Corneille ou de Racine, le moins qui pût lui arriver, seroit d'être chassé de la présence du Général, ou comme un fou, ou comme un homme dont la proposition mériteroit une punition.

L'amour des Anciens pour les Savans étoit si grand, que les plus illustres & les plus célèbres Capitaines leur rendoient une espèce de culte. Scipion l'Africain conserva toujours pendant sa vie une petite statue du Poëte Ennius : il la porta dans toutes les guerres qu'il fit, & en mourant, il ordonna qu'on la mît dans son sépulchre. La plûpart des Princes & des Seigneurs n'estiment les Savans, ni pendant leur vie, ni à l'heure de leur

mort.

mort. Tandis qu'ils joüiſſent d'une parfaite ſanté , ils mépriſent tous les hommes. Lorſqu'ils ſont prêts à ſortir de ce
Monde, ils commencent ordinairement à
faire cas des plus miſérables : ils laiſſent
des legs aux Moines ; & au lieu que
Scipion fit mettre dans ſon tombeau la
ſtatue d'un Poëte illuſtre, ils font mettre
dans le leur le portrait de quelque fai-
néant canoniſé, ou quelques vieux hail-
lons, auxquels l'avarice Eccléſiaſtique a
donné le nom de Reliques.

CE n'étoit point autrefois les ſtatues
des gens qui n'avoient d'autre mérite
que leur naiſſance, où leur richeſſe, qu'on
élevoit dans les places publiques ; c'é-
toient celles des grands hommes qui s'é-
toient diſtingués, ou par les ſervices qu'ils
avoient rendus à leur patrie, ou par
leurs vaſtes connoiſſances & leur érudition. Les ſages Philoſophes, les ſublimes
Poëtes alloient de pair avec les grands
Généraux. Mithridate eut pour Platon
une ſi profonde véneration, qu'il fit faire
ſa ſtatue par un excellent ouvrier, &
ordonna qu'on la plaçât parmi celles des
plus grands Rois du Pont; les Athéniens
rendirent le même honneur à Démoſthe-
ne. Les Romains allerent encore plus
loin ; car Joſeph aiant été conduit pri-
ſonnier à Rome, après le ſiége de Jéru-
ſalem, non ſeulement ils lui rendirent la
liberté, mais à cauſe des Livres qu'il a-
voit

voit écrits fur les Antiquités des Juifs, ils lui érigerent une ftatue.

JE ne crois pas qu'on ait jamais penfé à rendre un pareil honneur à aucun Savant François. Paris & toutes les villes du Roïaume font remplies des portraits des Fondateurs des Ordres mandians. On les met dans les Temples , on les place fur les Autels ; bizarre & funefte effet des caprices & de la foïbleffe de l'efprit humain ! On rend un culte religieux, & j'ôfe dire prefque·divin , à ceux qui ont fait ce qu'ils ont pû pour avilir & dépraver l'humanité ; & à peine fait-on attention à ceux , dont les préceptes & les maximes rappellent les hommes à leur première origine , leur font connoître toute la nobleffe de leur nature , & leur fourniffent des moïens affûrés pour vaincre les préjugés, & pour fe garentir du fanatifme & de la fuperftition.

LES récompenfes pécuniaires , que les anciens Ecrivains recevoient , n'étoient pas dans leur genre moins confidérables que les honneurs qu'on leur accordoit. Ariftote reçut d'Alexandre pour fon *Hiftoire des Animaux* huit cens talens ; ce qui fait près de cinq cens mille écus de notre monnoie. Voilà plus d'argent dans un feul article , que n'en ont reçu en France tous les Savans , depuis que François I. ramena les Sciences dans fon Roïaume.

L E

LE fils de l'Empereur Sévere fit donner à un Poëte autant de piéces d'or, qu'il y avoit de vers dans un Poëme fort long qu'il lui préfenta fur la nature & fur la propriété des poiffons. Louis XIV. quelque généreux qu'il fût, ne donna jamais que deux mille francs de penfion au grand Corneille. Les vers du plus fublime & du plus célèbre des Poëtes François n'ont guères été paiés qu'a un fol piéce.

L'EMPEREUR Gracian donna le Confulat au Poëte Aufone, en faveur de fes Ouvrages ; Molière obtint une charge de tapiffier chez le Roi. L'emploi eft un peu plus honorable que celui de valet-de-pied ; j'ôferai cependant dire qu'il y a autant de différence entre le mérite de Molière & celui d'Aufone, qu'entre un Conful Romain & un maître tapiffier. Si l'Auteur François fût né du tems de l'Empereur Gracian, je ne doute pas qu'il n'eût eu cinq ou fix fois le Confulat.

L'EMPEREUR Antonin fit préfent à Arien, en faveur de l'hiftoire qu'il avoit écrite en Grec, d'une fomme très confidérable, & il le nomma enfuite au Confulat. Peu de gens ignorent les bienfaits, dont Augufte combla tous les habiles gens qui vécurent dans fa Cour. Virgile, Horace, & plufieurs autres eurent lieu de fe loüer de fa générofité. On dit que le premier de ces Poëtes aiant lû à Augufte

&

& à Livie fa femme, mere de Marcellus, e fixième Livre de fon Enéïde, lorfqu'il vint à la fin où il parle de ce jeune Prince qui étoit déjà mort, l'Impératrice fut fi fort émûe, qu'elle s'évanoüit & perdit le fentiment. Quand elle fut revenue à foi, elle ordonna que pour chaque vers qui reftoit encore de l'éloge de Marcellus, on donnât dix fefterces à Virgile. Ce préfent montoit à près de trois mille ouïs de notre monnoïe *.

L E S

* Voici les Vers de Virgile; Je les ai lûs plus de deux cens fois, & les ai trouvés toujours plus beaux. Un des plus grands génies de l'U-nivers difoit qu'il ne pouvoit fe raffaüer de les réciter.

Quis pater, ille virum qui fic comitatur euntem ?
  Filius? anne aliquis magna de ftirpe nepotum?
Quis ftrepitus circa comitum ! quantum inftar in ipfo.
Sed nox atra caput trifti circumvolat umbra. (eft)
Tum pater Anchifes lacbrymis ingreffus obortis :
O Nate, ingentem luctum ne quære tuorum.
Oftendent terris bunc tantum fata , neque ultra
Effe finent. Nimium vobis Romana Propago
Vifa potens , Superi , propria bæc fi dona fuiffent,
Quantos ille virûm magnam Mavortis ad urbem
Campus aget gemitus ! vel quæ Tyberine videbis
Funera, cum tumulum præterlabere recentem !
Nec puer Iliaca quifquam degente Latinos
In tantum fpe tollet avos : nec Romula quondam
Ullo fe tantum tellus jactabit alumno.

Heu

Les Princes les plus mauvais & les plus cuels auroient eu honte autrefois de laisser les Savans dans l'indigence. Néron donna des biens considérables à Séneque. Ce Philosophe avoüoit qu'il avoit reçu de son Prince autant qu'un particulier pouvoit recevoir, & qu'un Souverain pouvoit donner. Domitien, dont le caractère fut presque aussi mauvais que celui de Néron, fit de grands présens à un Poëte, qui n'avoit pas une réputation bien considérable.

L'A_

Heu pietas, heu prisca fides, invictaque bello
Dextera! non illi quisquam se impune tulisset
Obvius armato: seu cum pedes iret in hostem,
Seu spumantis equi foderet calcaribus arma!
Heu miserande puer! si qua fata aspera rumpas,
Tu Marcellus eris, manibus date lilia plenis:
Purpureos spargam flores, animamque nepotis.
His saltem accumulem donis & fungar inani
Munere.

Virgil. Æneid. Lib. VI.

Je ne traduis point ce passage, parce qu'il est impossible de pouvoir conserver les graces & les beautés de l'Original. Toutes les différentes Traductions qu'on en a faites, sont très imparfaites. Il est des morceaux de Poésie qui doivent être lûs dans la Langue où ils ont été écrits : c'est un malheur pour ceux qui ne l'entendent point ; en leur en offrant une foible copie, on leur fait croire qu'on leur vante comme des choses sublimes & inimitables, des beautés très ordinaires.

L'AVARICE même & l'efprit de léfine n'empêchoient pas les Anciens de récompenfer les Savans. Vefpafien, qui fut accufé d'être avare, favorifa cependant les beaux Arts & les Sciences; les appointemens qu'il régla pour chaque Profeffeur, étoient plus confidérables que les revenus de deux ou trois Univerfités. Beroalde & Budée les ont réduits à deux mille cinq cens piéces d'or de la valeur de nos louïs.

LORSQU'ON joint aux honneurs les récompenfes pécuniaires, à quoi ne doit-on pas s'attendre des Savans, & que n'eft-on pas en droit d'efperer de leurs travaux? Quand un Auteur ne craint point l'indigence & travaille pour la gloire, fes productions participent de la nobleffe des motifs qui l'animent; mais dès qu'un Ecrivain, toujours preffé par la foif & par la faim, travaille uniquement pour vivre, que peut-on exiger de lui? Son efprit fe reffent de la foibleffe de fon eftomach. Le Proverbe dit que *Marchand qui perd, ne peut pas rire.* Comment veut-on qu'un homme, qui fe fent mourir d'inanition, ou du moins qui craint que cela ne lui arrive bien-tôt, puiffe plaifanter, avoir des faillies vives & badines? Il eft encore plus ridicule d'exiger de lui qu'il s'éleve & qu'il traite des matières abftraites qui demandent une profonde méditation. L'efprit peut-il s'appliquer à des chofes où toute fon attention eft néceffaire, lorfqu'il eft
ac-

accablé de mille chagrins, & livré aux inquiétudes les plus cruelles?

VOULOIR qu'un Auteur qui travaille uniquement pour vivre, faſſe des Ouvrages dignes de l'eſtime des gens de goût, c'eſt prétendre qu'un Jéſuite parle de la Société ſans mentir, & un janéſmiſte des Miracles de Saint Paris, ſans extravaguer. Toutes ces choſes ſont également impoſſibles. Lorſque le Médecin L*** a paſſé quinze jours ou trois ſemaines, ſans aſſaſſiner quelqu'un par ſes poudres & ſes pernicieuſes drogues, il prend, preſſé par la faim, une feuille de papier, la barbouille, & la remplit de quelque fade rapſodie. Un Libraire lui donne de quoi acheter deux pains ; en voilà aſſez pour lui ſauver la vie, & pour la faire perdre à vingt infortunés qui tomberont peut-être encore dans ſes mains. Combien n'y a-t-il pas d'Auteurs en Europe dans le même cas que lui ? Peut-on s'étonner qu'il paroiſſe tant de mauvais Livres, & qu'il y ait tant de mauvais Auteurs ? La miſère eſt un pitoiable Apollon; c'eſt elle qui avilit autant aujourd'hui les Auteurs, que les honneurs & les récompenſes leur élevoient autrefois l'eſprit.

JE te ſalue, ſtudieux ben Kiber.

PORTE-toi bien.

✠✠✠✠✠✠✠✠✠✠✠✠✠✠✠✠✠✠

LETTRE QUATRE-VINGT-DOUZIEME.

Aftaroth, *au fage Cabalifte* Abukibak.

IL y a quelque tems, fage & favant A-
bukibak, que je n'ai pû t'écrire, &
m'acquitter des ordres que tu m'avois
donnés, aiant été obligé de faire un voïage à Paris, où pendant près de deux mois
j'ai eu bien de l'occupation. Tu fais que
depuis que le grand Agrippa a révelé aux
hommes le fecret de nous obliger à quitter les Enfers, lorfqu'ils nous appellent
dans le Monde, nous fommes fouvent forcés d'abandonner nos demeures pour fatisfaire leurs defirs.

IL y a quelque tems qu'un Poëte, dont
les affaires fe trouvoient dans un pîtoia-
ble état, fe fervit des leçons d'Agrippa,
& fit les conjurations requifes dans les
formes. Belfébuth les entendit, & me
chargea d'aller favoir ce que fouhaitoit
le nourriffon des Mufes. Je le trouvai lo-
gé dans un grenier, meublé d'une mauvaife table, de deux chaifes de paille, &
d'un miférable chalit. Je m'offris à lui
fous la figure d'un Maltotier. *Que veux-
tu?* lui dis-je. *Je fuis le Diable que tu viens*

Tome III.   R   *d'in-*

d'*invoquer. Parles, me voilà prêt à t'accor-*
der tout ce qui dépendra de moi. ,, Il faut,
,, répondit le Poëte, après s'être un peu
,, remis de sa première surprise, il faut
,, que tu sois un Diable bien trompeur
,, & bien fripon, puisque tu es au nom-
,, bre des gens d'affaires infernaux. A ju-
,, ger de leur méchanceté & de leur mau-
,, vaise foi par la scéleratesse de ceux de
,, ce Monde, je ne crois pas que je doi-
,, ve t'accorder aucune confiance. Re-
,, tournes dans les ténébreuses demeu-
,, res; je ne serois point assez crédule
,, pour ajouter foi aux promesses d'un
,, Diable Maltotier. ,,

Tu *juges mal-à-propos,* repliquai-je au
Poëte, *de mes qualités; ma figure doit moins
te scandaliser. Comme nous faisons dans les
Enfers tout le contraire de ce qu'on fait dans
le Monde, nous chargeons toujours les plus
honnêtes Diables du soin des finances; & lorsqu'un homme de Lettres, & sur-tout un Poëte, a recours à nous, nous lui envoions toujours quelque Diable Maltotier ou Financier,
parce que nous savons que la faim & la soif
sont les premiers maux dont nous serons obligés de le garentir.* ,, Cela étant, dit le
,, Poete, je change de sentiment; mais
,, exécutez le plûtôt qu'il vous sera possi-
,, ble, les moïens dont vous vous servez
,, pour appaiser la faim. Depuis deux jours,
,, j'observe un jeûne des plus rigoureux:
,, si vous ne fussiez pas venu à mon se-
,, cours,

,, cours, j'étois obligé d'aller vendre mon
,, écritoire fur le Pont-neuf; c'eſt la der-
,, nière choſe qui me reſte. Dans l'état
,, où je ſuis, je me ſerois eſtimé très heu-
,, reux de pouvoir la troquer contre un
,, pain de deux livres. ,, *Vous allez être
content*, repartis-je à l'affamé nourriſſon
des Muſes. Auſſi-tôt il vit paroître dans
ſa chambre une table fort bien garnie.
Mangeons un morceau, lui dis-je; *après quoi,
nous parlerons de vos affaires.* Il obéit volontiers à mes ordres, & fit ſon devoir
en homme qui avoit gardé un jeûne forcé. J'avois auſſi moi-même aſſez d'appé-
tit, le voïage des Enfers à la Terre ne
laiſſe pas que d'être fatiguant, quoiqu'il
ne ſoit guères long, eu égard à ceux que
nous faiſons tous les jours dans des Mon-
des & des Planetes bien plus éloignés.
Le Poëte, étonné de me voir manger,
aiant enfin rompu le ſilence, lorſque ſon
eſtomac commença d'être rempli: ,, Sei-
,, gneur Diable, me dit-il, d'où vient
,, faites-vous ſemblant de vous raſſaſier
,, de ces mêts, tandis que n'étant qu'un
,, pur eſprit, vous ne ſauriez prendre au-
,, cune nourriture ? ,,

Je ne pus m'empêcher de rire, ſage &
ſavant Abukibak, de la naïveté du Poëte. Je vis bien que le bon homme étoit
un parfait ignorant dans la Science de
la Cabale, & qu'il n'en connoiſſoit que
les évocations des Eſprits, qu'il avoit lûes

dans

dans Agrippa. *Ecoutez*, lui dis-je. *Les Diables ont un corps & une ame ainsi que les hommes: non seulement les Diables; mais les Silphes, les Salamandres, & qui plus est, les Anges. Comment est-ce que nous pourrions agir sur la Matière, & la Matière agir sur nous, si nous n'avions point de corps?* L'E-„ glise, repartit le Poëte, a décidé le „ contraire. „ *Vous vous trompez*, répondis-je ; *car tout ce qu'il y a eu d'anciens Peres ont reconnu que nous avions des corps, aussi bien que les Anges.* Origene *, Ambroise † Basile §, Justin ‡ *ont pensé très sensément sur ce point. Le grand Augustin ‖ a décidé pleinement cette difficulté; & si les*

---

* *Rata quippe fuit ejus & constans opinio Angelos corpore esse indutos, sed subtili & tenui; nam* Lib. I. de Princip. Cap. VI. *pronuntiat solius* Dei, id est Patris & Filii, & Spiritus Sancti naturæ id proprium esse, ut sine materiali substantia, & absque ulla corporeæ adjectionis societate intelligatur subsistere. Petri Huetii *Origenianorum*, Lib. II. Quæst. V. de *Angelis*, pag. 69.

† *Plerumque Angelos Dei vocat Scriptura, quia ex nullo homine generantur animæ, itaque viros fideles filios suos dicere non est aspernatus Deus.* Sanct. Ambros. de Noe & Arca, Lib. Cap. IV. Tom. I. pag. 231. Edit. Monach. Ordin. S. Bened. e Congreg. S. Mauri.

Voici la remarque des savans Editeurs sur ce passage. *Vocem* animæ Edit. Rom. *sustulit, forsitan*

les hommes ne se plaisoient point à forger des chimères, ils s'en seroient tenus à la décision
de

tan ut *superfluam.* Sixtus autem Sen. Bibl. L. V.
ann. 77. *paulo aliter hunc* Ambrosii *locum retulit,*
his nempe verbis : Plerumque filios Dei, seu viros fideles, Scriptura Angelos vocat, &c. *Sed*
unde hoc sumptum quis divinet ? Voluit haud dubie vir
doctissimus sic ostendere hanc non fuisse Ambrosii
opinionem, ut ex Angelis, naturis scilicet spiritali-
bus, & ut cum Philone loquamur χυχαῖς, *verum*
ex filiis Seth, nimirum justis hominibus gigantes
generatos esse crederet, quemadmodum interpretatur
Aug. de Civit. Dei, Lib. XV. Cap. XXIII. *Veri*
tamen similius est Ambrosium Philonis sententiam ac
verba hoc loco mutatum de Angelis malis, quos in
aëre versari docet, locutum esse, sicut id clarius
exposuit in Psal. CXVIII. Serm. II. *versu ult. quod*
quidem nec ipsemet Augustinus Quæst. III. in Gen.
omnino ausus est improbare, quanquam ingenue
fateamur Doctorem nostrum antiquis Patribus qui
hæc eadem bonis angelis adtribuunt, hic, & in
fin. Lib. I. de Virgin. *subscribere potuisse. Ho-*
rum si vacat, seriem longam videbis apud eundem
Sixt. *loco cit.* Pamel. Parad. I. Tert. & Coquæum
in Cap. XXIII. Lib. XV. de Civ. Dei. Sanct.
Ambros. *de Noe & Arça, Lib. Cap. IV. An-*
notat.

§ Οὐ γὰρ φύσῖ ἅγιαι αἱ τῶν οὐρανῶν δυνάμεις, ἣ εἴτω γὰρ
ὑδεμίαν πρὸς τ᾽ ἅγιον πνεῦμα τὴν διὰ φορὰν ἔχειεν. ἀλλὰ κατὰ
ἀναλογίαι τῆς πρὸς ἀλλήλας ὑπεροχῆς, τῆ ἁγιασμῦ τ᾽ μέτρον
παρὰ τῆ πνεύματος ἔχουσαι. ὡς γὰρ ὁ καυτὴρ μετὰ τῆ πυρὸς
νοεῖται, κ᾽ ἄλλο μὲν τοι τι ὑποκει μένη ὕλη, κ᾽ ἄλλο τὸ πῦρ ὅτω
κ᾽ ἐπὶ τῶν ὑρανίων δυνάμεων, ἣ μὲν ἐσία αὐτων, τὸ ἅγιον
πνεῦμα, εἰ τύχοι, ἣ πῦρ ἄϋλον κατὰ τὸ γεγραμμένον, ὁ ποιῶν

τος

de ce célèbre Docteur, qui leur a appris que les Démons avoient des corps, composés d'air épais,

τοῖς ἀγγέλοις αὐτῶ πνεύματα, κỳ τοῖς λῃτουργοῖς ἀυτᾶ, πῦρ φλέγον διὸ, κỳ ἐν τὸ παιῖσι, κỳ ὁρατοι γινονται, ἐν τῷ εἰδῇ τῶν οἰκείων αὐτῶν σομάτων, τοῖς ἀξίοις ἐμφανισόμενοι, ὁ μὲν τοι ἁγιασμὸς ἐξωθεν ἐν τῆς ὀυσίας, τὴν τελιιωσιν αὐτοῖς ἐπὶ γῇ διὰ τῆς κοινωνίας τῶν πνεύμαῖος.

Neque enim cœlorum *Virtutes suapte natura sanctæ sunt, nam si id esset, nulla re differrent a Spiritu Sancto; sed juxta proportionem qua se invicem superant, a Spiritu habent sanctificationis mensuram. Quemadmodum enim cauterium non sine igne intelligitur, quum aliud sit subjecta materia, aliud ignis, itidem & in cælestibus Virtutibus, substantia quidem earum, puta spiritus, est aërius, aut ignis immaterialis, juxta id quod scriptum est, qui facit Angelos suos Spiritus, & Ministros suos ignem urentem. Eapropter & in loco sunt & fiunt visibiles, dum iis qui digni sunt, apparent in specie propriorum corporum.* Sanct. Basil. *de Spiritu Sancto,* Cap. XVI. Tom. I. pag. 326.

‡ Ὁ Θεὸς τοῦ πάντα κόσμον ποιήσας, κỳ τὰ ἐπίγεια ἀνθρώποις ὑπόταξας, κỳ τὰ ὀυράνια ςοιχεῖα εἰς ἄυξησιν καρπῶν, κỳ ὡρῶν μεταβολαῖς κοσμήσας, κỳ θεῖον τᾶτον νόμον τάξας, ἃ κỳ ἀντᾶ δὶ ἀνθρώπας φαίνεται πεποιηκώς, τὴν μὲν τῶν ἀνθρώπων, κỳ τῶν ὑπὸ τὸν ὑρανὸν πρόνοιαν ἀγγέλοις, ὃς ἐπὶ τύτοις ἔταξε, παρέδωκεν οἱ ἀγγελοι παραβάντες τήνδε τὴν τάξιν, γυναικῶν μίξεσιν ἠτλήβησαν, κỳ παῖδας ἐτέκνωσαν, οἵ εἰσιν οἱ λεγόμενοι δαίμονες κỳ προσέτι λοιπὸν τὸ ἀνθρώπειον γένΘ· ἑαυτοῖς ἐδέ λωσαν τὰ μεν διδαχικῶν γραφῶν, τὰ δὲ διὰ φόβων καὶ τιμωριῶν ἐπέφερον, τὰ δὲ διὰ διδαχῆς θυμάτων, καὶ θυμιαμάτων, καὶ σπονδᾶν, ἇν ἐνδεεῖς γεγόνασι, μετὰ τὸ πᾶξειν ἐπιτυμιᾶν δὲ λωθῆναι καὶ εἰς ἀνθρώπας φόνες, πολέυες, μειχείας, ἀκολασίας, καὶ πᾶσαν κακίαν ἐσπῆξαν.

Deus,

pais, groffier & humide. Or, lorfque nous venons fur la Terre, nous fommes obligés de man-

Deus, qui Mundum univerfum fecit, & terrena hominibus & cæleftia elementa fubjecit, quæ & ipfa hominum gratia eum condidiffe apparet propter frugum proventum, temporum etiam mutationibus exornavit, divinamque hanc legem ordinavit, hominum ipforum, atque eorum quæ fub cælo funt, providentiam Angelis ad hæc difpofitis attribuit : Angeli autem ordinationem five difpofitionem eam tranfgreffi, cum mulierum, concubitus caufa, amoribus victi, tum filios procrearunt eos qui Dæmones funt dicti, atque infuper reliquum genus humanum in fervitutem fuam redegerunt. Id vero effecerunt, vel per fcripta magica, vel per terrores, vel fupplicia, vel etiam per inftitutionem victimarum, & incenforum, & libationum : quarum indigentes effe cœperunt, poftquam animi perpeffionum & concupifcentiarum fervi funt effecti, atque exinde inter mortales, cædes, bella, adulteria, libidines & vitiofitatem malitiamque omnem diffeminarunt. S. Juft. Philof. & Martyr. Opera Apolog. Lib. pag. 44. Edit. Colon. M. D. C. XXXVI.

✝ *Si hæc opinio vera effet Mundum ideo factum, ut animæ pro meritis peccatorum fuorum, tanquam ergaftulæ quibus pænaliter includerentur, corpora acciperent, fuperiora & leviora quæ minus, inferiora vero & graviora quæ amplius peccaverunt, Dæmones, quibus deterius nihil eft, terrena corpora quibus inferius & gravius nihil eft, potius quam homines etiam malos habere debuiffe. Nunc vero intelligeremus animarum merita, non qualitates corporum, effe penfanda, aërium peffimus Dæmon.*

R 4 *Homo*

manger & de boire beaucoup, pour empêcher
que l'humidité de la terre n'augmente trop celle de notre essence. Nous n'avons pas la mé-
me chose à craindre dans les Enfers, où la
chaleur est si violente, que si notre humide
radical n'étoit point aussi abondant, il seroit
bientôt seché & consumé entiérement. Nous
mangeons donc, le plus qu'il nous est possible,
sur la terre pour conserver notre santé.

„ Hé quoi! repliqua le Poëte surpris.
„ Est-ce que les Diables sont quelquefois
„ malades? „ Comment, s'ils le sont? repartis-je. Tout comme les hommes. Puisqu'ils ont un corps matériel & organisé, il n'y
a rien de si naturel que de voir qu'il doit s'y
faire de tems en tems quelque changement, &
y arriver quelque accident; aussi avons-nous
des Médecins dans l'Enfer. „ Apprenez-moi,
„ je vous prie, dit le Poëte, tuent-ils les
„ Diables, comme ceux de ce païs-ci
„ tuent les hommes? „ Non, répondis-
je, parce que les Diables peuvent bien être
malades; mais ne doivent mourir qu'après la
fin du Monde. A cela près, les Médecins infernaux sont les mêmes que ceux de Paris.
                                    Ils

Homo autem, & nunc licet malus, longe minoris
mitiorisque malitiæ, & certe ante peccatum tamen luteum corpus accepit. August. de Civit. Dei
Lib. XI. Cap. XXIII. Tom. VII. pag. 290. E-
dit. Monach. Ordin. Sti. Benedict. e Congregat. S.
Mauri.

Ils guériſſent très ſouvent par hazard, diſent trois mots Grecs à leurs malades, font des ex-périences ſur les pauvres Diables, donnent peu de remèdes à ceux qui les païent bien, laiſſent agir la Nature, & s'attribuent habilement les merveilleux effets qu'elle produit.

„ IL me reſte encore un doute, repli-
„ qua le Poëte; c'eſt que je ne puis com-
„ prendre comment tant de Peres de l'E-
„ gliſe, aiant ſoutenu que vous aviez des
„ corps, les Conciles qui ont ſi fort van-
„ té & loüé les Peres, & ſur-tout St.
„ Auguſtin, ont décidé préciſément le
„ contraire. „ *Cela ne doit pas vous étonner,* repris-je. *Les Evéques ont parlé bien ſou-vent d'une manière dans un ſiécle, & d'une autre entiérement oppoſée, cent ans après. La preuve en eſt évidente dans la condamnation qu'ils ont faite des Luthériens ſur les uſages de la Coupe, ſur le Service en Langue vul-gaire, ſur le mariage des Prêtres, &c. Ils ont ſéparé les Proteſtans Allemands pour des pratiques qu'ils ont approuvées dans les Schiſ-matiques Grecs; & lors des différentes réü-nions qu'on a tentées entre l'Egliſe Grecque & la Romaine, les Evéques de la dernière ont toujours offert à ceux de la première une en-tière liberté ſur tous ces points. Il faut donc qu'ils ſoient conformes à la piété, ou du moins indifférens. Pourquoi condamner dans les Al-lemands ce que l'on approuve dans les Grecs? Eſt-ce que la vérité n'eſt pas toujours la même? Ho! nous autres Diables, qui ſa-*

R 5 *vons*

vons un peu comment les *choses vont*, *nous*
n'avons pas cette aveugle soumission pour vos
Conciles généraux. J'ai assisté, moi qui vous
parle, à celui de *Trente. J'étois à la suite d'un*
des Légats du Pape *, en qualité d'Astrologue.*
Il me croioit un simple Devin, & *je passois*
dans le Public pour un de ses principaux do-
mestiques. Je lui prédis deux choses: la pre-
mière, que malgré sa naissance basse & *ses dé-*
bauches outrées, il seroit fait Pape; la seconde,
qu'il feroit Cardinal un garçon, qu'il avoit
pris en amitié, parce qu'il avoit soin d'un sin-
ge. Ces deux choses arriverent, ainsi qu'une
troisième que je lui avois découverte, & *à la-*
quelle il ne voulut pas ajouter foi ; c'est que ja-
mais le Concile de Trente ne seroit reçu en Fran-
ce pour la discipline, parce qu'un Roi n'étoit
point assez sot pour vouloir devenir le premier
sujet du Pape.

,, Je veux bien croire, dit le Poëte,
,, tout ce que vous me dites; mais par-
,, lons à présent d'autres choses, si vous
,, le voulez bien. Je souhaiterois que vous
,, me fissiez trouver une somme assez con-
,, sidérable, pour n'avoir pas besoin à l'a-
,, venir de recourir à vous, & pour m'em-
,, pêcher de mourir de faim. ,, *Cela est*
facile, répondis-je. Je donnai alors une
bourse de trois mille loüis au Poëte.
,, N'est-ce point une illusion? me deman-
,, da-t-il, & cet or existe-t-il réellement?
,, Je

* Jules III.

,, Je crains que vous ne me fafciniez les
,, yeux , & qu'après votre départ , tout
,, mon bonheur ne foit qu'un fonge fla-
,, teur , qui finit dès qu'on ouvre la pau-
,, pière. ,,

Vous *me foupçonnez toujours* , répondis-
je. *Ne craignez rien , je fuis un fort honnê-*
te Diable ; mais dites - moi quels font ces pa-
piers que je vois entaffés dans le coin de vo-
tre chambre ? ,, Ce font , repliqua le Poëte,
,, des Sonnets, des Madrigaux, des Ron-
,, deaux & des Ballades, que j'ai faits à
,, la loüange de plufieurs perfonnes. Il y
,, en a pour des Ducs, pour des Mar-
,, quis, pour des Comtes, pour des Fer-
,, miers-généraux, pour des Evêques. ,,
Hé quoi ! dis - je, *avec l'aide de tant d'élo-*
ges & de tant de menfonges, vous n'avez pas
trouvé le fecret de pouvoir vivre ? Il faut que
vous vous foiez adreffé à des gens bien avares
& bien attachés. ,, J'ai préfenté mes pié-
,, ces de Poéfie, repartit le Poëte, à ceux
,, qui avoient dans la ville & à la Cour
,, la réputation d'être les plus généreux,
,, & les récompenfes que j'en ai eues,
,, n'en ont pas été plus confidérables. La
,, perfonne, dont j'ai le plus reçu, étoit
,, un partifan, de qui le pere avoit été
,, poftillon. Je m'avifai de le faire def-
,, cendre d'un grand Ecuier : il fut fi char-
,, mé de fa nouvelle extraction, qu'il me
,, donna fix loüis. Malheureufement je fis
,, confidence à un Auteur de mes amis
,, du

„ du préfent qu'on m'avoit fait, il me per-
„ fécuta fi fort, il me pria fi inftamment,
„ que je lui prêtai deux loüis. Il retira
„ une Tragédie qu'il avoit mife en gage
„ chez le valet d'un Comédien : il fit joüer
„ cette piéce, comptant qu'elle lui rap-
„ porteroit quelque chofe ; mais elle tom-
„ ba à la premiére repréfentation. Deux
„ jours après, mon ami mourut de cha-
„ grin : la douleur fit ce qu'auroit bien-
„ tôt fait la mifère, & mes deux loüis
„ entrerent dans le tombeau avec lui.
„ Il eft vrai qu'il me fit héritier d'un *Di-*
„ *tionnaire de Rimes*, & des *Oeuvres du*
„ *Poëte Ronfard* : c'étoit tout ce qu'il pou-
„ voit donner ; encore le Curé, qui l'en-
„ terra par charité, vouloit-il m'obli-
„ ger à rendre ces deux Livres, fon-
„ dant fes droits fur les privilèges de
„ l'Eglife. „

 P O U R Q U O I, demandai-je au Poëte,
puifque vous étiez auffi malheureux, vous é-
tes-vous obftiné à vouloir continuer d'écrire ?
J'aurois pris, fi j'avois été à votre place, un
autre métier. Le cocher d'un Fiacre, qui peut
manger lorfqu'il a faim, eft bien plus heu-
reux qu'un Poëte qui meurt d'inanition. En
s'attachant aux Mufes, on fe nuit plus fou-
vent qu'on ne fe fert. „ Vouliez-vous, ré-
„ pondit l'éleve d'Apollon, qu'après m'ê-
„ tre accoutumé à me regarder comme
„ un homme extraordinaire, & prefque
„ divin, j'allaffe me ravaler à quelqu:
         „ em

emploi honteux ? J'étois la victime de ma passion pour la Poésie, & de ma vanité. C'est-là le foible de tous mes confreres ; il n'en est aucun, quelque pauvre qu'il soit, qui ne s'estime infiniment. Ils ne comparent si souvent la gloire d'Homere à celle d'Achille, & la réputation d'Auguste à celle de Virgile, que pour goûter le plaisir secret de s'égaler aux plus grands Monarques de l'Europe. Si l'on trouvoit un secret pour n'avoir pas besoin de manger, je suis assûré qu'il est bien des Auteurs à Paris qui prefereroient leurs talens à une Couronne. Vous savez que Scaliger disoit qu'il aimeroit mieux avoir fait l'Ode d'Horace qui commence par ces mots, *Donec gratus eram tibi &c.*, que d'être Roi de Naples & de Sicile. Je conviens que s'il avoit eu le ventre aussi vuide que l'étoit le mien il y a deux heures, il eût peut-être pensé d'une autre manière.,, *Rasrez-vous*, dis-je au Poëte, *vous ne l'auz plus dans un pareil état à l'avenir.* Je voulus alors me retirer ; mais il me pria de permettre qu'il me présentât un Avocat de ses amis. La conversation que j'eus avec lui, fera le sujet de la première Lettre que je t'écrirai.

JE te salue, en *Belsébuth*, & par *Belsébuth*.

LETTRE QUATRE-VINGT-TREIZIEME.

Ben Kiber, *au sage Cabaliste* Abukibak.

J'AI été charmé, sage & savant Abukibak, de la Lettre que tu m'as écrite
sur l'estime qu'on faisoit anciennement
des gens de Lettres. Je conviens avec
toi que l'etat des Savans est beaucoup
moins heureux aujourd'hui, qu'il ne l'étoit
du tems des Grecs & des Romains; mais
enfin, quel que soit le mauvais goût du siè-
cle, il reste cependant quelques personnes de distinction, qui, joignant la probité & le bon goût à la naissance & à l'e-
ducation, connoissent que les Belles-Lettres sont très nécessaires & très utiles aux
Princes & aux grands Capitaines. Cassiodore a eu raison de dire que l'amour des
Sciences servoit à la perfection de tous
les Etats, & que les Sciences augmentoient la prudence d'un homme prudent,
élevoient le courage d'un guerrier valeureux, & perfectionnoient les Princes
dans l'art de gouverner *.

L'EX-

* *Desiderabilis eruditio Litterarum, quæ Natu-*
ram

L'expérience nous a démontré, & nous fait voir encore tous les jours la vérité des principes & des maximes de Cassiodore ; les plus grands hommes ont été convaincus de leur utilité. Philippe de Macedoine ne remercioit pas tant les Dieux de lui avoir donné un fils, que de ce qu'il l'avoit fait naître un tems où Aristote pouvoit prendre soin de son éducation. On peut juger par-là combien ce Roi, si fameux & si réveré, même de ses ennemis, estimoit les Sciences & les regardoit comme nécessaires à la perfection d'un Souverain.

J'oserois presque avancer que soit chez les Grecs, soit chez les Romains, le courage, l'intrépidité, le zèle pour la patrie, enfin toutes les grandes qualités ont presque toujours été accompagnées de l'amour des Belles-Lettres.

Thémistocle, ce fameux Capitaine, ne se distingua pas moins par les Lettres que par les armes ; ce fut un des plus excellens éleves du Philosophe Anaxagoras.

Epaminondas, Alcibiade, tant d'autres

ram laudabilem eximie reddit ornatam. Ibi prudens invenit unde sapientior fiat : ibi bellator reperit unde animi virtute roboretur : inde Princeps accipit quemadmodum populos sub æqualitate componat. Nec aliqua in Mundo potest esse fortuna, quam Litterarum non augeat gloriosa notitia. Cassiod. Var. Lib. I. pag. 3.

tres enfin, ne furent ni moins valeureux, ni moins favans que Thémiftocle.

DENYS, Tyran de Siracufe, eut pour maître, Platon. Il profita fi bien de fes inftructions, qu'aiant été chaffé de fes Etats, & quelqu'un lui aiant demandé à quoi lui fervoit la Philofophie : *Elle m'eft plus néceffaire que jamais*, repondit-il, *puifqu'elle m'apprend à fupporter avec patience les maux & les chagrins dont je fuis accablé.* Il auroit été heureux pour le Prétendant d'avoir été élevé par un Philofophe tel que Platon ; il n'eût point fait effuier à la Princeffe fon époufe toute la mauvaife humeur d'un homme, qui ne peut fe réfoudre à fupporter l'adverfité.

LES Romains difputerent aux Grecs la gloire & l'honneur de s'inftruire dans les Sciences. Lucullus emploioit à l'étude des Belles-Lettres tous les momens qu'il pouvoit dérober à fes emplois & à fes occupations guerrières ; & lorfque la paix lui procuroit un plus grand loifir, il s'entretenoit avec des Savans, & profitoit de leurs inftructions.

PAUL EMILE, vainqueur de Perfe, Roi de Macédoine, avoit des connoiffances très étendues. Il regardoit l'étude comme une chofe fi effentielle à l'éducation d'un jeune homme, qu'il emploia tout fon crédit auprès des Athéniens, pour qu'ils vouluffent bien lui envoier le Philofophe Métrodore, qu'il fit gouverneur de fes enfans.

SCI-

SCIPION l'Africain, à qui Rome fut auffi redevable qu'à fon fondateur, qui la fauva des dangers où les victoires d'Annibal l'avoient expofée, fe délaffoit des peines & des travaux de la guerre par la lecture de bons Livres.

TOUS ceux qui ont quelque legère connoiffance de l'Hiftoire, favent combien les deux Catons s'appliquerent aux Belles-Lettres. Le Cenfeur avoit fait plufieurs Ouvrages; il fut grand Orateur, bon Hiftorien, & fur la fin de fa vie, quoique très âgé, il s'appliqua à l'étude de la Langue Grecque. *On apprend*, difoit-il, *même dans la vieilleffe. C'eft pourquoi, Solon fur le déclin de fon âge, fe vantoit d'apprendre tous les jours quelque chofe de nouveau. J'ai tâché d'imiter fon exemple, & j'ai appris le Grec dans ma vieilleffe avec une avidité, pareille à celle de ceux qui ont long-tems fupporté la foif* *. L'autre Caton, appellé communément Caton d'Utique, avoit l'efprit moins vafte & moins pénétrant que le Cenfeur; mais il n'aimoit pas moins les Sciences que lui. Il s'attacha

aux

---

* *Quid, quod etiam addifcunt aliquid? Ut Solonem Verfibus gloriantem videmus, qui fe quotidie aliquid addifcentem fenem fieri dicit: ut ego féci, qui Græcas Litteras fenex didici, quas quidem fic avide arripui, quafi diuturnam fitim explere cupiens.* Cicero de Senect. Cap. IX. fub. fin.

aux préceptes & aux leçons du Philosophe Antipater , & en fit un si excellent
usage , que Cicéron nous apprend qu'en
opinant dans le Sénat, il traitoit souvent
des points de Philosophie. Et quoique ces
sortes de matières fussent fort éloignées
de celles qui peuvent être d'usage dans
le Public, & qui sont à la portée du peuple, il venoit à bout de les lui faire goûter *.

FINISSONS l'énumeration de tant d'illustres Savans , nés dans un rang si élevé , par l'éloge du plus fameux guerrier de l'Univers , du plus grand des
Romains , & du plus éloquent. Jules
César, le vainqueur du Monde , fut un
excellent Orateur & un parfait Histo-
rien. Ses *Commentaires* sur les guerres des
Gaules & sur les guerres civiles , montrent assez quel cas l'on doit faire dans la
République des Belles-Lettres , de celui
qui par ses armes sut se rendre Souverain du Monde. Cicéron , qui n'aimoit
pas Jules César, & qui , aiant toujours
suivi le parti de Pompée , devoit naturellement être intéressé à décrier les Ouvrages de Jules César, n'a pû s'empêcher
d'en

---

* *Animadverti Catonem , cum in Senatu sententiam diceret , locos graves ex Philosophia tracta-
re , abhorrentes ab hoc usu forensi & publico : sed
dicendo consequi tamen ut illa etiam populo proba-
bilia viderentur.* Cicero, Paradox. Cap. I.

d'en faire l'éloge. ,, Il a laissé, dit-il, des
,, *Commentaires*, qui ne se peuvent assez
,, estimer. Ils sont écrits sans fard & sans
,, artifice, & dépouillés de tout orne-
,, ment comme d'un voile. Mais quoi-
,, qu'il les ait faits plûtôt pour servir de
,, Mémoires aux Historiens, que pour te-
,, nir lieu d'Histoire, cela ne peut sur-
,, prendre que les petits esprits qui les
,, voudroient peigner & ajuster; car par-
,, là il a fait tomber la plume des mains
,, à tous les honnêtes gens qui le vou-
,, droient entreprendre *. ,,

JE doute, sage & savant Abukibak,
qu'on puisse faire un éloge plus parfait
& plus délicat des Ouvrages de Jules
César; mais plus ils sont excellens, &
plus ils doivent exciter tous les grands
Capitaines à l'amour des Sciences. S'ils
pensent sensément, ils verront quels sont
les avantages qu'ils peuvent en retirer,
puisque le plus grand Général du Monde, le vainqueur des Gaules & de la République, s'y est attaché avec tant de
soin.

QUELQUES partisans zélés de l'ignorance prétendent que la Science est inutile pour former les grands hommes, puisque plusieurs Souverains, qui n'ont pas
laissé que d'être estimés de la postérité,

&

---

* Ciceronis *Epist. Lib. III. Epist. LXXVI.*

& plusieurs Généraux fameux ont négligé entiérement l'étude des Belles-Lettres. Un illustre Consul Romain répond parfaitement à cette objection qu'il se propose à lui-même. *Il est vrai*, dit-il, *qu'il y a eu des personnages, dont le mérite étoit éclatant, quoiqu'ils eussent peu cultivé leur génie, & qu'ils ne dûssent leurs qualités qu'à la Nature. Mais l'on n'en doit pas cependant moins priser les Sciences; car lorsque l'Art se joint à la Nature, cette union produit quelque chose de parfait & divin* *. L'expérience nous montre tous les jours combien entre deux génies, partagés également des dons de la Nature, celui qui les cultive, devient supérieur à l'autre. Le Cardinal Mazarin avoit reçu du Ciel un esprit profond, politique, prévoiant; le Cardinal de Riche-

---

* *Quæret quispiam quid? Illi ipsi summi viri, quorum virtutes literis proditæ sunt, istane doctrina quam tu laudibus effers, eruditi fuerunt? Difficile est hoc de omnibus confirmare, sed tantum est certum quid respondeam. Ego multos homines excellenti animo ac virtute fuisse, & sine doctrina, Naturæ ipsius habitu prope divino, per se ipsos & moderatos, & graves extitisse fatear. Etiam illud adjungo sæpius ad laudem atque virtutem Naturam sine doctrina, quam sine Natura valuisse doctrinam. Atque idem ego contendo, cum ad Naturam eximiam atque illustrem accesserit ratio quædam conformatioque doctrinæ, tum illud nescio quid præclarum ac singulare solere existere.* Cicer. Orat. pro Archia Poëta, *Num. VII.*

chelieu avoit été doüé des mêmes qualités. Quelle différence n'y a-t-il pas cependant entre ces deux Miniftres ! &
combien le monde entier ne préfere-t-il
pas ce dernier au premier ? Quelles font
les chofes qui ont acquis la prééminence
au Cardinal de Richelieu ? Son amour
pour les Sciences, fes connoiſſances vaſtes & étendues , fon application à tout
ce qui pouvoit orner fon efprit , le fortifier , & lui donner plus d'étendue &
plus d'intelligence.

LES grands Seigneurs & les Souverains, fage & favant Abukibak, devroient
non feulement chérir les Belles-Lettres
par rapport à leur utilité , mais encore
par amour propre ; il femble que la vanité dût leur faire faire ce que la véritable fageſſe ne peut obtenir d'eux. Sans
les Sciences & les Savans, à quoi fe bor-
neroit la gloire & la réputation des grands
hommes ? Le plus petit efpace de tems les
détruiroit entiérement ; les plus belles actions ne perceroient pas la durée d'un feul
fiécle, elles feroient bientôt enſévelies dans
un oubli éternel. Ce n'eſt que par le fecours des Belles-Lettres qu'un grand Général , qu'un Prince généreux , juſte &
prudent , qu'un Magiſtrat intègre peuvent dompter la nuit des tems. Les plus
grands Héros, foit anciens , foit modernes, ont été convaincus de cette vérité ,
& il en eſt peu d'entre eux qui n'aient

fou-

fouhaité ardemment de trouver quelque
habile Hiſtorien, qui pût faire connoître
leur mérite à la poſtérité. Alexandre *
avoit dans ſa Cour un grand nombre de
Savans qui écrivoient ſa vie; cependant
il ne put s'empêcher d'envier le ſort d'A-
chille ; & étant allé viſiter le tombeau
de ce Héros, *Heureux jeune homme*, dit-il,
*qui as trouvé un Panégiriſte auſſi grand
qu'Homere!* Sans ce Poëte, la gloire d'A-
chille eût été renfermée dans le même
tombeau que ſon corps. A cet exemple
je joindrai celui de Pompée, qui accor-
da le droit de bourgeoiſie à Théophanès
de Milet, pour le récompenſer d'avoir
écrit l'hiſtoire de ſes victoires †.

L e s Modernes fameux n'ont pas été
moins ſenſibles que les Anciens, au plaiſir de voir immortaliſer leurs noms &
leurs hauts faits par quelque plume élo-
quen-

---

* *Quam multos Scriptorum rerum ſuarum magnus
ille Alexander ſecum babuiſſe dicitur! Atque is tamen cum in Sigeo ad Achillis tumulum adſtitiſſet.*
O! fortunate, *inquit*, adoleſcens, qui tuæ vir-
tutis Homerum præconem inveneris! *Et veré;
nam niſi* Ilias *illa exſtitiſſet, idem tumulus, qui
corpus ejus convexerat, nomen etiam obruiſſet.* Cicero, *ibid. Num. X.*

† *Quid? Noſter bic Magnus, qui cum virtute
fortunam adæquavit, nonne Theophanem Mityle-
næum, Scriptorem rerum ſuarum, in concione mi-
litum civitate donavit?* Cicero, *ibidem.*

quente. Charles-Quint protégea & récompenfa les Savans. François I. ramena les Belles-Lettres & les Sciences dans fon Roïaume, d'où elles étoient exilées depuis fi long-tems. Henri IV. aima les Savans plûtôt par la bonté de fon caractère, que par la connoiffance qu'il avoit de leur mérite particulier. Il ne laiffa pas cependant que de les favorifer, & il comprit qu'un Héros tel que lui, qui avoit autant de valeur qu'Alexandre & Céfar, de prudence que Scipion, de bonté que Titus, de probité que Trajan, devoit tâcher de trouver quelque Quinte-Curce, ou quelque Pline pour transmettre à la poftérité des actions fi dignes de l'immortalité. Louis XIV. s'eft rendu auffi grand par les bienfaits qu'il a répandus fur les gens de Lettres, que par les chofes que fes Miniftres & fes Généraux ont exécutées. Le fameux Prince de Condé n'aimoit pas feulement les Savans ; mais il étoit lui-même très verfé dans toutes les Sciences : il avoit pour les Ouvrages de Jules Céfar cette véneration qu'Alexandre eut pour ceux d'Homere. Tout Paris a été témoin de l'amitié, & j'ôfe dire de la tendreffe, que le Maréchal de Villars avoit pour Voltaire. L'Europe entière a vû avec une fatisfaction infinie les bontés dont la feue Reine d'Angleterre a comblé le Pere le Courayer.

QUE

QUE les héros subalternes affectent du
mépris pour les Sciences ; s'ils avoient
un véritable mérite, ils penseroient bien
différemment. Je conviens, sage & savant
Abukibak, que les grands Seigneurs en
général font peu de cas des Savans ; mais
cela est naturel, puisqu'il se trouve parmi eux tant de gens pour qui l'immortalité n'est point faite , & dont la mémoire
perit avec le corps.

JE te salue , sage & savant Abukibak.

✳✳✳✳✳✳✳✳✳✳✳✳✳✳✳✳✳✳✳✳✳✳✳✳✳✳

LETTRE QUATRE-VINGT-QUATORZIEME.

Astaroth , *au sage Cabaliste* Abukibak.

TU te rappelles sans doute , sage &
savant Abukibak, que dans ma dernière Lettre je te parlai d'un jeune Avocat qui vouloit me consulter. Il étoit
presque aussi pauvre & aussi misérable
que son ami le Poëte. *Je vous prie*, me
dit-il, *puisque vous connoissez l'avenir, apprenez-moi si je dois continuer le métier que
j'ai entrepris, & si je pourrai y gagner de quoi
sortir de l'état misérable où je suis.*

„ Nous ne jugeons nous autres Dia-
„ bles de l'avenir, répondis-je à l'Avocat,
„ que par les justes réflexions que nous
„ fai-

,, faifons fur les circonftances préfentes;
,, c'eft par ce feul moïen que nous pré-
,, difons les chofes futures. Apprenez-moi
,, donc quels font les principaux motifs
,, qui vous ont porté à prendre le parti
,, du Barreau. Avez-vous fimplement
,, fait attention à l'utilité que vous pou-
,, viez en retirer, au gain qu'il vous pro-
,, cureroit ? Ne vous êtes-vous point
,, confulté pour favoir fi vous auriez af-
,, fez de defintéreffement pour refufer
,, de plaider une caufe injufte , affez de
,, charité pour défendre gratuitement
,, quelque malheureux opprimé par le
,, crédit d'un Grand, ou par les détours
,, de l'affreufe chicane ? Avez-vous enfin
,, examiné fi votre cœur , uniquement
,, touché de l'envie d'amaffer des richef-
,, fes , ne préferera jamais une gloire fté-
,, rile à un folide intérêt ? Si vous avez
,, fondé votre cœur fur toutes ces cho-
,, fes, & que vous ne cragniez point qu'il
,, vous faffe jamais faire aucune démar-
,, che contraire aux ufages des trois quarts
,, de vos confreres ; fi vous êtes ferme-
,, ment réfolu d'acquérir du bien *per fas*
,, *& nefas* , allez, continuez d'être Avocat.
,, Je vous prédis que tôt ou tard vous
,, deviendrez riche , & remplirez vos
,, coffres des dépouilles de l'orphelin &
,, de la veuve. ,,

JE *n'ai point fait* , repartit le jeune Avocat, *un examen auffi détaillé & auffi férieux*

que

que celui dont vous me parlez. Je vous avoüerai pourtant que j'ai beaucoup plus envisagé le profit que la gloire, lorsque je me suis fait Avocat ; & je suis persuadé que parmi mes collègues il n'en est aucun qui n'ait pensé ainsi que moi. Quel est celui d'entre eux qui voulût sacrifier son loisir, sa santé & son profit à l'amour d'une gloire stérile qui conduit souvent un homme à l'hôpital ? La Science du Droit n'est point un don gratuit, il en coûte des peines, des soins, & même de l'argent pour l'acquerir. Est-il juste que la condition des Avocats soit pire que celle de tous les autres hommes ? Les uns gagnent leur vie à l'agriculture, les autres à la guerre. Pourquoi plaidera-t-on par le seul desir d'être utile au Public ? Notre intérêt nous est plus cher que celui de la veuve & de l'orphelin: s'ils n'ont point d'argent, tant pis pour eux ; un Avocat n'est pas plus obligé à plaider gratis , qu'un Medecin à visiter des malades qui ne le païent point.

,, Ho ho! repartis-je , vous ferez une ,, grande fortune. Vous êtes digne , & ,, très digne d'être Avocat. Vous parlez ,, comme un homme qui auroit vieilli ,, pendant quarante années dans le Bar- ,, reau, & qui dès son enfance auroit été ,, nourri dans l'étude d'un Procureur. ,, Allez sur ma parole , continuez votre ,, métier, vous ne sauriez mieux faire. ,,

A vous oüir , repliqua l'Avocat, on croiroit que ma profession & celle de mes confreres ne peuvent former que des voleurs. Plus

vous

vous trompez beaucoup , & il en eft peu où il y ait eu, & où il y ait encore des gens auffi refpectables.

„ JE conviens de ce que vous dites , re-
„ pliquai-je. Il y a dans le nombre des A-
„ vocats des perfonnages illuftres : il y
„ en a eu dans tous les tems ; mais il
„ font rares , *Apparent rari nantes in gur-*
„ *gite vafto.* Je pourrois vous donner des
„ preuves authentiques de ce fait , les
„ Papes & les Souverains me les fourni-
„ roient. J'ai lû autrefois une ancienne
„ Légende de St. Yves, le Patron & le
„ Protecteur du Barreau, dans laquelle il
„ y avoit, ST. YVES *étoit Avocat, & n'é-*
„ *toit point Larron. Chofe admirable!* SANC-
„ TUS YVO , *Advocatus, & non Latro; Res*
„ *miranda !* Voilà ce qui concerne la dé-
„ cifion des Papes, voions celle des Sou-
„ verains.

„ LES Avocats & les Médecins eu-
„ rent fous le regne de Marie Sforce,
„ Duc de Milan, une vive difpute fur la
„ préféance ; ce Prince l'adjugea aux
„ Avocats. Quelqu'un de fes favoris lui
„ en aiant demandé la raifon : *Les vo-*
„ *leurs,* lui dit-il, *paffent les premiers , les*
„ *boureaux viennent enfuite. Præcedant fu-*
„ *res , fequantur carnifices.* Vous voiez ,
„ continuai-je , que je vous tiens paro-
„ le, & que je vous cite des témoins de
„ la rapacité des anciens Avocats. En
„ remontant plus haut, nous trouve-
„ rons

„ rons qu'ils n'étoient ni plus desinté-
„ ressés , ni moins avides d'acquérir du
„ bien. Ils ont fait un mal infini à l'Empire
„ Romain. Tertullien disoit que les gens de
„ Robe avoient plus nui à la République
„ que les gens de guerre*. Cependant l'état
„ des Avocats dans l'ancienne Rome dif-
„ féroit bien de celui de ceux de nos
„ jours. Leur profession n'étoit regardée
„ que comme un simple Office d'ami, &
„ la Loi *Cincia* qui défendoit aux Avo-
„ cats de recevoir aucun salaire , ni au-
„ cune récompense†, ordonnoit aux Par-
„ ties, avant d'entrer en procès, de ju-
„ rer qu'ils n'avoient rien promis ni don-
„ né à leurs Avocats §. Malgré des or-
„ dres si sages & si prudens, les plai-
„ deurs se ressentoient très souvent de
„ la mauvaise foi & de l'avarice de leurs
„ prétendus défenseurs , qui , sans se
„ soucier des loix, pilloient & voloient
„ impunément. Ils apportoient de fort
„ mauvaises excuses pour pallier leurs
„ con-

* *Plus togæ læfere Rempublicam , quam lorica.* Tertull. de Pallio , *Cap. V.*

† *Qua avetur (loquitur de Lege Cincia) au-quitus ne quis ob causam orandam pecuniam donum-ve accipiat.* Tacit. Annal. *Lib. XI. Cap. V.*

§ *Jurare jubebantur nihil se ob Advocationem cuiquam dedisse , promisisse , cavisse. His enim ver-bis venire Advocationes & emi vetabantur.* Pli. *Epist. ult. Lib. V.*

„ concuffions. Enfin, l'Empereur Clau-
„ dius, voulant tâcher d'arrêter leurs
„ voleries fecretes, confentit qu'ils re-
„ çuffent une certaine fomme. Il fixa le
„ falaire des plus grandes caufes à deux
„ cens cinquante écus, & déclara que
„ ceux qui prendroient davantage, fe-
„ roient punis comme coupables de con-
„ cuffion *.

„ LES ordonnances de Claudius ne
„ fervirent de rien ; les anciens Avocats
„ allerent toujours leur chemin. Les mo-
„ dernes les imitent parfaitement : ils ont
„ auffi peu d'attention pour les ordres
„ des Rois & pour les arrêts des Cours
„ fouveraines, que les autres pour les
„ loix faites par les Empereurs. Plu-
„ fieurs Parlemens ont ordonné que con-
„ formement à l'article CLXI. des Etats
„ de Blois, les Avocats feroient obligés
„ de marquer au bas de leurs écritures
„ le prix qu'ils auroient exigé ; mais ils
„ ont trouvé le fecret de fe moquer des
„ arrêts de Réglement. Ils fe font impo-
„ fé filence d'un commun accord, ils
„ ont fermé la bouche ; & pour les em-
„ pêcher d'être muets, il a fallu que
„ les Cours fouveraines confentiffent &
„ con-

---

* *Ut minus decora hæc, ita fruftra diſta Prin-*
ceps ratus, capiendis pecuniis poſuit modum, uſque
ad dena feſtertia, quem egreſſi, repetundarum tene-
rentur. Tacit. Annal. *Lib. XI. Cap. VII.*

,, connivaſſent en quelque manière à leur
,, rapacité.

,, LES Princes n'ont pas eu plus de
,, pouvoir que les Magiſtrats. Louïs XI.
,, déſeſperant de pouvoir jamais mettre
,, un frein à l'avarice des Avocats, avoit
,, réſolu de réduire dans un ſeul Volume
,, toutes les loix du Roïaume , & de les fai-
,, re mettre en François , pour que les par-
,, ticuliers puſſent eux - mêmes connoitre
,, & plaider leurs affaires, ſans avoir beſoin
,, de ſecours étranger. Ferdinand & Iſa-
,, belle exécuterent en faveur des Indiens,
,, ce que Louis XI. avoit projetté en fa-
,, veur des François. Ils défendirent aux
,, Avocats d'aller aux Indes , de peur
,, qu'ils ne portaſſent l'affreuſe chicane
,, chez ces peuples , qui ſe reſſentoient
,, encore de la pureté du Siécle d'Or.
,, Ferdinand fit traduire les loix qu'il
,, avoit faites , en Langue Indienne ; il
,, crut que cela ſeul ſuffiroit pour termi-
,, ner & éclaircir les différends qui pour-
,, roient ſurvenir parmi les Indiens.

,, POUR ſe garentir des maux que cau-
,, ſent les Avocats , il n'eſt qu'un ſeul
,, moïen ; c'eſt de fuir les climats qu'ils ha-
,, bitent : on ne ſauroit impunément reſpi-
,, rer le même air. Lorſqu'on fait attention
,, aux deſordres dans leſquels ils plongent
,, les familles, & la miſère où ils réduiſent
,, tant d'honnêtes gens, on ne peut s'em-
,, pêcher d'admirer la ſageſſe des Turcs,

,, &

„ & de loüer avec excès leur manière
„ d'adminiftrer la Juftice. Ces peuples,
„ que les François traitent de barbares,
„ n'ont pas befoin, pour faire donner à
„ chacun ce qui lui appartient, de *Code*,
„ de *Digefte*, de *Gloffes*, de *Commentateurs*,
„ de *Décretales*, de *Droit Coutumier*, d'*Or-*
„ *donnances*, d'*Arrêts*, de *Réglemens* ; &
„ qui pis eft, d'*Avocats* pour éternifer les
„ différends. Ils s'arrêtent feulement à
„ la vérité du fait, & jugent enfuite fans
„ procédure. Il n'y a chez eux ni d'*Arrêts*
„ *interlocutoires*, ni de *plus amplement informé*,
„ ni d'*Arrêts fur Requête*, ni d'*Arrêts par Pro-*
„ *vifion*, ni de *Comparant*, ni de *Refcindant*,
„ ni de *Refciffoire*, ni de *Lettres Roïaux* ; tous
„ ces inftrumens, dont la chicane fe fert
„ fi avantageufement pour ruiner tous
„ les particuliers d'un Roïaume, font in-
„ connus chez les Turcs. Parmi eux,
„ l'Avocat avide, le Procureur fripon,
„ le Greffier voleur ne s'engraiffent point
„ du fang de la veuve & de l'orphelin ;
„ & fi vous étiez né à Conftantinople,
„ toute la peine que vous avez prife pour
„ trouver le moïen de donner toujours
„ deux faces différentes à une affaire, de
„ rendre douteufe la plus claire, & pro-
„ blématique la plus mauvaife ; toute la
„ peine, dis-je, que vous avez prife pour
„ poffeder l'art d'éternifer les procès,
„ vous feroit inutile. Vous mourriez bien-
„ tôt de faim : heureux encore, fi vous
                                    „ n'a-

,, n'aviez pas quelques centaines de coups
,, de bâton , pour vous punir d'avoir par
,, vos conſeils voulu embrouiller quelque
,, affaire.

Si les Parlemens traitoient les Avocats
,, à la Turque, on verroit tous vos con-
,, freres ſe piquer autant de probité que
,, d'éloquence. Ils s'occuperoient davan-
,, tage à mettre la vérité purement &
,, ſimplement dans tout ſon jour , qu'à
,, orner leurs plaidoïers des fleurs d'une
,, Réthorique , ſouvent déplacée. Avant
,, de ſe charger, de la défenſe d'une cau-
,, ſe , ils ne manqueroient pas de dire :
,, *Or ſus , examinons s'il n'y a point de baſ-*
,, *tonade à craindre en plaidant cette affaire.*
,, *Fouillons juſqu'au fond du ſac , de peur*
,, *qu'elle ne fût attachée à quelque piéce que*
,, *nous aurions négligé de conſidérer attenti-*
,, *vement.* Malheureuſement pour les Pa-
,, riſiens & pour les François, les Con-
,, ſeillers au Parlement & les Miniſtres
,, d'Etat ne penſent pas comme les Viſirs
,, & les Cadis; & tous les procès, quel-
,, que mauvais qu'ils ſoient, trouvent des
,, défenſeurs. C'eſt ſur les affaires dela-
,, brées , qu'un habile Avocat fonde ſon
,, principal revenu. Quand il gagne un
,, bon procès, il n'ôſe exiger de ſa par-
,, tie qu'une certaine ſomme ; mais s'i
,, tire un bon parti d'une cauſe déſeſ-
,, perée , s'il l'aide à voler celui contre
,, lequel il plaide , il eſt bien juſte qu'ils
,, par-

„ partagent tous les deux les dépouilles
„ de l'infortunée victime de la chicane.„

A *la façon dont vous parlez,* repliqua le
jeune Avocat, un peu surpris du portrait
que j'avois fait de son état , *il paroît que*
vous ne faites pas grand cas de mes confreres,
& au gain près, vous trouvez leur profeſſion
fort deshonorante. Elle paſſe cependant pour
très glorieuse dans le monde , & l'on en a une
idée bien différente de celle qu'on en a conçue
dans les Enfers.

„ Je pourrois vous dire , repartis-je , que
„ ce qui fait qu'on eſtime moins chez
„ nous les Avocats que dans ce païs ,
„ c'eſt qu'on les connoît beaucoup mieux ;
„ mais je veux bien vous avoüer qu'il n'y
„ a rien de ſi eſtimable , rien de ſi reſ-
„ pectable qu'un Avocat habile & intè-
„ gre. Il n'eſt aucune charge , aucune
„ dignité , à laquelle il ne puiſſe & ne
„ mérite d'être élevé. Pierre Seguier ,
„ Chriſtophle de Thou , Jaques Aubri ,
„ Denis Derian , ſous Henri II. François
„ de Monteon , ſous Henri III. furent éle-
„ vés du ſimple grade d'Avocat aux pre-
„ mières charges de la Robe. Combien
„ trouve-t-on aujourd'hui de gens , qui
„ penſent & qui agiſſent ainſi qu'eux ? Je
„ ſais qu'on en peut rencontrer encore
„ quelques-uns : & peut-être y a-t-il au-
„ tant d'Avocats intègres dans le Bar-
„ reau de Paris , qu'il y avoit de Juſtes
„ dans la ville de Lot. Après tout , ce

Tome III.   T   „ n'eſt

,, n'eſt pas-là ce qui vous embarraſſe ;
,, vous voulez du profit, & non pas de
,, la vertu. Continuez donc comme vous
,, avez commencé, je vous réponds qu'un
,, jour vous ſerez très riche. Sur-tout,
,, pour le devenir bientôt, ſouvenez-
,, vous de ne jamais refuſer de vous char-
,, ger d'une affaire, quelque délabrée qu'el-
,, le vous paroiſſe. Si vous la perdez, vo-
,, tre réputation n'en ſouffrira pas : on dira
,, que la cauſe que vous défendiez, ne va-
,, loit rien. Si vous la gagnez, vous ſerez
,, exceſſivement récompenſé, & tout le
,, monde vous regardera comme un hom-
,, me du premier ordre. Le conſeil que
,, je vous donne, eſt pour vous le ſecret
,, de la pierre Philoſophale ; profitez-en,
,, juſques à ce que je vous revoie au
,, milieu de tous les Diables mes confre-
,, res.,, A ces mots, ſage & ſavant A-
bukibak, je redeſcendis dans les Enfers.
Jᴇ te ſalue, en *Belſébuth*, & par *Belſébuth*.

LETTRE QUATRE-VINGT-QUINZIEME.

Ben Kiber, *au sage Cabaliste* Abu-kibak.

LE nombre de mauvais Prédicateurs, sage & savant Abukibak, dans toutes les différentes Communions, surpasse de beaucoup celui des bons ; & loin de diminuer, il augmente tous les jours. Une foule d'Abbés, de Moines, de Ministres & de Proposans s'empresse à le grossir, & pour un Bourdaloüe on trouve deux mille Cotins.

IL n'est pas surprenant que l'Europe fourmille de tant d'Orateurs Ecclésiastiques, qui ne possedent que le talent d'ennuier, ou d'endormir leurs auditeurs. On embrasse aujourd'hui la profession de Prédicateur par les mèmes raisons que l'on choisit celle de marchand, ou de financier. Ce n'est point parce qu'un homme est savant, éclairé, éloquent, qu'il prend le parti de l'Eglise ; c'est parce qu'il espere d'obtenir un benefice. Combien d'Evêques, combien de Prêtres chez les Catholiques, combien de Ministres chez les Protestans n'eussent jamais

son-

songé à l'Etat qu'ils ont choisi, si l'intérêt ne les eût déterminés ? Doit-on après cela, esperer de voir croître le nombre des excellens Prédicateurs ? Je m'étonne au contraire qu'il y en ait autant qu'il y en a, puisque si peu de personnes, parmi le grand nombre de celles qui sont obligées de prêcher, ont songé à acquérir les talens qu'il faut pour se distinguer dans la Chaire.

Un jeune Abbé, qui sort d'un Séminaire, où souvent il a moins étudié qu'il n'a songé aux moïens de finir bientôt sa retraite, pense que pour prêcher, il n'a besoin que de débiter avec un air de Petit-maître, & qui tient beaucoup du Comédien, quelques généralités usées, quelques lieux communs ennuieux, & quelques passages des Peres, tronqués, défigurés, mal placés, & cités hors de propos. S'il joint à cela l'art de s'énoncer dans des termes ampoullés, enflés, presque inintelligibles, il se regarde comme un des plus grands hommes de l'Univers ; & dès le cinquième discours dont il a ennuié tous les gens de goût de son auditoire, il s'étonne qu'on ne l'ait point encore fait Evêque, & se plaint de l'injustice du siécle qui laisse le mérite sans récompense.

Un Proposant, qui chez les Protestans est élevé, ou par brigue, ou par faveur au Ministère, oublie jusqu'au souvenir de son premier état. Il s'égale hardiment

aux

aux plus fameux Prédicateurs ; & dans
un difcours, compofé de différens morceaux pillés dans plufieurs Auteurs , &
affez mal coufus enfemble, il infulte les
Peres de l'Eglife, corrige & reprend les
grands Théologiens modernes , & donne
l'explication des endroits qui ont paru
les plus obfcurs aux habiles gens. Cette
explication eft aufli abfurde, que le caractère d'un pareil Prédicateur eft ridicule & digne de pitié. Chez lui , tout
eft allégorie, tout eft myftère ; peu s'en
faut qu'il n'entrevoie autant de chofes
cachées & furprenantes dans les paffages les plus clairs & les plus fimples de
la Bible, que le Rabbin le plus vifionnaire.

Les principaux défauts, fage & favant
Abukibak, dans lefquels tombent les Prédicateurs , leur font prefque tous également communs , de quelque Communion qu'ils foient , les Cotins & les Roquetes Proteftans reffemblant parfaitement aux Cotins & aux Roquetes Catholiques. En condamnant les uns, on fait
la critique des autres ; & fi jamais quelqu'un écrivoit quelque Ouvrage pour tâcher de les corriger , fon travail feroit
utile à toutes les différentes Sectes du
Chriftianifme. Je voudrois, fage & favant Abukibak, que cet Auteur confeil-
lât d'abord aux Prédicateurs de ne point
s'arrêter à des chofes baffes, inutiles, &
quelquefois puériles ; cela énerve ce qu'il

peut

peut y avoir de bon dans leurs ſermons. L'eſprit des auditeurs , ennuié
& laſſé par des images foibles , n'eſt
point auſſi frappé par celles qui auroient ſans cela attiré toute ſon attention.

CE défaut eſt l'écueil de la plus grande partie des Orateurs ; on en trouve mille exemples dans leurs Ecrits. Je
me contenterai d'en rapporter un , pris
dans des ſermons imprimés en Hollande.
L'Auteur , en parlant des raiſons qui dé-
terminerent St. Paul d'aller à Rome ,
entre dans un détail auſſi inutile que puéril , & diminue, ou plûtôt détruit entiérement la grandeur & la majeſté du ſujet qu'il traite.

„ CE n'étoit pas, dit-il, une vaine cu-
„ rioſité qui le pouſſoit pour contem-
„ pler la grandeur & la gloire de Rome
„ triomphante ; ce n'étoit pas cette an-
„ cienne ville des Rois , du Sénat , des
„ Empereurs qu'il deſiroit de voir , ce
„ n'étoient pas ſes ſept montagnes , ſes
„ vingt-cinq portes, ſes amphithéâtres ,
„ ſon capitole qui l'attiroient. Non ,
„ non , tout l'éclat de cette magnificen-
„ ce mondaine ne faiſoit aucune impreſ-
„ ſion ſur l'eſprit de St. Paul. Unique-
„ ment ſenſible à l'honneur de ſon Maî-
„ tre , ce qui l'attiroit à Rome , c'étoit
„ l'Egliſe, les Appellés de Jéſus-Chriſt,
„ les Bien-aimés de Dieu. Ce qu'il ſe pro-
„ poſoit

„ poſoit à leur égard, c'étoit de leur é-
„ vangélifer *. „

IL y a dans ce paſſage une énumeration déplacée. Qui doute que St. Paul
n'alloit pas à Rome pour voir ſes ſept
Montagnes & ſes vingt-cinq portes, &c?
Eſt-ce-là une choſe bien étonnante ? Et
quelqu'un qui n'eſt pas entiérement privé de la raiſon , auroit-il pû ſe figurer
que ce fût-là le ſujet du voïage d'un A-
pôtre ? Ce ne l'eſt pas d'un homme de
ſens, & toute perſonne raiſonnable ſait
qu'en allant dans un païs , il faut avoir
d'autre but que celui d'y voir des palais,
des amphithéatres & des colonnes.

BOURDALOUE traite d'une manière bien
différente l'arrivée de St. François Xavier dans le Japon , que l'Orateur Hollandois celle de St. Paul à Rome. Il ra-
maſſe les images les plus intéreſſantes, &
les préſente à ſes auditeurs. Il leur offre les difficultés les plus grandes, & cha-
cune de ces difficultés ſuffit à combler de
gloire celui qui a pû les ſurmonter. Ce
morceau eſt un chef-d'œuvre, il eſt aiſé
de connoître qu'il part de la main d'un
grand maître. „ Xavier en effet, dit ce
„ Jéſuite, eſt le premier qui ait porté à
„ cette Nation le flambeau de l'Evangile;
„ je

* La Dette du Miniſtère & l'attention aux
Verges de Dieu, ou Sermons ſur Rom. I. 14.
&c. *A Rotterdam chez Jean Bon-fils.*

„ je dis à cette Nation, où le Prince des
„ ténebres dominoit en paix depuis tant
„ de siécles, & qu'une licence effrénée
„ plongeoit dans tous les desordres. Il
„ s'agissoit de leur annoncer les vérités
„ les plus dures, & d'ailleurs les moins
„ compréhensibles; une doctrine, la plus
„ humiliante pour l'esprit, & la plus mor-
„ tifiante pour les sens; une foi aveugle,
„ sans raisonnemens, sans discours; une
„ esperance de biens futurs & invisibles,
„ fondée sur le renoncement actuel à tous
„ les biens présens; en un mot une Loi,
„ formellement opposée à tous les préju-
„ gés & à toutes les inclinations de l'hom-
„ me. Voilà ce qu'il falloit leur faire
„ embrasser, à quoi il étoit question de
„ les amener, sur quoi Xavier entreprend
„ de les éclairer. Quel projet, & qu'el-
„ le en sera l'issuë *! „

La seconde chose, sage & savant A-
bukibak, dont je voudrois qu'on corri-
geât les Prédicateurs, c'est de faire de
vaines déclamations, de se complaire
dans des antitheses recherchées, & de
courir après les ornemens d'une Rhétorique, indigne de la majesté de la Chaire,
& de la grandeur du Ministère d'un homme qui annonce la volonté & les ordres
de la Divinité. Combien ne voit-on pas
tous

* Sermons du Pere Bourdaloüe, de la Compagnie de Jésus, *Tom. I. pag.* 36.

tous les jours de Prédicateurs qui parlent
pendant long-tems, & qui ne difent rien,
ou qui ne difent que ce qu'ils euffent pû
dire dans deux mots? Ils fe laiffent emporter au plaifir de pouffer une figure de Rhétorique, ils facrifient la précifion, la jufteffe, la force, l'énergie du raifonnement
à une énumeration ennuieufe, à une fuf-
penfion déplacée, à une oppofition fouvent
fauffe, prefque toujours peu jufte & peu
fenfible. Le Jéfuite Cheminais eft tombé
plufieurs fois dans ce défaut : les anti-
thefes, que lui a fournies la différence
de l'état du Sauveur & de celui de la
Madelaine, fentent l'Auteur de Roman;
on croit que la Calprenede, ou Gomber-
ville les ont écrites fur le modèle de
celles qu'ils placent dans la bouche de
leurs héroïnes, lorfqu'ils les font combattre entre la gloire & la tendreffe que
leur ont infpirées les héros dont elles font
charmées. Voici le doucereux galimatias
du Jéfuite Cheminais. ,, Il eft Sauveur,
,, dit la Madelaine, & je fuis perdue : il
,, eft venu chercher les plus égarés, où
,, trouvera-t-il un plus grand égare-
,, ment que le mien ? Je fuis indigne de
,, fes graces, il eft vrai ; mais fi j'étois
,, moins criminelle, peut-être ne ferois-
,, je pas une conquête digne de lui. Il
,, eft Sauveur. En puis-je douter, après
,, les marques éclatantes que j'ai vûes de
,, mes yeux ? Tout Jérufalem l'adore
,, malgré l'envie de nos Prêtres ; les a-

„ veugles, les fourds , les muets guérif-
„ fent ; les Démons tremblent & fuient
„ devant lui ; les morts reffufcitent. Cha-
„ que jour produit un nouveau Miracle,
„ & toute fa Perfonne eft un prodige en-
„ core plus furprenant. Quel air de ma-
„ jefté fur fon vifage ! Quelle grace ,
„ quelle force dans fes Paroles ! Eft - ce
„ un homme ? Eft - ce un Dieu ? Quelle
„ grandeur dans une fimplicité apparen-
„ te ! Mais quelle fainteté , & quelle
„ vertu ! Quelle douceur envers le Pro-
„ chain ! Quelle modeftie avec tant de
„ mérite & tant de réputation ! Mais
„ quelle ardeur pour ramener à Dieu les
„ ames perdues ! Ah ! il eft fans doute
„ Sauveur ; mais ce Sauveur de tous en
„ général veut être le mien en particu-
„ lier. Il me l'a fait fentir jufqu'au fond
„ de l'ame par les traits les plus per-
„ çans : c'eft à moi qu'il a parlé, il a lû
„ dans mon cœur , il en connoît le fe-
„ cret. Infenfible jufqu'à préfent aux
„ avis & remontrances, ai-je pû tenir
„ contre lui ? J'ai fenti en moi quelque
„ chofe de nouveau. Je ne fais comment
„ il a changé mon cœur ; mais il a tou-
„ ché, remué, pénétré. Cent autres l'ont
„ vû, & l'ont écouté fans nul fentiment ;
„ ce n'étoit point à eux , c'étoit à moi
„ qu'il en vouloit. Il a jetté fur moi cet
„ œil de difcernement qui fait les Elus ;
„ il m'a diftinguée, il m'a préferée. Il eft
„ jufte de reconnoître cette diftinct...
„ I...

„ par une préference réciproque. J'ai
„ été fi fenfible à ceux qui m'ont recher-
„ chée, ferai-je ingrate à l'égard d'un
„ Dieu qui m'a prévenue de fa grace ?
„ Je ne ferois pas digne de vivre, fi je
„ pouvois deformais vivre pour d'autres
„ que pour lui *. „

Pour te faire connoître tout le foible
du paffage que je viens de citer, & pour
te montrer combien il approche de certains endroits du *Polexandre* & de la *Cléo-*
patre, fouffres, fage & favant Abukibak,
que j'en parodie une partie. En changeant deux ou trois mots, Caffandre
pourra dire tout ce que dit la Madelaine.
Il eft vainqueur, s'écriera la Princeffe Per-
fane, *& je fuis captive. Je fuis indigne de*
fes graces, il eft vrai, je l'ai offenfé. Mais fi
j'étois moins criminelle, peut-être ne ferois je
pas une conquête digne de lui. Orondate eft
vainqueur. En puis-je douter, après les mar-
ques éclatantes que j'ai vûes de mes yeux ?
Tout Babilone l'adore, malgré l'envie de fes
ennemis. Les aveugles, les fourds, les muets,
les vieillards, les veuves, les orphelins fentent
les bienfaits de fa main charitable. Les mé-
chans tremblent & fuient devant lui. Chaque
moment augmente fa gloire, chaque jour pro-
duit en lui un nouveau miracle. La perfonne
d'Orondate eft un prodige encore plus furpre-
nant.

* Sermons du Pere Cheminais, *Tom. I.*
pag. 65.

nant. *Quel air de majesté sur son visage !*
Quelle grace, quelle force dans ses paroles ! Est-
ce un homme ? Est-ce un Dieu ? Quelle gran-
deur dans une simplicité apparente ! Mais quel
courage, & en même tems quelle vertu, quel-
le clémence ! Quelle douceur envers ses enne-
mis ! Quelle modestie avec tant de mérite & de
réputation ! *... *Insensible jusqu'à présent aux*
traits de l'amour, ai-je pû tenir contre lui ?
J'ai senti en moi-même quelque chose de nou-
veau. Je ne sais comment Orondate a changé
mon cœur; mais il l'a touché, pénétré, re-
mué. Cent autres Beautés, captives ainsi que
moi, l'ont vû, l'ont écouté, peut-être sans nul
sentiment; mais, où je me flatte, ou je crois
qu'il m'a donné sur elles une entière préférence.
Il a jetté sur moi un œil de discernement qui
fait les heureuses amantes. Il m'a distingué;
il est juste de reconnoître cette distinction par
une préference réciproque.

Avois-je raison, sage & savant Abukibak,

---

* Dix-sept cens ans avant le Pere Cheminais, Virgile avoit fait dire à Didon ce qu'il met
dans la bouche de la Madelaine.

Quis novus hic nostris successit sedibus hospes !
Quem sese ore ferens ! Quam forti pectore & ar-
  mis !
  Credo equidem, nec vana fides, genus esse
    Deorum.
Degeneres animos timor arguit. Heu quibus ille
Jactatus fatis ! Quæ bella exhausta canebat !
    Virg. Æneid. Lib. IV. Vers. 10. &c.

bak, lorque je difois qu'en changeant dix ou douze mots , on placeroit parfaitement tout le pompeux galimatias de la Madelaine dans la bouche d'une héroïne de la Calprenede ? Combien de Prédicateurs n'y a-t-il pas dans le cas de Cheminais, & dont les fermons pourroient fervir de treizième Volume au *Cyrus* & à la *Clélie* ?

Avec quelle fageffe Bourdaloüe ne trace-t-il pas le portrait des vertus de St. François de Sales ! Loin de fe laiffer emporter à fon imagination, ainfi que Cheminais , il eft attentif à lui donner des bornes, dès qu'il craint qu'elle ne le conduife à de froides déclamations qui diminueroient l'attention de fes auditeurs. Juges toi-même , fage & favant Abukibak , de la beauté du paffage dont je te parle. Le voici. *Un Saint, cheri de Dieu & des hommes; un Saint, dont la mémoire eft par-tout en benediction; un Saint, qui a dompté les Monftres de l'Héresie & du Schifme; un Saint, refpecté & honoré des Monarques de la terre; un Saint, qui n'eft entré dans le gouvernement de l'Eglife que par l'ordre exprès de Dieu; un Saint, qui a inftruit tout le Monde Chrétien des devoirs de la véritable piété; un Saint, Inftituteur & Auteur de cette admirable Règle, qui a fanctifié tant d'Epoufes de Jefus-Chrift; mais particuliérement un Saint, canonifé pour l'excellent mérite de fa douceur,* in lenitate ipfius Sanctum fecit illum. *Encore une fois , mes chers Auditeurs : n'eft-ce*

pas

pas l'incomparable François de Sales ? Arrê-
tons-nous là ? C'est la plus juste & la plus
parfaite idée que nous puissions concevoir de
cet homme Dieu *.

IL eſt tems , ſage & ſavant Abukibak,
de finir ; je t'écrirai quels ſont les autres
défauts dont je voudrois te parler.

JE te ſalue. Porte-toi bien , & donnes-
moi de tes nouvelles.

LETTRE QUATRE-VINGT-SEIZIEME.

Ben Kiber , *au ſage Cabaliſte* Abu-kibak.

JE te promis , ſage & ſavant Abukibak , dans ma dernière Lettre de te
parler des principaux défauts dont je
voudrois , s'il étoit poſſible , qu'on cor-
rigeât les Prédicateurs. J'ai déjà fait mention de quelques-uns † , je vais pourſuivre l'examen des autres.

UNE faute, dans laquelle tombent preſque tous les Prédicateurs, c'eſt de faire
des deſcriptions ampoullées, qui n'ont
rien de frappant que les grands mots dont
elles

---

* Sermons de Bourdaloüe, *Tom.* I. *pag.* 168.
† Dans la Lettre précédente.

elles font compofées. Le caractère du véritable fublime confifte beaucoup plus dans les chofes que dans les termes. Il eft facile de s'élever par la grandeur des expreffions, par l'harmonie des mots, par l'arrangement & la cadence des phrafes ; mais fi tout cela n'eft foutenu par la nobleffe & la majefté du fujet, fi ces expreffions, ces mots, ces phrafes ne font pas remplies d'excellentes chofes, fi la raifon, l'efprit & le jugement ne font pas l'ame du langage, quelque pompeux qu'il foit, ce n'eft qu'une vaine enflure qui découvre toute la foibleffe d'un Orateur qui efpere de cacher la baffeffe de fes penfées fous cette affreufe apparence de grandeur. ,, Plus un efprit eft ram-
,, pant & borné, dit Quintilien, plus il
,, s'efforce de paroître vafte & fublime.
,, Il imite les gens d'une taille petite,
,, qui, pour paroître plus grands, s'éle-
,, vent fur la pointe des pieds. Il ref-
,, femble aux poltrons, qui, pour cacher
,, leur foibleffe, font des rodomontades.
,, Le ftile enflé, les grands mots, les ex-
,, preffions trop recherchées marquent
,, bien plûtôt la foibleffe, que la force du
,, génie d'un Orateur *. ,,

VOIONS

---

* *Quo quis ingenio minus valet, hoc fe magis attollere & dilatare conatur ; & ftatura breves in digitos eriguntur, & plura infirmi mirantur ; nam & tumidos, & corruptos & tinnulos, & quocum-*
que

VOIONS un exemple, fage & favant Abukibak, qui autorife la fage décifion du Rhéteur Romain. Parmi le nombre confidérable que m'offrent tant de Prédicateurs modernes, j'en prendrai un dans le fermon fur l'*Attention aux Verges de Dieu*. L'Auteur, en parlant de Jonas, décrit la tempête, où ce Prophéte fe trouva expofé pour avoir desobéi aux ordres de Dieu. Il croit émouvoir, étonner, frapper, épouvanter les efprits par de grands mots; mais comme ces mots n'offrent aucune image vive, qu'ils ne préfentent aucune circonftance décifive, aucun objet marqué, après avoir fait par leurs fons une legère impreffion fur l'oüie, ils fe diffipent & rentrent dans le néant, avant de pouvoir produire le moindre effet fur l'entendement. Juges toi-même du morceau que je condamne, fage & favant Abukibak, & vois fi ma critique eft bien fondée. *Mais à peine Jonas fut-il embarqué dans un vaiffeau qui devoit le conduire en Tarfis, qu'il s'éleva une violente tempête. Il fembloit que les flots agités qui frappoient le vaiffeau de rudes coups, alloient changer cette demeure flottante en d'inutiles débris. Le vent faifoit retentir un bruit fifflant, qui avertiffoit les matelots du péril d'un*

prompt

---

que alio Cacozeliæ *genere peccantes certum habeo non virium, fed infirmitatis vitio laborare.* Quintil. de Inft. Orator. *Lib. II.*

*prompt & trifte naufrage. La mort, montée
fur les ondes émues, menaçoit de les ranger au
nombre de fes lugubres victimes, & les abîmes
qui s'ouvroient à leurs yeux pour les engloutir,
leur faifoient voir les goufres qui alloient leur
fervir de tombeau* *.

TOUTES les glaces du Nord ne font
pas, felon moi, plus froides que les penfées de ce Prédicateur. Qu'eft-ce que
des *vents qui font retentir un bruit fiflant ?*
Qu'eft-ce qu'une *mort montée fur des ondes
émues ?* Y a-t-il rien de fi puéril ? C'eft
mettre la mort à cheval fur les flots , &
dire que le vent qui fifle , fait du bruit.
Il n'eft perfonne qui ne fente la foibleffe
de ces images. Le Prédicateur, voulant
faire la defcription d'une tempête , eût
dû confidérer tout ce qui arrive de plus
funefte, de plus défolant, de plus effroïable dans un naufrage. *Ce qui fait , dit*
Longin , *la principale beauté d'un difcours,
ce font toutes les grandes circonftances, marquées
à propos & ramaffées avec choix. Ainfi ,
quand Homere veut faire la defcription d'une
tempête, il a foin d'exprimer tout ce qui peut
arriver de plus affreux dans une tempête; car,
par exemple, l'Auteur du Poëme des Arifmaf-
piens penfe dire des chofes fort étonnantes
quand il s'écrie :*

O

* La Dette du Miniftère, & l'Attention aux
Verges de Dieu, ou Sermons, &c. *pag.* 64.

O prodige étonnant ! O fureur incroiable !

Des hommes infenfés fur de frêles
vaiffeaux,

S'en vont loin de la terre habiter fur
les eaux ;

Et fuivant fur la mer une route incertaine,

Courent chercher bien loin le travail
& la peine.

Ils ne goutent jamais de paifible repos :

Ils ont les yeux au ciel, & l'efprit fur
les flots ;

Et les bras étendus, les entrailles é-
mues,

Ils font fouvent aux Dieux des prières
perdues.

*Cependant il n'y a perfonne, comme je
penfe, qui ne voie bien que ce difcours eft en
effet plus fleuri que grand & fublime. Voions
donc comment fait Homere, & confidérons cet
endroit entre plufieurs autres.*

Comme l'on voit les flots, foulevés par
l'orage,

Fondre fur un vaiffeau qui s'oppofe à
leur rage,

Le vent avec fureur dans les voiles
frémit ;

La mer blanchit d'écume, & l'air au
loin gémit ;

Le

Le matelot troublé, que fon art abandonne,
Croit voir dans chaque flot la mort qui
l'environne *.

SOUFFRES, fage & favant Abukibak,
que pour mieux faire fentir les défauts
de la defcription du Prédicateur, je faffe quelques réflexions fur ce paffage de
Longin. Prens garde d'abord que le portrait que fait l'Auteur du Poëme des Arif-
mafpiens , & que le Rhéteur Grec mé-
prife avec raifon, eft compofé de grands
mots vuides de fens , ainfi que ceux
qu'emploie l'Orateur Hollandois. Tout
les deux ont fû également (je me fers
des termes du favant Pere Lami) *par la
machine d'une phrafe faire monter une baga-
telle fort haut , qui tombe bientôt dans fon
néant* †.

COMPARONS à préfent, fage Abukibak,
quelques penfées du Prédicateur & du
Poëte; nous en connoîtrons par-là beaucoup mieux la différence. *Le vent* , dit
le premier, *faifoit retentir un bruit fiflant.*
Ces expreffions n'offrent d'autres images
à l'efprit , que celle d'un vent qui fifle.
Homere fait agir le vent, & le rend,
pour

* Traité du Sublime, *Chap. VIII. Je me fers
de la Traduction de* Defpreaux.
† La Rhétoriq. ou l'Art de parler, *Liv. IV.
Chap. IX.*

pour ainfi dire, maître du vaiffeau. Il femble que le Lecteur l'entende, ainfi que lui : *il fremit avec fureur dans les voiles.* *La mort,* continue le Prédicateur, *montée fur les ondes émues, menaçoit de les ranger au nombre de fes lugubres victimes.* Ces mots, montés fur des échaffes, ainfi que la mort fur les ondes, ne caufent aucune émotion. Le peril paroît éloigné ; il ne fait que menacer : mais dans Homere le danger eft éminent. Il eft inévitable, il fe préfente fans ceffe ; & pour tout dire avec Homere,

> *Le matelot troublé, que fon art abandonne,*
> *Croit voir dans chaque flot la mort qui*
> *l'environne.*

UN autre défaut, fage & favant Abu-kibak, très commun aux médiocres Prédicateurs, c'eft de remplir leurs difcours de métaphores, ou peu juftes, ou outrées, prefque toujours mal foutenues. Cela caufe une confufion étonnante dans l'efprit des auditeurs ; ils font furpris avec raifon que dans le même inftant la même chofe ait toutes les qualités de l'eau & du feu, & qu'une perfonne, qu'on vient de comparer à une planete, foit métamorphofée fubitement en laboureur.

IL faut non feulement ménager les métaphores, & ne les emploier que dans les grandes paffions & le fublime ; mais il eft néceffaire que celles qui fe fuivent, & qui

qui regardent le même fujet, ne foient point directement oppofées les unes aux autres. Qui pourroit ne pas fentir l'effet ridicule que caufe dans le paffage fuivant la contrariété de deux métaphores? *Les Pafteurs font comme autant de planetes, que Dieu a mifes dans le Ciel de l'Eglife, afin qu'ils refléchiffent fur leurs troupeaux les raïons de lumiere que le Soleil de Juftice leur communique. Ce font des laboureurs, qui doivent planter fans ceffe dans leurs champs, & les arrofer, afin que s'ils ne peuvent cueillir toute l'yvraie, ils empêchent du moins qu'elle ne s'enracine & ne fe répande* *,

LES grands Orateurs fe gardent bien de tomber dans un pareil défaut, ils regardent la confufion comme le vice le plus contraire à la perfection de leur art. Ils font d'autant plus de cas de la clarté & de la précifion, qu'ils ne parlent que pour inftruire les autres.

JE ne prétends pas, fage & favant A-bukibak, défendre aux Prédicateurs l'ufage des métaphores; je le leur accorde plus amplement qu'aux autres Orateurs, l'Ecriture les obligeant d'en emploier un affez grand nombre. Mais je veux qu'ils prennent garde que ces figures portant toujours les chofes trop loin & prefque à l'excès, ils doivent ne point accroître l'obfcurité qu'elles peuvent caufer, en

les

---

* La Dette du Miniftère, &c. pag. 11.

les entaſſant les unes avec les autres ſans choix & ſans diſtinction. Avec quelle ſageſſe & quelle éloquence en même tems Saurin n'emploie-t-il pas une foule de métaphores, dont il ſe ſert pour fermer entiérement la bouche à ces pécheurs, toujours fertiles en excuſes pour différer leur converſion? *Miniſtres de Jeſus-Chriſt, dit-il, envoiés de la part du Dieu des Vengeances pour planter, mais auſſi pour arracher; pour bâtir, mais auſſi pour démolir; pour annoncer l'An de la bienveillance; mais auſſi pour faire reſonner le redoutable Cornet de Sion aux oreilles de ce Peuple: remuons les conſciences; faiſons briller le glaive redoutable de la Juſtice divine; mettons dans tout leur jour les vérités les plus terribles de la Religion. Dans des tems plus heureux l'Evangile nous fournira des textes plus doux & plus conſolans; mais nous devons aller au plus preſſant, & ne pas nous arrêter à orner la Maiſon du Seigneur, tandis qu'il eſt queſtion d'éteindre un incendie qui l'embraſe, & qui va la réduire en cendres. Ouï, Chrétiens, nous trahirions les ſentimens de notre cœur, ſi nous tenions un autre langage à pluſieurs de vous. Vous laiſſez écouler le ſeul tems propre pour votre ſalut, vous ſuivez un chemin funeſte, dont les iſſues aboutiſſent à la mort; & votre genre de vie va vous mettre dans une abſolue impuiſſance de ſentir les douceurs d'une bonne mort* ***.

U N

* Sermons ſur divers Textes de l'Ecriture Sainte,

UN vice, qui n'eſt pas moins commun aux Prédicateurs , que celui de ne point ſoutenir les métaphores qu'ils emploient, c'eſt de faire ſouvent des comparaiſons meſſéantes , quelquefois ſales , & même o-dieuſes. Cela révolte l'eſprit des audi-teurs , & les gens de goût ſont très ſen-ſibles à la baſſeſſe de certains parallèles qui ravalent le ſujet dont l'Orateur fait mention. Il faut ſavoir diſcerner , ſi l'on veut exceller dans le talent de la Chai-re , juſqu'où l'on peut pouſſer les figures de Rhétorique qui paroiſſent les plus ſimples. Sans cela , on tombe dans le cas d'un Prédicateur Suiſſe , qui a rendu non ſeulement ridicule , mais encore meſſéan-te la comparaiſon qu'on fait de Dieu à un bon Paſteur. *Ne me doit-il pas ſuffire , dit ce Miniſtre , à moi , comme à un chacun de vous , & à tous autres pauvres pécheurs , de ſavoir , pour aſſûrer ma conſcience envers Dieu , que Jeſus-Chriſt a mis ſon ame pour ſes brebis? Qu'ai-je à faire , je vous prie , de ſavoir outre cela s'il a auſſi mis ſon ame pour les boucs? Que m'importe cela , qu'il ſoit mort pour les boucs , ou qu'il ne ſoit pas mort ? Que cela me fait-il * ?* Outre que cette oppoſi-tion

te , par Jaques Saurin , Paſteur à la Haye , *Tom. I. pag.* 18. Sermon ſur le Renvoi de la Converſion.

* *La Voïe de la Paix de l'Egliſe , ou la Toleran-ce Chrétienne* , Sermon , par Nicolas Zaff , Paſteur de l'Egliſe Françoiſe , & Profeſſeur en Philoſo-phie à Coire , *pag.* 31.

tion des agneaux aux boucs a quelque chose de bas, l'affectation de repeter plusieurs fois ce mot de bouc, & de le joindre toujours avec le nom auguste de Christ, révolte. Bourdaloüe, en parlant des pécheurs, des Païens, & de ceux qui font dans un état de perdition, se sert d'un terme bien plus convenable. La délicatesse de l'Auteur François fera mieux sentir la faute du Prédicateur Suisse. *Quelque pouvoir*, dit cet éloquent Jésuite, *qu'eût reçu Saint Pierre au-dessus des autres Apôtres, sa Mission spéciale n'alloit pas à convertir les Gentils. Le dirai-je ? Jésus-Christ même ne l'avoit pas voulu entreprendre, puisque tout Sauveur & tout Dieu qu'il étoit, il s'étoit réduit aux brebis perdues de la Maison d'Israël.* Non sum missus nisi ad oves quæ perierunt Domus Israël. *Matth. Cap. VII. Mais comme remarque Saint Augustin, ce que Jésus Christ n'a pas fait par lui-même, il l'a fait par Saint Paul. Il n'étoit venu par lui-même que pour les Israélites : mais dans la personne & dans le ministère de St. Paul il étoit venu pour tout le monde *.

REMARQUES, sage & savant Abukibak, que dans l'allusion que Bourdaloüe fait à la comparaison de Jésus-Christ au bon Pasteur, il se sert du terme de *brebis perdues.* Il avoit trop de délicatesse & de goût,

il

---

* Sermons de Bourdaloüe, *Tom. I. p.* 104, Sermon pour la Fête de St. Paul.

il connoiſſoit trop les bienſéances de la Chaire, & le diſcernement de ſon auditoire, pour ôſer emploier pluſieurs fois le terme de *bouc* dans un diſcours oratoire, lorſquil en pouvoit trouver qui exprimoient également ſa penſée.

QUOIQU'ON puiſſe dire à la rigueur que c'eſt le jugement qui fait les grands Prédicateurs, la connoiſſance de la Langue dont ils ſe ſervent, leur eſt abſolument néceſſaire. C'eſt cette connoiſſance qui doit leur apprendre à ne point faire un mauvais uſage des mots, & à leur attacher des idées qu'ils puiſſent exprimer juſtement & ſans confuſion. Les matières les plus abſtraites peuvent être expliquées à tous les hommes, dès que celui qui eſt chargé par ſon Miniſtère du ſoin de les éclaircir, poſſéde l'art de ſavoir s'énoncer d'une manière claire & préciſe, & trouve le moïen de prévenir les doutes & les erreurs qui découlent néceſſairement de l'ambiguité des phraſes & de l'impropriété des mots. C'eſt avec raiſon que le Pere Lami aſſûre que *les Sciences ne ſont que ténèbres, ſi ceux qui les traitent, ne ſavent pas écrire.* J'ôſerois dire, ſage & ſavant Abukibak, que non ſeulement les Sciences, mais que les choſes les plus ſimples deviennent des enigmes preſque impénétrables, quand elles paſſent par la bouche d'un homme qui ne ſait point s'exprimer. Qui pourroit comprendre, par exemple, ce que veut dire

V 5   un

un Auteur qui s'énonce dans ces termes? *Mais laiſſons ces choſes. Nous ne ſommes point montés aujourd'hui en cette Chaire, pour la fai-re retentir des voix de cenſure & de reproche? Mon cœur bouillonne des meilleurs propos , & ma bouche ſe doit ouvrir en vœux & en bene-dictions* *. Que ſignifie *faire retentir une Chaire des voix de cenſure & de reproche?* Queſt-ce qu'un *cœur qui bouillonne des meil-leurs propos, une bouche qui ne s'ouvre qu'en vœux & en benedictions?* Je doute que du tems des Gots ce langage eût pu être ſouffert ; cependant combien n'y a-t-il pas de Prédicateurs qui ſe croient de grands hommes , & qui ne parlent pas plus correctement que celui que je cri-tique?

Je te ſalue, ſage & ſavant Abukibak. Porte-toi bien , & ſi tu trouves quel que choſe a rédire à mes ſentimens, mar-ques-le moi ſans façon.

* La Dette du Miniſtère, &c. *pag.* 53.

LETTRE QUATRE-VINGT-DIX-SEPTIEME.

Ben Kiber, *au fage Cabalifte* Abukibak.

QUOIQUE j'aie entiérement abandonné l'étude de la Cabale, fage & favant Abukibak, je ne laiffe pas que de lire
quelquefois les Livres des Savans qu'on
a regardés comme les plus fameux Cabaliftes. Souffres donc que je te dife que
je ne faurois me perfuader que toutes les
conjurations qu'il y a dans les Ouvrages
d'Agrippa, aient rien de réel. Je penfe
que ce Philofophe, foit pour fe divertir,
foit pour s'acquérir un grand nom, a voulu
fe donner dans le public pour un grand
forcier. Au fond, il ne l'étoit non plus que
moi, qui regarde la Magie comme un
art encore plus impofteur que celui des
charlatans.

Je fais, fage & favant Abukibak, que
tu me répondras d'abord qu'une marque
évidente que les conjurations contiennent quelque chofe de réel, c'eft que
ceux qui s'en font fervis, ont éprouvé
leur réalité. Tu joindras à cela mille
exemples qui nous font atteftés par différens Auteurs; tu n'oublieras pas fans doute

te celui que rapporte Cardan de fon
pere, à qui un Efprit apparut pendant
qu'il étoit occupé à lire les Ouvrages d'A-
grippa. Mais je t'avoüerai que toutes ces
hiftoires, que je regarde comme des fables, ne me feront point changer de fentiment. Je pourrois te dire que mon o-
pinion eft fondée fur l'expérience, &
qu'aiant voulu éclaircir par moi-même fi
les fecrets d'évoquer les Efprits étoient
réellement dans les Livres d'Agrippa, je
m'en fuis fervi plufieurs fois, & les ai
toujours emploiés très vainement. Je n'ai
jamais vû aucun Efprit familier, ni aucun
Diable; j'ai perdu mon tems, mes peines & mes conjurations. Je confens cependant à ne point t'apporter comme une
raifon décifive ce qui m'eft arrivé : tu
m'objecterois fans doute que fi je n'ai pas
vû ceux que j'appellois, c'eft ma faute,
& non pas la leur; que j'ai manqué à
quelque cérémonie effentielle; que j'ai
oublié une particularité néceffaire; que
j'ai omis quelques mots; enfin, tu pourrois
toujours te tirer d'affaire comme les Moines, & excufer les Efprits comme ils ex·
cufent leurs Saints. Quand la Nature ne
guérit pas un malade qui a fait une neu-
vaine, on met la maladie fur le compte
du peu de foi du malade. Tu attribuerois
à mon peu de croiance le manque d'effet des conjurations; c'eft donc uniquc-
ment par le fecours de la raifon que je
prétends t'en démontrer le ridicule & le
faux

faux. Dis-moi, fage & favant Abukibak;
dans quel endroit as-tu trouvé, dans
quel Livre as-tu lû que Dieu, en créant
l'homme, lui eût accordé une puiffance
abfolue fur les Efprits ? Moïfe n'en a jamais parlé ; ce grand Prophéte connoiffoit trop bien quelles étoient les bornes
étroites que Dieu avoit prefcrites au pouvoir humain. Or, s'il eft vrai, comme
il l'eft, que les hommes n'aient reçu de
Dieu aucune autorité fur les Efprits, je
demande comment eft-ce qu'ils l'ont pû
acquérir? Ont-ils eu le moïen de s'élever
au-deffus de leur effence, de fe communiquer une nature plus parfaite que celle qu'ils avoient ? Au contraire, ils ont
empiré leur état, ils font déchus de leur
premier droit; & loin d'obtenir un pouvoir fuprême fur les élemens & fur les
Efprits, ils ont prefque perdu celui qu'ils
avoient fur les brutes. Tel homme fe
vante de favoir faire fortir tous les Diables du fond des Abîmes, & d'obliger
les Efprits aëriens à quitter le féjour des
airs, qui ne fauroit empêcher un chien
de lui mordre la jambe. Agrippa, qui
avoit tant d'autorité, lui, à qui l'Enfer
& le Ciel obéïffoient, ne put fe garentir
d'un coup de pied d'un mulet qui lui caf-
fa la cuiffe. Il favoit tout ce qui devoit
arriver dans le Monde, les Efprits avoient
foin de l'en inftruire ; mais ils ne l'aver-
tirent point d'une chofe qui l'intéreffoit
auffi fort. Il faut convenir que cela eft
bien

bien singulier; autant vaudroit-il n'être pas sorcier.

VENONS à présent, sage & savant A-bukibak, à ce qui peut fonder l'autorité des Magiciens. Est-ce le suc des plantes, les os de morts, les cendres de Temples brulés, &c? Tout cela n'est que de la matière. quel rapport la matière a-t-elle avec les Esprits? Aucun. Ce sont des substances d'une nature entiérement dif-férente, qui ne peuvent jamais agir l'une sur l'autre, qui n'ont ensemble aucune affinité, aucune liaison, aucune commu-nication que par le pouvoir divin. Telle est l'union de notre corps & de notre a-me; miracle, que nous admirons avec étonnement, mais dont nous ne connoiss-fons absolument aucune des causes. Nous avons vû que dans l'ordre des choses Dieu n'a point réglé que l'homme auroit aucun pouvoir sur les Esprits; par consequent l'E-tre souverain étant le seul qui puisse faire agir deux substances aussi opposées que la matière & l'esprit, il est impossible que ces os, ces herbes, ces cendres, ces statues de cire, présentées devant le feu, & piquées avec des poinçons de fer, &c. puissent produire aucun effet sur les Esprits. La lumière naturelle ne nous fait-elle pas voir qu'il n'est pas possible qu'une chose qui n'a point de parties, qui ne peut être touchée, qui est sans étendue, soit sensi-ble aux impulsions de la matière? Il faut avoir perdu le bon sens, pour soutenir
une

une pareille abſurdité. J'aimerois autant qu'un Newtoniſte dît que le vuide immenſe dans lequel il fait promener les planetes, ſe reſſent de leur choc. Mais je vais encore plus loin, & je prétends avec raiſon que quand il ſeroit vrai que les hommes ont le pouvoir de faire agir la matière ſur un eſprit, il ſeroit impoſſible que par leurs plantes, leurs figures, & leurs talismans magiques, ils fiſſent ſortir les Diables des Enfers, ou deſcendre les Silphes des airs. Car enfin, pour que la matière produiſe quelque effet, il faut qu'elle aille juſqu'où elle doit agir. Si le corps d'un homme étoit à Amſterdam, & que ſon ame fût à Paris, à coup ſûr ce corps ne ſe reſſentiroit aucunement des perceptions de cette ame; & elle à ſon tour ne ſentiroit aucune douleur quand on donneroit deux cens coups de bâton au corps. Par la même raiſon, lorſqu'un Magicien évoque un Eſprit par le moïen d'une figure de cire qu'il arroſe du ſuc de certaines plantes, cet Eſprit ne doit pas être plus ſenſible à cette impulſion, que l'ame qui eſt à Paris, aux coups qu'on donne au corps qui eſt à Amſterdam. Pour que les charmes des Magiciens euſſent quelque choſe de réel, il faudroit que les parties magiques du charme puſſent s'élever auſſi rapidement au haut des airs, ou deſcendre juſques dans les Enfers avec autant de promptitude, que ſelon le ſyſtême de Newton,

la

la lumière nous vient du foleil. Elle fait
fa route dans fept ou huit minutes ; les
Diables, ou les Silphes, recevroient a-
lors dans très peu de tems des impref-
fions qui les inftruiroient qu'on les demande fur la terre, & qu'ils doivent fe
difpofer à s'y rendre le plûtôt qu'il leur
fera poffible. Mais malheureufement pour
les forciers, les émanations de leur matière magique n'ont ni la force, ni la
promptitude de celles qui nous viennent
par le foleil. Elles ne s'étendent que jufqu'où celles des autres corps, compofés
de matières non enchantées, peuvent s'é-
tendre. Ainfi, une libation, faite dans
un trou pour appeller le Diable, loin
de percer jufqu'aux Enfers, ne pénétre
fouvent pas quatre doigts dans la terre.
Aftaroth & Belfébuth par conféquent ne
doivent pas avoir plus de connoiffance de
ce charme magique, qu'un Portugais qui
fe promene au foleil à Lisbonne, en a de
la pluïe qui mouille un François à Paris,
ou de la neige qui tombe fur le nez d'un
Mofcovite.

Je fais, fage & favant Abukibak, que
plufieurs Cabaliftes prétendent que les
conjurations confiftent beaucoup plus
dans la vertu des paroles, que dans celle
des matières magiques ; en forte que les
Efprits ne paroiffent point à caufe de la
matière du talifman, ou de celle des
autres chofes dont on fe fert, mais à caufe des mots qu'on prononce, ou qu'on
ecrit

écrit fur ces chofes. Ce raifonnement me
paroît auffi foible & auffi faux que ceux
que je viens de réfuter. Qu'eft-ce que
des mots ? Ce font des fons différens que
forme la langue. Qu'eft-ce que des fons ?
C'eft de l'air agité. Dans tout cela il n'y
a que des chofes qui ne peuvent point
produire un plus grand effet, que les parties qui fe détachent des prétendues matières magiques. Il eft auffi impoffible que
la voix d'un homme foit entendue dans
la fphere des Efprits , qu'il l'eft que les
libations pénétrent jufques dans les Abîmes des Enfers. Quand tous les Magiciens crieroient à gorge déploiée *Jobva
mirzoveb evohaen*, paroles fi terribles chez
les Cabaliftes, & qui, felon eux, repetées
fept fois, font capables de faire paroître
trois fois plus de Démons qu'il n'y a d'hommes fur la terre ; quand , dis-je , tous les
Cabaliftes s'égofilleroient à force de repeter & de crier ces mots myftérieux ,
cela ne produiroit pas un plus grand effet fur les habitans des airs & fur ceux
des Enfers , que fi pour épouvanter les
Allemands , & les obliger à prendre la
fuite, le Grand-Seigneur joüoit au milieu
de fon Serrail d'un flageolet à fifler les
canaris , & fe figuroit que les fons qu'il
en tire , font fi forts qu'ils vont renverfer les murailles de Belgrade, & ébranler
celles de Bude.

D'AILLEURS , fage & favant Abukibak,
quel rapport y a-t-il entre certains fons

& certains Esprits ? D'où vient la raison
de cette sympathie ? Où trouve-t-on les
causes de cette liaison ? Elles sont pour
le moins aussi cachées & aussi impénétrables, que les facultés occultes d'Aristote.
Pourquoi les Esprits sont-ils plus sensibles
aux mots de *Johva mirzoveh evohaen*, qu'à
ceux de *Salem tirem microp*, dont Crispin
se sert dans les *Folies amoureuses* ? Est-ce
par rapport à la signification de ces mots?
Mais outre qu'on n'entend point ce qu'ils
veulent dire, quand il seroit vrai qu'ils
signifieroient les plus belles choses, ils
n'auroient cependant jamais le mérite
qu'on leur accorde si libéralement. Ce
seroit à ce qu'ils signifieroient, qu'il faudroit attribuer la vertu d'évoquer les Esprits : or, les Cabalistes disent que si
l'on ne prononçoit pas précisément les
mêmes mots, le charme n'auroit point
d'effet. Il en est de tous les autres, ainsi
que de celui-là. Il faut absolument dire
les paroles dans la langue dont on s'est
servi la première fois qu'on a fait la con-
juration. Par exemple, celle à laquelle
on attribue la puissance d'éteindre le feu
qui se met aux cheminées, doit être faite
en Latin ; si on la traduisoit en François,
elle n'auroit plus aucune force. Cela
étant, la vertu d'évoquer les Esprits &
les Démons est précisément attachée, non
pas à la signification des choses qu'expri-
ment les mots; mais aux mots mêmes, &
par conséquent à un certain arrangement
des

des Lettres de l'Alphabet. *I*, mis devant *o*, *b* & *a*, peut obliger Belſébuth à quitter ſa demeure ; mais ſi *i* ſe trouvoit après *a*, ou *b* devant *i*, ce Diable reſteroit tranquille. En vérité, il eſt bien beau d'avoir trouvé dans l'Alphabet le moïen de renverſer, pour ainſi dire, l'ordre de la Nature, & de commander aux Enfers. Cette Science eſt d'autant plus eſtimable, qu'elle eſt établie ſur des principes, connus de tous ceux qui ſavent leur *a*, *b*, *c*. Pour être Mathématicien, Phyſicien, Rhétoricien & Théologien, il faut étudier pluſieurs années ; dès qu'on ſait épeller, & qu'on commence à lire, on peut devenir un excellent Cabaliſte.

Tu trouveras peut-être, ſage & ſavant Abukibak, que je pouſſe les choſes très loin, & qu'en parlant avec tant de mépris des ſecrets Cabaliſtiques, j'oublie que tu as pour eux la véneration la plus profonde ; mais je te prie de vouloir m'excuſer. Je te parle avec la ſincérité & la liberté d'un Philoſophe qui ne ſait point farder la vérité. Perſuadé de la fauſſeté de tous les contes & de toutes les fables qu'on écrit ſur la Magie & ſur l'évocation des Eſprits, je croirois manquer à l'amitié que je te porte, & à ce que je me dois à moi-même, ſi je ne te diſois ſincérement ce que je penſe.

Je te ſalue, ſage & ſavant Abukibak, & te ſouhaite une ſanté meilleure que la mienne.

X 2

LETTRE QUATRE-VINGT-DIX-HUITIEME.

Ben Kiber, *au sage Cabaliste* Abuki-bak.

LE nombre confidérable de mauvais Ouvrages dont le Public eft accablé, croît chaque jour ; & malgré les critiques fanglantes que quelques Auteurs fenfés font des pitoiables rhapfodies que les Libraires avides & les Ecrivains mercenaires produifent journellement, beaucoup de gens font la dupe de leur amour fans goût & fans diftinction pour toutes les nouveautés Littéraires. Quoiqu'ils aient été trompés cent fois, & qu'ils fe foient laiffés féduire à des titres impofteurs qui promettoient ce qui ne fe trouvoit point dans un Livre, ils retombent fans ceffe dans la même faute.

UN de mes amis, fage & favant Abukibak, m'a prêté un Ouvrage, intitulé *Lettres Saxonnes*, qu'il a acheté depuis peu. Je ne crois pas qu'on puiffe rien voir d'auffi pitoiable, il faut que le Public foit auffi bon & auffi patient qu'il l'eft, pour ne pas être révolté qu'on ôfe lui préfenter un ramas des plus fades impertinences. Il eft des Livres, où parmi

plu-

plufieurs chofes mauvaifes, il s'en trouve quelques-unes de bonnes ; mais celui
dont je te parle, eft également mauvais.
Tout ce qu'on y lit, choque le fens commun; & quel que foit le fujet que l'Auteur traite, il le rend entiérement ridicule.

Pour te donner une idée de cet Ouvrage, fage & favant Abukibak, & en
même tems du goût de ceux à qui il
peut plaire, fouffres pour quelques momens que je t'ennuie du récit de certains
endroits, qui cependant ne font pas les
plus abfurdes. Voici le ton fur lequel
l'Auteur parle d'amour. ,, Cette Demoi-
,, felle ne fait point le François ; elle fe
,, fert de la Langue Latine comme de la
,, Suédoife, qui eft celle de fa nourrice.
,, Notre petit cadet fait fort bien le La-
,, tin, & je m'imagine que de tems en
,, tems il lui récite les plus beaux endroits
,, d'Ovide ou de Catulle. Quoi qu'il en
,, foit, il eft toujours certain que c'eft en
,, Latin qu'il lui pouffe la fleurette ; à
,, moins qu'on ne veuille dire que les le-
,, çons de François, qu'apparemment il
,, lui a données, lui ont appris tous les
,, termes de la galanterie *.,, Ne nous
arrêtons point encore, fage & favant A-
bukibak, au ftyle mauffade, bas & ram-
pant de cet Ecrivain; faifons feulement
quelque attention aux penfées. Peut-on
en

* Lettres Saxonnes, *Lettre V. Tom. I. pag.* 59.

en trouver de plus fades ? *Cè petit cadet qui récite les plus beaux endroits d'Ovide & de Catulle*, n'eſt-il pas bien placé ? N'y a-t-il pas du nouveau & du ſingulier à faire l'amour, ou, pour me ſervir des termes de l'Auteur, *à pouſſer la fleurette en Latin?* Il eſt vrai qu'un pareil conte n'eſt guères propre que pour amuſer quelque pedant, & qu'un homme qui a le moindre goût, ne ſauroit gouter de ſemblables puérilités. Il faut avoir perdu le ſens commun pour ôſer produire en public des Ouvrages, où la vraiſemblance & le bon goût ſont auſſi peu ménagés.

LES réflexions morales de cet Auteur ſont auſſi bonnes dans leur genre, que ſes expreſſions galantes ; elles partent de la même ſource, & l'on voit aiſément qu'il eſt toujours ſemblable à lui-même. ,, Nous aimons, dit-il, les créa-
,, tures ; mais comme elles ſont pleines
,, d'imperfections, elles ne ſauroient nous
,, rendre parfaitement heureux. Il n'ap-
,, partient qu'à un Etre parfait d'opérer
,, cette merveille. L'aveuglement des
,, hommes eſt affreux, ils abandonnent le
,, Créateur pour la créature, & préferent
,, le rien au tout. Nous paſſons trois heu-
,, res auprès d'une maitreſſe ſans nous
,, ennuier, & un ſermon de demi-heure
,, nous paroît trop long *.,, Il n'eſt aucun

* Lettres Saxonnes, *Lettre VI. Tom. I. pag.* 75.

cun Curé de village qui ne foit en droit
de révendiquer prefque toutes ces phrafes. Elles difent la même chofe, c'eft que
l'homme quitte Dieu pour les créatures. Encore eût-il mieux valu s'en tenir purement & fimplement à cette dernière ,
quoique la penfée foit auffi vieille que le
Monde , & qu'il n'y ait aucun enfant qui
fache fon petit Catéchifme, à qui l'on ne
l'ait repetée deux mille fois. En faveur
de la vérité, on feroit grace à cette fen-
tence ufée ; mais il eft ridicule de l'orner
de vingt expreffions pedantesques, & d'y
joindre la comique comparaifon d'une
maitreffe & d'un Prédicateur. D'ailleurs ,
il eft faux que le même amant, qui s'eft
amufé trois heures avec fa maitreffe, s'ennuie toujours au fermon. Le courtifan
qui venoit de coquetter , alloit entendre
Bourdaloüe avec beaucoup de plaifir. Je
conviens qu'il eft des Prédicateurs qu'on
trouve fort longs : mais pour cela il n'eft
pas befoin *d'abandonner le Créateur pour la*
créature, & de préferer le rien au tout ; il ne
faut qu'avoir du goût & du bon fens. Un
homme , qui prêche comme écrit l'Auteur des *Lettres Saxonnes* , doit-il trouver mauvais d'ennuier ? Si les hommes
ne faifoient d'autre mal que de bail-
ler aux fermons d'un mauvais Prédicateur, l'état d'innocence reviendroit fur
la terre.

L'AUTEUR eft auffi bien inftruit des
mœurs ,

mœurs, du caractère, & des coutumes
des peuples, qu'il est éloquent Théologien. Il n'y a rien de si singulier que l'air
de hauteur avec lequel il parle des Nations les plus respectables, & j'ôse dire
les plus vertueuses. ,, Vous savez, dit-il,
,, que les Süisses passoient autrefois pour
,, le peuple le plus fidèle, & le plus droit
,, qu'il y eût sous le Ciel ; aujourd'hui,
,, ce n'est plus cela. Je vous les garentis
,, aussi fourbes & aussi malins qu'aucun
,, de leurs voisins*. ,, Voilà, sage & savant Abukibak, la Nation Helvétique
traitée assez cavaliérement : mais elle doit
s'en consoler, l'Auteur lui a donné bien
des compagnons, dont les portraits sont
aussi faux & aussi injurieux ; tel est celui
qu'il fait des troupes Françoises †. ,, J'a-
,, vois beau, dit-il, l'assûrer que les Fran-
,, çois étoient supérieurs en nombre aux
,, Impériaux de plus d'un tiers, & qu'à
,, nombre égal ils ne battroient jamais les
,, Allemands, parce qu'il s'en falloit de
,, beaucoup que leurs troupes ne fussent
,, aussi bien exercées & aussi bien disci-
,, plinées que les nôtres, il ne vouloit
,, point entendre raison. ,, Ne croiroit-
on pas, sage & savant Abukibak, que l'E-
crivain qui parle si hardiment du mérite
des troupes Françoises & Allemandes, est
un

* *Lettre XI, Tom. I. pag.* 142.
† *Lettre XX, Tom. II. pag.* 105.

un vieux Officier que l'expérience a mis en état de pouvoir en juger ? Point du tout, c'eſt le Batteleur, ou le Jean Farine du fameux *Gamba-corta*, Charlatan Liégeois, qui, pour donner plus de relief à ſon orviétan, a jugé à propos de ſe donner un nom Italien. Eſt-il ſurprenant après cela, qu'il décidé que jamais les troupes Françoiſes ne pourroient réſiſter à nombre égal aux Allemandes ? Il juge de la valeur & de la diſcipline des unes & des autres, par la quantité de baume qu'il leur a vendu.

Il faut avoüer, ſage & ſavant Abuki-bak, que l'Auteur eſt quelquefois moins déciſif. Il a des doutes, ſur leſquels il demande des éclairciſſemens. Il eſt vrai que ces doutes ſont ſi ridicules, qu'il eſt encore plus heureux pour le Lecteur qu'ils reſtent ſans réponſe, que ſi on en augmentoit l'inſipidité par quelque fade éclairciſſement. *J'ai toujours oüi* dit-il*[*], *que les Provençaux avoient plus de vivacité qu'aucun autre des peuples qui compoſent le vaſte Roïaume de France. Celui du Comté d'Avignon pourroit bien reſſembler aux Provençaux ſes voiſins : cependant on dit communément un Proverbe à Paris, qui ne fait pas trop d'honneur au Clergé de ce païs-là ; car quand on veut parler d'une pécore, on dit* ſou-

* *Lettre XXIII. Tom. II. pag.* 147.

X 5

souvent, il eſt ignorant comme un Prêtre d'Avignon. *Je vous prie de me dire ſi ce proverbe eſt faux ou véritable.* Le beau raiſonnement & la belle queſtion! Ce fait n'eſt-il pas auſſi curieux qu'intéreſſant? Je ſerois tenté, ſi je connoiſſois particuliérement l'Auteur des *Lettres Saxonnes*, de lui demander dans quelle halle, ou dans quel marché il a entendu dire ce rare & ſage proverbe qui cauſe ſa curioſité. Peut-être eſt-ce ſur le Pont-neuf; en ce cas, il ne ſauroit mieux faire pour s'éclaircir, que de s'adreſſer au grand Thomas. Sans doute cet homme ne lui eſt pas inconnu, il tient un rang trop diſtingué parmi les vendeurs de mithridate.

Les jugemens que cet Ecrivain ſi exact, ſi correct, & d'un goût ſi délicat, porte ſur les Ouvrages des meilleurs Auteurs, ſe reſſentent de la juſteſſe de ſon génie, & ſont dignes de la place qu'ils occupent dans ſon Livre. Pour te faire ſentir toute l'impudence de ſa critique, permets que je te cite quelques expreſſions, priſes au hazard dans les *Lettres Saxonnes*. Non ſeulement elles ne ſont pas Françoiſes, mais j'ôſerois aſſûrer qu'il n'en eſt aucune qui ne ſoit du ſtyle des harangères & des porte-faix. *Un autre Prince l'auroit fait pendre, & il le méritoit bien da* *. Que ce *da* eſt joli dans la bouche

* *Pag.* 145.

che d'un Auteur qui fe pique de favoir écrire ! Il me femble que j'entends la Com-mere Jeanne qui fe querelle avec Gros-Jean, & qui lui dit : ,, Si je te donnions ,, un faribiau par le nez, tu le mériterois ,, bien da.,, *N'eſt-il pas étonnant qu'après la Camiſade de la Secchia, l'armée qui étoit ſous Guaſtalla, ait repouſſé vivement le Comte de K* * * †.* Dans quel langage a-t-on jamais appellé une furprife pendant la nuit une *Camiſade?* Voilà un terme, dont l'Académie ne manquera pas fans doute de profiter ; fon étymologie vient apparemment de chemife. Comme les foldats furent attaqués à demi-nuds, c'eſt ce qui aura fait naître à l'Auteur la penfée d'inventer ce mot expreſſif de *Camiſade.* S'il eſt nouveau, en revanche l'expreſſion *tuer le tems* eſt bien furannée. Celle de *faire vieux os* ne convient guères dans les Livres d'un homme qui trouve les meilleurs Ouvrages mal écrits ; celle de *Doctoreſſe* vaut encore moins. Si je ne finiſſois pas, fage & favant Abukibak, de crainte de ne t'ennuier, je pourrois tranfcrire les trois quarts des *Lettres Saxonnes.* Tu verrois par-tout des termes auſſi barbares que ceux que je viens de rapporter, tu ferois furpris des fottifes groſſières que tu trouverois. Le terme de *Coïon,* & plufieurs autres encore plus indécens, s'y rencontrent en foule.   A-

† *Pag.* 102.

Après avoir examiné legérement le ftyle & les penfées de l'Auteur, je crois devoir, fage & favant Abukibak, te dire
quelque chofe fur les prétendues hiftoires qu'il a renfermées dans fon Ouvrage.
Elles font non feulement fauffes & imaginaires ; mais elles font fi pitoiablement
inventées, qu'elles heurtent directement la
raifon. Il n'eft rien de fi abfurde que la
longue & ennuieufe critique des *Mémoires
de Pelnits*, que l'Auteur fait faire au Maréchal de Coigni*. Ne voilà-t-il pas quelque chofe de bien fenfé, que d'ériger un
Général d'armée en Journalifte, & qui
pis eft, en Journalifte auffi ridicule que
ceux qui travaillent au dernier *Journal
Littéraire ?*

L'Auteur des *Lettres Saxonnes*, fuivant
la même maxime qu'il a obfervée dans fes
Anecdotes Hiftoriques, Galantes & Littéraires,
a rempli fon nouvel Ouvrage des noms
les plus refpectables, & il a prêté à des
gens de la première volée des difcours
auxquels ils n'ont jamais penfé ; une pareille conduite mériteroit une punition
exemplaire. Il eft honteux que la perfonne & la réputation des Seigneurs les plus
diftingués foient en proie à la plume vé-
nale d'un avanturier, qui même ne connoît pas les rangs de ceux dont il parle.
Il fait mention quelquefois de certaines
gens

* *Tom. I. pag.* 133.

gens qui n'ont jamais éxifté, tel eft ce Préfident de Nibles, dont il dit favoir plufieurs particularités qui regardent le procès de la Cadiere. C'eft un fait conftant, fage & favant Abukibak, & je le fais d'un Provençal, homme de diftinction, il n'y eut jamais dans le Parlement de Provence un Préfident de Nibles. Ce que l'Auteur dit du nombre des juges du Pere Girard eft encore notoirement faux : felon lui, *vingt-quatre juges opinerent au feu, & vingt-quatre ad mitiorem.* Il n'y eut que vingt-deux juges en tout ; la grand' Chambre du Parlement aiant été la feule qui ait pris connoiffance de cette affaire. *Ce Moine,* continue l'Auteur, *a caufé du chagrin à bien des gens. La plûpart des juges qui l'avoient condamné au feu, ont été exilés* *. On ne fauroit mentir plus impudemment. Dans le nombre des Lettres de cachet que la Cour expédia contre ceux qui avoient caufé une fédition le jour du jugement de la Cadiere, il n'y en a jamais eu aucune contre les juges ; au contraire, la Cour a affecté de ne faire aucune mention de ce qui pouvoit les regarder. Cet autre fait eft encore certain, & connu de toute la France. Voions encore une bevûe de l'Auteur. *Les conclufions des gens du Roi aiant été rendues publiques, le peuple en fut fi irrité, qu'on fut obligé de faire venir à*

Aix

* *Tom. II. pag.* 135.

Aix quatre bataillons pour prévenir une émeute. Autant de mots, autant de fauſſetés. Lors du jugement de la Cadiere, il n'y avoit aucunes troupes à Aix; on ne prévint point l'émeute, elle arriva, & ce ne fut que trois jours après l'arrêt, que pour la diſſiper entiérement, on fit venir le Régiment de Flandre, qui n'eſt compoſé que d'un ſeul bataillon.

LES autres faits anecdotes, ſage & ſavant Abukibak, que l'Auteur a inſeres dans ſon Ouvrage, ſont auſſi vrais & auſſi exacts que ceux dont je viens de faire mention. Il a reçu de différens païs des mémoires auſſi bons que ceux qu'on lui a envoiés de France; juges donc des abſurdités qui doivent être dans ce Livre. Je voudrois que quelque ſage Ecrivain, touché des maux que de pareilles rhapſodies cauſent non ſeulement dans la republique des Lettres, mais encore dans le Monde, où bien de jeunes gens liſent ſans diſcernement tout ce qui paroît de nouveau, fît une ſi ſanglante critique de ce Livre, qu'il arrêtât pour un tems, s'il eſt poſſible, la hardieſſe & l'impudence de ces Auteurs ſubalternes qui abuſent également de la patience du Public, & du ſilence des gens de goût. Si quelque choſe étoit capable de faire eſperer que les perſonnes qui liſent, prendront peut-être un jour des précautions avant de ſe charger indifféremment des Livres nouveaux, ce feroit l'ennui & le dépit que les *Lettres Saxonnes* doivent avoir caufés à leurs Lecteurs. Mais pour aller au plus certain, il feroit beaucoup mieux d'empêcher, autant qu'on pourroit, le Public de n'être encore dupe, & il faudroit lui faire connoître le prix des Ouvrages dont quelques Auteurs le régalent.

Je te falue, fage & favant Abukibak. Evites toujours foigneufement de perdre le tems à la lecture d'un mauvais Livre.

***

LETTRE QUATRE-VINGT-DIX-NEUVIEME.

Ben Kiber, *au fage Cabalifte* Abukibak.

J'AI penfé fouvent, fage & favant Abukibak, quel étoit l'homme qui avoit donné des marques de la plus grande folie ; & après avoir cherché avec attention tout ce qui pouvoit m'être utile pour la décifion de cette queftion, j'ai été convaincu que le Jéfuite Hardoüin étoit le plus extravagant des hommes. Eft - il des raifonnemens auffi infenfés que ceux, dont cet Auteur a rempli les Ouvrages qu'on a intitulés *Joannis Harduini Opera varia* ?

Je

JE ne trouve pas que le cerveau d'un homme qui se figure d'être Roi du Japon & de la Chine, soit plus dérangé que celui d'un Ecrivain qui prétend prouver que tous les plus grands personnages de ces derniers tems etoient des Athées, & des Athées très dangereux. La seule différence que je trouve entre ces deux fous, c'est que l'un extravague dans une loge des Petites-maisons, & l'autre dans une chambre du Collège de Louïs le Grand.

JE ne sais, sage & savant Abukibak, si tu as jamais jetté les yeux sur le long & ennuieux Traité des *Athées découverts*, composé par ce Jésuite. Quel est l'homme qui puisse, en lisant les premières pages de cet Ouvrage, s'empêcher de s'écrier : *Maudit visionnaire, d'où vient donc débites-tu si gravement tant de sottises ?* On est aussi surpris qu'indigné de voir un homme avancer, comme un fait certain & évident, que presque tous les Savans du dernier siécle ont écrit pour provigner l'Athéïsme. La principale raison sur laquelle il fonde son accusation, c'est qu'ils ont dit que Dieu étoit la vérité * ; il se croit à cause de cela en droit de placer parmi les principaux Athées modernes

---

* *Nam quid illi tandem pro Deo venditant? Ens præcise, Ens omnis Entis. . . . Veritatem universalem, seu verum in genere.* Harduini, Athei detecti, *Præfat.*

nes *Janfénius*, *Ambroife Victor*, le favant
Pere *Thomaſin*, *Mallebranche*, *Quénel*, *Arnauld*, *Nicole*, *Pafcal*, *Defcartes*, & fes principaux difciples. Il auroit bien pû groffir
cette lifte s'il l'avoit voulu ; mais il apprend à fes Lecteurs qu'il n'a pas jugé à
propos d'y ajouter les Ecrivains Proteftans, foit Luthériens, foit Calviniftes,
parce qu'il regarde tous les gens qui font
hors de la Communion Romaine, comme
des Athées, & que le véritable Dieu n'eft
connu que des Catholiques * : c'eft-à-
dire, dans le fens du Pere Hardoüin,
que des *Catholiques Jéfuites* ; car les adverfaires de la Société font auffi peu Or-
thodoxes que Spinofa & Vanini.

Tu as dû t'appercevoir, fage & favant
Abukibak, que dans la lifte que ce Jéfuite
donne des Athées, il n'a omis aucun illuftre Ecrivain Janféniste. Il commence
d'a-

---

* *At qui ſic docent conceptis verbis Scriptores, ut
diximus, qui vulgo habentur haud ignobiles, quorum e numero tantum undecim ſelegimus, quoniam
certi fuere nobis conſtituendi fines ſcribendi. In
bis nullum e Calvini aut Lutheri grege Scriptorem
allucimus, præter unum obiter, qui Carteſii in An-
glia Interpres fuit ; tum quod nemo in Gallia banc
bæreſim alterutram profitetur ; tum quod utramque
eodem impietatis principio niti ex bis ipſis Collecta-
neis prudentes intelligent. Colligent autem ex eo
iidem verum Deum a ſolis Chriſtianis Catholicis ag-
noſci & coli ; ſolam proinde Catholicam Religionem
veram eſſe. Idem, ibid.*

Tome *III*.　　　　Y

d'abord par l'examen du prétendu Athéïſme de Janſénius; & en plaçant cet Evêque à la tête du Traité des *Athei detecti*, il découvre aux Lecteurs quel a été le principal but qu'il s'eſt propoſé. Selon lui, Janſénius doit être regardé comme le Chef de l'impie Société qui veut ruiner & détruire la croiance de la Divinité, en ſoutenant que Dieu eſt la vérité *.

ANDRÉ Martin, Prêtre de l'Oratoire, qui s'eſt caché ſous le nom d'Ambroiſe Victor, dans la crainte de n'eſſuier un châtiment public, & qui a publié un Livre, intitulé *Philoſophie Chrétienne*, eſt encore un Athée des plus dangereux †.

LE Pere Thomaſſin a ſi fort répandu l'Athéïſme dans ſes Ecrits, que ſi l'on vouloit rapporter tous les endroits de ſes Ouvrages qui en ſont infectés, il faudroit les copier en entier §. LE

---

* *Fuit hoc Eccleſiæ ſeculo XVII. unus ex præcipuis iſtius* ᾽Αθεότητος *Inſtauratoribus Scriptor famejus Cornelius Janſenius, Iprenſis Epiſcopus. Is enim Deum aliud nihil eſſe præter veritatem, affirmat.* Harduini, Athei detecti, pag. I. col. I.

† *Offert ſe forte nobis in ſecundo loco, qui, occulto ſuo nomine, metu fortaſſis publicæ animadverſionis, Ambroſium Victorem ſe voluit nuncupari,* P. Andreas Martin, *e Congregatione Oratorii in Gallia. Edidit ille* Philoſophiam (ut appellat) Chriſtianam, *falſa profecto appellatione, ſi ſumus nos Chriſtiani.* Idem, ibid. pag. 6. col. I.

§ *Eadem autem omnino, & aliquanto etiam apertius*

Le Pere Mallebranche, écolier & ele-
ve d'Ambroife Victor, a pouffé l'impudence & l'audace jufqu'à l'excès. Il a é-
tabli une hypothefe impie & déteftable,
par laquelle il reconnoit que Dieu eft
précifément la vérité *.

Quenel, qu'on doit regarder après
Arnauld, comme le Patriarche des Janféniftes, a renfermé tout le venin de l'A-
théïfme & de la Théologie Janfénifte dans
les Réflexions Morales, qu'il a ajoutées à
fa Traduction du Nouveau Teftament †.

A R-

---

tius explicata, Ludovici *Thomaffini* in Theologicis
Dogmatibus *de Deo uno trinoque fententia eft : cujus e vegrandibus Voluminibus pauca quædam dum-
taxat delibare animus eft, cum fi quis velit omnia
quæ funt ab eo impie de eo argumento fcripta re-
præfentare, tria ipfa quæ edidit* Theologicorum
Dogmatum *Volumina, funt exfcribenda.* Idem,
ibid. pag. 21. *col.* I.

* *Quarto loco prodit ex eodem Sodalitio Scriptor
in Gallia famofus, Ambrofii Victoris, ut fæpe ipfe gloriatur, difcipulus, P. Francifcus Nicolaus
Mallebranchius. Is certe impiam hypothefim aper-
tiffime omnium atque audaciffime protulit in publi-
cam lucem ac defendit, & Gallici fermonis elegan-
tia perpolivit. Huic pro Deo eft Ens, feu Verum,
&c.* Idem, *ibid. pag.* 43.

† *Excepit poft Arnaldum Janfeniani gregis Pa-
triarchatum Pafchafius Quesnel, qui, Congregatione Oratorii deferta, ad caftra confugit ejufdem no-
minis Congregationis in Belgio. Is vero, tacito*

fuo

ARNAULD, quoiqu'auſſi Athée que les autres Janséniſtes, dont pendant long-tems il fut le principal Chef, a été plus circonſpect, ſoit parce qu'il étoit plus fin qu'eux, ſoit parce qu'il agita des queſtions qui n'avoient aucun rapport avec l'exiſtence de Dieu; cependant il n'a pas laiſſé que d'établir l'Athéïſme dans quelques Ouvrages d'une manière très forte *.

NICOLE fut dans les mêmes erreurs que les autres Ecrivains Janséniſtes ; il remplit

ſuo nomine, quod Catholicis omnibus ſciret eſſe inviſum, Novum Teſtamentum edi Gallice curavit, ex Verſione Montenſi Romæ damnata, appoſitis Adnotationibus ad ſingulos quoſque Verſus: Le Nouveau Teſtament en François, avec des Réflexions Morales ſur chaque Verſet, à Paris 1696 : quibus quidem in Adnotationibus, totius fere Theologiæ Janſenianæ, hoc eſt, impietatis ſive Atheiſmi, præcipua Dogmata continentur. Idem, ibid. pag. 104.

* Rarius apud Arnaldum, tametſi ſuis is Janſenianæ Factionis ſuo tempore primipilus, impium illud placitum de Deo, Ente vel Veritate intelligibili Entium, occurit conceptis verbis; ſive quoniam cautior ille & conſideratior fuit; ſive quod aliis quæſtionibus agitandis fuit occupatiſſimus; ſive demum quod ſatis & ſatius eſſe duxit, ac multo conſultius in Gallicum ſermonem transferre Latina quædam Opuſcula, in quibus ea impietas diſerte adſtruitur. Harduini, Athei detecti, pag. 160.

plit fes Ouvrages d'impiétés & de blaf-
phêmes *.

PASCAL, dont la réputation égale celle
des Arnaulds & des Nicoles, fut comme
eux un Athée, & renferma fes impies
fentimens dans fes *Penfées fur la Religion
& fur quelques autres fujets* †.

L'ENFER, voulant mettre tout en ufage pour détruire & renverfer la Foi de
l'Eglife, après avoir enfanté la Théologie
Janfénifte, produifit la Philofophie Car-
téfienne, qui a trouvé beaucoup de partifans. Ils font bien à plaindre, s'ils ne
comprennent pas qu'ils établiffent l'A-
théïfine §.

AN-

---

* *Unus e Janfenianæ Factionis primipilis haud
infimæ notæ, aut mediocris famæ, in Gallia, Pe-
trus Nicole, Carnotenfis, nonnulla fcripfit; ex quibus Opufcula quinque tantum in præfenti expedi-
mus, ejufdem plena impietatis quam in fuperiori-
bus deprehendimus.* Idem, ibid. pag. 162.

† *Sequitur, qui celebritate famæ nihilo inferior
prioribus fuit, Blafius Pafcal, ex Avernia Claro-
montanus; cujus ex Scriptis unum eft folummodo,
ex quo excerpta quædam exhiberi locus poftulet. Ti-
tulus eft,* Penfées de Mr. de Pafcal fur la Religion, & fur quelques autres fujets, Paris 1678.
... *In multis locis ..... pro Deo habet veritatem
intelligibilem.* Idem, ibid. pag. 198.

§ *Ne quid intentatum Infernus relinqueret, quod
non ad Ecclefiæ Fidem, fi fieri poffet, convellendam
adhiberet, novæ Theologiæ, hoc eft, Janfenicæ,
coævam adjecit & adjutricem, eorundemque confi-*

liorum

ANTOINE le Grand & Silvain Régis ne font pas moins Athées que Defcartes leur maître, & tous les Profeffeurs qui fuivent la nouvelle Philofophie, enfeignent publiquement l'Athéïfme *. C'eft le *Cartéfianifme*, dit le Pere Hardoüin, *qu'on enfeigne en Logique, & par conféquent l'Athéïfme dans fon principe & dans toutes les conféquences qu'une Logique de deux mois peut fournir. Il y en a plus que l'on ne peut croire* †.

DANS la Lettre fuivante, fage & favant Abukibak, je te communiquerai diverfes réflexions fur de fi étranges égaremens & fur des imputations fi injurieufes. En attendant, porte-toi bien.

---

liorum fociam ac participem, novam Philofophiam, Cartefianam ab *Auctore Renato Cartefio* appellatam, quæ innumeros babet boc ævo fequaces & affeclas: miferos fane, fi fe non intelligunt 'Αθεοτητα defendere; miferiores fi intelligunt. Idem, *ibid.*

* Ex ea Secta Philofopborum, *Antonii le Grand & Silvani Regis* confentientes cum fuo Patriarcha de iisdem capitibus fententiæ proponendæ. Idem, *ibid. pag.* 200. *col.* 2.

† Hardoüin, Réflexions importantes, qui doivent fe mettre à la fin du Traité, intitulé *Atbei detecti, &c. pag.* 259.

LETTRE CENTIEME.

Ben Kiber, *au sage Cabaliste* Abukibak.

JE t'ai fidélement repréfenté dans ma
précédente Lettre, fage & favant A-
bukibak, les imaginations extravagan-
tes & les imputations calomnieufes d'A-
théïfme du Pere Hardoüin contre les Savans les plus illuftres, & en même tems
les plus honnêtes gens du fiécle paffé ; &
de peur que tu ne doutaffes de la vérité
de femblables accufations, fi criminelles & fi condamnables en tout homme,
mais particuliérement en un Religieux,
je t'ai exactement tranfcrit les propres
termes de fon Original Latin, & je
t'en ai foigneufement cité les pages. Pré-
fentement je vais te marquer naturellement mes réflexions fur de pareils excès.

QUELLE idée peut-on avoir de la fageffe & du bon fens d'un homme, qui foutient fortement qu'il entrevoit clairement
l'Athéïfme dans les argumens les plus

forts

forts que les Philofophes ont apportés
pour prouver l'exiftence de Dieu? C'eft
en vain qu'ils ont emploié, à en démontrer la vérité, toute la fagacité de leur
efprit; rien ne fauroit les garentir du reproche d'être Athées. Selon le Pere Hardoüin, tout ce qu'ils ont dit au fujet de
Dieu eft pour en détruire la croiance;
leurs prétendues preuves font des difcours ambigus, d'autant plus dangereux,
qu'on ne s'apperçoit que peu-à-peu du
poifon qu'ils renferment, & lorfque, pour
ainfi dire, le venin a déjà fait fon effet.
Eft-il quelqu'un, à qui il refte quelque
ombre de raifon, qui ne fente tout l'excès de la folie de ce Jéfuite? En vérité,
je fuis non féulement perfuadé qu'on peut
le regarder comme le plus infenfé des
hommes; mais je crois fermement qu'il
eft bien des fous qu'on peut confidérer
comme très fages; dès qu'on les compare
à lui.

JE ne conçois pas comment pendant
un tems il y a eu quelques perfonnes qui
ont pû ne pas fentir tout le ridicule &
l'impertinent des Ouvrages de ce Jéfuite.
Il a fallu que l'abondance de fes folies &
de fes vifions cornues forçât enfin ceux
que la bizarrerie & la nouveauté de fes
opinions avoit attirés à lui, de l'abandonner entiérement. Ils ont été honteux
d'avoir pû s'arrêter quelque inftant à des
opinions auffi fingulières; & le Ciel a
en-

'enfin permis qu'à force d'être extravagant , le Pere Hardoüin ne fit point le
mal qu'il auroit fait peut-être si sa folie
avoit été moins visible. Le nombre des
gens qui pensent , qui raisonnent sensément, qui ne se laissent ni séduire , ni é-
branler à l'amour de la nouveauté , est
beaucoup moins considérable, que celui
de ceux qui courent après les nouvelles
opinions. Dès qu'un Auteur sait donner
un air de vraisemblance au système le
plus faux , il est assûré d'avoir plusieurs
partisans. Le Pere Hardoüin s'est privé
de cet avantage : non seulement la vraisemblance ne se trouve point dans ses
opinions ; mais la folie & l'impertinence
y paroissent si à découvert , qu'il est impossible de ne pas s'appercevoir d'abord
que c'est avec beaucoup de raison qu'on
a donné à cet Auteur le nom de *Pere é-
ternel des Petites-maisons* *.

Que penses-tu, sage & savant Abukibak, des raisonnemens de ce Jésuite? Ai-
je eu tort de te dire qu'il devoit être re-
gar-

* *Voiez la LXXX. des* Lettres Juives, *Tome
II. pages 356-363. où l'on expose & réfute le sys-
tême extravagant & pernicieux de ce Jésuite contre presque tous les Ecrivains anciens, tant sacrés
que profanes, & où l'on indique les principaux E-
crivains qui se sont aussi judicieusement que fortement élevés contre de si dangereuses opinions.*

gardé comme le plus grand fou qu'il y ait jamais eu ? Un homme, qui prétend prouver que tout ce qu'il y a eu de célèbres & d'habiles Ecrivains dans ces derniers tems, ont établi l'Athéïfme, quoique leurs Ecrits foient remplis des preuves les plus évidentes du contraire, ne mérite-t-il pas d'être renfermé ? Car enfin, fi les chofes fur lefquelles il prétend fonder fes objections, avoient la moindre apparence de vérité, la plus legère marque de vraifemblance, on pourroit l'excufer ; mais il faut avoir entièrement fait banqueroute à la raifon pour fe figurer qu'un homme, qui dit que *Dieu eft la vérité*, veut établir l'Athéïfme. Ces expreffions n'auroient point dû furprendre le Pere Hardoüin, & lui paroître tendre à l'Athéïfme, puifque les Papes s'en font fervis plufieurs fois ; eux, dont le Pere Hardoüin a voulu fi fortement établir l'autorité, & qui peut-être ont été les principales caufes de fa folie. Alexandre VIII. écrivit à Helene Toming, Impératrice de la Chine, un Bref, dont voici le le commencement. ,, Salut & Benedic- ,, tion Apoftolique à notre très chere ,, Fille en Jéfus-Chrift. Nous avons con- ,, nu par vos Lettres quelle a été la bon- ,, té & la miféricorde de Dieu fur Votre ,, Majefté, puifqu'il vous a retirée des té- ,, nèbres de l'erreur pour vous éclairer ,, de la lumière, & vous faire connoître
,, la

„ la vérité. Comme CETTE VERITE',
„ QUI EST DIEU MEME, ne ceffe
„ de faire les effets de fa miféricorde,
„ &c *. „

Si le Pere Hardoüin a cru être en
droit de traiter d'Athées tous ceux qui
ont dit que Dieu étoit la vérité, pourquoi n'a t-il pas placé ce Pape au nombre de fes *Athei detecti* ? Eft-ce que fa folie ne s'étendoit que fur les Janféniftes
& les Proteftans ? Je ferois tenté de le
croire, & en ce cas, ce Jéfuite feroit
auffi fripon & auffi malin, qu'infenfé. Car
l'affectation de ne choifir parmi les prétendus Athées qu'il croioit être fi nombreux, que les principaux adverfaires de
la Société, montre que fa folie fervoit
utilement à fa malice, & que chez lui le
fanatifme n'avoit point détruit la politique Jéfuitique.

Je pourrois aifément, fage & favant A-
bukibak, rapporter plufieurs autres exemples, où les Pontifes Romains fe font
fervis des expreffions qui ont fait mettre
par Hardoüin les plus illuftres François
au rang des Athées ; mais en vérité, les
juftifier férieufement contre l'accufation
de ce Jéfuite, c'eft prendre la défenfe des
directeurs des infenfés, & vouloir les
ven-

* Du Halde, Defcription de la Chine, *Tom.*
III. pag. 84. de l'Edition de Paris.

venger des injures que leur diroit quelque fou dans un de ses violens accès. Un homme qui agiroit de la forte, se feroit moquer de ceux même qu'il défendroit, & je ne doute pas que si Descartes ou Pascal voioient les invectives du Pere Hardoüin, ils ne dissent en riant pour toute réponse : *O fortis inimicus, si cerebrum haberet*! c'est-à-dire, *O le redoutable adversaire, s'il n'étoit pas fou* !

I L seroit à souhaiter pour le bien de tous les hommes que certains Ecrivains ne fissent pas sur les esprits des Lecteurs une plus forte impression que le Pere Hardoüin, & qu'ils ne sussent pas mieux que lui déguiser leurs mensonges & leurs impostures ; on verroit bientôt les trois quarts des Livres, écrits par des Théologiens, pourrir en paix dans la boutique des Libraires, ou n'en sortir que pour aller chez les épiciers empaqueter du poivre & de la canelle. Mais si beaucoup d'Auteurs sont aussi malins & aussi bilieux que lui, il en est peu qui imitent ses folies. Ils avancent souvent, il est vrai, des choses aussi fausses que celles qui ont rendu ridicules les Ecrits de cet Auteur auprès de tous les gens sensés ; mais ils prennent tant de précautions en s'énonçant, ils les couvrent d'un voile si obscur, ils les rendent si apparentes par mille stratagèmes, qu'ils les font non seulement souffrir, mais même recevoir.

Com-

Combien de fauſſetés & de calomnies ne trouve-ton pas contre les plus honnêtes gens dans la plûpart des Livres écrits par les Jéſuites? Ces fauſſetés & ces calomnies ſont crues par des gens de poids & de mérite, qui ſe laiſſent ſéduire par les apparences, tandis que les génies les plus foibles ſe moquent ouvertement du Pere Hardoüin & de ſes impertinens Ouvrages.

CONCLUONS de tout cela, ſage & ſavant Abukibak, qu'un Auteur qui pouſſe les choſes à l'extrême, n'eſt à craindre ni pour ceux qu'il critique, ni pour ceux qui le liſent.

JE te ſalue, ſage & ſavant Abukibak, & t'exhorte à ne te jamais charger de mauvais Livres.

LETTRE CENT ET UNIEME.

Le Silphe Oromafis, *au fage Cabalifte* Abukibak.

J'APPERÇUS il y a deux jours, fage & favant Abukibak, une jeune perfonne aux pieds d'un Moine à barbe longue. Elle avoit un air embarraffé, une aimable rougeur couvroit fes joües ; fes difcours me paroiffoient être très fouvent interrompus par ceux du Directeur, dont les yeux étoient fans ceffe attachés fur la timide penitente. Curieux d'oüir une converfation, que je jugeai devoir être très intéreffante, je volai auprès du confeffional, & me plaçai de manière qu'il me fut très aifé d'entendre les queftions du Confeffeur, & les réponfes de la jeune fille.

,, APPRENEZ-moi, difoit le Moine, ma
,, chere Enfant, fi dans les mouvemens
,, que vous caufe la vûe de ce jeune hom-
,, me, il n'entre qu'une fimple tendreffe
,, épurée, & qui n'a rien de commun
,, avec les plaifirs des fens. Car enfin,
,, quoique ce foit un très grand mal que
,, de s'attacher trop fortement aux créa-
,, tures, c'en eft un bien plus confidéra-

„ ble lorfque nous nous abandonnons à
„ des penfées charnelles & criminelles.
„ Dites-moi donc, n'avez-vous jamais
„ fouhaité de vous trouver feule avec
„ votre amant ? N'avez-vous point defiré
„ de pouvoir lui parler librement & fans
„ contrainte ? „

Je *vous avoüe, mon Pere, répondit la jeune fille, que j'ai profité avec plaifir des occafions où j'ai pû voir mon galant fans témoins.
Il me fembloit que ceux qui m'examinoient, di-
minuoient le plaifir que j'avois d'être avec lui.*
„ Tant pis, tant pis, reprit le Moine. La
„ vertu cherche toujours le grand jour.
„ Péché, péché véniel, tendant fort au
„ mortel. Et lorfque vous étiez feule
„ avec ce garçon fi chéri, que vous di-
„ foit-il ? „ *Qu'il m'aimoit beaucoup,* répondit la penitente en rougiffant ; *qu'il
mourroit plûtôt que de m'être infidèle ; qu'il
étoit au défefpoir quand il paffoit un jour fans
me voir ; qu'il fe tueroit, s'il croioit que je ne
l'aimaffe point.* „ Et fes difcours, repartit
„ le Directeur, faifoient beaucoup d'im-
„ preffion fur votre efprit, & caufoient
„ à votre cœur des mouvemens fecrets
„ auxquels vous ne pouviez réfifter ? *Ouï
mon Pere,* dit la jeune fille.

Ah ! ma chere Enfant, repartit le Moi-
„ ne, vous voilà fur le bord du précipi-
„ ce. Que je crains les fuites de cet é-
„ clairciffement ! mais enfin, il eft nécef-
„ faire. Vous êtes citée au Tribunal de
„ la

,, la vérité, vous comparoiffez devant un
,, Juge qui lit dans le fond des cœurs ; il
,, faut parler naturellement. Je ne fuis ici
,, qu'une foible image de celui à qui vous
,, vous adreffez : prenez donc courage,
,, ma chere Enfant, ne commettez point
,, un facrilège par une mauvaife honte.
,, Avoüez, avoüez tout ce qui peut char-
,, ger votre confcience. Dans ces con-
,, verfations particulières que vous aviez
,, avec votre amant, ne fe paffoit-il rien...?
,, Là, vous m'entendez bien... Vous con-
,, tentiez-vous l'un & l'autre de dif-
,, cours? Les jeunes gens font vifs & emportés ; quelquefois une main indifcrete
,, met la pudeur de la fille la plus retenue
,, aux abois. Jamais n'arriva-t-il à votre a-
,, mant de vous ferrer la main ? ,, *Pardon-*
nez-moi, dit la fille en tremblant; *très fou-*
vent il la prenoit dans les fiennes. ,, Et la bai-
,, foit fans doute, pourfuivit le Confeffeur. ,,
Ouï, *mon Pere*, repliqua t-elle. ,, Bon,
,, bon, nous y fommes bientôt, reprit le
,, Moine. Allons, courage, voici Satan
,, vaincu; il aura la honte de vous voir
,, purger des fautes qu'il vous a fait fai-
,, re, en les confeffant. Quand une jeu-
,, ne perfonne eft prife par les mains, le
,, Diable lui fait perdre ordinairement
,, bien autre chofe. Comment défendra-
,, t-elle fa gorge? je fuis affûré que plufieurs
,, fois la vôtre a été en proie aux at-
,, touchemens charnels de votre galant.
,, Di-

,, Dites-moi, ma pauvre Enfant, alloit-il
,, bien avant lorſqu'il portoit une main cri-
,, minelle ſur votre ſein ? ,, *Hélas ! mon Pere,*
repartit la fille, *dans ces momens j'étois ſi
peu à moi-même, que je ne faiſois guères attention à cela.* ,, Ho, ho ! Vous perdiez, re-
,, partit le Moine, le jugement ! Je vois
,, actuellement le dénouement de l'affaire.
,, Il y avoit ſans doute dans la chambre
,, où vous étiez, quelque fauteuil, ou
,, quelque canapé ; votre galant profitoit
,, de votre foibleſſe, & le Diáble, qui ne
,, demande qu'à perdre les ames, vous
,, pouſſoit. De concert avec lui, vous
,, tombiez..... Le reſte eſt entendu. Pé-
,, ché mortel, & très mortel, ma chere
,, Enfant ! ,,

PENDANT que ce Moine parloit, ſage
& ſavant Abukibak, je l'examinois avec
attention, & je jugeois par les mouvemens de ſon viſage, de ceux qui ſe paſ-
ſoient dans le fond de ſon cœur. Tantôt
il rougiſſoit, quelquefois il fixoit les yeux
ſur la jeune penitente, peu après il regardoit le Ciel, & ſembloit ſoupirer. Sa
voix étoit inégale, & peu ſoutenue.
,, Ma Fille, dit-il preſque en bégaïant,
,, vous avez fait de grands péchés. Vous
,, avez expoſé votre ame à un danger é-
,, minent ; un rigoureux ſupplice auroit
,, puni la tendreſſe criminelle qui vous a
,, fait desobéïr aux volontés du Seigneur.
,, Il faut vous réſoudre ſérieuſement à

Tome III. Z ,, vous

„ vous défaire d'une inclination qui ne
„ peut que vous être nuifible. Promet-
„ tez donc à Dieu, & à moi que vous
„ quitterez votre amant, que vous le fui-
„ rez, que vous le haïrez même, com-
„ me la caufe de vos péchés. Vous ne
„ répondez point, continua le Moine en
„ hauffant la voix, & prenant un ton plus
„ ferme. Eft-ce que vous héfitez à vous
„ déterminer? Voiez, Malheureufe, les
„ Enfers ouverts; contemplez-y la place
„ qu'on vous y deftine. Vous vous plon-
„ gez pour jamais dans l'*Abîme des Abî-*
„ *mes.* Il n'eft plus pour vous aucun
„ efpoir, fi vous perdez le moment qui
„ vous eft offert par la grace. Profi-
„ tez-en, ma chere Enfant, aiez pitié
„ de vous-même, rompez, rompez
„ tout commerce avec l'impureté, dé-
„ teftez le féducteur de votre virgini-
„ té, banniffez-le loin de vous, exi-
„ lez-le, s'il eft poffible, au-délà des
„ mers. „

HELAS! *le puis-je, mon Pere?* dit la jeune fille la larme à l'œil, & le vifage couvert d'une aimable rougeur. *Comment pren-*
drai-je fur moi d'ordonner à mon amant de me
fuir pour toujours? Comment me réfoudrai-je
à ne plus le revoir? Quand je paffe deux jours
fans lui parler, lorfqu'il n'eft point affidu à
chercher les occafions de me jurer qu'il m'aime,
une douleur mortelle m'accable & me défefpere.
Il faut donc qu'en renonçant à lui, je renonce

à la vie. ,, Que je vous plains, pauvre
,, Brebis égarée! repartit le Directeur, &
,, que le Démon d'impureté s'est emparé
,, fortement de votre cœur! mais j'ai pi-
,, tié de vous, & je veux vous conduire
,, au Ciel, en dépit des rufes de l'Enfer.
,, Parlez-moi naturellement, êtes-vous ca-
,, pable de garder un fecret? Pourrez-vous
,, vous taire, & ne jamais parler des con-
,, feils charitables que je veux vous don-
,, ner? Si cela eft, il eft un moïen pour vous
,, conduire au Ciel, & pour ne point
,, vous arracher cet amant fi chéri. ,, *Ha* !
mon Pere, repartit en verfant quelques lar-
mes la jeune pénitente, *apprenez-moi ce*
fecret, & je vous jure par tout ce qu'il y a de
plus facré, de garder éternellement le filence.
Vous ferez le bonheur de ma vie. Je vous
avoüe que j'ai une peur infinie de l'En-
fer. ,, Hé bien, répondit le Moine,
,, puifque vous m'affûrez du fecret, je
,, vais vous réveler des myftères que
,, nous découvrons à bien peu de gens,
,, & auxquels nous n'initions que les
,, perfonnes pour qui nous avons une vé-
,, ritable confidération & une tendre ef-
,, time.

,, LE péché d'impureté peut être effa-
,, cé par une fage & prudente direction
,, d'intention, c'eft-à-dire, par un aban-
,, donnement total & une indifférence
,, parfaite pour les chofes qui regardent
,, le corps, & auxquelles l'efprit, ferme-

,, ment

„ ment attaché au Ciel, ne prend aucune
„ part. Je m'explique plus clairement.
„ Par exemple, dans les bras de votre a-
„ mant vous penfez aux chofes céleftes,
„ vous ne prenez aucune part fpirituelle-
„ ment aux plaifirs charnels, vous ne les
„ goutez que corporellement. Ainfi, vo-
„ tre ame dans ces momens, détachée
„ en quelque manière du corps, n'en con-
„ tracte point les fouillûres; l'efprit refte
„ pur, il ne reçoit aucune impreffion de
„ la matière.

„ Voilà, ma chere Enfant, un moïen
„ efficace de conferver deformais votre
„ vertu, exempte de toute fouillûre;
„ mais il eft encore une chofe très effen-
„ tielle, c'eft qu'avant de pratiquer le
„ faint & utile Quiétifme avec votre a-
„ mant, il faut y avoir été initiée par un
„ fage Directeur qui en fache toute la
„ pratique, & qui purifie les tâches que
„ vous avez contractées auparavant. Je
„ m'offre avec plaifir à fervir à votre fa-
„ lut, & ce m'eft une joie bien douce de
„ pouvoir être l'inftrument dont le Ciel
„ fe fervira pour vous retirer du péché.
„ Je n'aurois point pour d'autres péni-
„ tentes une complaifance, qui, à mon
„ âge, ne laiffe pas que d'être fatigante;
„ mais enfin, il s'agit de fauver l'ame
„ d'une aimable perfonne, remplie de
„ mérite, douce, fpirituelle. Que ne fe-
„ roit-on pas pour réüffir dans une fem-
                                    „ blable

„ blable entreprife. Choififfez donc, ma
„ chere Fille, l'heure où je pourrai vous
„ voir en particulier, & vous délivrer
„ pour toujours des rufes de Satan & de
„ la puiffance du Malin. Le plûtôt fe-
„ ra le meilleur. Il faut mettre votre
„ confcience en fûreté ; voulez-vous,
„ que ce foit dès cet après-diné ? Vous
„ n'avez qu'à parler, je fuis toujours
„ prêt. „

Après cette fainte exhortation, fage
& favant Abukibak, le Confeffeur fe tut,
& attendit avec inquiétude quelle feroit
la réponfe de fa pénitente. Elle étoit fi
troublée, qu'elle refta quelques momens
fans parler. Elle rompit enfin le filence.
Le remède que vous m'offrez, dit-elle, *mon
Réverend Pere, a quelque chofe qui me paroît
bien dur. Ne puis-je conferver mon amant, à
moins que je ne lui devienne infidèle ? Que di-
roit-il, s'il favoit que j'ai la foibleffe de con-
fentir. . . . . Ah ! cette feule penfée me fait
frémir.* „ Que vous êtes peu éclairée, re-
„ prit le Moine, & que je plains votre
„ aveuglement! On vous offre un moïen
„ facile pour affûrer votre confcience,
„ vous le rejettez fous de vains prétextes.
„ Dites-moi, comment voulez-vous que
„ votre amant fache que vous avez été
„ initiée au St. Quiétifme? Quel eft celui
„ qui pourra l'en inftruire? Sera-ce moi,
„ dont l'état, le caractère, & le mi-
„ niftère exigent une retenue fi grande?

Z 3   „ Quel-

,, Quelle est donc votre scrupuleuse dé-
,, licatesse ? Est-ce faire une infidélité,
,, que de s'assûrer pour toujours la satis-
,, faction de pouvoir gouter en paix les
,, plaisirs d'un amour tendre & récipro-
,, que ? Ne refusez point le bien qui vous
,, est offert ; combien est-il peu de Con-
,, fesseurs qui fussent en état de vous le
,, procurer ? ,,

QUELQUE *chose que vous disiez*, repliqua la fille, *je vous avoüe que l'expédient que vous me proposez, ne me rassûre point. Comment est-il possible qu'une faute, s'il est vrai que c'en soit une si grande d'accorder des faveurs à mon amant, puisse être réparée par une autre faute qui me paroît bien plus considérable ? Non, mon Pere, je ne saurois emploier le remède que vous voulez me donner ; ma tendresse, ma fidélité, ma raison même n'y peut consentir.* A ces mots, la fille voulut sortir du confessional ; mais le Directeur l'arrêtant, lui débita encore tous les principes & toutes les maximes du Quiétisme. Il fit tant, qu'il vint enfin à bout de ses desseins. La penitente promit de suivre les conseils du Directeur, *de s'abandonner, & de le laisser faire* ; usage sacré parmi les Quiétistes, & dont le Jésuite Girard & tant d'autres Ecclésiastiques & Moines ont donné des leçons à leurs dévotes.

LORSQUE j'entendis la conclusion de cette conversation, je ne pus m'empêcher

cher de réciter ces vers de Boileau , en revolant vers l'Empirée :

Alors , croiant d'un Ange entendre la ré-
ponſe ,
La Dévote s'incline , & calmant ſon eſprit ,
A cet ordre d'en haut ſans peine elle ſouſ-
crit.
Voilà les dignes fruits des ſoins de ſon Doc-
teur.
Encore eſt-ce beaucoup , ſi ce Guide impoſ-
teur ,
Par les chemins fleuris d'un charmant Quié-
tiſme ,
Tout à coup l'amenant au vrai Molinoſiſ-
me ,
Il ne lui fait bientôt , aidé de Lucifer ,
*Gouter en Paradis les plaiſirs de l'Enfer *.*

JE te ſalue ſage & ſavant Abukibak, en *Jabamiah* , & par *Jabamiah.*

* Boileau, *Satyre* X.

LETTRE CENT DEUXIEME.

Abukibak, *au studieux* ben Kiber.

LEs réflexions que tu m'as communiquées, studieux ben Kiber, sur le Traité des *Athées découverts*, composé par le Jésuite Hardoüin, sont très sensées; mais ce n'est pas là le plus ridicule Ouvrage qu'il ait publié, & ses Remarques sur l'*Enéïde de Virgile* * & sur les *Odes d'Horace*, marquent bien plus l'égarement de

---

* Les Lecteurs, qui voudront s'instruire amplement des raisons qui avoient engagé le Pere Hardoüin à vouloir faire passer l'Enéïde pour un poëme, fait par un imposteur dans le treizième siécle, les trouveront dans la *IV. Partie des Mémoires Secrets de la République des Lettres*. Je remarquerai seulement ici en faveur de ceux qui n'ont pas ce Livre, que si l'Enéïde de Virgile est un poëme supposé, il faut absolument que tous les Ouvrages de St. Augustin le soient aussi, puisque dans ceux qui passent pour être le plus certainement de ce Pere, il y est parlé très souvent de l'Enéïde, & l'on y trouve plusieurs morceaux entiers de ce poëme. Or, en décriant

de fon efprit. Elles font pour la plûpart
fi comiques & fi bizarres, qu'on a peine
à

criant l'Enéïde, on rendoit fufpects les Ouvrages de St. Auguftin, & l'on ôtoit aux Janféni-
tes leur plus ferme foutien. Ce Pere de l'E-
glife dans fes *Confeffions* décrit entiérement tout
le fujet de l'Enéïde. *Proponebatur enim mibi ne-*
gotium animæ meæ fatis inquietum , præmio laudis &
dedecoris , vel plagarum metu, ut dicerem verba
Junonis irafcentis & dolentis , quod non poffet I-
talia tenerorum Regem avertere, quæ nunquam Ju-
nonem dixiffe audieram ; fed figmentorum poëtico-
rum veftigia errantes fequi cogebamur. Auguft. Con-
fefs. *Lib. I. Cap. XVII.*

Voilà le premier Livre de l'Enéïde & la tempête que Junon excite fur la mer pour écarter
les vaiffeaux d'Enée ; voici le quatrième Livre
& l'hiftoire malheureufe de la mort de Didon &
du départ d'Enée: *Tenere cogebar Æneæ nefcio*
cujus errores, oblitus meorum, & plorare Dido-
nem mortuam , quia fe occidit ob amorem, cum iu-
terea me ipfum in bis, o te morientem, Deus ! vi-
ta mea, ficcis oculis ferrem miferrimus. Auguft.
ibid. Cap. XIII.

Je joindrai ici encore un paffage du même
Pere, que j'extrais de fon plus excellent Ouvrage ; on y trouve les vers originaux dans lefquels Virgile parle de la mort de Priam, & de
l'enlevement de la ftatue de Minerve. *Tot bella*
gefta confcripta funt, vel ante conditam Romam,
vel ab ejus exortu & imperio, legant & proferant
fic ab alienigenis aliquam captam effe civitatem , ut
boftes qui ceperant, parcerent eis quos ad Deorum

Z 5 *fuc-*

à concevoir comment un homme qui a-
voit quelque reste de raison, & qui n'ex-
travaguoit point dans les affaires de la
vie

suorum Templa confugisse compererant ; aut aliquem
Ducem barbarorum præcepisse , ut irrupto oppido
nullus feriretur qui in illo vel illo Templo fuisset
inventus. Nonne vidit Æneas Priamum per aras

Sanguine fœdantem quos ipse sacraverat ignes?

Nonne Diomedes & Ulisses ,

- - - - Cæsis summæ custodibus arcis,
Corripuere sacram effigiem , manibusque cruen-
tis,
Virgineas ausi Divæ contingere vitas ?

Nec tamen quod sequitur verum est.

Ex illo fluere, ac retro sublapsa referri
Spes Danaum , &c.

Postea quippe vixerunt, postea Trojam ferro igni-
busque deleverunt, postea confugientem ad aras
Priamum obtruncarunt. August. de Civit. Dei, *Lib.*
I. Cap. II.
Je laisse aux Lecteurs qui viennent de lire
ces passages, à décider si l'Enéïde étoit connue
de St. Augustin, & si en soutenant que ce poëme n'avoit été composé qu'au treizième siécle,
les Ouvrages de St. Augustin ne devoient pas
être regardés comme des Ecrits, fabriqués par
un imposteur dans ces derniers tems.

vie civile, a pû les produire, & n'a pas rougi de les jetter fur le papier. Si je voulois te parler de toutes les impertinences qui fe trouvent dans cet Ouvrage, je ferois obligé de le copier entiérement; tout y eſt également mauvais, & diametralement oppoſé au bon fens. Je me contenterai de faire mention de quelques endroits qui m'ont paru les plus amuſans, & qui marquent le plus le goût fingulier de l'érudition du Pere Hardoüin.

CE Jéſuite annonce d'abord que jamais Virgile n'eut la penſée de compoſer une *Enéide* *. Il s'étonne fort que tant de Savans qui ont parlé de cet Ouvrage, & qui l'ont examiné avec foin, n'aient pas fait attention au but de cet Ouvrage, qu'un Poëte impie & fcélerat a compoſé uniquement pour établir que tout arrivoit dans le Monde par l'enchaînement d'une inévitable fatalité; ce qu'il établit fortement, en fuppoſant que Vénus, Junon, & Jupiter même ne peuvent s'oppoſer aux arrêts des deſtinées †.

CE

* *Virgilio nunquam venit in mentem Æneidam ſcribere. Deliberatum enim ei fuit , poſt edita* Georgica, *prodere carmine res geſtas, non Æneæ, ſed Cæſaris Auguſti.* Harduini Opera varia, Pſeudo - Virgil. Obſervationes, pag. 280.

† *Mirari ſubit profecto haud temere, inter tot Æneidos laudatores, viros alioquin eruditione in-*

ſi-

CE premier raifonnement du Pere Hardoüin eft auffi faux que ridicule. Eft-il furprenant qu'un Poëte Païen ait fuivi les idées de la Religion Païenne dans un Poëme Epique? En quel endroit le Pere Hardoüin a-t-il trouvé que les Poëtes· anciens ne foumettoient pas l'évenement des chofes aux ordres du deftin? Jupiter dans Homere y eft-il moins foumis que dans Virgile? Ce Pere des Dieux ne fe trouve-t-il pas dans l'*Iliade* & dans l'*O-diffée* forcé d'obéïr aux deftinées? Uliffe, malgré Vénus, n'arrive-t-il pas en Itaque, comme Enée en Italie malgré Junon? Troie n'eft-elle pas détruite malgré les Dieux qui la protégeoient? Jupiter, après avoir pefé dans une balance les deftins heureux ou malheureux, fe conforme au poids qui la fait pencher. Le Pere Hardoüin favoit fans doute tous ces faits; ils fe font préfentés un millier de fois à fon efprit, d'où vient n'en a-t-il pas profité? La raifon en eft fort claire,

dans

---

fignes, neminem adhuc unum exftitiffe, quem quidem legerim, qui verum hujus Poematis fcopum attigerit, vel omnino indicarit. Eo Vates impius fpectavit unice, ut doceret fata evenire omnia tam bona quam mala; nihil aliud effe quod fatis poffit obfiftere; non Venerem, non Junonem, nec Deum, nec Deam effe, qui vel quæ remorari aut effugere fata valeat, five profpera, five adverfa. Idem, ibid. pag. 282.

dans un homme qui a cru trouver l'Athéïf-
me dans tous les Ouvrages des plus grands
hommes que la France ait produits, peut
bien voir la Prédeftination abfolue de
St. Auguftin dans Virgile, & traiter le
Poëte comme un Janfénifte dangereux.
Eft-il plus fou de faire l'un que l'autre?
Je crois que cela eft fort égal.

Le Pere Hardoüin ne s'eft pas conten-
té de découvrir tout le venin du Janfé-
nifme dans le poëme de l'Enéide, fuppo-
fé & fabriqué par un impofteur dans le
treizième fiécle; il y trouve encore toute la Religion Chrétienne. Par exemple,
fur ce vers,

Inferretque Deos Latio, Genus unde La-
tinum ;

C'eft-à-dire.

Ænée portera fes Dieux en Italie, & c'eft de
cet établiffement que viendra le Peuple Latin,
le Pere Hardoüin dit que par Enée l'Auteur de l'*Enéïde* entend Jéfus-Chrift, &
par les Dieux la Religion Chrétienne.
Cette allégorie, felon lui, eft d'autant
plus certaine, que les Latins étoient ainfi appellés avant qu'Enée arrivât en
Italie, & que Jéfus-Chrift aima mieux
que ceux qui embraffoient la Religion
qu'il avoit établie, s'appellaffent La-
,, tins, ou feĉtateurs de la Religion
La-

Latine, que Juifs, ou partifans du Ju-
daïfme *.

Il n'eft pas furprenant que le Pere Hardoüin ait voulu métamorphofer le pieux
Enée en Meffie, puifqu'il a changé la maitreffe d'Horace en Eglife, & en Eglife
univerfelle.   Je ne crois pas qu'on puiffe
rien voir d'auffi fou, que l'explication
qu'il donne de la vingt-deuxième Ode du
premier Livre.   ,, Celui, mon cher Fuf-
,, cus, dit Horace, dont la vie eft pure,
,, & dont le cœur eft exempt de cri-
,, me, n'a befoin ni des javelots, ni des
,, arcs, ni des fleches des Maures....L'au-
,, tre jour, étant occupé à chanter dans
,, un Bois ma chere Lalagé, quoique je
,, fuffe fans armes, un loup qui m'apper-
,, çut, prit d'abord la fuite. . . . Qu'on
,, me mette dans les païs les plus déferts,
,, j'ai-

---

* Inferretque Deos Latio, Genus unde Latinum: *Hoc eft Genus ab Ænea, five a Religione
quam intulit Latio, Latinum dictum eft; fcilicet
a Chrifto Chriftianum.   Nam & Æneas* Chriftus,
& Latinus *Chriftus eft.   Alioquin, quomodo ex
Æneæ facto Latini appellati funt, cum prius Latini dicerentur & Latium, quam in Italiam Æneas
pedem inferret, expediri fatis probabiliter non po-
teft, fi demas allegoriam ...... Nam is* (Chriftus)
*profecto maluit Judæos, qui ejus Sacra fufciperent,
Latinos & Latinæ Religionis dici cultores, quam
Judaicæ, vel Judæos.* Harduini Pfeudo-Virgil.
Obferv. pag. 281. col. II.

,, j'aimerai toujours ma chere Lalagé,
,, dont les ris, les graces & les difcours
,, ont tant de douceur & de charmes *. ,,
Perfonne à coup fûr ne foupçonneroit
que toute la Religion Chrétienne eft renfermée dans les ſtrophes de cette Ode ;
le Pere Hardoüin l'y découvre cependant
entiérement. *Lalagé*, c'eft la *piété Chrétienne*, dont les graces & les difcours ont
mille charmes. *Fufcus*, c'eft *Jéfus-Chrift*,
à qui le prétendu Horace dit que dans
quelque endroit qu'il lui plaife de le re-
leguer, il chantera toujours fa *Lalagé*,
c'eft-à-dire la *piété Chrétienne*, & fon E-
glife *.

EN

> * *Integer vitæ, fcelerifque purus,*
> *Non eget Mauri jaculis neque arcu,*
> *Nec venatis gravida fagittis,*
>   *Fufce, pharetra.*

- - - - - - - - - - -

> *Namque me filva lupus in Sabina,*
> *Dum meam canto Lalagen & ultra*
> *Terminum curis vagor expeditus,*
>   *Fugit inermem.*

- - - - - - - - - - -

> *Pone fub curru nimium propinqui*
> *Solis, in terra domibus negata ;*
> *Dulce ridentem Lalagen amabo,*
>   *Dulce loquentem.*

> * *Hæc Ode commendationem continet veræ &*
> *Chriftianæ pietatis, quæ Græce θεοσεβεια dicitur.*
>   *&*

EN ufant des libertés & des privilèges
du Pere Hardoüin, je crois être en droit
de foutenir que Roufleau a fait dans la
Cantate de Circé une allégorie des prodiges qui arriverent lors de la Rédemp-
tion du genre humain.　Peu de gens s'en
font apperçus ; mais c'eſt qu'ils étoient
prévenus , & qu'ils n'ont pas fait aflez
d'attention au véritable fens des vers de
ce Poëte.　Les voici.

> *Sa voix redoutable*
> *Trouble les Enfers.*
> *Un bruit formidable*
> *Gronde dans les airs.*
> *Un voile effroiable*
> *Couvre l'Univers ,*
> *La terre tremblante*
> *Frémit de fureur :*
> *L'onde turbulente*
> *Mugit de fureur.*

Là

& cui comes integritas, comitas, ſuavitaſque mo-
rum.　Nam Lalage *hoc loco non alia eſt quam ip-*
ſa pietas Chriſtiana. *Hæc in* homine probo dulce ridet, dulce loquitur: *hoc eſt, conjuncta cum*
hilaritate, comitate , & urbanitate eſt.　Pone me,
Chriſte, *inquit Vates* , (*hoc enim eſt* Fuſce) pone
me ſub alterutra Zona, frigida, torridave, in
Syrtibus, vel in ſilvis ubi ſunt lupi leonibus
immaniores: ubique meam *Lalagen* cantabo ; a-
mabo pietatem. Harduini Animad. in *Lib. I. Odar.*
Horatii , pag. 336. *col. II.*

La Lune fanglante
Recule d'horreur.

Dans le fein de la mort, les noirs enchante-
    mens
  Vont troubler le repos des Ombres :
Les Manes effrayés quittent leurs monumens,
L'air retentit au loin de leurs longs heurlemens ;
Et les vents, échappés de leurs cavernes fombres,
Mêlent à leurs clameurs d'horribles fiflemens.
Inutiles efforts, Amante infortunée !
D'un Dieu plus fort que toi, dépend ta defti-
    née.
Tu peux faire trembler la terre fous tes pas,
Des Enfers déchaînés allumer la colère ;
  Mais tes fureurs ne feront pas
  Ce que tes attraits n'ont pû faire *.

  Sa voix redoutable trouble les Enfers.]
C'eft la voix du *Démon*, dont les cris &
les fureurs redoublent par la douleur de
voir les hommes delivrés du joug où le
péché d'Adam les avoit foumis ; tout le
refte de ce couplet contient les miracles
qui arriverent à la mort du Meffie. Le
Poëte reprend enfuite le récit des prodiges qu'on vit dans ce tems-là. Les *Morts*
fortirent de leurs tombeaux ; c'eft ce qu'il
exprime fort clairement par ce vers.

                        Les

---

* Oeuvres de Rouffeau, Cantate de Circé.
Tome III.   A a

Les Manes effrayés quittent leurs monumens.

Infortunée Amante.] C'eſt le *vice* que les hommes aimoient, & qu'ils abandonnent par l'ordre du Ciel ; ce que le Poëte fait ſentir fort bien, lorſqu'il ajoute :

D'un Dieu plus fort que toi, dépend ta deſti-
    née.

Le *vice* en effet peut *des Enfers déchaî-*
nés allumer la colère ; mais ſes fureurs ne pourront pas davantage que ſes attraits, còntre la puiſſance de Dieu.

LETTRE CENT TROISIEME.

Abukibak, *au ſtudieux* ben Kiber.

LE Pere Hardoüin, s'il vivoit, auroit fort mauvaiſe grace à chicaner l'explication que je t'ai donnée de l'allégorie de Rouſſeau ; car je la ſoutiens pour le moins auſſi naturelle, que celle qu'il a faite de la vingt-deuxième *Ode* du *I. Livre* d'Horace, & beaucoup plus que celle de la ſixième du *III. Livre*, où il lui plait de mettre Jéſus-Chriſt à la place
de

de Mécénas. Horace , loüant les vertus de ce Romain , & fon defintéreffement, l'appelle la gloire & l'honneur des Chevaliers.

Le Pere Hardoüin trouve dans ces loüanges les plus furprenantes chofes du monde. L'impofteur , qui a fabriqué les Odes d'Horace , appelle Jéfus-Chrift la gloire & l'honneur des Chevaliers , *Mæcenas Equitum decus*, parce qu'il eft le premier chef & la fleur des Chevaliers de St. Jean de Jérufalem , & des autres Ordres de Chevalerie *. Ce Jéfuite , ftudieux ben Kiber, reconnoît le Meffie dans prefque toutes les Odes. Horace loüe , par exemple , Codrus de n'avoir point craint de mourir pour fa patrie ; ce Codrus eft encore Jéfus-Chrift, qui eft réellement mort pour la patrie de tous les hommes †.

LE

* Mæcenas Equitum decus.]

Mæcenas Chriftus Dominus eft, cui dixit ifte ut pauperum amatori, pertimuiffe fe magnas opes , unde confpicuus fieret : & ipfum effe Equitum decus; nempe Ordinis Sancti Joannis Hierofolymitani, qui & ipfi vovent paupertatem, vel Templariorum , vel utrorumque. Finxere inde nebulones intra conditionem Equeftrem continuiffe fe Mæcenatem. Harduini Animadverfiones in *Lib. III. Odarum Horatii, pag.* 348. *col. II.*

† Codrus pro patria non timidus mori.]

Codrus, acceptum ex Herodote nomen Libro V. ab

aliis

L E Pere Hardoüin ne s'est pas conten-
té de trouver tous les Mystères de la Religion dans les Odes les plus galantes, il
a encore découvert que le faux Auteur
avoit fait mention des Moines, & sur-tout
des Dominicains. Le Poëte Latin dit à Mécénas, en parlant de ses Poésies, qu'il ira
à l'immortalité. *Déjà*, ajoute-t-il, *je suis
métamorphosé en oiseau d'un plumage blanc,
& les plumes naissent sur mes doigts & sur
mes épaules.* Cet oiseau blanc, c'est Jésus-
Christ qui monte au Ciel, & les plumes
qui naissent, sont les Réverends Freres
Prédicateurs, appellés communément Dominicains, qui répandent par tout l'U-
nivers la Religion Chrétienne. Le plumage blanc de l'oiseau marque un vête-
ment de cette couleur *. Dans la même
Ode

*allis postea Scriptoribus, sed a cohorte improba pro
Christo Domino allegorice ponitur, diciturque pro
patria se ipsum devovisse: quod certe fecit.* Idem,
ibid. pag. 346. *col.* 1.

* - - - Album mutor in alitem
    Superne: nascunturque læves.
    Per digitos humerosque plumæ.]

*Allegoriæ pars altera sequitur, quæ Fratres Prædi-
catores Sancti Dominici Alumnos egregie commendat. Vaticinatur enim Christus se in illis Præconi-
bus Evangelii sui, qui legatione pro se fungeren-
tur, per complures orbis provincias volaturum, Eu-
ropæ, & Asiæ, & Africæ. Propterea se jamjam
mutandum esse in alitem, & quidem album, hoc
est*

Ode la Réſurrection de Notre Seigneur eſt clairement dénotée. Horace dit que *ſes vers dompteront la nuit des tems , qu'il ne mourra point , & qu'il franchira les eaux du Styx.* Le Pere Hardoüin ne manque pas de retrouver encore dans ce paſſage Jéſus-Chriſt qui a reſſuſcité après ſa mort. Deux vers plus haut, il découvre le Myſtère de l'Incarnation. *Quoique né ,* dit le Poëte, *de parens obſcurs , j'éterniſerai mon nom.* Voilà encore Jéſus-Chriſt, né d'un pauvre Charpentier·*.

PUISQUE le Pere Hardoüin étoit en ſi, beau train de trouver Jéſus-Chriſt partout, comment a-t-il affecté de ne point voir, ou ne s'eſt-il pas ſouvenu de le reconnoître dans cet excellent paſſage du Nouveau Teſtament , où il a dit de luimême, *Ego ſum Via,* VERITAS, *& Vita ;* c'eſt-à-dire, *Je ſuis la Voïe ,* la VERITÉ,
&

---

eſt candida veſte indutum. Idem , ibid. *pag.* 345. *col. II.*

* ˙ ˙ - Non ego pauperum
Sanguine parentum: non ego, quem vocat
Dilecte Mæcenas, obibo ;
Nec Stygia cohibebor unda]

Chriſtus Fabri Filius, ut ferebatur , de Virgine humili ac paupere natus eſt ..... nec Stygia cohibitus unda Chriſtus eſt , qui reſurrexit. Harduinus , ibidem.

& la Vie *? Il n'a pas apparemment encore ôfé porter fon extravagance jufqu'à
*prétendre que Jefus-Chrift vouloit infinuer par-
là qu'il n'étoit qu'une feconde intention, &
par conféquent une idée, née par abftraction
dans l'efprit des hommes* †. C'eft la judicieu-
fe réflexion d'un très favant homme, dans
un petit Difcours très fenfé, très bien
écrit, & très inftructif fur les *Athei detecti*
de notre Jéfuite : & naiffant fi naturellement du fujet, je fuis furpris qu'elle ne
te foit point venue dans l'efprit, lorfque
tu m'as communiqué tes penfées fur cet
odieux Ouvrage ; mais, comme on l'a dit
il y a long-tems, *on ne s'avife jamais de
tout*, & fouvent les réflexions & les faits
les plus propres à enrichir nos Ouvrages,
nous échappent lorfqu'elles nous feroient
le plus néceffaires.

Si je voulois te rapporter ici, ftudieux
ben Kiber, toutes les folies & toutes les
extravagances qui font dans ceux du Pere Hardoüin, il faudroit faire un Volume
auffi gros que celui qu'il a compofé. Tu
peux juger de fa critique & de fon érudition par les paffages que la briéveté de
ma Lettre m'a permis de te rapporter.

C'est fur des raifonnemens auffi puériles,

---

* Jean XIV. 6.
† La Croze, *Difcours Préliminaire d'un Voïage Littéraire*, page *XV*.

riles , & fur des explications auffi peu
fenfées qu'il fonde la fuppofition des *Odes
d'Horace* & de *l'Enéide de Virgile.* Selon lui,
la diction de ces Poëtes eft pitoiable : à peine dans le Poëme Epique du dernier peut-
on trouver un vers , où il n'y ait quelque folécifme , ou quelque faute contre
la Grammaire †. Ainfi , tous les Savans
de l'Univers , qui ont admiré non feulement les beautés de l'*Enéide* , mais encore
l'élégance , la juftefle & l'harmonie des
vers , font de véritables ignorans. Les
Scaligers , les Saumaifes , les la Rues , les
Daciers , les le Fevres font des rêveurs ,
qui n'ont eu aucune connoiffance de la
Langue Latine. Et quoique Virgile ait
forcé le plus illuftre & le plus dangereux
adverfaire des Anciens d'avoüer que la
verfification de fon *Enéide* étoit la plus
belle qu'il y eût jamais eu †, le Pere Hardoüin

---

* *Infinitus fim, fi colligere aggrediar omnes hujus Poematis nævos, qui contra artis Grammaticæ
vel Poeticæ leges occurent legenti. Totum enim
vero carmen prorfus inelegans, abfque Poefi vera,
fola conflans pedum menfura , five ftruftura, quam
verfificationem vocant ; eaque perfæpe barbara, ob-
fcura , plena verbis prorfus alienis, audaci commu-
tatione cafuum , contra Latini fermonis ufum : tantum diffimile Georgicis Opus , quantum æs aura
diftat.* Harduini Obfervat. in *Lib. I. Æneid.*
pag. 284.

† Fontenelle, *Digreffion fur les Anciens &
les Modernes.*

doüin n'en prétend pas moins qu'elle soit à peine digne d'un écolier de sixième.

QUEL exemple, studieux ben Kiber, que celui de ce Jesuite pour les Savans qui se livrent aux mouvemens d'une imagination déréglée ! Je croirois que le Ciel à permis qu'il extravaguât aussi fort, pour que sa folie fût un avertissement éternel à tous les gens de Lettres. Il seroit à souhaiter, que les lâches & pernicieux Moines, qui ont donné aux Libraires de Hollande le manuscrit de leur confrere, & que leur digne émissaire à cet égard eussent eu la même vûe ; mais loin de penser aussi sensément, ils ont été au désespoir que personne n'ait donné dans le piége dangereux qu'ils tendoient au Public.

JE te salue, studieux ben Kiber. Portetoi bien, & déplores sincérement avec moi le malheur d'un siécle, où l'on voit naître pareilles extravagances.

LETTRE CENT QUATRIEME.

Le Cabaliste Abukibak, *au studieux* ben Kiber.

NE crois pas, studieux ben Kiber, qu'en réfutant les raisons sur lesquelles tu établis l'impossibilité des évovocations des Esprits, je prétende te ramener à l'étude des Sciences Cabalistiques. Depuis long-tems je suis persuadé que tout ce qu'on te pourroit alleguer en leur faveur ne produiroit aucun effet sur ton esprit, & ne détruiroit point ta prévention. Le seul amour de la vérité m'engage à défendre les sentimens d'Agrippa *, & des autres Auteurs qui ont écrit sur la manière d'évoquer les Esprits.

Tu dis d'abord qu'il ne paroit point que Dieu ait accordé à l'homme, en le créant, aucun pouvoir sur les bons & les mauvais Esprits, & qu'ainsi n'aiant reçu sur eux qu'une autorité par la puissance du

---

* *Voiez la* LXVI. *du* III. *Livre de ses Lettres.*

du Créateur, il eſt impoſſible qu'il ait pû l'acquérir dans la ſuite. Je conviens avec toi qu'on ne trouve point dans les Livres ſacrés que Dieu ait accordé à Adam & à ſa poſtérité le pouvoir de commander aux Eſprits ; mais je ſoutiens que par ces mêmes Livres, auxquels nous devons ſoumettre humblement tous nos raiſonnemens, il eſt prouvé que les hommes ont évoqué les Eſprits infernaux, & les ont forcés à ſortir des Enfers.

As-tu oublié, ſtudieux ben Kiber, l'hiſtoire de la fameuſe Magicienne, à laquelle Saül eut recours, & qui lui fit voir l'ame du Prophéte Samuël? Je ſais que pluſieurs Auteurs modernes, & ſur-tout un Anglois, qui s'eſt acquis la réputation d'un homme d'eſprit, ont ſoutenu que Dieu, aiant voulu punir la curioſité & la ſuperſtition de Saül, avoit permis qu'il fût abuſé par de faux preſtiges, & par des ruſes, telles que celles qu'emploient aujourd'hui les prétendus Magiciens, qui par le moïen de quelques drogues, ou de quelques ſels jettés dans un rechaud de feu, faſcinent les yeux des ſpectateurs, & leur préſentent mille objets différens qui n'ont aucune réalité. C'eſt par de ſemblables moïens que pluſieurs charlatans font voir des morts, des ſpectres affreux, des chambres remplies d'eaux, dans leſquelles on craint de ne ſe noïer. Ces objections ſont auſſi foibles que mal fondées; & pour être convaincu de la réalité de l'évocation de Samuël,

muël, il ne faut que confidérer avec quelque attention la manière dont l'Ecriture en parle. Ce récit eft fi exact, fi précis, & fi bien circonftancié, que chaque mot porte avec lui de quoi renverfer tous les argumens des incrédules.

„ ALORS Saül , difent les Livres „ Saints *, fe déguifa , & prit d'autres „ habits , & s'en alla , lui & deux hom- „ mes avec lui , & ils arriverent de nuit „ chez cette femme , & Saül lui dit , *Je* „ *te prie, devines-moi par l'Efprit de Python ,* „ *& fais monter vers moi celui que je te dirai.* „ Mais la femme lui répondit : *Voici, tu* „ *fais ce que Saül a fait , & comme il a ex-* „ *terminé du païs ceux qui ont l'Efprit de Py-* „ *thon & les Dévins. Pourquoi donc dreffes-* „ *tu un piége à mon ame pour me faire mou-* „ *rir ?* Et Saül lui jura par l'Eternel , & „ lui dit : *L'Eternel eft vivant, s'il t'arrive* „ *aucun mal pour ceci.* Alors la femme dit: „ *Qui veux-tu que je te faffe monter ?* Et-il „ répondit : *Fais-moi monter Samuël.* Et la „ femme, voiant Samuël, s'écria à haute „ voix, en difant à Saül : *Pourquoi m'as-* „ *tu déçue ? Car tu es Saül.* „

AVANT de continuer ce récit , arrêtons-nous pour quelque tems, ftudieux ben Kiber , à cette première partie. Confidérons

* Samuël, *Liv. I. Chap. XXVIII.* Je me fers de la Traduction de David Martin.

rons d'abord que la Pythoniffe ne connoiffoit point Saül lorfqu'elle le vit ; que ce Prince s'étoit déguife , & qu'elle le prit pour un efpion qui lui dreffoit un piége. Cependant à peine a-t-elle fait fes conjurations, que Samuël paroît, & dans le même inftant elle reconnoît le Roi , & s'écrie : *Pourquoi m'as tu déçue? Car tu es Saül.* Il falloit donc que les charmes qu'elle venoit d'emploier , euffent une véritable efficacité , & qu'ils produififfent des effets furnaturels ; puifqu'ils lui découvroient le déguifement de Saül. Elle foupçonnoit fi peu que ce Prince fût le même homme pour qui elle emploioit fon art , que pour qu'elle pût continuer fes conjurations, il fallut que le Roi la raffûrât & diffipât fa fraïeur.

Voions le refte du paffage. ,, Le Roi ,, lui répondit : *Ne crains point. Mais qu'as-* ,, *tu vû* ? Et la femme dit à Saül : *J'ai vû* ,, *un Dieu qui montoit de la Terre.* Il lui dit ,, encore : *Comment eft-il fait* ? Elle ré- ,, pondit : *C'eft un vieillard, qui monte, &* ,, *il eft couvert d'un manteau.* Et Saül con- ,, nut que c'étoit Samuël; & s'étant baif- ,, fé le vifage contre terre , il fe prof- ,, terna. ,, S'il étoit vrai, ftudieux ben Kiber , que l'apparition de Samuël n'eût eu aucune réalité , & que la Magicienne eût feulement fafciné les yeux de Saül , comment auroit-elle pû repréfenter à ce Prince directement les mêmes traits , la même

même figure, & les mêmes vêtemens du
Prophéte ? On peut bien par des secrets
offrir à la vûe des spectres, des fantômes,
&c. Mais pour donner à ces fantômes une
parfaite ressemblance à certaines personnes, il faut un pouvoir surnaturel. Que
les incrédules disent tout ce qu'ils voudront, ils ne persuaderont jamais à qui
que ce soit qu'ils puissent produire par
des moïens naturels des miracles, réservés
à la seule Divinité. Cependant, en suppo-
sant que quelques personnes ont le secret
de donner à des fantômes la physionomie
qu'il leur plait, on ne sera pas avancé davantage, & pour détruire la réalité de l'apparition de Samuël, il faudroit que les
charlatans qui fascineroient les yeux par
le moïen de leur art séducteur, fussent
doüés du talent de prédire l'avenir & d'en
découvrir les profondeurs les plus cachées;
car l'ame de Samuel annonça à Saül tout
ce qui lui devoit arriver. Voici comme
parle l'Ecriture.

„ SAMUEL dit à Saül : *Pourquoi m'as-tu*
„ *troublé, en me faisant monter ?* Et Saül ré-
„ pondit : *Je suis dans une grande angoisse,*
„ *car les Philistins me font la guerre, & Dieu*
„ *s'est retiré de moi, & ne m'a plus répondu,*
„ *ni par les songes, ni par les Prophétes. C'est*
„ *pourquoi je t'ai appellé, afin que tu me fas-*
„ *ses entendre ce que j'aurai à faire.* Et Sa-
„ muël dit : *Pourquoi donc me consultes-tu,*
„ *puisque l'Eternel s'est retiré de toi, & qu'il*
„ *est devenu ton ennemi ? Or, l'Eternel a dé-*
„ *chiré*

,, chiré le Roïaume d'entre tes mains, & l'a don-
,, né à ton Domeſtique David. Parce que tu n'as
,, point obéi à la Voix de l'Eternel, & que tu
,, n'as point exécuté l'ardeur de ſa colère contre
,, Hamalec, à cauſe de cela, l'Eternel t'a fait
,, ceci aujourd'hui : & même l'Eternel livrera
,, Iſraël avec toi entre les mains des Philiſtins ;
,, & vous ſerez demain avec moi, toi & tes
,, fils : l'Eternel livrera auſſi le Camp d'Iſraël
,, entre les mains des Philiſtins. ,,

I l faut conſidérer deux choſes dans
ce dernier paſſage, ſtudieux ben Kiber.
La première, c'eſt que Samuël rappelle à
Saül tout ce qu'il lui avoit prédit autrefois. Si l'ame de ce Prophéte n'eût point
été évoquée véritablement, comment auroit-il pû ſe faire que la Pythoniſſe eût
été inſtruite de ce qui s'étoit paſſé entre
le Roi & Samuël ? Il falloit cependant
qu'elle le ſût, puiſque le fantôme en fit
mention. Or, n'y aiant aucune apparence
de vérité dans cette dernière ſuppoſition,
on doit en conclure que l'ame du Prophéte fut véritablement forcée par les enchantemens à quitter le ſéjour des morts.
La ſeconde choſe, qui montre évidemment la réalité de l'apparition de Samuël,
c'eſt la Prophétie qu'il fait au Roi, à qui
il annonce qu'il ſera demain, ainſi que ſes
enfans, avec lui. Elle ne fut que trop ac-
complie, pour le malheur de Saül. ,, Les
,, Philiſtins, dit l'Ecriture *, combattirent
,, con-

* Samuël, Liv. I. Chap. XXXI.

,, contre Ifraël, & ceux d'Ifraël s'enfui-
,, rent de devant les Philiftins, & furent
,, tués en la montagne de Guilboah, &
,, les Philiftins atteignirent Saül & fes
,, fils, & tuerent Jonathan, Abinadab,
,, & Malki-Suah, fils de Saül. Le com-
,, bat fe renforça contre Saül, & les Ar-
,, chers tirant de l'arc, le trouverent, &
,, il eut fort grande peur de ces Archers.
,, Alors Saül dit à fon Ecuyer : *Tires ton*
,, *épée & m'en tranfperces, de peur que ces Incir-*
,, *concis ne viennent, & ne me tranfpercent, &*
,, *ne fe joüent de moi.* Mais fon Ecuyer ne
,, voulut point le faire, parce qu'il étoit
,, fort effraïé. Saül donc prit l'épée, &
;, fe jetta deffus. ,,

VOILA l'accompliffement, ftudieux ben
Kiber, de la prédiction de Samuël. Quelle marque plus authentique peut-on fouhaiter de la vérité de l'apparition de ce
Prophéte? Que les incrédules difent tout
ce qu'ils voudront, qu'ils aient recours à
des faux-fuïans, les raifons qu'ils appor-
teront pour diminuer l'autorité d'un pareil évenement, font plus dignes de pitié, que d'une longue réfutation. Quoi!
Un fantôme imaginaire, produit par la
fourberie d'un charlatan, d'un impofteur,
faura ce qui s'eft paffé de plus fecret entre un Roi & un Prophéte, connoîtra l'a-
venir, annoncera les évenemens qui doivent arriver, prédira la mort des Princes, la défaite des armées ! En vérité,

c'eft

c'eft abufer de la licence de difputer, que de s'en fervir auffi mal. Qu'on foutienne tant que l'on voudra que Dieu permit, pour punir la criminelle curiofité de Saül, que les prédictions hazardées de la Pythoniffe, qui parla elle-même au lieu du fantôme qu'elle offrit à Saül, furent accomplies, on ne détruira point, pour une fuppofition arbitraire & fans preuve, un fait circonftancié par un grand nombre de particularités convainquantes, & qui toutes portent avec elles l'image de la vérité.

IL faut donc convenir, ftudieux ben Kiber, que les charmes & les enchantemens peuvent forcer les ames à quitter leur demeure, à monter, ou à defcendre fur la terre, fuivant les lieux qu'elles habitent. Tous les raifonnemens Philofophiques ne fervent de rien, lorfque l'expérience & l'autorité des Livres facrés leur font directement contraires. Or, dès qu'on convient qu'il eft des Magiciens qui peuvent commander aux Manes & aux Démons, pourquoi les Démons, qui auront des Efprits fubalternes fous leurs ordres, ne pourront-ils pas leur ordonner d'être toujours prêts à obéïr aux ordres des Cabaliftes? Car il faut diftinguer les fages fectateurs de la Cabale, de ceux que le Vulgaire appelle Sorciers ou Magiciens. Les premiers n'ont commerce ordinairement qu'avec des Efprits aëriens céleftes,

qui

qui font bienfaifans, & qui leur font d'u-
ne grande utilité. S'ils ont quelques réla-
tions avec les mauvais Génies, c'eft pour
leur empêcher de faire le mal, pour s'op-
pofer à leurs pernicieux deffeins, pour
profiter des fecrets qu'ils les forcent de
réveler. Les feconds au contraire, font
des impofteurs, qui féduifent les perfonnes
trop crédules, qui les abufent par des *fi-
louteries Chymiques*, & qui par le moïen
de quelques fecrets, s'acquiérent la réputation de fameux Négromans. L'Europe eft remplie de pareils féducteurs, &
l'on ne fauroit les punir trop févérement,
comme on ne fauroit trop eftimer un
Cabalifte, qui n'emploie qu'au bonheur
des hommes le pouvoir qu'il s'eft acquis fur tous les différens Efprits.

PORTE-toi bien, mon cher ben Kiber.
Je te fouhaite une heureufe fanté.

✳✳✳✳✳✳✳✳✳✳✳✳✳✳✳✳✳✳✳✳✳✳✳✳✳✳✳✳

LETTRE CENT CINQUIEME.

Le Gnome Salmankar, *au Cabaliste* Abukibak.

IL y a quelque tems, fage & favant A-
bukibak, que je ne t'ai point écrit.
J'ai craint plufieurs fois que tu ne m'ac-
cufaffes de pareffe ; mais ne voulant point
te détourner inutilement de tes férieufes
occupations, & n'aiant rien de nouveau
à t'apprendre, j'ai cru qu'il valoit mieux
que j'attendiffe, pour te donner de mes
nouvelles, que j'euffe quelque chofe d'intéreffant à t'apprendre. Une difpute,
furvenue entre un riche Fermier-général,
mort depuis trois mois, & une Actrice
de l'Opéra, arrivée depuis deux jours
dans nos fouterraines demeures, me pro-
cure l'occafion de rompre le filence. Voici, fage & favant Abukibak, un récit fidèle de leur converfation.

„DIA-

„ D I A L O G U E

„ ENTRE MR. CHOCOLARDIN, et
„ MAD. BABICHON.

„ Mr. Chocolardin.

„ Hé! vous voilà, ma chere Babichon!
„ Depuis quand donc êtes-vous morte?
„ Vous vous portiez fi bien lorfque je
„ partis pour ce Monde-ci. Le Chevalier
„ de Ruminac doit avoir fenti bien vive-
„ ment votre perte; il me paroiffoit qu'il
„ vous aimoit infiniment.

„ Mle. Babichon.

„ Il eft vrai que le pauvre garçon a-
„ voit pour moi une véritable tendreffe:
„ j'euffe été cependant beaucoup plus
„ heureufe, s'il ne m'eût jamais aimée;
„ fon amour a été la caufe de ma mort.

„ Mr. Chocolardin.

„ Ce que vous me dites-là me paroît
„ extraordinaire. Eft-ce que fes parens,
„ fàchés de voir que vous le ruiniez en-
„ tiérement par les dépenfes que vous lui
„ faifiez faire, vous auroient donné quel-
„ que médecine à l'Italienne? Vous au-
Bb 2   „ roient-

„ roient-ils fait purger avec de l'arfe-
„ nic ?

„ MLE. BABICHON.

„ NON, la famille du Chevalier en a
„ agi plus humainement avec moi ; &
„ quoiqu'elle me hait mortellement, ainfi
„ que vous favez, elle n'a point eu de
„ part à la maladie qui a terminé mes
„ jours. L'amour feul, ou plûtôt les fui-
„ tes incommodes qu'il entraine après
„ lui, m'ont fait defcendre dans le tom-
„ beau. J'étois enceinte de fix mois, mon
„ cher Monfieur Chocolardin, & je vou-
„ lus danfer dans un Ballet nouveau ;
„ vous favez que nous autres filles de
„ l'Opéra, nous fommes les victimes du
„ Public. Malgré mon ventre très gros,
„ je fus obligée de mettre un corps qui
„ me génoit exceffivement. Les entre-
„ chats que je fis, acheverent de me nui-
„ re ; je me bleffai en fortant du Théa-
„ tre, & trois jours après je mourus d'u-
„ ne couche auffi fâcheufe.

„ MR. CHOCOLARDIN.

„ JE fuis au défefpoir, ma chere De-
„ moifelle Babichon, de votre infortune.
„ En vérité, mourir à l'age de vingt-qua-
„ tre ans, cela eft bien fâcheux : mais
„ vous étiez bien malheureufe en accou-
„ che-

,, chement; car je crois, fi je ne me trom-
,, pe, que vous vous étiez déjà bleffée
,, une autre fois.

,, MLE. BABICHON.

,, HÉLAS, ouï! J'avois fait deux fauf-
,, fes couches. Un Prélat étoit la caufe
,, principale de la première, & un joüeur
,, de violon de la feconde. Je me bleffai
,, d'une fille des œuvres du premier, &
,, d'un garçon de celles du fecond.

,, MR. CHOCOLARDIN.

,, VOILA en vérité deux amans d'un
,, rang, d'un caractère, & d'un état bien
,, différens! Je n'aurois pas cru qu'une
,, perfonne d'un goût auffi délicat que le
,, vôtre, eût pû donner dans le travers
,, d'aimer un fimple fymphonifte. Il eft
,, étonnant que pouvant choifir un amant
, dans les balcons ou dans l'amphithéa-
,, tre, vous allaffiez le chercher dans l'or-
,, cheftre. J'aurois cru qu'il n'y avoit
,, que la feule Péliffier qui fût capable
,, d'une fantaifie auffi déplacée. Je fuis
,, bien affûré du moins que Mle. Belonie-
,, re ne me donnera point un fucceffeur
,, auffi indigne de moi.

,, MLE.

„ MLE. BABICHON.

„ ELLE n'a pas attendu, pour imiter
„ mon exemple, que vous fuſſiez mort ;
„ & lorſque vous viviez, elle vous avoit
„ nommé un coadjuteur, qui tenoit dans
„ le Monde un rang bien moins diſtingué
„ que l'amant que vous me reprochez.
„ Elle couchoit avec vous certains jours
„ de la ſemaine, & les autres elle les
„ paſſoit avec le valet du machiniſte.
„ Ho ! Ce garçon pour le déduit valoit
„ plus que tous les Fermiers-généraux. Il
„ eſt vrai qu'il n'avoit ni or, ni argent à
„ donner ; mais la Nature lui avoit pro-
„ digué des talens qui ſont chez bien des
„ femmes priſés au-deſſus des richeſſes,
„ & qui chez les filles de l'Opéra vien-
„ nent immédiatement après. Comme
„ premier amant, vous aviez les nuits du
„ Mardi, du Vendredi & du Dimanche :
„ ce ſont celles qui ſuivent les repréſen-
„ tations de l'Opera, & qui par conſé-
„ quent ſont les plus brillantes ; on por-
„ te dans le lit le ſouvenir de ce qu'on
„ a vû au ſpectacle. Le valet du machi-
„ niſte au contraire, n'avoit que les nuits
„ du Lundi, du Jeudi & du Samedi. Pour
„ celle du Mercredi, elle n'étoit ni à
„ vous, ni à votre rival ; Mle. Beloniere
„ l'avoit deſtinée à un Italien, Aumônier
„ du Nonce, qui, par parentheſe, ne la
„ païoit

,, païoit pas en Indulgences, mais en beaux
,, jules & en beaux teftons.

,, MR. CHOCOLARDIN.

,, CE que vous dites-là eft faux, & ar-
,, chi-faux. Pour excufer votre condui-
,, te, vous voulez décrier celle de ma
,, chere Beloniere ; mais je fuis très per-
,, fuadé qu'elle me fut toujours fidèle.
,, Plufieurs honnêtes Parifiens, qui font
,, venus dans ce Monde peu de tems a-
,, près moi, m'ont affûré qu'elle m'avoit
,, infiniment regretté, & qu'elle avoit pa-
,, ru pendant plufieurs jours ·très affligée
,, de ma mort.

,, MLE. BABICHON.

,, AUSSI l'étoit-elle, & perfonne ne
,, peut en être mieux inftruite que moi,
,, qui fus toujours fa confidente. *J'ai per-*
,, *du*, me difoit-elle, *ma chere Babichon,*
,, *des tréfors immenfes dans la perfonne de Mr.*
,, *Chocolardin. Il eft vrai que jamais on ne*
,, *fut plus fot & plus ennuieux que lui ; mais*
,, *on ne fut jamais auffi plus généreux. Oh !*
,, *Mort ! Si des trois amans que j'avois, il*
,, *falloit que tu m'en arrachaffes un, pourquoi*
,, *n'as-tu pas pris ce Prêtre Italien, qui dans*
,, *le cours d'une année me donne moins que je*
,, *ne recevois dans quinze jours de Mr. Cho-*
,, *colardin ? Ma chere Babichon, jamais je ne*
Bb 4   ,, *ré-*

,, réparerai la perte que j'ai faite, jamais je
,, ne trouverai un homme auſſi aiſé à mener
,, par le nez que ce Fermier - général. Je le
,, volois ſans façon, & j'avois autant de fa-
,, cilité à le piller, qu'il en trouvoit à ruiner
,, le peuple. Voilà, mon cher Monſieur
,, Chocolardin, quelles étoient les plain-
,, tes de votre maitreſſe, jugez à préſent
,, du genre & du caractère de ſa tendreſ-
,, ſe, & voiez ſi ſes regrets doivent flat-
,, ter beaucoup votre amour propre. Si
,, ceux du Chevalier de Ruminac ne ſont
,, point d'un autre goût, je le diſpenſe
,, de ceux qu'il pourroit faire paroître à
,, mon ſujet.

,, MR. CHOCOLARDIN.

,, SI le Chevalier vous connoiſſoit auſ-
,, ſi bien que moi, à coup ſûr il ne s'af-
,, fligeroit guères de votre perte; & s'il
,, eſt vrai, comme vous le dites, que la Be-
,, loniere m'ait été infidèle, dans quelque
,, excès qu'elle ait donné, elle n'a jamais
,, été auſſi loin que vous. Vous rappel-
,, lez-vous cet Allemand, avec lequel
,, vous couchâtes dans le tems que vous
,, ruiniez ce pauvre Chevalier? Vous ſa-
,, vez que malgré tout l'amour que vous
,, diſiez avoir pour lui, vous n'avez ja-
,, mais été à l'abri de trente piſtoles.
,, Votre tendreſſe s'eſt toujours évanoüie,
,, dès que vous avez apperçu une certai-
,, ne

„ ne fomme; la vûe de l'argent produi-
„ foit fur vous le même effet que le froid
„ fur un thermometre. Il faifoit baiffer vo-
„ tre paffion à un dégré fi bas, qu'à pei-
„ ne vous en apperceviez-vous; du moins
„ faifiez-vous tout comme fi vous n'en a-
„ viez plus aucune idée.

„ MLE. BABICHON.

„ JE pourrois vous dire pour ma jufti-
„ fication, que je faifois ce que font tou-
„ tes mes camarades, & qu'il n'étoit
„ pas jufte que j'exécutaffe ce qu'aucune
„ n'avoit jamais pratiqué. Mais je veux
„ bien vous apprendre que c'étoit par
„ tendreffe que je faifois quelquefois des
„ infidélités au Chevalier. Je voiois à
„ regret que la dépenfe qu'il étoit obligé
„ de faire pour moi, l'incommodoit. Pour
„ épargner fa bourfe, je puifois de tems
„ en tems dans celle des autres, je dé-
„ chargeois les poches des Anglois des
„ guinées qui les incommodoient, & cel-
„ les des Allemands des ducats qui leur
„ étoient à charge. Toutes ces prifes
„ étoient autant de préfens que je faifois
„ au Chevalier; j'euffe été moins infidè-
„ le, fi je l'euffe moins aimé.

„ MR. CHOCOLARDIN.

„ PARDI! Voilà de plaifans difcours!
„ En

„ En vérité vous avez confervé parfaite-
„ ment le doucereux galimathias des Au-
„ teurs des Operas nouveaux. *J'euffe été
„ moins infidèle, fi je l'euffe moins aimé.* Hé !
„ pourquoi aimiez-vous fi fort la dépen-
„ fe ? Qui vous forçoit à vous ruiner ?
„ Vous auriez pû vivre très à votre aife
„ de ce que vous donnoit votre amant ;
„ cependant vous n'étiez point fatisfaite
„ d'un revenu honnête. Vous ne pou-
„ viez vous régler, & à peine aviez-vous
„ de quoi aller jufqu'au milieu de l'année.
„ Si vous aviez aimé véritablement le
„ Chevalier, vous euffiez tenu une autre
„ conduite, & vous vous fuffiez confervée
„ entiérement à lui. Huit robes, dix coëf-
„ fures, trois cens bouteilles de vin de
„ Champagne, trente ou quarante parties
„ de promenade de moins vous euffent
„ mife à l'abri de toute tentation. Avec un
„ peu plus d'œconomie, il n'y avoit plus
„ d'infidélité à craindre.

„ MLE. BABICHON.

„ CE que vous dites-là eft impratiqua-
„ ble, mon pauvre Mr. Chocolardin. Vou-
„ loir exiger qu'une fille de l'Opéra, &
„ fur-tout une danfeufe, foit réglée dans
„ fa conduite & dans fa dépenfe, c'eft
„ prétendre qu'un Fermier-général foit
„ honnête homme, & s'abftienne de vo-
„ ler lorfqu'il le peut ; qu'un Petit-maî-
„ tre

„ tre foit difcret ; qu'un Prélat de Cour
„ foit véritablement dévot, & qu'un hom-
„ me de Robe n'ait point de vanité. Je
„ voiois toutes mes amies ne fonger qu'à
„ leurs plaifirs , être uniquement occu-
„ pées de leurs parures, prendre les mo-
„ des dès qu'elles paroiffent , regarder
„ l'infidélité comme un badinage , com-
„ me un délaffement, comme une gentil-
„ leffe ; me ferois-je fait un fcrupule d'une
„ chofe que je confidérois avec tant d'in-
„ différence ? J'imitois en partie votre che-
„ re Beloniere, je trompois le Chevalier,
„ ainfi qu'elle vous abufoit; à la différen-
„ ce près que je l'aimois , quoique je lui
„ fuffe infidèle , & que votre maitreffe ne
„ vous fouffroit que par rapport aux bien-
„ faits dont vous la combliez. Telle eft
„ la différence du fort de l'Officier & de
„ l'homme d'affaires. Le premier, même
„ dans les bras d'une maitreffe infidèle,
„ goute les plaifirs que l'amour difpenfe ,
„ & le fecond n'eft jamais redevable de
„ fon bonheur qu'à Plutus.

„ MR. CHOCOLARDIN.

„ SI vous aviez eu quelques principes
„ d'honneur & de probité , vous auriez
„ dû m'apprendre , lorfque vous viviez ,
„ ce que vous me dites aujourd'hui; j'au-
„ rois épargné les fommes immenfes que
„ j'ai données à ma perfide maitreffe.

„ MLF.

„ Mle. Babichon.

„ Ho ! pour cela , je n'avois garde
„ de le faire. Y penfez-vous, Mr. Cho-
„ colardin ? Moi ! Vous donner des avis
„ qui euffent pû nuire à quelqu'une de
„ mes camarades ! Ignorez-'vous donc
„ l'union qu'il y a parmi les Beautés du
„ Palais - Roïal lorfqu'il s'agit de dépouil-
„ ler un Financier ? Celles qui font les
„ plus ennemies , deviennent amies inti-
„ mes dès qu'il faut conjurer contre la
„ bourfe d'un Fermier-général. Le fort
„ de bien de vos confreres auroit dû vous
;, inftruire de celui qui vous attendoit. „
Je falue, fage & favant Abukibak , en
Jabamiah, & par *Jabamiah*.

Fin du troifième Tome.

Imprimé en France
FROC031121210120
23228FR00014B/177/P